Odessa Star

Herman Koch

ODESSA STAR

Roman

Aus dem Niederländischen
von Christiane Kuby

Kiepenheuer & Witsch

MIX
Papier aus verantwortungsvollen Quellen
FSC® C006701

Verlag Kiepenheuer & Witsch, FSC® N001512

1. Auflage 2013

Titel der Originalausgabe: *Odessa Star*

Aus dem Niederländischen von Christiane Kuby

Umschlaggestaltung: Rudolf Linn, Köln
Umschlagmotiv: © S. John – Fotolia.com
Autorenfoto: © Mark Kohn
Gesetzt aus der Albertina
Satz: Buch-Werkstatt GmbH, Bad Aibling
Druck und Bindung: CPI – Ebner & Spiegel, Ulm
ISBN 978-3-462-04559-8

1

1

Max G. hatte einen schwarzen Kater, der einen schon ansprang, wenn man nur zur Tür hereinschaute. Er war groß und fett, einige Kilo schwerer als alle, die ich danach noch auf dem Schoß gehabt hatte. Auf dem Schoß hatte ich ihn übrigens nur ein einziges Mal: Ich erinnere mich noch sehr gut, dass mir der kalte Schweiß ausbrach, als er sich genüsslich räkelte und mir eine Pfote aufs Knie legte. Durch die Jeans hindurch spürte ich die Krallen, aber zum Aufstehen war es da schon zu spät.

»Bleib ganz ruhig sitzen«, sagte Max. »Wenn du dich nicht bewegst, tut er dir nix.«

Ich war gerade aus Curaçao zurückgekommen, wo ich ein paar wichtige Entschlüsse gefasst hatte. So würde ich mir einen neuen Freundeskreis zulegen. Der alte hatte nämlich längst ausgedient. Natürlich lag das vor allem am großen räumlichen Abstand und an der simplen Tatsache, dass auf Curaçao nichts, aber auch rein gar nichts los war, jedenfalls hatte ich es an einem jener heißen, einschläfernden Nachmittage, an denen die Ventilatoren in der Bar am Schottegatweg langsam zum Stillstand zu kommen schienen, plötzlich ganz klar und deutlich vor mir gesehen: Der alte Freundeskreis musste weg. Wie der neue aussehen würde, davon hatte ich dort auf Curaçao nur eine verschwommene Vorstellung, wie von einem Stück Land, das nach monatelanger Fahrt auf offener See am Horizont aus dem Nebel auftaucht. Der neue Freundeskreis befand sich sozusagen noch im Entwurfsstadium – aber dass Max G. dazugehören würde, das stand fest.

Der Kater auf meinem Schoß gab Laute von sich, die mir durch Mark und Bein fuhren. Sie schienen von weit her zu kommen, wie von einem Heizkessel, der tief im Keller eines Apartmenthauses ansprang. »Er tut nichts«, sagte Max. »Brav, brav!« Das Grollen wurde stärker, ich spürte es bis in die Zehenspitzen, von wo es sich dann wieder langsam aufwärtszubewegen schien.

Ich war mir nicht sicher, ob ich ihn streicheln sollte oder ob gerade das einen Generalangriff auslösen würde; ich sah schon vor mir, wie er mir sämtliche Krallen seiner vier Pfoten gleichzeitig ins Gesicht schlug: zwei in die Unterlippe, eine ins Augenlid, eine in die Haut direkt unter dem Auge und den Rest in die Kopfhaut und Wangen. Wenn ich ihn dann mit aller Kraft wegstoße – ein zischendes und fauchendes Knäuel Weißglut –, zerfetzt er mir die Lippe und das Augenlid, eine Kralle ritzt mir den Augapfel auf. Mit einem dumpfen Schlag prallt er gegen die Wand, ist aber gleich wieder auf den Beinen und setzt erneut zum Sprung an, fauchend und knurrend, um mich gänzlich fertigzumachen.

Max war aufgestanden. Bis auf seine weißen Turnschuhe war alles an ihm schwarz: Haar, Hemd und Hose – schwarz waren auch die Wände des Zimmers, der Fußboden, der Kater …

»Brav, brav, brav!«, sagte er.

Das Spiel, das Max regelmäßig mit seinem Kater spielte, bestand darin, vom Flur aus den Kopf um die Ecke des Zimmers zu stecken und ihn wieder zurückzuziehen. Der Kater saß im Zimmer auf den Holzdielen und behielt die Bewegungen scharf im Auge, legte den Kopf abwechselnd schräg nach links und nach rechts. Äußerlich war ihm kaum etwas anzumerken, nur an dem kräftigen Schlagen des Schwanzes konnte man erkennen, dass ihn jetzt nichts mehr aus der Konzentration bringen würde. Er folgte Max' Kopf mit den Augen, wie ein Kind im Karussell dem hüpfenden Wedel oder der Feder folgt, die der Schaubudenbesitzer an einer Schnur auf und ab bewegt und die dem, der sie ergattert, eine Gratisrunde beschert.

Für den Kater kam alles auf das richtige Timing an, denn hinter dem Auftauchen und Verschwinden des Kopfes musste sich eine gewisse Logik verbergen. So ähnlich würde er sich auch an einen Vogel heranschleichen: Auch den musste man in Sicherheit wiegen, ihn glauben machen, man sonne sich nur unter ihm auf dem Rasen, man interessiere sich gar nicht für ihn, und wenn man etwas näher komme, dann nur, um an den Gänseblümchen zu schnuppern.

Das Muskelanspannen dauerte letztendlich weniger als eine Zehntelsekunde und war mit dem bloßen Auge kaum zu erkennen. Dort, wo er eben noch gesessen hatte, war eine leere Stelle. Wie aus dem Nichts befand er sich plötzlich wenige Zentimeter von Max' Kopf entfernt. Ein knurrendes, fauchendes Geräusch mitten im Sprung war die einzige Warnung. Für Max bestand die Kunst darin, den Kopf so schnell zurückzuziehen, dass der Kater knapp an ihm vorbeiflog und mit einem dumpfen Schlag an der gegenüberliegenden Wand des Flurs landete. Meistens ging das gut. Manchmal aber auch nicht. Mit einem gewissen Stolz zeigte Max mir die Kratzer auf dem Unterarm oder den Händen, wenn er das Gesicht vor den scharfen Krallen hatte schützen müssen.

An einem Samstagabend war es einmal so spät geworden, dass ich bei Max übernachtete. Er legte mir eine Matratze ins Wohnzimmer. Ich weiß nicht mehr, was in mich gefahren war, aber nachdem Max ins Bett gegangen war, kam ich auf die Schnapsidee, das Spiel mit dem Kater auch mal auszuprobieren – damals hatte er sich durch meine regelmäßigen Besuche schon einigermaßen an mich gewöhnt.

Beim ersten Mal ging alles gut. Er fixierte mich genauso, wie er das bei Max immer tat. Seinen Flug an meinem Kopf vorbei nahm ich nur sehr schemenhaft wahr. Ich kann nicht leugnen, dass mir die Nähe der scharfen Krallen und des knurrenden Mauls einen ziemlichen Adrenalinstoß versetzte. Neu war die Erfahrung einer Art unsichtbarer Luftverschiebung, als wäre die Atmosphäre für den Bruchteil einer Sekunde mit Elektrizität erfüllt und würde dann leer gesaugt. Die Härchen auf meiner Wange stellten sich auf und knisterten, als der Kater gegen die Wand krachte.

Und wie beim ersten Schnaps und bei der ersten Frau, verlangte auch dieses Erlebnis sofort nach Wiederholung. Beim zweiten Mal glaubte ich, den Kater überlisten zu können, indem ich den Kopf in zeitlich unregelmäßigen Abständen um die Ecke steckte. Aber das schien ihn nicht sonderlich zu irritieren. Ich spürte die Kralle über meiner linken Augenbraue, sie blieb kurz hängen und riss dann etwas mit sich. Ich fasste mir an die Stirn und sah Blut an meinen Fingern. Der Kater hatte inzwischen schon wieder seinen Platz im Wohnzimmer eingenommen. Sein dicker schwarzer Schwanz peitschte den Boden, seine leuchtenden grünen Augen schauten mich erwartungsvoll an.

Jetzt aufzuhören, würde er mir als Zeichen der Schwäche auslegen; wer weiß, wozu er fähig war, wenn er Angst witterte. Max' Zimmer lag am anderen Ende des Flurs. Ich sah mich schon mit dem Raubtier im Nacken am Fußende seines Bettes zusammenbrechen. Aber wahrscheinlich würde ich sein Zimmer gar nicht mehr erreichen.

Ich beschloss, mich so normal wie möglich zu verhalten. Ich steckte die Hände in die Hosentaschen und stellte mich, als wäre alles tatsächlich so normal, wie es von außen aussah, wieder hinter den Türpfosten. Ich pfiff sogar leise vor mich hin. Wir spielten eben einfach ein Spiel, der Kater und ich; kein Grund zur Aufregung. Wenn er das auch kapierte, war alles in bester Ordnung.

Nachdem es mir bei seinen nächsten fünf Sprüngen gelang, einigermaßen außerhalb des Bereichs seiner Krallen zu bleiben, schlenderte ich, die Hände in den Hosentaschen und vor mich hin pfeifend, ins Wohnzimmer. »So«, sagte ich in vergnügtem Ton, »das wär's für heute.«

Ich wusste nicht so recht, zu wem ich das sagte. Genauso wenig hatte ich eine deutliche Vorstellung davon, was ich jetzt tun sollte. Pfeifend rückte ich die Kissen zurecht, zog ein wenig an der Matratze und schob sie mit dem Fuß wieder zurück an die Wand.

Der Kater ließ mich keinen Moment aus den Augen. Nach einer Weile gab er seinen Stammplatz bei der Tür auf und sprang auf den Stuhl neben der Matratze, auf den ich meine Kleider legen wollte. Er schlug noch immer mit dem Schwanz, aber weniger kräftig als während unseres Spiels, redete ich mir ein.

Ich zog mir den Pulli über den Kopf, der Kater drehte sich ein paarmal auf dem Stuhl im Kreis und machte es sich dann bequem. Die Vorderpfoten hatte er unter sich vergraben, der Schwanz hing friedlich an einem Stuhlbein herab; er verengte die Augen zu Schlitzen, und es war, als würde er lächeln.

»Wie lustig wir gespielt haben, nicht?«, sagte ich. »Aber jetzt sind wir beide ganz schön müde.« Beim Klang meiner Stimme spitzte er die Ohren und schlug einmal kräftig mit dem Schwanz gegen das Stuhlbein. Doch dann döste er wieder ein, seine Augen schlossen sich.

Ich nahm mir ein Buch aus dem Regal und schlüpfte unter die Decke. Ich weiß nicht mehr, was für ein Buch es war –

ich habe kein Wort darin gelesen. Ich erinnere mich noch, dass das Licht der Leselampe, die mir Max hingestellt hatte, den Schatten eines Menschen an die Wand warf, der so tut, als würde er völlig entspannt in einem Bett auf dem Fußboden liegen und ein Buch lesen.

Ich hörte nicht, wie der Kater vom Stuhl sprang. Ich nahm ihn erst wahr, als er an meinem Fußende saß. Vielleicht war es auch das Schlagen des Schwanzes auf dem Parkett, das mich aufblicken ließ.

Es dauerte ein paar Sekunden, bis mir klar wurde, warum er mich mit schief gelegtem Kopf und seinen jetzt wieder hellwachen grünen Augen so anstarrte. Ein eiskalter Schauer lief mir den Rücken hinauf, die Haare standen mir buchstäblich zu Berge. Denn es war mein Gesicht, das der Kater mit starrem Blick fixierte.

Eigentlich war es da schon zu spät. Zu spät zum Aufstehen, zu spät für abwehrende Bewegungen, zu spät für gutes Zureden in einer dem Kater verständlichen Sprache, dass das Spiel vorbei sei, dass es jedenfalls nicht wieder von vorne angefangen habe – dass ein Kopf, der aus einer Bettdecke herausguckt, nicht das Gleiche ist wie einer, der zur Tür hereingesteckt wird.

»Brav, brav, brav«, sagte Max wieder. Er streckte die Hand nach dem Kater auf meinem Schoß aus, zog sie dann aber doch wieder zurück. Im Nachhinein glaube ich, dass mein Entschluss in diesem Moment feststand.

Ich war fast sofort nach meiner Rückkehr aus Curaçao zu Max gefahren, ohne erst meinen Jetlag auszuschlafen. Ich hatte das Gefühl, alles müsse jetzt schnell gehen, ich könne nicht bis zum nächsten Tag warten, auf jeden Fall aber müsse ich vermeiden, als Erstes jemandem aus meinem »alten« Freundeskreis über den Weg zu laufen.

Obwohl es schon Nachmittag war, öffnete Max die Tür

mit verschlafenem Gesicht. Er schien weder überrascht noch froh zu sein, mich zu sehen. An seiner ganzen Haltung war abzulesen, dass er während meiner Abwesenheit bedeutend weniger an mich gedacht hatte als ich an ihn. Wahrscheinlich hatte er keinen blassen Schimmer, wo ich all die Zeit gesteckt hatte.

»Curaçao«, wiederholte er langsam und rieb sich den Schlaf aus den Augen. Er schmeckte das Wort auf der Zunge, als wäre es ein klebriger Likör, den man sich selber nie einschenken würde und für den es auf jeden Fall noch viel zu früh am Tag war.

Es heißt, dass man sein ganzes Leben in Sekundenschnelle an sich vorbeiziehen sieht, kurz bevor man sich zu Tode stürzt oder einem aus nächster Nähe eine Kugel durch den Kopf gejagt wird. So sah ich jetzt, während ich die Hand von der Armlehne hob und dem fauchenden Kater behutsam auf den Kopf legte, all die Momente in meinem Leben vor mir, in denen ich mit knapper Not davongekommen war.

Und dann sah ich wie ein in der Luft stillstehendes Bild den Kater an dem bewussten Samstagabend mitten im Sprung; ich spürte wieder die Krallen, die durch die Bettdecke hindurch in mein Gesicht schlugen, den scharfen und gleichermaßen betäubenden Schmerz, die Zähne in meinem Unterarm, in meinen Händen …

Als meine Hand den Kopf fast erreicht hatte, drehte der Kater sich halb um, öffnete das Maul und gab einen Ton von sich, der noch am meisten dem eines Bohrers beim Zahnarzt glich, der in einem Weisheitszahn stecken geblieben ist. Ich sah das rosa Zahnfleisch, auf dem Tropfen perlten, die rosa Zunge und die Rachenhöhle, dunkel wie ein Brunnen, aus dem nie mehr ein Lichtstrahl oder Echo heraufdringt.

Im dem Moment, als Max einen Schritt auf mich zumachte, legte ich dem Kater die Hand auf den Kopf. Das Geräusch wurde lauter, er drehte den Kopf ruckartig zur Seite, wie um die fremde Hand abzuschütteln. Doch dann, während ich ihm langsam über den Nacken strich, entspannte er sich. Er legte den Leerlauf ein, und als meine Hand am Ende des Rückens angekommen war, begann er sogar, sich behaglich zu räkeln.

Ich fing wieder beim Kopf an. Er kniff die Augen zu Schlitzen zusammen und lächelte. Das Fauchen ging in Schnurren über.

An Max' Miene erkannte ich, dass er sich über den guten Ausgang nicht nur freute. Als würde ihm etwas genommen, was er nie mehr zurückbekommen würde.

»Er spürt, dass er dir trauen kann«, sagte er. »Ab heute bist du sein Freund.«

2

Keine Ahnung, warum mir jetzt, da Max nicht mehr ist, als Erstes ausgerechnet die Sache mit dem Kater einfällt. Vielleicht weil Sylvia mich gebeten hat, morgen auf dem Friedhof ein paar Worte zu sagen. Aber dafür scheint mir die Geschichte nicht wirklich geeignet.

Ich denke an andere Beerdigungen. Beerdigungen, auf denen zuerst Tränen flossen und dann ein großes Gelächter angestimmt wurde. Ich denke an die Grabrede von John Cleese für Graham Chapman. Und dann denke ich an all die Fotografen. Bestimmt wird es auf dem Friedhof nur so von ihnen wimmeln. Man wird sie vielleicht nicht in die Trauerhalle lassen, aber ein Medienspektakel wird Max G.s Beisetzung auf jeden Fall.

In den Sechs-Uhr-Nachrichten hat man sich heute noch ausführlich über die Route des Trauerzugs verbreitet und über die umfangreichen Sicherheitsvorkehrungen. Und zum x-ten Mal in den vergangenen drei Tagen wurden die Bilder gezeigt. Die dunkle Straße und die Blaulichter an der Ecke beim italienischen Restaurant Mare Nostrum und dann die rot-weißen Absperrbänder um den Tatort. Und zum Schluss noch einmal das halb heruntergelassene Seitenfenster des silbergrauen Mercedes Cabrio, Max' Kopf auf dem Steuer – als schliefe er. Polizisten mit Gummihandschuhen heben Patronenhülsen vom Bürgersteig auf und lassen sie mit größter Behutsamkeit in Plastikbeutel gleiten, die sie anschließend versiegeln; die Fundstellen auf dem Bürgersteig sind mit weißer Kreide umzirkelt.

Ich versuche mir vorzustellen, welche Wirkung die Geschichte vom Kater neben all den anderen Reden wohl auf die Zuhörer hätte. Ich könnte sie so erzählen, dass erst Tränen fließen und dann ein großes Gelächter angestimmt wird. Ich denke an Max' kleine Tochter, die sie wahrscheinlich zum ersten Mal hört. »Wir sind damals noch in die Schule gegangen«, könnte ich sagen. Oder: »Das ist alles schon so lange her.« Auch der Kater ist vermutlich schon seit fünfundzwanzig Jahren tot. Andererseits ist das Ganze doch anders. Anders als andere Beerdigungen, meine ich.

So weiß ich zum Beispiel nicht, ob ich morgen Abend noch am Leben bin. In den vergangenen Tagen habe ich mich auf der Straße öfter als sonst nach allen Seiten umgeblickt. Wenn ich durch die Stadt fuhr, bildete ich mir ein, im Rückspiegel mehr als einmal dasselbe Auto an meiner Stoßstange kleben zu sehen. Und heute Abend, als ich die Müllsäcke an den Straßenrand stellte, bin ich doch wahrhaftig fast unter mein Auto gekrochen, aber es war zu dunkel, um etwas sehen zu können. Ich musste daran denken, wie ich als Kind jeden Abend vorm Schlafengehen unter mein Bett schaute, ob sich da nicht ein Monster versteckt hatte.

Es ist jetzt fast Mitternacht. Ich stehe im Garten und horche auf die Geräusche der Züge auf dem ein paar Häuserblocks entfernten Rangierbahnhof. Vor einer halben Stunde habe ich bei meiner Frau und meinem Sohn reingeschaut, sie schliefen beide fest. Es gab mal eine Zeit, da glaubte ich, ohne mich würde es für sie keine Zukunft geben; nach meinem Tod würden sie in einen freien Fall geraten wie Passagiere eines Flugzeugs, dessen Pilot sich per Schleudersitz in Sicherheit gebracht hat. Mit einem Wort, ich war überzeugt von meiner Unentbehrlichkeit. Und wer sich für unentbehrlich hält, zweifelt nicht an seiner Existenz. Zumindest nicht jeden Tag.

Aber im Sommer vor zwei Jahren am Strand von Menorca merkte ich, dass meine Frau mich von ihrem Liegestuhl aus anstarrte. Sie trug zwar eine Sonnenbrille, aber vielleicht gerade deswegen. Und als ich sie fragte, woran sie denke, antwortete sie ohne zu zögern: »Ich habe daran gedacht, was ich tue, wenn du tot bist.« Sie sagte es in einem Ton, als würde sie von einem Kleid reden, das ihr nicht mehr passt und das sie demnächst einer Kleidersammlung mitgeben wird.

Und während ich an der Schlafzimmertür auf die leisen Atemzüge meines Sohnes horchte, musste ich an die Zeit denken, als mich sein Atmen noch in Panik versetzen konnte. Wie ich an seiner Wiege angestrengt lauschte und erst beruhigt war, wenn ich die Hand unter seine Bettdecke steckte und spürte, wie sich der kleine Brustkorb hob und senkte.

Und ich dachte an die Jahre, als sich mein Sohn noch zu freuen schien, wenn ich heimkam. Wie er aus seinem Zimmer über den Flur auf mich zurannte, wenn er den Schlüssel im Schloss hörte. Und ich ihn dann mit ausgestreckten Armen hoch über meinen Kopf stemmte, und er mir mit seinen kleinen Fäusten auf die Stirn trommelte und »Lass mich runter, Papa! Lass mich wieder runter!« rief.

Gegenwärtig fängt er schon an zu stöhnen, bevor ich ausgeredet habe, und wenn seine Freunde dabei sind, schüttelt er die ganze Zeit mitleidig den Kopf, als wäre ich ein hoffnungsloser Fall, den man von seinem Leiden erlösen muss. Vielleicht denkt er nach meinem Tod noch ein paar Tage an mich. Vielleicht ist er sogar wirklich traurig, aber lange wird das nicht anhalten. Wenn ich an meinen eigenen Kummer über den Tod meiner Eltern denke, mache ich mir da keine

Illusionen. Die Atemzüge meines fünfzehnjährigen Sohnes aus dem dunklen Schlafzimmer klangen wie die eines erwachsenen Mannes.

Um Punkt zwölf Uhr gehe ich wieder ins Wohnzimmer zurück und schalte die Spätnachrichten ein. Zum soundsovielten Mal zoomt die Kamera den Kopf heran, der auf dem Lenker liegt. Doch nur ein geübtes Auge erkennt das unscheinbare Loch und die ebenso unscheinbare Blutkruste hinter dem linken Ohr.

Als die Kamera sich entfernt, sieht man wieder das italienische Restaurant an der Ecke, in dem ich mich an dem Abend mit Max verabredet hatte; nur schemenhaft ist zu erkennen, dass ein Mann in hellblauem Sakko kurze Zeit in der Tür steht, hinter dem rot-weißen Absperrband, sich dann fast lässig entfernt und an der Straßenecke aus dem Bild verschwindet. Niemand hält ihn auf.

Schon einige Male war diese Person dringend aufgefordert worden, sich bei der Polizei zu melden. Aber bisher hatte ich nicht den Eindruck, als würde das die Aufklärung des Falls voranbringen, geschweige denn, dass ich jemandem damit einen Gefallen tun würde. Allerdings habe ich das Sakko vorgestern in einem anderen Stadtviertel in einen Kleidercontainer geworfen.

Wir hatten gerade bestellt. Ich sagte zu Max, ich würde noch schnell Zigaretten aus dem Automaten auf der Toilette ziehen, als er die Taschen seines Jacketts abklopfte und sagte: »Ich glaub, ich hab mein Handy im Auto liegen lassen.« Wir standen gleichzeitig auf. Ich ging zur Toilette, er zu Tür.

Ich schalte den Fernseher aus. *Ich glaub, ich hab mein Handy im Auto liegen lassen* geben als letzte Worte für einen Rückblick morgen nicht viel her. Wahrscheinlich bleibt es also doch bei der Geschichte mit dem Kater. Obwohl sie vielleicht auch wieder zu viel des Guten ist. Einige werden zu

Unrecht vermuten, dass etwas dahintersteckt, irgendeine Doppelbödigkeit; in diesen Kreisen gibt es immer Leute, die überall doppelte Böden suchen.

Andererseits ist es eine persönliche Geschichte. Oder besser gesagt, eine persönliche Geschichte von Max und mir – aus der Zeit, als alles noch in den Kinderschuhen steckte, einer Zeit, in der ein neuer Freundeskreis noch ein selbst gestecktes Ziel war und nicht etwas, aus dem man sich nur mit größter Anstrengung wieder befreit.

3

Bevor Max mich eines Nachmittags auf der Toilette des Erasmus-Gymnasiums ansprach, hatte ich ihn schon ein paarmal in der Eingangshalle und auf dem Schulhof gesehen; das war irgendwann mitten im Winter. Ich weiß das noch so genau, weil Max in seinem langen schwarzen Regenmantel auffiel zwischen den schmutzig weißen schwedischen Armeemänteln und den afghanischen Mänteln mit Schaffell-Kragen, mit denen die meisten von uns sich 1970 vor der Kälte schützten.

Die afghanischen Mäntel rochen auch wirklich nach Schaf, wenn auch nach einem, das sehr lange tot auf einem baumlosen Berghang gelegen hatte, bevor sein Fell zum Kragen verarbeitet worden war. Selber trug ich einen hellen schwedischen Armeemantel mit zugehöriger Mütze aus einem Ramschladen in der Reguliersbreestraat. Er war sehr groß und schwer, und jeden Morgen, nachdem ich ihn mir übergestülpt hatte, konnte ich kaum den Moment erwarten, ihn wieder auszuziehen. Man nahm auch mehr Platz ein damit, als würde man nach Jahren in einem normalen Pkw auf einmal einen Kleintransporter steuern, der auch noch einen Wohnwagen oder Anhänger hinter sich herzog. Man musste einen größeren Wendekreis einkalkulieren, und am Anfang stieß ich, wenn ich mich umdrehte, regelmäßig Gläser oder Vasen vom Tisch. Der schwedische Armeemantel hatte allerdings den Vorteil, dass er nicht nach totem Schaf, sondern einfach nach Armee roch.

Von Max G. wurde schon bald gemunkelt, er sei von einem anderen Gymnasium geflogen und deshalb mitten im Schuljahr an unsere Schule gekommen. Über die Gründe des Rausschmisses kursierten verschiedene Versionen. So soll er bei einem Wortwechsel mit einem Sportlehrer dessen Handgelenk gebrochen haben. Nach einer anderen Version waren Drogen im Spiel, wobei unsere Fantasie am meisten das Detail beflügelte, dass er sie im Scheinwerfer seiner Mobylette transportierte. Wie dem auch sei, es waren nicht nur der lange schwarze Regenmantel und die anständig gebügelten Hemden und Sakkos, die Max von den meisten anderen Schülern auf dem Erasmus-Gymnasium unterschieden.

An jenem Mittag auf der Toilette bat Max G. mich um drei Blättchen. Ich hatte mich aus der Sozialkundestunde verdrückt, um eine zu rauchen. Max stand am Waschbecken und hielt die Hände unter den Wasserstrahl. Ich starrte auf die Manschettenknöpfe seines weißen Hemds, während er seine Hände hin und her drehte; er schüttelte die Tropfen ab und warf einen Blick auf den Papierspender an der Wand, der aber, solange ich mich erinnern konnte, noch nie Papierhandtücher enthalten hatte. Max schüttelte mitleidig den Kopf. »Das Schulgeld verschwindet in einem Fass ohne Boden.«

Später am Nachmittag setzte er sich neben mich. Wir gingen damals noch nicht in dieselbe Klasse, aber auf dem Erasmus-Gymnasium gab es sogenannte Wahlstunden, in denen jeder selbstständig in einem Klassenzimmer unter Aufsicht eines Lehrers arbeitete. Es war üblich, dass man sich einen Lehrer auswählte, der einem bei Fragen helfen konnte, mit denen man gerade beschäftigt war. An dem Nachmittag saß ich bei Biervoort ganz hinten am letzten Tisch. Der Form halber hatte ich eine französische Grammatik aufgeschlagen, aber eigentlich saß ich dort, weil ich mal in Ruhe nachdenken wollte. Biervoort trug eine Brille mit dicken Gläsern, die das Licht der Neonlampen an der Decke so stark reflektierten, dass man fast nie seine Augen sah. Er war außerdem ein leidenschaftlicher Nägelkauer. Manchmal hörte man in der Stille während einer Klassenarbeit, wie er sich fast die Zähne an seinen Nägeln ausbiss, hartnäckig wie eine Maus, die sich einen Weg durch eine Fußleiste sucht. Weil Biervoort aber fast keine Nägel mehr hatte, ähnelte das Geräusch mehr einem Nuckeln. Nicht selten hörte man, wie seine Zähne sozusagen auf den Nägeln ausrutschten und sich in die feuchte Fingerkuppe gruben. Wenn er schließlich die Klassenarbeit einsammelte, vermieden wir es, auf seine Hände zu starren, aber manchmal konnten wir der Versuchung einfach nicht widerstehen.

Es war die gleiche Faszination, wie sie auch von einer offenen Wunde ausgeht, oder ganz allgemein von etwas, was man nicht sehen darf – als wären die feuchten Finger mit ihren nackten, nicht von Nägeln bedeckten Kuppen, die die Klassenarbeit vom Tisch hoben, Körperteile, die ein normaler Mensch nur nach dem Ausknipsen der Nachttischlampe hervorholt.

Max gab einen tiefen Seufzer von sich. Ich hatte zumindest noch ein Buch vor mir liegen, aber auf seinem Tisch lag gar nichts. »Das sind die schlimmsten Stunden«, sagte er. »Die, in denen überhaupt nichts passiert.«

Ich schwieg. Biervoort ließ kurz seinen Blick durch das fast leere Klassenzimmer wandern; nur am Fenster saßen noch zwei mir unbekannte Mädchen über ihre Bücher gebeugt. Zeige- und Mittelfinger des Französischlehrers befanden sich zwischen seinen Zähnen. Mit der freien rechten Hand notierte er sich etwas in ein Heft.

»Wenn sie mich nerven, stelle ich sie mir immer auf dem Klo vor«, sagte Max und nickte mit dem Kopf Richtung Biervoort. »Wie sie die Hose auf die Knöchel sinken lassen und dann in aller Ausführlichkeit kacken.«

Biervoort hob den Kopf wie ein Hund, der die Ohren spitzt, und schrieb dann weiter.

»Hast du die Finger von dem Kerl gesehen?« Und ohne eine Antwort abzuwarten: »Er hat sie schon wieder im Mund, dabei ist von den Nägeln gar nichts mehr übrig. Ich stelle mir vor, wie er auf dem Klo ordentlich presst und dann entdeckt, dass das Klopapier alle ist. Nichts außer einem Waschbecken und einem Wasserhahn. Und dann guckt er auf seine abgekauten Fingernägel ...«

Er lachte stoßweise. Ich warf ihm einen Blick zu und konnte mich dann auch nicht mehr beherrschen. Schließlich lachte ich noch lauter und länger als er. Biervoort schaute auf und fragte, was so komisch sei.

»Nichts«, sagte Max.

Da sich das Sonnenlicht, das durch die Fenster hereinfiel, in Biervoorts Brillengläsern spiegelte, war schwer auszumachen, ob er uns ansah. Wir warteten ab, ob er noch was sagen würde, aber nach einiger Zeit beugte er sich wieder über sein Heft.

»Hast du seine Frau schon mal gesehen?«, fragte Max.

»Seine Frau?«

Max holte seinen Tabak zum Vorschein und fingerte nach den Blättchen. »Sie arbeitet hier in der Schulbibliothek. Die mit dem kurzen grauen Maushaar.«

Ich kam nie in die Schulbibliothek. In der Schulbibliothek konnte man sich nur die schrecklichsten Bücher ausleihen, die niemand, der bei Verstand war, freiwillig lesen würde. Aber ich sah jetzt die Gestalt einer kleinen, runden Frau vor mir, die dienstags und donnerstags zur Bibliothek watschelte; da saß sie dann den ganzen Tag an einem Tisch bei der Tür, einen Zettelkasten vor sich. Aber es kam nie jemand, der sich ein Buch ausleihen wollte, jedenfalls hatte ich noch nie jemanden reingehen sehen.

»Das ist seine Frau?«, fragte ich. Ich gab Max drei Blättchen.

»Frau ist ein großes Wort. Aber jeder Mann muss doch was zu Hause haben, das kocht und das Geschirr spült.«

Ich versuchte mich an das Gesicht von Frau Biervoort zu erinnern; durch das kurze graue Haar und die Menge an Zähnen und Zahnfleisch, die sie entblößte, wenn sie den Mund aufmachte, hatte sie etwas von einem Nagetier, das tief im Wald wohnt. Ein Biberweibchen zum Beispiel, eine Metze, die nach dem Krieg kahl geschoren wurde, weil sie mit den falschen Tieren im Wald herumgehurt hatte. Außerdem standen ihre Augen leicht nach außen, was ihrem Gesicht einen stets fragenden und erstaunten Ausdruck verlieh, als wäre sie jedes Mal überrascht über die vielen Bäume, die sie an einem einzigen Tag umgenagt hatte.

Ich sah zu Biervoort hin und stellte mir vor, wie er und die kleine Frau mit dem grauen Igelkopf sich nach einem anstrengenden Arbeitstag auf dem Erasmus-Gymnasium um sechs Uhr abends am Esstisch gegenübersaßen. Draußen war es dunkel. Von der Decke hing eine Lampe mit einer Fünfundzwanzig-Watt-Birne. Zwischen ihnen stand ein Topf, aber es war nicht zu erkennen, was es zu essen gab.

»Du musst dir vorstellen, wie es da abends zugeht«, sagte Max. »Wenn sie ins Bett gehen.«

»Sie haben erst Kartoffeln gegessen«, sagte ich. »Mit ganz ekligem Fleisch.«

»Ja, zum Beispiel. Sie haben beide schon ein bisschen Sodbrennen, wenn sie sich hinlegen. Jedenfalls er. Er hat einen gestreiften Pyjama an. Einen braun gestreiften Pyjama, und er setzt sich auf die Bettkante, um den Wecker zu stellen. Dann schlüpft er aus den Pantoffeln. Solche braunen

Pantoffeln aus Kunstleder, die noch ein paar Sekunden an den Fußsohlen kleben bleiben.«

Ich sah zu Biervoort hin. Es kostete mich Mühe, nicht in Lachen auszubrechen; an der Wandtafel hinter seinem Kopf stand mit Kreide *Elle n'a pas dormi(e?)*.

»Dann setzt er die Brille ab und legt sie auf den Nachttisch«, sagte Max; er hatte die drei Blättchen aneinandergeklebt und bröselte Tabak drauf. Ich hatte Biervoort nur ein einziges Mal die Brille abnehmen sehen. Er hatte sich mit Daumen und Zeigefinger lange die Nasenwurzel gerieben. Die Stege des Gestells hatten tiefe Dellen in der Haut hinterlassen, erinnerte ich mich, als würde er die Brille auch nachts tragen.

Max holte das Samtbeutelchen, das ich schon vorher in der Toilette gesehen hatte, aus der Innentasche seines Sakkos; mit den Zähnen zog er die Schnur auf.

»Dann dreht er sich auf die Seite«, sagte er. »Wahrscheinlich entfährt seinen bleichen Arschbacken bei diesem Manöver schon ein erster feuchter Furz. Einer, der in den ersten Stunden nicht mehr unter der Bettdecke wegkommen kann. Der sich auf das Betttuch niederschlägt, daran anpappt. Biervoort lässt kurz die nagellosen Finger einer Hand hinten in seine Pyjamahose gleiten, um zu fühlen, ob es wirklich nur Luft war, was entwich. Er fühlt etwas Nasses. Aber es ist die gewöhnliche Nässe von immer.«

»Ja«, sagte ich. »Es ist da immer ein bisschen feucht, wenn man den ganzen Tag sitzt.«

»So oder so ähnlich. Er schnuppert an seinen Fingern. Er hat Lust, an seinen gänzlich abgenagten Nägeln zu knabbern. Es ist eine Versuchung, der nur schwer zu widerstehen ist. Er begutachtet seine kaum noch als solche erkennbaren Nägel wie ein Kind eine Kuchenplatte, auf der Krümel und Schlagsahnereste zurückgeblieben sind. Aber dann sieht er das graue Haar seiner Frau. Es ähnelt dem einer Wildsau oder eher noch den harten Borsten einer Spülbürste, die längst ausgedient hat, aber von solchen Nebensächlichkeiten lässt er sich nicht ablenken. In seiner Pyjamahose fühlt er seinen dünnen, bleichen Schwanz steif werden. Er lässt noch einen Furz, aber dabei kneift er die Arschbacken so fest zusammen, dass der Wind fast geräuschlos entweicht. Seine Finger wühlen nun zärtlich in ihrem Borstenhaar, während er mit dem Unterleib näher an sie heranrückt.«

Ich sah Max von der Seite an. Aber Max hielt seinen Blick geradeaus auf Biervoort gerichtet, während er den Inhalt des Säckchens gleichmäßig über den Tabak verteilte.

»Sie fängt jetzt an, leise zu knurren, und lässt die Hand unter die Bettdecke gleiten. Durch den Stoff der Pyjamahose kneift sie in seinen harten Pimmel. Mit denselben Fingern, mit denen sie in der Schulbibliothek im Zettelkasten blättert auf der Suche nach Büchern, die niemand lesen will, wichst sie ihn jetzt durch den billigen Nylonstoff des Pyjamas. Die Hose ist vorne schon fast genauso feucht und fleckig wie hinten. Biervoorts abgenagte Fingernägel manschen in ihrer Möse. Es tut weh, denn sie hat da noch härtere Stoppel als auf dem Kopf, der sich jetzt auf dem Kissen hin und her bewegt, während sie mit den Lippen schmatzt und schweinische Laute von sich gibt. Sie drängt ihn, seine Finger noch tiefer hineinzustecken, seine ganze Hand bis zur Armbanduhr in ihr verschwinden zu lassen. Sie ist eine außergewöhnlich hitzige und geile Sau, und wenn sie einmal angefangen hat, dann will sie auch, dass der Stall gründlich ausgemistet wird. Er zerrt seine Pyjamahose nach unten und stößt seinen Pimmel in sie rein. Mit denselben Händen, mit denen sie in der Bibliothek für einen lernbegierigen Schüler ein völlig unlesbares Buch aus dem Bücherregal holt, krallt sie sich jetzt in seine feuchten Arschbacken, ihre Finger rollen und kneten das Fleisch, als würde sie aus einem Kochbuch ein neues italienisches Nudelgericht ausprobieren. Wegen ihres Rotzens und Knurrens sind die Fürze, die zwischen den nämlichen Arschbacken entweichen, kaum noch zu hören. Das Sodbrennen wird so schlimm, dass er sie vor lauter Angst, er könnte ihr schwere Verbrennungen im Mund oder im Gesicht zufügen, nicht mehr zu küssen wagt. Stattdessen schlabbert er mit der Zunge in ihrem Hals wie ein Hund, der mit der Schnauze tief im Fressnapf Kutteln hinunterschlingt, und versucht mit seinen weichen nagellosen Fingern Halt zu finden. Wenn sie doch endlich ihren Kopf still hielte, er weiß auch, wie das zu schaffen wäre, er müsste ihn nur fest nach hinten drücken, bis er einen trockenen Knacks hörte, oder er müsste ihr das Kissen auf den knurrenden und rotzenden Mund pressen, so lange bis sie still würde und sich nicht mehr bewegte. Auch ein paar gezielte Schläge mit geballter Faust mitten in das ächzende Mäusegesicht würde die Angelegenheit drastisch verkürzen, aber er fühlt an seinem Schwanz, dass es beinahe so weit ist, er ist beinahe so weit, seine Frau vollzuspritzen, er hat endlich ein Büschel ihres Haars in der Hand und lässt jetzt nicht mehr los. Sie rollt mit den Augen und bringt ihren aufgesperrten Mund hoch zu seinen Lippen wie ein ausgehungertes Vögelchen zu den Würmern im Schnabel seines Papa-Vogels, sie will ihn wahrhaftig auf den Mund küssen, sie will mit ihrer Zunge hinein in dem Moment, da er sich entlädt … ›Los, Schätzchen‹, stöhnt sie, und ihre Finger krallen sich noch einmal mit aller Kraft in seine bleichen Arschbacken, sie wird ihn jetzt auspressen wie eine Frucht, sodass kein Tropfen mehr übrig bleibt … ›Los, Schätzchen!‹ – er ahnt ihre Absicht, aber es ist nicht mehr aufzuhalten, es kommt von hinten, es hat sich da hochgeschaukelt, bis sich das Tor endlich öffnet und es rauskann, in die Arena. ›Dreckige, fiese …‹, murrt er noch, während auch die Magensäure sich wie ein herausgewürgtes Gewölle bis in den Hals nach oben gearbeitet hat, ›dreckige, dreckige …‹, aber weiter kommt er nicht, das Tor muss sich jetzt öffnen, während sie zu gurren anfängt, das macht sie immer, wenn er schmutzige Wörter gebraucht, schmutzige Wörter erregen sie, sie fühlt, wie sich ihre ganze halb kahl geschorene Möse mit Blut vollpumpt, ihre inneren Muskeln bekommen endlich seinen hämmernden Schwanz in den Griff, ein wirklich harter und steifer Schwanz ist es eigentlich nie gewesen, es ist mehr eine Art zurückfederndes Spielzeug, das zwar innen, aber nicht außen hart ist, man kann es mit Leichtigkeit zurückziehen und dann wieder hochschnellen lassen, aber jetzt hat sie ihn doch endlich zwischen ihren mit Blut vollgepumpten Muskeln, nun soll er büßen, er entleert sich völlig, diese feige Süßholzstange, ›los, Schätzchen, gieß voll …‹«

Biervoort bückte sich und nahm etwas aus seiner Tasche, die an einem Tischbein lehnte. Es war eine altmodische, solide braune Aktentasche. Er schlug die Klappe hoch und steckte seine Hand hinein, die mit einer gelben Butterbrotdose wieder zum Vorschein kam.

Der Französischlehrer äugte unter den Deckel und steckte seine Finger hinein; unter dem Tisch stieß Max mich mit dem Knie an.

Biervoorts Finger hatten anscheinend irgendwo im Innern der Dose Halt gefunden. Nach einigem Stochern und Wühlen wurde ein blasses Butterbrot sichtbar; es war ein doppeltes Butterbrot, und auch von unserem Platz in der letzten Reihe war zu sehen, dass es mit Käse belegt war.

Biervoort biss einmal schnell hinein. All seine Bewegungen hatten etwas Verstohlenes. Aus der Ferne erinnerte er an ein Tier, das etwas aus einem Mülleimer stiehlt.

Krümel klebten in seinen Mundwinkeln. Ich dachte an die Hände, die das Butterbrot geschmiert hatten, wahrscheinlich an diesem Morgen; dieselben Hände, die im Dunkel die bleichen Arschbacken des Französischlehrers geknetet und durch den Stoff seines Pyjamas an seinem halb steifen Pimmel gezogen hatten, schmierten bei Tageslicht die Butterbrote und belegten sie mit Käsescheiben.

Ich sah Max an, aber der schien sein Interesse an Biervoort verloren zu haben. Er strich mit der Zunge am Klebestreifen der Blättchen entlang und rollte das Ganze sorgfältig zusammen. »Vielleicht wäre es mal an der Zeit für eine kleine Pause«, sagte er.

Ich wollte ihn eigentlich fragen, wie es mit Biervoort und seiner Frau weiterging. Was passierte, nachdem sie ihn angestachelt hatte, alles strömen zu lassen. Aber etwas sagte mir, dass ich jetzt keine Antwort bekommen würde, dass ich auf eine passende Gelegenheit warten musste.

Wir standen auf und gingen aus dem Klassenzimmer; an der Tür sah ich mich noch einmal um. Die gelbe Butterbrotdose stand nicht mehr auf dem Tisch, und auch die Krümel in Biervoorts Mundwinkeln waren verschwunden.

4

Es ist inzwischen weit nach Mitternacht. Im Garten hängen diese hartnäckigen Tiergerüche, wie so häufig in schwülen Sommernächten wie dieser. Ich habe den Liegestuhl mitten auf den Rasen gestellt. Hinten aus der Küchenschublade habe ich mir die zerknitterte Schachtel Marlboro geangelt. Sie lag noch genau an der Stelle, an der sie liegen sollte. Nicht gleich für jeden sichtbar, aber auch nicht wirklich versteckt. *For emergency use only,* wie bei einer Scheibe, die man einschlagen muss, um einen Notausgang zu öffnen.

Die Tiergerüche stammen noch von der vorherigen Bewohnerin, das heißt, von ihrer Art der Tierhaltung. Als sie später krank wurde, vermischten sich dann die animalischen und menschlichen Gerüche. In dieser Zeit ließ sie auch immer öfter den Hund im Garten scheißen.

Wir hatten damals nur das Stockwerk über ihr. Vom Balkon aus sah ich Frau de Bilde regelmäßig mit einer Harke herumfuhrwerken. Statt den Kot zu entsorgen, schob sie ihn mehr schlecht als recht außer Sichtweite. Der Hund war der gefleckte Vertreter einer mir unbekannten Rasse und eigentlich zu groß, um nur im Garten ausgeführt zu werden. Zuerst scharrte er minutenlang zwischen den Pflanzen herum, wahrscheinlich auf der Suche nach einer Stelle, wo er sich selbst nicht riechen konnte. Wenn er sich schließlich, fast beschämt, auf die Hinterbeine hockte, kreuzten sich manchmal unsere Blicke. Ich konnte mich nie des Eindrucks erwehren, dass der Blick, den er mir zuwarf, ein stummer Hilfeschrei war. Als würde er sich etwas von dem Mann erhoffen, der ihn vom Balkon des ersten Stocks schweigend beobachtete: Ich solle etwas unternehmen, damit alles wieder so werde wie früher, ich solle zumindest eingreifen und dem erniedrigenden Scheißen im Garten ein Ende bereiten.

Als wir das Haus 1995 kauften, waren nur die beiden oberen Stockwerke frei. Die schönste Etage – das Erdgeschoss mit einem hundertdreißig Quadratmeter großen Garten – war vermietet. An eine alte Frau, »die in absehbarer Zeit einsehen wird, welche Vorteile ein Pflegeheim bietet«, wie sich der Makler ausdrückte.

Ich erinnere mich, als sei es gestern gewesen: Es war Anfang März, als wir zum ersten Mal durch das Haus geführt wurden. Vom Balkon im ersten Stock schaute ich auf den Garten hinunter. Gärten hatten mich bisher nicht sonderlich interessiert, die Beschäftigung mit Blumen und Pflanzen war mir geradezu ein Gräuel, und zwar so sehr, dass sich vorübergehend meiner Obhut anvertraute Blumen und Pflanzen schon nach wenigen Tagen zu verfärben begannen und fast alle ihre Blätter verloren.

Aber dieser Garten war ziemlich verwildert, das Gras spross reichlich, dazwischen waren Blumen, deren Namen ich nicht kannte und die man normalerweise nur auf den Deichen entlang der großen Flüsse antrifft oder auf dem Mittelstreifen der Autobahn. In der Mitte war ein überwucherter kleiner Teich voll Entengrütze, an dessen Ufer auf einem rustikalen Baumstamm ein Vogelhaus stand, in dem Dutzende von Vögeln flatterten und zwitscherten, dass es eine Art hatte.

»Ich weiß nicht, ob Sie Frösche mögen«, hatte der Makler gefragt.

»Frösche?«

»Ich habe mir sagen lassen, in dem Teich hätten sich Frösche angesiedelt. Für manche hat das etwas Ländliches, andere können dem nicht viel abgewinnen ...«

Und dann fragte er, ob wir das Erdgeschoss noch sehen wollten; es spiele keine Rolle, ob die Mieterin zu Hause sei, ich sei schließlich der neue Besitzer, dem die »armselige Miete« von zweihundertsechsundachtzig Gulden überwiesen werden müsse. Wenn ich die Dame davon überzeugen könne, auf meine Kosten eine Zentralheizung und Doppelfenster einbauen zu lassen, könne ich die Miete mit einem Schlag auf über tausend Gulden erhöhen.

»Wie alt ist Ihr Sohn?«, fragte er.

»Neun«, sagte Christine.

»Kinder in dem Alter machen viel Krach«, sagte der Makler in verschwörerischem Ton. »Oder drehen die Musik auf volle Lautstärke. Die baldige Übersiedlung in ein Pflegeheim, sagen wir mal, liegt zum Teil in Ihrer Hand.«

Ich erinnere mich noch sehr gut an meine Antwort: Ich brauche die untere Wohnung eigentlich nicht zu besichtigen, der Blick auf den Garten habe mir schon einen Eindruck vermittelt. Das Ganze spielte sich, wie ich bereits sagte, im März ab.

Mitte April zogen wir ein, und Anfang Mai, am ersten warmen Tag des Jahres, war da zum ersten Mal dieser Geruch. Erst dachte ich, er käme von draußen – es gibt solche Tage, an denen ländliche Düfte den Stadtrand erreichen –, aber es dauerte nicht lange, bis uns klar wurde, dass er aus dem Haus selbst kam. Aus dem Erdgeschoss, um genau zu sein.

Es war eine Geruchsmischung aus Kamelstall und versifften Kloanlagen, wie man sie vor allem auf Campingplätzen antrifft. Süßsauer, aber mit einem Schuss Ammoniak, sodass einem die Tränen in die Augen stiegen. Der Geruch kam aus den Ritzen im Parkett, blieb im Flur hängen wie Nebelschwaden über einem Sumpf und breitete sich dann, gemächlich, aber zielstrebig, wie eine bösartige Krankheit bis zur höher gelegenen Etage aus, wo sich unsere Schlafzimmer befanden.

Aber wo sich der Geruch vor allem aufhielt, besser gesagt, wo er herkam, war im unteren Treppenhaus. Hier befand sich die Quelle, hier war unverkennbar der Ort, wo er entsprang, hier offenbarte er sich in seiner konzentriertesten und erstickendsten Form.

In dem amerikanischen Film *Backdraft – Männer, die durchs Feuer gehen* haben Feuerwehrleute mit heimtückischem Rauchgas zu kämpfen, das sich durch Zufuhr von Sauerstoff in gewaltigen Explosionen entladen kann. Daran musste ich denken, als ich an jenem ersten warmen Maitag die Haustür öffnete.

Was mir entgegenschlug, ließ mich unwillkürlich die Hand vor Mund und Nase halten. Dass die Geruchsschwaden unsichtbar waren, machte sie nur umso bedrohlicher. Während ich hustend und nach Luft schnappend in das dämmrige Treppenhaus starrte, auf den schmalen Lichtstreifen, der durch die Öffnung des Briefkastens auf die Türmatte projiziert wurde, beschlich mich das Gefühl, was da lauere, sei stärker als ich, jeden Moment könnte es sich zusammenballen und explodieren, woraufhin ich, genauso wie die unglücklichen Feuerwehrleute in *Backdraft*, nur noch als verkohlter Rumpf mit großer Kraft rückwärtsgeschleudert würde, quer durch das ganze Haus und durch die berstende Küchentür nach draußen, über den Balkon in den Garten, wo der Rumpf noch stundenlang im Gras vor sich hin schwelen würde.

In der Diele war unsere Garderobe. Es dauerte nicht lange, bis der Geruch sich an unsere Jacken und Mäntel heftete, sodass wir ihn auch mit nach draußen nahmen. Nach ein paar Tagen roch ich ihn im Auto. Ich roch ihn, wenn ich im Büro die Jacke anzog, und ich roch ihn, wenn ich nach Hause fuhr. Vor der Haustür schlug er mir mit voller Wucht aus dem Briefkasten entgegen; nun hieß es, die Lungen vollzusaugen und mit angehaltenem Atem die vierzehn Stufen nach oben hinter sich zu bringen.

Es dauerte noch etwas länger, bis uns klar wurde, dass wir den Geruch nie mehr loswerden würden. An warmen Tagen war er zwar am stärksten, aber auch bei kühlerem Wetter war er nie ganz weg. Er blieb jetzt auch an Sachen hängen, die bis dahin unbehelligt geblieben waren, vorzugsweise an Textilien. Ein frisch gebügeltes Hemd roch, wenn ich es aus dem Kleiderschrank nahm, nicht mehr nach Waschmittel und Bügelbrett, sondern nur noch nach einem schlecht gelüfteten Kamelstall.

Im Büro konnten sie nicht gleich die Quelle lokalisieren, aber dann blieben die Bemerkungen natürlich nicht aus. »Die Gülle schon ausgestreut, Fred?«, fragten sie und schnupperten am Kragen meines Hemds. »Beim Grillen nicht aufgepasst?« war auch ganz lustig.

Ich sprühte mich voll mit Deos und Duftwasser, was ich ausführlich wiederholte, nachdem ich das Auto geparkt hatte und dann noch einmal flüchtig im Aufzug nach oben. Aber noch während ich durch den Gang zu meinem Büro ging, war mir klar, dass alles umsonst gewesen war. Der Geruch folgte mir wie die Staubwolke einem Pferdekarren oder eher wie ein Schwarm kreischender Möwen dem Achterdeck eines auslaufenden Schiffes; einige Sekunden vor Betreten meines Büros holte er mich ein und ließ sich wieder auf meine Kleider nieder.

Zu Hause probierte ich den Trick der stellvertretenden Verdrängung aus. Es ist gar nicht so schlimm, redete ich mir ein. Früher fandst du es doch ganz angenehm, wenn dir der Geruch des Lagerfeuers am nächsten Morgen noch in den Kleidern hing. Oder das Parfüm einer Frau … Spätestens da stockte der Vergleich. Von Parfüm konnte nicht die Rede sein, nicht einmal von Lagerfeuer. Vor langer Zeit habe ich mal an einer vierspurigen Autobahn gewohnt, nachts im Bett ließ ich mein Gehirn eine Vierteldrehung machen, es sollte glauben, die vorbeirasenden Autos seien die anrollenden Wellen der Brandung am Strand direkt unter dem Schlafzimmerfenster. Das Gehirn ließ sich selten länger als ein paar Minuten hinters Licht führen; danach waren die Wellen wieder Autos – und blieben es für den Rest der Nacht.

Es ist jetzt fast fünf Jahre her, dass ich mit dem Rauchen aufgehört habe, am 12. November 1996, um genau zu sein. Jetzt rauche ich noch hin und wieder eine Zigarette, wenn ich Lust dazu habe; notfalls eine ganze Packung an einem Abend, wenn es sich so ergibt. Ich lehne mich im Liegestuhl zurück und zünde die zweite dieser Nacht an.

Es ist keine Wolke am Himmel, und obwohl wir hier doch in der Stadt sind, sind mehrere Sterne zu sehen. Ich denke an die Zeit, da Sterne noch Gesprächsstoff waren; die Zeit, da uns Ausdrücke wie *unermessliche Entfernungen, Lichtjahre* und *schwarze Löcher* noch genauso selbstverständlich über die Lippen kamen wie *tilgungsfreie Hypothek, Financial Leasing* und *Cruisecontrol* heutzutage.

Der Geruch ist nie ganz verschwunden. In den Jahren, bevor wir das Erdgeschoss dazubekamen, haben wir natürlich alles Mögliche versucht. Wir haben der Mieterin vorgeschlagen, die ganze Wohnung instand setzen und streichen zu lassen – wohl wissend, dass man zwar den Symptomen einer Plage zu Leibe rücken, diese aber erst dann wirkungsvoll bekämpfen kann, wenn man zuerst die Brutstätte ausrottet.

Vor ein paar Tagen bin ich auf die Harke gestoßen; die Harke, mit der sie die Hundescheiße verschwinden ließ. In einem Teil des Gartens, in den ich sonst nie komme, ganz am Ende neben der gepflasterten Terrasse. Ich sah sie zwischen dem Farn liegen. Es war merkwürdig, sie in den Händen zu halten. Als wäre ich für einen kurzen Moment der Archäologe meiner eigenen jüngsten Vergangenheit.

Rückblickend lässt sich sagen, dass diese schon an dem Tag begann, an dem mir Max' Kater auf den Schoß sprang, inzwischen vor mehr als dreißig Jahren, oder auf alle Fälle bei unserer Wiederbegegnung an meinem siebenundvierzigsten Geburtstag.

Aber wenn ich es mir genau überlege, fängt sie eigentlich in der Pause von *Deep Impact* an.

5

Es ist jetzt etwas länger als ein Jahr her. Wir standen in der Pause von *Deep Impact* mit unseren Gläsern im Foyer, als ich hinter mir eine Stimme hörte. Auch ohne mich umzudrehen, wusste ich auf Anhieb, dass dies dieselbe Stimme war, die mir vor dreißig Jahren versichert hatte, der schwarze Kater, der gerade auf meinen Schoß gesprungen war, würde mir nichts tun, solange ich nur ruhig sitzen bliebe.

Meine Frau nippte an ihrem Weißwein und schaute vor sich hin. Ich brauchte sie nicht zu fragen, wie ihr *Deep Impact* bis jetzt gefallen hatte. Schon meine Bemerkung, in dem Film stecke doch auch Humor, hatte sie in den falschen Hals bekommen. Solange ich den Mund hielt, gab es zumindest noch eine reelle Chance, dass sie auch die zweite (und wichtigere) Hälfte des Films über sich ergehen lassen würde.

Ich schätze solche Dinge des Öfteren falsch ein. Schon mehrmals habe ich Leute zu etwas eingeladen (oder ihnen etwas vorgespielt oder zu lesen gegeben) in der Annahme, sie würden dabei das Gleiche empfinden wie ich. Oder vielleicht ist es noch anders: Mehr als um das gleiche Empfinden geht es mir vor allem darum, dem anderen auf dem Umweg über einen Film, ein Musikstück oder eine bestimmte Geschichte etwas über mich selber deutlich zu machen, was sich nicht so ohne Weiteres im Gespräch von Mensch zu Mensch in Worte fassen lässt.

Wenn dem anderen im gleichen Augenblick wie mir, kurz vor dem Einsetzen des Gitarrensolos in einer seit Jahren rauf- und runtergenudelten Nummer, der gleiche kalte Schauer den Rücken hinunterläuft, dann ist etwas passiert, was nie mehr ungeschehen gemacht werden kann. Zuckt der andere dagegen mitten in der Nummer die Achseln oder redet achtlos über das Solo hinweg, dann ist er oder sie für mich im Grunde schon klinisch tot, so einfach ist das.

Wer wie Jan Vriend – Loser von Beruf und Bruder meiner Frau – behauptete, *Deep Impact* sei »der soundsovielte dumme Katastrophenfilm«, dem war faktisch schon nicht mehr zu helfen. Was man auch über meine Frau sagen mag, sie war jedenfalls bereit, mitzukommen, einen Versuch zu machen, zu verstehen, was mich an diesem Film so berührt hatte – damals jedenfalls.

Max G. lehnte im Foyer mit einem Ellbogen auf dem Tresen und redete in sein Handy; mit zwei Fingern der anderen Hand hielt er sich das freie Ohr zu. »Wenn du es machst, ist es besser, du machst es genau so, wie ich es dir sage«, verstand ich. »Wenn du es nicht so machst, wie ich es dir sage, lässt du es besser ganz sein.«

Max war höchstens ein paar Kilo schwerer geworden; sein Haar hatte sich etwas gelichtet und lag ein wenig platter am Kopf an. Schwarz war immer noch seine Lieblingsfarbe; ein teures Markenhemd hing ihm locker über den Hosenbund. Um den Hals trug er ein dünnes Goldkettchen, und auch eines oben auf seinen schwarzen Slippern.

Ich trank rasch mein Bier aus und bestellte ein zweites. Meine Frau schüttelte erst den Kopf, als ich sie fragend ansah, gab dann aber doch nach. Was uns bevorstand, war die zweite Hälfte von *Deep Impact*, der Teil, in dem alles von kilometerhohen Wogen verschlungen wird, und ich hegte die vage Hoffnung, sie würde mit zwei Gläsern Weißwein im Kopf eher verstehen, worum es mir ging.

Max hatte sein Telefongespräch beendet. Er steckte das Handy in seine linke Hemdtasche, schüttelte ein paarmal den Kopf und sah sich dann suchend um. Sein Blick streifte den Hinterkopf meiner Frau, dann trafen sich unsere Blicke, doch er gab kein Zeichen des Erkennens.

»Wird die ganze Erde am Ende zerstört?«, fragte meine Frau. »Oder bleiben noch ein paar Leute am Leben?«

Sie gab sich redlich Mühe, uns den Abend zumindest nicht durch uferlose Diskussionen über den zu dünnen Handlungsstrang des Films zu vermiesen. Aber nicht nur ihr Blick, auch der Ton, in dem sie die Frage stellte, passte eher zu einer Mutter, die ihren Sohn in ein Geschäft für Modelleisenbahnen mitnimmt und geduldig wartet, bis er seine Wahl getroffen hat, als zu einem Gespräch zwischen Mann und Frau über den weiteren Verlauf eines Katastrophenfilms.

»Willst du das wirklich wissen?«, fragte ich. »Bei einem Thriller willst du doch auch nicht hören, wie es ausgeht.«

Meine Frau kniff die Augen zusammen und nippte an ihrem Wein. »Es ist aber kein Thriller, Schatz«, sagte sie schließlich. »Es ist eher ein …«

Ich ließ sie nicht ausreden; Max hatte sich vom Tresen gelöst und kam in unsere Richtung. Als er schon fast an uns vorbei war, legte ich ihm die Hand auf den Arm. »Max!«, sagte ich – es hörte sich überzeugend an, als hätte ich ihn gerade erst in diesem Moment erkannt. Max G. sah leicht verärgert auf meine Hand und dann zu mir auf.

»Fred«, sagte ich. »Obersekunda.«

Sein Gesicht nahm einen grübelnden Ausdruck an, wie bei einem Weinkenner, der an der soeben entkorkten Flasche aus einem etwas obskuren Jahr schnuppert. Er fasste sich an die Nase und schüttelte dann den Kopf.

»Tut mir leid«, sagte er, »Sie müssen sich irren.«

Er wandte sich wieder zum Gehen. Ich streckte die Hand nach ihm aus, diesmal ohne ihn zu berühren.

»Fred Moorman«, sagte ich. »Er spürt, dass er dir trauen kann. Ab heute bist du sein Freund.«

Max starrte mich an. Seine Hand verschwand erst in der Hemdtasche, in die er gerade sein Handy gesteckt hatte, dann angelte er sich aus der anderen Brusttasche eine Schachtel Marlboro.

»Max!«, ertönte in diesem Moment eine Stimme. An der Treppe zu den Toiletten stand eine Frau, die aufgeregt mit den Händen gestikulierte. »Meine Tasche!«, rief sie.

Jetzt erst fiel mir der Mann auf, der sich in großer Eile einen Weg durch die dicht gedrängte Menschenmenge bahnte; um den Ausgang zu erreichen, musste er an der Bar vorbei, er steuerte geradewegs auf uns zu.

Max tat einen Schritt zu Seite. »Wohin des Wegs, Hassan?«, fragte er und packte ihn am Arm. In der Hand des Mannes baumelte eine mattschwarze DKNY-Handtasche.

Max' Knie schnellte in die Höhe. Erst dachte ich, er wollte ihn im Schritt treffen, doch Max hatte ihn am Haar gepackt und seinen Kopf mit aller Kraft nach unten gezogen.

Das Knie traf den Mann zwischen Nase und Oberlippe. Ein dumpfes Knacken ertönte, wie von brechenden Zweigen oder eher noch von Geschirr, das im Nebenzimmer in Scherben geht. Blut spritzte in dicken Tropfen auf den zartrosa Teppichboden.

Der Mann griff sich ins Gesicht und starrte auf seine blutigen Finger, die Tasche fiel zu Boden. Max bückte sich nach ihr. »Du kannst froh sein, dass ich nicht diskriminiere«, sagte er. »In deinem Land hätte ich dir die Hand abgehackt.«

Er drehte sich zu uns um und zündete sich die Zigarette an, die er immer noch zwischen den Fingern hielt; er winkte der Frau, die ihren Platz an der Treppe verließ und sich einen Weg zu uns bahnte.

Max schaute sich noch einmal nach dem Mann um, der mit dem Ärmel seines Shirts das Blut zu stillen versuchte. »Was stehst du hier noch rum? Geh und wasch dir das Gesicht, du Ferkel!«

Die Leute im Foyer hatten den Vorfall wie versteinert verfolgt. Manche hatten den Blick abgewandt, als das Blut spritzte, vereinzelt hatte auch jemand einen Schrei des Abscheus ausgestoßen, aber als der blutende Mann zum Ausgang humpelte, war von allen Seiten vor allem beifälliges Gemurmel zu hören.

»Sie werden immer frecher«, sagte ein Mann in einer blauen Windjacke und einem Fläschchen Chocomel in der Hand.

»Wenn man nicht mal mehr im Kino sicher ist …«, hörte ich eine Frau hinter mir sagen.

Ich hatte allerdings nur Augen für die Frau, die sich uns näherte. Sie hatte das Haar hochgesteckt, wodurch ihr außerordentlich langer Hals gut zur Geltung kam. Ihre ganze Gestalt war übrigens von außergewöhnlicher Länge. Während sie sich durch die Leute im Foyer drängelte, geriet ihr Kopf keinen Moment aus dem Blickfeld.

Sie hatte ein schmales, klassisch schönes Gesicht, aber sie erinnerte mich vor allem an ein Tier, das mit dem Kopf das Gras der Savanne überragt; nicht unbedingt ein Raubtier, eine Giraffe vielleicht oder ein Okapi.

»Alles in Ordnung, mein Schatz?«, fragte Max. Er reichte ihr die Tasche.

Als sie sich küssten, musste die Frau sich bücken, das heißt, sie ging ein wenig in die Knie und beugte den Kopf hinunter. »Das ist Sylvia«, sagte Max. »Sylvia, das ist … das ist ein ehemaliger Klassenkamerad von mir. Wir sind zusammen in die Schule gegangen.«

Ich ergriff ihre ausgestreckte Hand. »Fred«, sagte ich.

Dann schauten alle Christine an.

»Christine«, sagte meine Frau und schüttelte beiden die Hand.

Es fiel mir schwer, Max' Frau nicht anzustarren. Mich beschäftigte nur eine Frage: Wieso hat Max so eine große Frau?

»So«, sagte Sylvia. »Und wie lange kennt ihr euch schon?«

Max und ich sahen einander an.

»Seit 1970«, sagte ich. »1972 haben wir … habe ich Abitur gemacht. Danach haben wir uns eigentlich …«

»Er hat immer schon ein fabelhaftes Gedächtnis gehabt«, unterbrach Max mich lachend. »In welchem Jahr wurde die erste V1 abgeschossen, und wie hieß der deutsche General, der 1940 die französischen Stellungen quer durch die Ardennen im Rücken angriff? Frag Fred und er weiß die Antwort.«

Alle lachten; Christine nickte heftig.

»Und?«, fragte Sylvia.

Sie sah mich zum ersten Mal länger an als nötig. Wieder musste ich an ein Tier in der Savanne denken, das unter der brennenden afrikanischen Sonne vor sich hin döst; und wenn die Nacht hereinbricht, liegt es immer noch da.

»Und was?«

»Wie heißt der deutsche General, der … na ja und so weiter?«

In dem Moment läutete der Gong, die Pause war vorbei.

»Student«, sagte ich. »Kurt Student. Die französischen und englischen Truppen waren völlig überrumpelt, weil sie nicht damit gerechnet hatten, dass die Deutschen mit ihren schweren Panzerdivisionen auf den schmalen, kurvenreichen Straßen durch die Ardennen fahren würden.«

Max warf den Kopf in den Nacken und lachte schallend. »Student!«, rief er. »Jetzt erinnere ich mich! Student! Ein Name, den man nie mehr vergisst. Aber ich vergesse ihn doch und er nicht.« Und, an seine Frau gewandt: »Habe ich zu viel versprochen?«

Ich sah Sylvia immer noch an; bildete ich es mir ein, oder zwinkerte sie mir zu? Jetzt erinnerte sie mich an diese Art Tiere, bei denen man nie weiß, ob sie einen beäugen oder einfach nur daliegen und schlafen.

»Und was treibst du so momentan?«, fragte Max.

Ich sagte es ihm.

Er sah mich ein paar Sekunden lang wortlos an. »Dann müssen Menschen dir aber ganz schön zuwider sein«, sagte er schließlich.

Der Gong läutete wieder. Das Foyer hatte sich schon fast ganz geleert.

Max reichte Christine die Hand. »Nett, dich kennengelernt zu haben«, sagte er und nahm seine Frau sanft beim Ellbogen. »Vielleicht können wir uns mal …«, setzte er an, während er mir die Hand schüttelte. »Vielleicht können wir uns mal auf einen Drink treffen. Das wäre nett.«

Sein Gesicht sprach eine andere Sprache. Sein Gesicht wollte nur noch in den Kinosaal zurück. Wahrscheinlich hätte es mich am liebsten nie mehr gesehen.

Als wir uns die Hände schüttelten, sah ich einen Blutstropfen auf dem Zifferblatt von Max' Armbanduhr; es war eine goldene multifunktionale Taucheruhr. Alles in allem war Max wahrscheinlich nicht sonderlich scharf darauf, Erinnerungen an unsere Gymnasialzeit auszukramen.

»Nächsten Samstag gebe ich eine Geburtstagsparty«, sagte ich. »Es wäre nett, wenn ihr kommt.«

Später, in der Dunkelheit des Kinosaals, beugte sich meine Frau zu mir. Der Meteorit hatte inzwischen einen derartigen Umfang erreicht, dass sein Lichtschein stärker war als die Sonne; es würde nicht mehr lange dauern, bis die Sturmwellen die Freiheitsstatue von ihrem Sockel rissen. Ich liebe Filme, in denen am Anfang alles noch recht idyllisch aussieht. Jetzt, wo ich *Deep Impact* zum zweiten Mal sah, empfand ich dieses Vergnügen sogar noch stärker als beim ersten Mal.

»Ich wusste gar nicht, dass du an deinem Geburtstag eine Party gibst«, flüsterte Christine mir ins Ohr. »Jedenfalls hast du mir nichts davon verraten.«

Ich grinste in die Dunkelheit. »Ich wusste es auch nicht«, flüsterte ich zurück. Ich drückte ihre Hand. »Andererseits wird man nur einmal im Leben siebenundvierzig.«

6

Es ging auf Mitternacht zu, und ich hatte mich eigentlich schon damit abgefunden, dass Max und Sylvia nicht mehr kommen würden. Die Gespräche waren über tilgungsfreie Hypotheken, neue Restaurants und neue Sekretärinnen inzwischen auf einem Niveau angekommen, an das man am nächsten Morgen lieber nicht mehr erinnert wird. Zwischen den auf dem Parkett zertretenen Nüssen und Salatresten versuchte sich jemand halbherzig an ein paar Tanzschritten; es war der tote Punkt des Abends, an dem plötzlich alle nach ihren Mänteln greifen und von einem Augenblick auf den anderen verschwunden sind.

Ich war, merkte ich, nicht mehr daran gewöhnt, Partys zu geben. In den letzten Jahren hatte ich meinen Geburtstag immer möglichst unauffällig verstreichen lassen, und es fiel mir einfach schwer, mir auf einmal all die Geschichten von so vielen Leuten gleichzeitig anzuhören. Kurzum, ich war selbst nicht ganz bei der Sache auf meiner Geburtstagsparty, und deshalb war die Qualität meiner Gesprächsbeiträge ebenfalls bedenklich. Allerdings trank ich auch schneller als sonst, sah öfter als sonst auf die Uhr, schlenderte mehrmals so unauffällig wie möglich zum Fenster und schaute eine Weile auf die geparkten Autos im Licht der Straßenlaternen hinunter und hinüber zur Straßenecke – ich wusste in dem Moment schon nicht mehr, ob ich alle Hoffnung auf Max' Kommen fahren gelassen hatte oder etwas in mir noch immer daran glaubte. Ich war mir auch nicht so sicher, ob ich mich wirklich freuen würde, wenn er doch noch aufkreuzte, oder mich nur erniedrigt fühlen würde, wenn er es nicht täte.

Ich schob den Ärmel ein wenig zurück und sah auf die Uhr. Viertel vor zwölf ... Mit einem Seufzer und einem letzten Blick auf die menschenleere Straße schlurfte ich zurück zu meinem Geburtstag.

Das Gespräch, das ich vor ein paar Minuten mitten in einem Satz über Steuerklassen verlassen hatte, drehte sich jetzt um Putzfrauen.

»Also Gabriela ruft uns von Schiphol an«, sagte mein Schwager gerade. »Sie hat Probleme bei der Einreise. Was hat die blöde Kuh gemacht? Sie ist genau eine Woche früher zurückgekommen als die zwei Monate, die sie gesetzlich außer Landes bleiben muss, um wieder reingelassen zu werden. Und dabei hatten wir ihr den Rückflug bezahlt, aus Santiago de Chile! Das ganze Geld zum Fenster rausgeworfen. Wenn das nicht sowieso auch schon vorher der Fall war.«

Ich betrachtete das griesgrämige und wehleidige Gesicht meines Schwagers, der immer so dreinblickte, als hätte man ihm vor langer Zeit ein großes Unrecht angetan, für dessen Wiedergutmachung das Geld immer noch nicht überwiesen worden ist, und fragte mich, was dieses Gesicht eigentlich dazu berechtigte, von einer chilenischen Putzfrau aus Santiago de Chile zu erwarten, dass sie ständig hinter ihm herräumt.

»Unsere kommt aus Sri Lanka«, sagte Hugo Landgraaf, der ein paar Häuser weiter wohnte. »Spricht kein Wort Holländisch, aber ist schrecklich nett. Auch ganz hübsch eigentlich.«

»Eine Tamilin«, sagte Peter Bruggink, der allein lebte und keine Putzfrau hatte; Peter kannte ich noch aus der Zeit, als man sich vor allem über den unermesslichen Abstand zwischen den Sternen unterhielt.

»Wisst ihr, was ich am schlimmsten finde?«, sagte mein Schwager. »Diese Gabriela lebt jetzt, haltet euch fest, seit acht Jahren hier. Zuerst hat sie irgend so einen Antillianer geheiratet, nur wegen der Papiere, wenn ihr mich fragt, na ja, jedenfalls war er schwul. Acht Jahre! Und noch immer spricht sie so ein beklopptes Deppenholländisch. Bei jedem Wort zerbricht man sich den Kopf, was um Himmels willen sie bloß meint. Es macht einen ganz verrückt. Erst recht am Telefon, da kann man ja nicht Lippenlesen. Also gebe ich den Hörer immer Yvonne, ich bringe einfach die Geduld nicht mehr auf. Von mir aus setzen sie sie heute noch in ein Flugzeug nach Chile, auf Nimmerwiedersehen, aber Yvonne meint, sie sei arm dran. Arm dran! Was soll man darauf sagen?«

Ich nahm mein Glas Moskovskaya vom Klavier und trank einen ordentlichen Schluck. Es war mein sechstes (oder siebtes?) Glas, und ich war jetzt an einer Grenze angelangt: der Grenze zwischen zu viel und wirklich viel zu viel – die Art Zuviel, die mit gewissen Persönlichkeitsveränderungen einhergeht, die dazu führen, dass man sich am nächsten Tag bei anderen erkundigen muss, was man alles so getan und gesagt hat.

Es gab einmal eine Zeit, da brauchte ich die Gläser nicht zu zählen, aber seit drei Jahren machte ich das. Wo die Grenze lag, hing von verschiedenen Faktoren ab – was ich gegessen, ob ich verschiedene Alkoholika durcheinandergetrunken, wie spät ich angefangen hatte – aber die Grenze lag irgendwo zwischen sechs und zehn. Danach war alles egal; nach diesem Glas, fiel mir ein, brauchte ich nicht mehr zu zählen, ich leerte es in einem Zug.

»Unsere ist nicht arm dran«, sagte Hugo. »Sie hat etwas Zerbrechliches, aber arm dran … nein, das würde ich nicht sagen.«

Ich ließ meinen Blick über die im Wohnzimmer versammelten Gäste schweifen. An der offenen Balkontür unterhielt sich Christine mit Erik Mencken. An der Art und Weise, wie sie ihre Zigarette hielt und ihre dunkelbraunen Haare alle paar Sekunden zurückwarf, sah ich sofort, dass sie sich gehörig ins Zeug legte. Mencken hielt sein Glas Mineralwasser auf Gürtelhöhe und nickte ab und zu. Er war Moderator einer populären Quizsendung und genau genommen der einzige Freund oder besser gesagt Bekannte mit Ansehen in unserem heutigen Freundes- und Bekanntenkreis.

Was meine übrigen Freunde und Bekannten betraf, fiel es mir immer ziemlich schwer zu behalten, was sie eigentlich genau machten, geschweige dass ich dafür auch nur das geringste Interesse aufbringen konnte. So war Hugo Landgraaf beim städtischen Verkehrsbetrieb angestellt, aber woraus seine Arbeit bestand … Ich erinnerte mich an einen betrunkenen Abend auf der Terrasse der Kneipe Elsa am Middenweg, als Hugo plötzlich von den vielen Missständen in seiner Abteilung anfing, wer den bevorstehenden »strukturellen Veränderungen« im Verwaltungsapparat gewachsen sei und wer nicht. Er redete von »Verlagerung der Verantwortlichkeiten« und »Stellen auf der Kippe«, die neu »eingestuft« werden müssten – mein Blick wurde schon bald glasig, so glasig, dass ich Hugo nicht mehr anzusehen wagte. Aber es musste ihm doch aufgefallen sein, denn seit jenem Abend hat er nie mehr von solchen Dingen angefangen.

Peter Bruggink bezeichnete sich schon seit Jahren als Fotograf; was er fotografierte, blieb allerdings sein Geheimnis. Ich hatte noch nie eine Zeitschrift oder auch nur einen Prospekt zu Gesicht bekommen, in dem ein Foto von ihm abgedruckt war. Eines Nachmittags sah ich ihn zufällig im

Supermarkt, wie er auffallend lange eine Packung Staubsaugerbeutel hin und her drehte, er betrachtete sie nicht, wie man normalerweise eine Packung Staubsaugerbeutel betrachtet, weil man wissen will, wie teuer sie ist oder zu welcher Marke Staubsauger sie gehört, sondern mit einem Blick, der vor allem Bedauern ausdrückte, als sei etwas nicht mehr ungeschehen zu machen. In dem Moment begriff ich, dass Peter Bruggink der Fotograf des Staubsaugerbeutels auf der Verpackung war, aber ich habe mich nie getraut, ihn danach zu fragen.

Und mein Schwager mit seiner chilenischen Putzfrau? Mein Schwager war mein Schwager. Mein Schwager machte überhaupt nichts, was immerhin leicht zu behalten war.

Erik Mencken dagegen war *Fernsehmoderator*, nicht mehr und nicht weniger. Man konnte es unmöglich vergessen, weil man jeden Freitagabend daran erinnert wurde, wenn um Punkt zehn die Erkennungsmelodie von *Wer wird Millionär?* erschallte. Seine Gesten, seine tiefe, dunkle Stimme und sein Haar, das bei jedem Wind und Wetter immer fünfzehn Jahre jünger aussah als er selbst, waren ihm vorausgeeilt, als er an einem wolkenlosen Tag vor knapp einem Jahr das vier Stockwerke zählende Herrenhaus an der Ecke Hogeweg und Pythagorasstraat bezog.

Nicht lange danach sahen Leute Mencken zum ersten Mal »in echt« auf der Straße. Sie waren dabei, als er »ganz normal« ein Pfund jungen Käse und zweihundert Gramm Hinterschinken in *Het Kaasboertje* an der Ecke Brede- und Hogeweg kaufte, und sie hörten mit eigenen Ohren, wie er noch immer »ganz normal wie jeder andere« den Angestellten »ein schönes Wochenende« wünschte.

In den Monaten danach wurde der Moderator immer alltäglicher und normaler, so alltäglich und normal, dass manche Bewohner des Viertels ihn schon fast als ihren Freund betrachteten. »Hallo, Erik!«, riefen sie ihm von der anderen Straßenseite zu, wenn Mencken in seinen dunkelblauen Land Rover Discovery stieg – und der Moderator war sich nie zu gut, den Gruß zu erwidern.

Ich persönlich konnte Erik Mencken gerade wegen seiner Normalmasche nicht ausstehen. Wie ich ihn auch wegen seines Glases Mineralwasser in der Hand hasste, während er sich – auch wieder so völlig alltäglich und normal! – mit scheinbar andächtiger Miene Christines dummes Geschwätz anhörte.

Das Glas Mineralwasser repräsentierte das arbeitsame Leben des Moderators, das nämliche arbeitsame Leben, das ihm nicht erlaubte, sich an dem siebenundvierzigsten Geburtstag eines Nachbarn wie alle anderen einen hinter die Binde zu gießen. Das Glas Mineralwasser verlieh ihm einen Heiligenschein, als wäre er der viel beschäftigte Hausarzt, der jeden Moment zu einem Notfall gerufen werden könnte.

Ich sah, wie Christine den Kopf in den Nacken warf und schallend lachte. Mencken machte dazu eine scheinheilig erstaunte Miene, als wäre er völlig überrascht, etwas Witziges gesagt zu haben.

Angenommen sie fängt mit diesem unerhörten Blödian etwas an, dachte ich, dieser arrogante Lahmarsch steckt ihn bei ihr rein, seinen zweifellos ganz alltäglichen und stinknormalen Schwanz. Dann würde mich das überhaupt nicht interessieren, es wäre sogar eine riesige Erleichterung.

Ich holte ein paarmal tief Luft und schenkte mir das Glas wieder voll, ein paar Tropfen fielen auf das dunkelbraune Holz des Klaviers und verfärbten sich sofort weiß. Neben dem Glas stand das eingerahmte Foto von mir mit Christine und David auf Menorca. Ein äußerst zuvorkommender Kellner hatte es auf der Terrasse des Fischrestaurants im Hafen von Ciutadella gemacht, und während ich mich vorbeugte, um den über den Rand des Glases schwappenden Wodka aufzuschlürfen, sah ich genauer hin.

Es waren keine deutlichen Vorzeichen auf dem Foto zu erkennen; es wurde sogar gelacht. Christine brachte einen Toast aus und schaute den Fotografen-Kellner kokett an. Auch David lachte; ich war, fiel mir auf, der Einzige, der nicht lachte, ich schaute nicht einmal in die Linse. Meine Hände befanden sich unter dem Tisch, als würden sie etwas verstecken. Also doch ein Vorzeichen? Aber vielleicht hatte ich ja als Erster aufgehört zu lachen, hatte ich meine Frau und meinen Sohn angesteckt.

»Geduld ist das richtige Wort«, hörte ich hinter mir die Stimme meines Schwagers. »Arm dran ist einfach falsch. Arm dran sind kranke, ölverschmierte junge Robben. Arm dran ist ein aus dem Nest gefallenes Vögelchen, das sich das Bein gebrochen hat. Aber genauso behandelt Yvonne diese Dritte-Welt-Putzfrauen, als wären sie kranke Robben oder Vögelchen mit gebrochenen Beinen, die in einem Schuhkarton aufgepäppelt werden müssen.«

Ich drehte mich um und nahm mein schon fast wieder leeres Wodkaglas vom Klavier.

»Von wegen arm dran«, fuhr mein Schwager fort. »Geduld ist das Stichwort. Ich Kaffee kochen. Zimmer putzen. Parkettwachs? Parkettwachs? Auf jedes einzelne Wort muss man sich konzentrieren, um es zu verstehen. Dafür keine Geduld mehr aufbringen, so ist es. Ich habe die Geduld nicht mehr dafür. Ich bin dafür zu alt. Ich bin zu alt, um mir hilfsbereit lächelnd meine Muttersprache von Bekloppten anzuhören. Es bereitet mir Herzklopfen. Buchstäblich. Mir schwitzen die Hände, Junge.«

Peter hielt mir sein leeres Glas vors Gesicht. »Und ihr?«, fragte er. »Welches Land war es noch mal? Guatemala? Honduras? Etwas mit Erdbeben, erinnere ich mich.«

Ich starrte ihn angestrengt an, aber er blieb unscharf. Ich musste an Tante Ans denken. Tante Ans putzte früher die Zimmer in meinem Elternhaus; sie hörte es nicht gerne, wenn man sie Putzfrau nannte, und deshalb nannte meine Mutter sie »Haushaltshilfe«. Jetzt hörte ich auch ihre Stimme wieder, wenn sie mir über den Lärm des Staubsaugers zurief, ich solle meine Milch trinken. *Fre-hed, trink deine Milch aus …* Wenn ich aus der Schule kam, stellte sie mir immer ein Glas Milch hin und gab mir einen Apfel, aber wenn ich den Apfel gegessen hatte, schmeckte die Milch nach rostigem Metall und brackigem Wasser aus einem Tümpel, aus dem schon seit Langem alles Leben verschwunden war.

Ich verteilte den Moskovskaya. Der Wodka schwappte auf den Parkettboden. »Wir haben seit Kurzem ein marokkanisches Mädchen«, sagte ich.

Nach dieser Mitteilung trat eine kurze Stille ein.

»Mit oder ohne?«, fragte mein Schwager schließlich.

Ich sah ihn an. »Mit oder ohne«, wiederholte ich – aber ohne Fragezeichen, er sollte nicht merken, dass ich keine blasse Ahnung hatte, wovon er redete.

Mein Schwager kippte das Glas hinunter, rülpste und wischte sich mit dem Handrücken den Mund ab. »Mit oder ohne Kopftuch?«

Und in dem Augenblick klingelte es an der Haustür. Es war kein normales Klingeln, sondern ein anhaltender Ton, als hätte es jemand schon mehrmals vergeblich versucht.

»Ich dachte schon, du machst überhaupt nicht mehr auf«, rief Max von unten, als ich den Kopf durch die Tür steckte. Hinter ihm, halb auf der Straße, standen noch zwei Leute. Ein Mann und eine Frau – aber sogar im Halbdunkel war deutlich zu erkennen, dass es nicht Sylvia war; Sylvia war ja mindestens einen Kopf größer als Max. Es war vielmehr der andere Mann, der hoch über die beiden hinausragte. Sein Haar war so kurz, dass sein Schädel im Licht der Straßenlaternen hell glänzte.

»Ich habe ein paar Freunde mitgebracht«, sagte Max, als sie oben ankamen.

Der Mann mit dem glänzenden Schädel musste sich bücken, aber er tat es mit der geschmeidigen Bewegung eines Mannes, der es gewohnt ist, Wohnungen im normalmenschlichen Maßstab zu betreten, er streckte mir die Hand hin.

»Richard.«

Ich rechnete mit einem eisernen Händedruck, einer Umklammerung, die mir die Tränen in die Augen treiben würde, aber seine Hand war warm und weich – fast wie die eines Mädchens. Wie Max trug er sein schwarzes Hemd über der Hose. Später hörte ich auch seinen Nachnamen – H. –, aber nicht öfter als zwei-, dreimal, glaube ich.

Die Frau hatte kurz geschnittenes, schwarzes Haar, einen Ring durch den Nabel und auch noch einen direkt unter der Unterlippe. »Das ist Galja«, sagte Max. »Du kannst sagen, was du willst, sie versteht dich doch nicht.«

Er zwinkerte mir zu.

»Galja ist eine Bestie«, sagte er. »Ein echter Hammer.« Er fasste sie um die Taille, seine Finger fühlten kurz an ihrem Nabelring. »In Odessa träumen sie nur von einer Sache, Kochen und Spülen für Männer wie dich und mich. Verstehst du das, versteh ich das?«

Galja lächelte Max an und spitzte die Lippen. Max küsste sie.

»Es hat mit dem Kurs des Rubel zu tun«, sagte er. »Oder mit Tschernobyl. Oder *whatever.*«

Mir fiel erst jetzt auf, dass Max getrunken hatte; er musste sich am Türpfosten festhalten. Galja hatte die Augen und Lippen, für die jeder Mann Frau und Kinder verlässt, um ihr in den nächsten Jahren über mehrere Kontinente zu folgen.

»Ich habe zu meinem Leidwesen kein Geschenk für dich, lieber Junge«, sagte Max. »Es war alles ein bisschen überstürzt. Ohne den Piepser wären wir jetzt nicht hier. *Simple as that.*«

Ich sah ihn fragend an. Richard H. war an mir vorbei ins

Wohnzimmer gegangen. Max schob den Ärmel hoch und klopfte auf das Zifferblatt seiner Armbanduhr. »Der meldet sich, wenn was los ist«, sagte er. »Wir saßen in einem Restaurant in Ouderkerk. Aber wenn mein alter Schulfreund Fred Geburtstag hat, sind wir natürlich zur Stelle. Das Geschenk hast du bei mir noch gut. Ungelogen hundertprozentig.«

»Macht doch nichts«, sagte ich. »Was wollt ihr trinken? Es gibt auch Wodka.«

Bei diesem Wort leuchteten Galjas Augen auf wie die eines Haustiers, das die Kühlschranktür aufgehen hört.

Später standen wir auf dem Balkon und blickten in den Garten hinunter. Aus den Lautsprechern ballerte *Californication* von den Red Hot Chili Peppers. Richard H. tanzte mit meiner Frau. Irgendwo im Hintergrund stand eine Gruppe um Galja herum, zu der auf alle Fälle Peter Bruggink, Hugo Landgraaf und mein Schwager gehörten. Es wurde viel mit den Armen gewedelt, es wurde viel und laut gelacht. Galja trank ihren Wodka aus einem Wasserglas.

Zuerst hatte das Erscheinen von Richard H., dem Galja und Max G. folgten, ein leicht verkrampftes Schweigen unter den anwesenden Gästen ausgelöst. Zu sagen, die Neuankömmlinge fielen aus dem Rahmen, wäre ein Understatement. Abgesehen von Richard H.s Größe und Frisur hatte es vor allem mit den Kleidern zu tun. Die Mitglieder meines heutigen Freundeskreises gaben sich besondere Mühe, möglichst normal auszusehen – T-Shirts mit dem Aufdruck der Tourneedaten von Popgruppen, fantasielose Hemden, Jeans, Turnschuhe – während Max und Richard in ihren teuren, aber leger getragenen schwarzen Hemden und mit ihren an verchromten Armbändern befestigten multifunktionalen Taucher- oder Bergsteigeruhren keine Schwierigkeiten damit zu haben schienen, ihren offensichtlichen Wohlstand zur Schau zu stellen.

Vielleicht war diese Sichtbarkeit sogar überhaupt der springende Punkt: Während die Mitglieder meines heutigen Freundeskreises alles daransetzten, nicht zu zeigen, was sie in Wirklichkeit waren – mit Hemd und Krawatte ausgestattete Arbeitnehmer in Betrieben, die sie von einem Tag auf den anderen durch andere Arbeitnehmer in Hemd und Krawatte ersetzen konnten –, war es für Max G. und Richard H. kein Problem, sich einkommensabhängig zu kleiden, auch wenn sie wahrscheinlich keinen Wert darauf legten, über die Herkunft dieses Einkommens ausgefragt zu werden.

»Nette Gegend, in der du wohnst«, sagte Max; er drückte mit dem Stößel die Zitronenscheibe auf den Boden seines mit Campari gefüllten Glases. »Sehr charakteristisch mit diesen niedrigen Häusern. Echt was Eigenes.«

Er hatte sich eine Zigarette angesteckt und starrte über den halbdunklen, zu dieser nächtlichen Stunde nur vom Licht meiner Geburtstagsparty erhellten Garten.

Mit der Wohngegend verhielt es sich eigentlich genauso wie mit ihren Bewohnern. Watergraafsmeer war Amsterdam Zuid in Jeans. Von außen sahen die Häuser mehr oder weniger ähnlich aus, aber bei näherer Betrachtung war das Viertel das Auffangbecken für all die halben Versager, die es bis nach Amsterdam Zuid nicht geschafft hatten. Man konnte noch so lange über die Vorzüge von Watergraafsmeer schwadronieren – die breiten Bürgersteige, die Ruhe, die »interessante« gemischte Bevölkerung ... die großen Gärten! – Zuid winkte am Horizont wie eine Fata Morgana, die sich in Luft auflöste, sobald man den Gedanken zuließ, dass man eigentlich breite Bürgersteige und Ruhe auf den Tod nicht leiden konnte, geschweige denn eine Multikulti-Bevölkerung.

Max kniff die Augen zusammen. »Die Gärten sind echt gigantisch«, sagte er. »Wer wohnt da unten?«

Ich fühlte einen müden Stich in der Herzgegend. Es war

nicht das erste Mal, dass Besucher nach der Führung durchs Haus auf dem Balkon gestanden und geseufzt hatten, wie herrlich und ideal es doch wäre, wenn wir statt der Wohnung im ersten und zweiten Stock die im Parterre ergattert hätten. Genau genommen war ich zweifach gescheitert: Ich war in Watergraafsmeer hängen geblieben und hatte noch nicht einmal einen Garten.

»Eine alte Dame«, sagte ich und erklärte Max kurz, was es mit der Sache auf sich hatte, ohne fürs Erste den Kamelgeruch zu erwähnen.

Max lehnte sich weit über das Balkongeländer. Er schnupperte, und ich hielt den Atem an. Während des ganzen Abends war der Geruch präsent gewesen, aber da die Balkontüren offen standen, schien er von draußen zu kommen und nicht aus dem Haus selbst.

»Und stört sie der Krach nicht?«, fragte er.

Mit einem leichten Bedauern erinnerte ich mich an den Zettel, den ich vor ein paar Tagen bei Frau de Bilde in den Briefkasten geworfen hatte und auf dem ich ihr mitteilte, am nächsten Samstag könne es zu einer gewissen Lärmbelästigung kommen. *Lärmbelästigung!* Sie war auf einem Ohr taub, und wenn man mit ihr redete, wandte sie einem immer ihr »gutes« Ohr zu. Seit ein paar Monaten benutzte sie eine Gehhilfe, wenn sie aus dem Haus ging. Vor drei Tagen hatte ich sie auf der kleinen Brücke beim Galileïplantsoen stehen sehen. Völlig regungslos, als könnte sie weder vor noch zurück. Als ich näher kam, sah ich die Schweißperlen auf ihrer Stirn und hörte ihr mühsames Atmen, das so klang, als müsste sie jedes kostbare bisschen Luft in bleischweren Eimern aus einem tiefen Brunnen hochwinden.

Sie hatte die Augen halb geschlossen und sah mich nicht. An einem Griff der Gehhilfe hing ein durchsichtiger Plastikbeutel mit Brot, wohl für die Enten und Blesshühner in der stinkenden Schlammgracht, die den Platz durchquerte. Aus ihren blauen Pantoffeln quollen ihre geschwollenen Füße. Ganz kurz stellte ich mir vor, wie diese Füße abends vorm Schlafengehen der frischen Luft ausgesetzt wurden: Frau de Bilde saß auf der Bettkante und schnitt sich die verkalkten Fußnägel mit einem mehr einer Kneifzange als einer Schere ähnelnden Instrument. Eine gewöhnliche Schere hätte den fast zu Klauen verwachsenen Nägeln nichts anhaben können. Bei jedem Zuschnappen der Zange ertönte ein lauter Knall, ein spitzer Splitter schoss wie ein tödliches Projektil durch das Schlafzimmer und bohrte sich in das Holz des Tür- oder Fensterrahmens.

Am anderen Griff der Gehhilfe war die Hundeleine befestigt. Der Hund stierte vor sich hin. Die Zunge hing ihm aus dem Maul; schwere Tropfen fielen auf den Bürgersteig. In seinem Blick war eine Mischung aus Verzweiflung und Ergebenheit zu lesen.

Ich war stehen geblieben. Natürlich hätte ich etwas unternehmen können. Ich hätte Frau de Bilde fragen können, ob sie sich nicht gut fühle. Ob ich sie nach Hause begleiten solle. Aber ich unternahm nichts. Ich stand da und betrachtete sie. Der Hund hatte mich erkannt und wedelte lustlos mit dem Schwanz, während ich darüber fantasierte, wie es wäre, wenn Frau de Bilde nie mehr nach Hause zurückkehrte.

Max ließ die Eiswürfel in seinem Glas klirren.

»Zahlt sie die Miete pünktlich?«, fragte er.

Ich starrte ihn an. Drinnen hatte jemand eine leise dahinplätschernde Salsa-Musik aufgelegt. Daher war gut zu hören, wie im Erdgeschoss die Gartentür aufging. »Na los«, hörte ich Frau de Bildes Stimme. »Nu mach schon, Junge …«

Kurz darauf sahen wir, wie der gefleckte Hund sich langsam in den hintersten Winkel des Gartens schleppte und sich hinhockte.

7

An den Rest des Abends habe ich nur noch verschwommene Erinnerungen. Irgendwann wurde die Musik lauter gedreht, und jeder tanzte mit jedem. Richard H. tanzte mit meiner Frau – wie ein Stierkämpfer, eine Hand locker in der Taille, während er mit der anderen eine Art Torbogen formte, unter dem Christine hindurchtanzen musste. Max tanzte mit Galja. Tanzen war zu viel gesagt: Er klammerte sich an sie und rührte sich kaum von der Stelle. Manchmal verschwand sein Gesicht fast ganz in ihrem Haar.

Neben der Stereoanlage stand Erik Mencken. Das Glas Wasser, das er immer noch in der Hand hielt, war jetzt leer. Mit einem unbestimmten Lächeln schaute er den Tanzenden zu. Erst hatte ich gedacht, er würde vor allem auf Christine achten, doch als ich genauer hinsah, merkte ich, dass sein Interesse eher Max und Richard galt.

Ich erinnere mich auch noch, dass in der Pause zwischen zwei Liedern plötzlich ein Handy laut klingelte. Max löste sich aus Galjas Armen, aber erst auf dem Balkon zog er das Handy aus der Brusttasche.

Ich schlenderte zu einem niedrigen Tischchen in der Nähe der Balkontür und griff in ein Schälchen mit Erdnüssen.

»Wir sind nach unserer Besprechung noch einen trinken

gegangen«, hörte ich Max sagen. »… Was …? Ich weiß nicht, wie die Kneipe heißt … Kaulquappe oder so ähnlich, in der Nähe von, wie heißt es noch mal? … Was …? Nö, wie spät denn …? Allmächtiger Gott …! Nein ehrlich, ich dachte, es ist höchstens … Was …? Natürlich fahre ich nicht mehr, Herzchen …«

In dem Moment drehte Max sich zu mir um. Ich sah wahrscheinlich ziemlich dämlich aus mit meiner Handvoll Erdnüsse, und wahrscheinlich hörte ich abrupt zu kauen auf.

»Hallo …?«, sagte Max. »Hallo … Vielleicht hörst du mich noch, Liebling, aber ich dich nicht mehr … Hallo …?« Er zwinkerte mir verschwörerisch zu. »Solltest du mich noch hören, geh ins Bett, Schätzchen … Ich mach mal Schluss …« Er drückte die Verbindung weg und steckte das Handy wieder ein. Dann kam er auf mich zu und gab mir einen Knuff in den Magen. »Der Wodka aus der Tiefkühltruhe«, fragte er, »war der schon alle?«

Und schließlich kam doch noch der Augenblick, in dem alle ihre Jacken nahmen und aufbrachen. An der Tür gab Richard H. meiner Frau drei Küsse auf die Wangen und drückte sie einmal fest an sich. Max und Galja küssten sich auf den Mund. Hugo Landgraaf und Peter Bruggink dankten Christine für den »unvergesslichen Abend«. Mein Schwager stand im Flur und wartete, bis seine Frau aus dem Klo kam.

»Ciao«, sagte Max. Er legte mir den Arm um den Hals, zog mich an sich und küsste mich auf die Stirn.

»So«, sagte ich. Ich lächelte. Ich hätte gern noch etwas gesagt, aber mir fiel nichts Gescheites ein.

Max küsste meine Frau. »Vielen Dank, lieber Schatz«, sagte er. »Du hast doch dein Handy nicht vergessen, Max?«, fragte ich. Es war mir einfach so herausgerutscht; die Worte hingen ein paar Sekunden lang schwerelos im Flur, als wüssten sie auch nicht so recht, was sie da zu suchen hatten.

Dann klopfte Max auf seine Brusttasche und zwinkerte mir zum zweiten Mal an diesem Abend zu.

Dies wäre die Gelegenheit gewesen, mir seine Handynummer zu geben – aber er tat es nicht.

Wir waren schon fast unten. Christine war nicht mitgegangen. Max, Richard H. und Galja traten in die warme Sommernacht hinaus. Max reckte sich und atmete tief die frische Luft ein. Richard H. zog einen Schlüsselbund aus der Hosentasche und drückte auf einen Knopf, woraufhin die Scheinwerfer und Rücklichter eines am Bordstein geparkten silbergrauen Mercedes Cabrio aufleuchteten. Ein Klicken, und die Schlösser sprangen auf. Ein erneuter Knopfdruck, und das schwarze Verdeck schob sich nach hinten.

»Ich fände es nett ... Ich meine, wenn du es auch nett findest, können wir uns vielleicht noch mal ...« Ein rascher Blick auf Max bestätigte meinen Verdacht, dass er mir gar nicht zuhörte. Seine rechte Hand befand sich irgendwo unter Galjas nabelfreier Bluse.

Beim Auto angekommen, setzte er sich eine Sonnenbrille auf und blickte zum wolkenlosen Nachthimmel hinauf. »Eine Nacht ohne Sterne«, sagte er. »Das erlebt man in der Stadt leider nur allzu häufig.«

Er öffnete die Wagentür, wartete, bis Galja sich auf den Rücksitz gesetzt hatte, und ließ sich dann auf den Beifahrersitz fallen. »Ich bin am Wochenende manchmal im Timbuktu«, sagte er. »Das ist ein Strandcafé in Wijk aan Zee.«

Ich merkte, wie mein Puls schneller ging. Aber es schien mir nicht der richtige Moment, mich nach der genauen Lage des Timbuktu zu erkundigen; dafür war später immer noch Zeit.

»Am Wochenende?«

Richard H. hatte den Wagen gestartet. Er ließ den Motor aufheulen; ein nicht unangenehmes Beben wanderte über die Gehsteigplatten bis in meine Brust.

»Meistens am Sonntagnachmittag«, sagte Max. »Dann trifft man dort die richtigen Leute.«

Ich winkte dem silbergrauen Mercedes Cabrio nach, bis es mit quietschenden Reifen aus meinem Blickfeld verschwand. Das Letzte, was ich sah, war Max' Kopf, der sich ruckartig mal nach vorn, mal nach hinten und mal seitwärts bewegte, als wäre er nur noch an ein paar Stellen mit dem Rumpf verbunden. Galja hatte ihren Schal abgenommen und winkte mir vom Rücksitz aus zu.

Viel später in dieser Nacht saß ich immer noch auf dem Balkon. Ich hatte mir einen bequemen Sessel aus dem Wohnzimmer geholt, zusammen mit der Flasche Wodka und der Zigarettenschachtel.

Ich blickte in den dunklen Garten und dachte daran, wie wenig ich Gartenarbeit mochte. In Gedanken rekonstruierte ich den Augenblick, als Frau de Bilde unten erschienen war und zu uns hinaufgerufen hatte, ob es nicht etwas leiser ginge und ob wir eigentlich wüssten, wie spät es sei; der Hund kam in der ganzen Szene nicht vor. Ich stand neben Max auf dem Balkon, und weil Max gar nichts sagte, sondern die alte Frau nur schweigend anstarrte, sagte ich auch nichts.

Und dann sah ich noch die andere Szene vor mir, die sich kurz davor oder kurz danach abgespielt hatte, das weiß ich nicht mehr. Ich stand im Flur, und aus der Küche kam mir Erik Mencken entgegen; in meiner Erinnerung hatte er ein Glas in der Hand, aber ganz sicher bin ich mir nicht. »Woher kennst du Max G. eigentlich?«, fragte er – er sagte nicht »Max G.«, sondern sprach den Namen vollständig aus. Es war merkwürdig, Max' Nachnamen zu hören. Durch die Zeitungsberichte hatte ich mich in den vergangenen Jahren an das »G.« gewöhnt. Es gibt Leute, die »K« sagen, wenn sie Krebs meinen, wobei sie das K nur mit gesenktem Blick flüstern. Ich erinnere mich, dass ich mich unwillkürlich umschaute, ob nicht jemand mithörte.

Ich sagte Mencken die Wahrheit, nämlich, dass wir die gleiche Schule besucht hatten und in dieselbe Klasse gegangen waren.

»Und Richard H.?« Wieder nannte er den vollständigen Namen. Diesen allerdings hörte ich jetzt zum ersten Mal. Zwar hatte ich ein paarmal etwas über einen Richard H. in der Zeitung gelesen, von dem ich nun wie selbstverständlich annahm, es sei derselbe Richard H., der an meinem siebenundvierzigsten Geburtstag mit meiner Frau getanzt hatte. Ich entschuldigte mich bei Erik Mencken mit der Ausrede, ich könne meine Gäste nicht länger warten lassen.

Später grinste er mich aus einiger Entfernung noch mehrmals an.

8

An einem wolkenlosen Samstagmorgen kaufte ich mir bei Run-Inn, einem Sportgeschäft an der Linnaeuskade, eine Jogginghose, ein Thermohemd, nahtlose Thermosocken und Laufschuhe. Ich durfte mir die Schuhe nicht selber aussuchen, das übernahm die Verkäuferin. In dem Moment, als meine Füße in das weiße, geschmeidige Leder schlüpften, hatte ich irgendwie das Gefühl, sie gehörten nicht mehr ganz mir.

Dann musste ich auf einem Laufband probelaufen. Eine Videokamera nahm die Bewegungen meiner Füße auf, die zum ersten Mal in ihrem Leben in Laufschuhen steckten. Gemeinsam mit der Verkäuferin sah ich mir anschließend das Video an. Sie spielte das meiste in Zeitlupe ab, manchmal hielt sie sogar das Bild an. Die holpernd stillstehenden Bilder verstärkten bei mir den Eindruck, die sinnlos auf dem Laufband rennenden Füße gehörten nicht mir, sondern jemandem, der hier vor langer Zeit ein Paar Schuhe gekauft hatte. Vielleicht war er schon tot, durchfuhr es mich, vielleicht standen die Schuhe inzwischen irgendwo in der hintersten Ecke eines Schranks.

»Sehen Sie«, sagte die Verkäuferin nach dem dritten Paar, das ich anprobierte, »die Ferse ihres linken Fußes hat immer noch keinen perfekten Bodenkontakt.«

Ein neues Paar wurde ausgepackt. Zum Schluss ging ich noch einmal an einem auf dem Fußboden durch den ganzen Laden gezogenen weißen Strich entlang, während die Verkäuferin in der Hocke das Aufsetzen meiner Fersen begutachtete.

Ich kaufte auch noch den *Leitfaden für Jogger* und eine Nike-Sportuhr, auf der man die gelaufene Zeit auf die Hundertstelsekunden genau digital ablesen konnte, blätterte 486,50 Gulden hin und kehrte nach Hause zurück.

Meine Frau sah zu, wie ich die Einkäufe auf dem Esstisch im Wohnzimmer ausbreitete. »Für wie alt hältst du dich eigentlich?«, fragte sie.

»Vor zwei Wochen bin ich siebenundvierzig geworden.«

Ich zog die nahtlosen Socken an und ließ die Füße in die Schuhe gleiten. Meine Frau schnaufte vernehmlich durch die Nase; sie machte fast das gleiche Gesicht wie vor knapp einem Jahr im Liegestuhl auf Menorca, als sie sagte, sie denke gerade an das Leben nach meinem Tod – nur diesmal ohne Sonnenbrille. Ich band die Schnürsenkel zu.

»Du hast doch wohl nicht die Absicht, dich hier in der Nachbarschaft lächerlich zu machen.«

Ich sah ihr direkt ins Gesicht; ich fühlte, wie mein Herz ein kleines Stückchen vom Boden abhob.

»Nein, ich fahre ans Meer.«

Meine Frau zog die Brauen hoch.

»Ich laufe in den Dünen.« Oder am Strand, hätte ich beinahe hinzugefügt.

In einer alten Nummer der *Cosmopolitan* hatte ich mal gelesen, jemand, der fremdzugehen beabsichtigt, solle »unkontrollierbare Stunden« einführen: weiße Flecken auf der Landkarte, sodass niemand weiß, wo er sich genau aufhält. Wenn sich der andere einmal an die »unkontrollierbaren Stunden« gewöhnt habe, könne man mit dem eigentlichen Betrug beginnen.

Das Timbuktu war gar nicht so leicht zu finden. Nachdem ich ein paar Leute in Wijk aan Zee gefragt hatte, entdeckte ich es schließlich am Anfang des Nordpiers, circa vier Kilometer außerhalb des Dorfes und nach einer kurvenreichen Fahrt durch die Dünen.

Windmühlen drehten ihre Flügel, über den mit Stacheldraht geschützten Dünen standen die Möwen in der Luft beinahe still; im Hintergrund sah man Kräne und vertäute Schiffe und noch weiter in der Ferne die Flammen und weißen Rauchwolken aus den Hochöfen. Weil der Wind vom Land wehte, hing über dem Parkplatz am Anfang des Piers der Geruch von Kohlen und Öl. Bei heftigeren Windstößen trieb sogar ein dünner Nebel aus Kohlengrus zum Strand.

Ich trabte ein Stück auf den Pier hinaus. Siebenmal eine Minute rennen, dazwischen zwei Minuten gemächlich gehen, das war das Schema des ersten Tages, wie es im *Leitfaden für Jogger* stand. Obwohl ich Rückenwind hatte, war ich jedes Mal froh, wenn auf meiner Nike-Sportuhr der Countdown bis zur Pause lief. Nach drei Sprints von je einer Minute hustete ich einen fetten Klumpen Schleim aus. Mein bis zum Hals schlagendes Herz gab mir zu verstehen, dass ich höchstwahrscheinlich einen nicht unbeträchtlichen Teil meines Geldes zurückbekäme, wenn ich die Schuhe noch heute zum Laden zurückbrächte. Die Nike-Sportuhr könne ich behalten, sie würde mir einen sportlichen Anstrich geben, ohne dass ich zu rennen brauchte.

Nach dreieinhalb Minuten machte ich kehrt. Der starke Wind trieb mir Tränen in die Augen, was mich aber nicht daran hinderte, in meinen Laufpausen das Timbuktu zu beobachten. Nicht mehr als fünfundzwanzig Leute saßen auf der Terrasse, Max G. war nicht darunter. Ein Mann in kurzen Hosen schlug mit einem Tennisschläger einen Ball immer wieder fast bis zur Brandung; ein braun-weiß gefleckter Hund rannte ihm hinterher.

An der Bar bestellte ich ein Halbliterglas Bier. Der Schweiß rann mir über die Stirn in die Augen und lief mir kitzelnd den Rücken hinunter. Ich beäugte meine Laufschuhe und dachte an Christines »Für wie alt hältst du dich eigentlich?«. Ein paar Männer in Surfanzügen bestellten große Gläser Limonade. Bob Marleys »No Woman, no Cry« wogte dumpf über den Strand. Ich versuchte mir Max auf dieser Terrasse vorzustellen, es gelang mir nur halb.

»Wie war es?«, fragte meine Frau, als ich mich auf das Sofa fallen ließ.

»Es war *killing.*«

Sie setzte sich neben mich und legte mir die Hand auf den Oberschenkel. »Du hörst also damit auf?«

»Ich fahre morgen wieder hin.«

Sie sah mich verständnislos an.

»Es ist zwar anstrengend«, sagte ich, »aber gleichzeitig auch sehr befriedigend. Man lernt seine physischen Grenzen kennen.«

Am nächsten Mittag stand das silbergraue Mercedes-Cabrio auf dem Parkplatz beim Nordpier. Es war ein sonniger Tag, und das Dach war offen. Ein paar Meter weiter begann ich mit dem Aufwärmen. Es hatte etwas Freches, dieses offene Dach, als wollte der Wagen einen geradezu auffordern, ihn anzufassen. Auf dem Pier spazierten Familien mit Kindern; ich stellte die Uhr ein und begann mit dem ersten Sprint von einer Minute.

In dem Moment schob sich ein Frachter aus dem Nordseekanal. Die Flagge am Achterdeck konnte ich erst nicht einordnen, bis ich den Namen *Odessa Star* am Bug sah. Das Schiff war von vorne bis hinten mit einer braunen Rostkruste bedeckt, deren Farbe zur Wasserlinie hin gelblicher wurde, als hätten Dutzende von Seeleuten wochenlang über Bord gepinkelt. An Deck standen genauso rostige Kräne, ansonsten war keine Menschenseele zu sehen. Als sich die *Odessa Star* der Hafenausfahrt näherte, ertönte ein paarmal die Schiffssirene, es klang wie das Bellen einer Robbe oder eines Walrosses mit Lungenemphysem.

Ich sah Richard H. erst, als ich schon fast mit ihm zusammenstieß. Er hatte einen Fuß auf die niedrige Mauer des Piers gestellt. Das Hosenbein war weit nach oben gerutscht; er trug eine Sonnenbrille und sprach in ein Handy.

»Das nervt mich auch immer ziemlich«, fing ich im Vorbeilaufen auf. »Aber damit musst du ihm natürlich nicht kommen …«

Ich rannte noch ein kleines Stückchen weiter und drehte mich um.

Richard H. stand nicht mehr mit einem Fuß auf dem Mäuerchen, sondern ging, mit der freien Hand immer wieder weit ausholend, zwischen den Spaziergängern hindurch von mir weg. Unwillkürlich blickte ich mich um, ob auch Max in der Nähe war, aber ich sah ihn nirgends. Langsam folgte ich Richard H.

»Du solltest übrigens mal die Sirene nachgucken lassen«, hörte ich ihn sagen, als ich ihn fast eingeholt hatte. »Die Leute erschrecken sich zu Tode.«

Er blieb stehen; auch ich hielt an. Richard H. setzte wieder einen Fuß auf das Mäuerchen. »Was …? Wo bist du denn? Okay, aber wink dann, ja? Sonst gehe ich … Okay, okay … ich winke auch …«

Er hob den Arm und spähte über das Wasser; ich folgte seinem Blick. Hinter einem der dreckigen Fenster des Steuerhauses der *Odessa Star* sah ich undeutlich einen in weißen Stoff gehüllten Arm winken.

»Ja, ich sehe dich«, sagte Richard H. »Zweites Fenster von links … das nächste Mal auf deine Rechnung, Ben … Und dann nehme ich den extra großen Hummer …! Ohne Salat. Ha, ha, ha … Okay, Junge, das war's … Gute Fahrt!«

Er klappte das Handy zu und schüttelte leise lachend den Kopf.

Ich wischte mir den kalten Schweiß von der Stirn. Auf dem spiegelglatten Wasser entfernte sich die *Odessa Star* langsam. Hinter den Fenstern regte sich nichts mehr.

Ich sah zur Seite und fast gleichzeitig tat Richard H. dasselbe. Eine volle Sekunde starrten wir einander an. Dann schob sich Richard H. die Sonnenbrille auf die Stirn. »Bekanntes Gesicht«, sagte er.

9

Max, der wieder sein schwarzes Hemd trug, streckte mir nicht die Hand hin, als wir auf der Terrasse vor seinem Tisch standen. Er machte auch keine einladende Handbewegung zu einem der Stühle hin.

»Alles okay?«, fragte er.

»Ja«, sagten Richard H. und ich im Chor; die Frage galt natürlich nicht mir, merkte ich zu spät, ich blickte auf meine Laufschuhe.

»Ich hole mir ein Bier«, sagte Richard H. »Willst du auch noch was, Max?« Er zeigte auf das leere Glas, aus dem ein Stößel ragte, auf dem Boden lagen Reste von Eiswürfeln und eine jämmerliche Zitronenscheibe.

Fast unmerklich schüttelte Max den Kopf.

Richard H. stiefelte davon. An der einen Seite meines linken Schuhs klebte etwas, was wie Teer oder Öl aussah. Beim Eingang drehte Richard H. sich um. »Kann ich dir auch was bringen … eh …?«, rief er.

»Fred«, sagte ich. »Ein Bier, bitte. Ein Bier ist okay.«

Max nahm sein Handy aus der Brusttasche, starrte eine Weile auf das Display und steckte es wieder zurück.

»Das Arschloch an deinem Geburtstag«, sagte er.

Ich zog den Korbsessel vor mir ein wenig zu mir hin.

»Wie hieß der doch gleich, das Arschloch?«

Ich manövrierte mich vor den Sessel, ging in die Knie und stützte mich mit beiden Händen auf die Armlehnen. Max nahm ein Feuerzeug aus der Hosentasche, knipste die Flamme an und blies sie wieder aus.

»Der mit der scheinheiligen Visage«, sagte er. »Der immer so depressiv verständnisvoll aus der Wäsche guckt, wenn jemand über Krebs redet. Oder über Brandwunden und ektope Schwangerschaften.«

»Mencken«, sagte ich.

Max wiederholte das Spiel mit dem Feuerzeug. »Den meine ich. Erik Mencken. Das Arschloch.«

»Ja«, sagte ich.

Hinter Max setzten sich zwei Frauen in Surfanzügen an einen Tisch. Sie hatten sich Brötchen mit viel Salat und zwei Gläser Limonade mitgebracht.

»Ein Freund von dir?« Max schüttelte eine Zigarette aus der Packung und steckte sie sich zwischen die Lippen. Dann knipste er das Feuerzeug an.

»Nein, kein Freund«, lachte ich. »Er wohnt in der Nachbarschaft. Christine hatte ihn …«

»In der Nachbarschaft? Ich dachte, diese Art von Leuten wohnt im Gooi oder um die Cornelis Schuyt. Was verschlägt ein Arschloch wie ihn in eure Favela?«

Ich lachte wieder, ein bisschen zu laut, ein bisschen zu unnatürlich. Ich sah mich rasch um, ob Richard H. schon zurückkam.

»Ich erinnere mich noch, wie dieses Arschloch im Fernsehen wegen der Kinder beinahe zu flennen anfing«, sagte Max. »Die hatten irgendwas. Irgend so eine schleichende Krankheit, die waren alle im Rollstuhl gelandet. Das ist an sich schon zum Heulen, aber dieses Arschloch stand da mit seiner weinerlichen Heiligenfresse und spielte die Mutter Teresa aller Rollstuhlkinderchen. Das ist ein *Don't*, finde ich. Mit so einer gesund geschminkten Prominentenvisage zwischen Rollstühlen und Beatmungsgeräten ein Häufchen Elend abgeben.«

Max sah mir zum ersten Mal direkt ins Gesicht. Ohne die Zigarette aus dem Mund zu nehmen, klemmte er sie sich zwischen die Finger. Rauch entwich unter hohem Druck aus seinen Mundwinkeln.

»Wenn man auch nur einen Funken Anstand in den Knochen hat, dann lässt man sich auf so was nicht ein«, sagte er. »Man geht einfach nicht auf Kosten des Elends anderer mit der eigenen Heiligkeit hausieren. Dann ist man ein Arschloch. Und schon gar nicht vor einem großen Publikum.«

Richard H. kam mit dem Bier zurück.

»Nicht gleich gucken«, sagte er zu Max. »Schräg hinter dir.«

Ich hob mein Glas, um anzustoßen, aber Richard H. achtete nicht darauf. Max beugte sich vor und drehte langsam den Kopf. »Mmm«, sagte er. »Ich weiß nicht …«

Eine der Frauen im Surfanzug schüttelte das Haar, es war lockig und nass, ein feiner Tropfenregen flog durch die Luft.

»Na, ich schon«, sagte Richard H. »Man muss dahinterschauen können. Man muss so einen Anzug Schicht um Schicht abpellen, erst dann weiß man, woran man ist. Wenn es einem nicht gefällt, zieht man den Reißverschluss wieder zu.«

Max grinste. Richard H. stand auf, mehr als einen Schritt brauchte er nicht bis zum Nachbartisch.

»Darf ich Ihnen etwas anbieten?«, fragte er.

Die beiden Frauen musterten seine große Gestalt von Kopf bis Fuß. Die Frau mit dem nassen Lockenkopf hielt ihre Hand gegen das Sonnenlicht und lächelte. Richard H. beugte sich zur Seite, sodass sein Schatten auf ihr Gesicht fiel.

»Gerne«, sagte sie.

Richard H. zeigte auf die halb leeren Limonadengläser. »Mit oder ohne Sprudel?«

Es passierte alles so schnell, dass hinterher nicht mehr festzustellen war, wo genau der Aufprall stattgefunden hatte; von einem Moment zum anderen war überall Blut: auf unserem Tisch, auf dem Gesicht der Frau mit dem nassen Haar, auf Max' linker Wange, auf meinen Händen, auf meinem T-Shirt ... auch meine Laufschuhe hatten etwas abbekommen. Menschen sprangen auf und warfen ihre Stühle um, Teller mit Pommes frites und Kroketten und Salat und Gläser fielen zu Boden. Entsetzensschreie hallten über die Terrasse; eine Frau fing an zu kreischen und hörte nicht mehr auf.

Das größte Stück der Möwe war nicht auf unserem Tisch gelandet, sondern ein paar Tische weiter; wir hatten den hinteren Teil mit einem Bein. Ich erinnere mich vor allem, dass mein Glas Bier noch aufrecht dastand – ansonsten hätte ich schwören können, dass sich das Möwenbein bewegte, aber vielleicht hat das auch damit zu tun, dass ich die Geschichte schon öfter erzählt habe.

Die Frau mit dem Lockenkopf fasste sich ans Gesicht und schaute dann ungläubig auf ihre blutbefleckten Finger. Leute warfen die Arme in die Luft oder schlugen die Hände vor den Mund und starrten auf die Körperteile der Möwe. Andere zeigten zum wolkenlosen Himmel und vor allem zu den sich drehenden Mühlenflügeln.

»Tja«, sagte einer, »die wusste nicht, wie ihr geschah.«

Ein Kellner hob den Möwenkopf auf, wickelte ihn in eine Serviette und trug ihn davon.

»Vor zwei Wochen hat es schon mal eine erwischt«, sagte ein Mann in ärmellosem T-Shirt mit dem Aufdruck einer bekannten Sportschule. »Aber das war nicht so 'ne riesige wie die da.«

Ich spähte mit zusammengekniffenen Augen zur Mühle, konnte aber beim besten Willen nicht die Stelle der Kollision ausmachen, Blutspuren waren nicht zu sehen, allerdings drehten sich die Flügel auch zu schnell.

Inzwischen galt das Hauptinteresse der Leute auf der Terrasse schon längst nicht mehr der tödlich verunglückten Möwe, sondern Richard H.

Er stand noch immer an derselben Stelle vor dem Tisch der beiden Frauen, das heißt, er war in die Hocke gegangen, sein Kopf befand sich fast auf der Höhe der Tischplatte. Er hatte die Haltung eines Mannes angenommen, der nach einem Granateneinschlag Deckung sucht, der sich jedenfalls bewusst ist, dass die Gefahr immer aus unerwarteter Richtung kommt. Die Arme hielt Richard H. nach vorne gestreckt. Im grellen Sonnenlicht glänzte die Pistole in seinen Händen silbrig.

10

Auf dem Parkplatz brach Max in Gelächter aus. Er lachte so laut, dass Leute stehen blieben und sich nach uns umsahen.

»Mensch!«, gluckste er und wischte sich die Tränen aus den Augen. »Du hättest dein Gesicht sehen sollen! Als könntest du nicht kacken … Mit oder ohne Sprudel …?«

Es folgte ein erneuter Lachanfall. Richard H. starrte mürrisch vor sich hin, die Hände in den Hosentaschen. Die dunkelrote Farbe, die ihm auf der Terrasse des Timbuktu ins Gesicht geschossen war, wich nur langsam.

Max ging in die Hocke und streckte die Arme aus, den Finger am imaginären Abzug.

»*Freeze! Don't fucking move or I'll blow your fucking brains out!* Ja, das war eins a, aber der Kameramann möchte das Ganze noch mal. Die Limonade war nicht im Bild.«

Wir standen beim silbergrauen Mercedes. Richard H. klickte die Türen auf. Er grinste jetzt auch ein bisschen, wenn auch zähneknirschend.

»Wo stehst du?«, fragte Max. Er ließ den Blick auf meine blutbefleckten Sportschuhe fallen. »Oder bist du zu Fuß?«

Ich zeigte zu meinem Auto, das ich zwei Plätze weiter geparkt hatte.

»Ah«, sagte Max. Er atmete tief aus und wischte sich noch einmal mit dem Handrücken die Tränen aus dem Gesicht.

Richard H. hatte sich ans Steuer gesetzt und trug jetzt eine Sonnenbrille.

»Ich würde es nett finden …«, sagte ich, aber in dem Moment klingelte Max' Handy. Er warf einen Blick auf das Display, bevor er den Anruf annahm.

»Alles okay da?« Er wandte mir halb den Rücken zu und stützte sich mit einem Ellbogen auf den Kofferraum. Ich blieb stehen, dachte dann aber, dass Max vielleicht ungestört telefonieren wollte. In der Tat sah er mich an und legte die Hand auf die Muschel.

»Ciao«, sagte er augenzwinkernd.

Ich winkte Richard H. zu, aber in den Gläsern seiner Sonnenbrille spiegelten sich nur die sich schnell drehenden Mühlenflügel.

Und dann streikte mein Auto.

Fluchend drehte ich den Zündschlüssel zum dritten Mal um, aber das Geräusch unter der Motorhaube hörte sich an, als würde ein Insekt im Todeskampf seine Beine aneinanderreiben. Ich fühlte einen brennenden Schmerz hinter den Augen und ließ den Kopf auf das Steuer sinken. Ich dachte an den Nachmittag vor knapp einem Jahr, als ich in dem Auto zum ersten Mal in die Pythagorasstraat einbog.

David war gerade aus der Schule gekommen. Ich erinnerte mich an den Blick, den er auf das am Straßenrand geparkte Auto warf. Er dachte gar nicht daran, es sich aus der Nähe anzusehen, sondern blieb in der Haustür stehen, die Hände in den Hosentaschen.

»Ein Opel«, sagte er eher gelassen als spöttisch, aber vielleicht schnitt mir gerade deshalb der Name mitten ins Herz.

»Was ist so schlimm an einem Opel?«, fragte ich, als wüsste ich nicht, was so schlimm an einem Opel war. Indem ich für die Automarke Partei ergriff, entfremdete ich mir meinen Sohn nur noch mehr.

»Vervoerd fährt einen.«

Ich runzelte die Stirn, als würde mir der Name nichts sagen. Es galt, Zeit zu gewinnen. Vervoerd war Davids Erdkundelehrer. Er trug schwarze Socken in braunen Sandalen, und seine Bücher und Papiere transportierte er in einer Leinentasche mit dem verwaschenen Aufdruck einer Friedensdemonstration anno dazumal. Statt bei seinem Leisten zu bleiben und seinen Schülern beizubringen, von welchem Land Ulan Bator die Hauptstadt ist oder was in der Gegend um den Mississippi angebaut wird, schwafelte er ständig von dem Unrecht in der Dritten Welt und der Wichtigkeit von Windenergie.

»Hitler hatte auch einen Opel«, sagte ich und folgte meinem Sohn durch den Flur. Es war eine bloße Mutmaßung, denn abgesehen davon, dass ich den Führer auf Fotos in einem schwarzen Volkswagen Käfer mit offenem Dach Paraden hatte abnehmen sehen, schien er mir mehr ein Mercedes-Typ.

David drehte sich um. Er blickte noch immer trübselig drein. »Genau«, sagte er. »Hatte der nicht ziemlich viel Dreck am Stecken? Zumindest haben wir das in der Schule gelernt.«

Und jetzt, auf dem Parkplatz beim Nordpier in Wijk aan Zee, verfluchte ich den Opel nach Strich und Faden.

Ich lehnte mich zurück. Im Rückspiegel tauchte ein silbergrauer Mercedes mit offenem Verdeck auf. Fast gleichzeitig hörte ich Max' Stimme. »Wie lange sollen wir denn noch warten?«, rief er. »Oder läufst du lieber?«

Auf der Fahrt nach Amsterdam machte ich ein paar halbherzige Versuche, unsere gemeinsame Vergangenheit aufzuwärmen, aber Max gab mir mit brummenden Lauten zu verstehen, dass er sich zwar an die betreffenden Schüler und Lehrer erinnerte, sie ihn aber überhaupt nicht interessierten.

Auf dem Rücksitz des Mercedes hatte man nicht gerade viel Platz. Die Dünen schossen vorbei, und im Rückspiegel sah ich das Gesicht von Richard H., dem das Steuern des Mercedes offensichtlich großen Spaß machte. Kurz vor einer Rechtskurve lenkte er den Wagen möglichst weit nach links; die Hinterräder wirbelten Kies auf, wenn er nach der Kurve das Gaspedal durchdrückte.

Anfangs versuchte ich, das Gleichgewicht zu halten, indem ich mich mit einer Hand gegen die Seite stemmte, aber der Mercedes hatte hinten keine Türen und also auch keine Armlehnen oder andere Vorsprünge, an denen ich mich hätte festhalten können. Der Wagen schien sowieso nicht für die Beförderung von Personen auf dem Rücksitz entworfen zu sein, und bei jeder Kurve musste ich mich gewaltig anstrengen, um nicht von einer Seite auf die andere geschleudert zu werden.

Am Rand von Wijk aan Zee nahm Richard H. Gas weg, und ich wollte mich gerade vorbeugen und Max fragen, wie es Sylvia gehe, als dieser auf einen Knopf auf dem Armaturenbrett drückte. Eine Nummer, die mir irgendwie bekannt vorkam, knatterte aus den Lautsprechern in den Türen und aus noch schwereren in der Hutablage. Erst beim Refrain fiel es mir ein. »*Clowns to the left of me / jokers to the right / here I am / stuck in the middle with you*«, sang eine Stimme, aber der Name des Songs oder der Band wollten mir nicht gleich einfallen. Stattdessen die berüchtigte Szene in *Reservoir Dogs,* in der Michael Madsen (Mr. Blonde) das Radio einschaltet und dann im Takt dieses Songs einem auf einen Stuhl gefesselten Polizisten ein Ohr abschneidet.

»Stealers Wheel«, antwortete Max, als ich ihn fragte, von wem der Song sei und ob er wirklich in *Reservoir Dogs* vorkomme. Danach blieb es eine Weile still, und ich erwartete eigentlich schon nicht mehr, dass Max noch etwas sagen würde, als er auf einmal zu kichern anfing.

Er nahm eine neue Packung Marlboro aus der Brusttasche seines Hemds und riss die Folie ab. »In dem Film war ich zum ersten Mal mit Sylvia. Sie traute sich nicht hinzugucken, als der Kerl sein Tänzchen mit dem aufgeklappten Rasiermesser aufführte. Sie kniff die Augen fest zusammen. Bevor das Ohr abgeschnitten wird, meine ich. Dabei sieht man das gar nicht. Das ist das Komische, dass Leute oft schwören, sie hätten etwas gesehen, obwohl sie dann, wenn es echt spannend wird, die Augen zuhaben. In dem Film sieht man den, wie heißt er … Mr. Blonde, wie er sich am Ohr zu schaffen macht, aber das passiert außerhalb des Bildes. Man sieht nur das Ergebnis, wenn er in das abgeschnittene Ohr bläst und *Do you hear me?* sagt. Aber die arme Syl ist bis heute steif und fest davon überzeugt, dass man tatsächlich sieht, wie er mit dem Rasiermesser an dem Ohr herumschnippelt.«

»Hoppla!«, sagte Richard H., als er mit zu hoher Geschwindigkeit über eine Bodenschwelle bretterte. Ein Ehepaar mit Kindern im Handwagen schaute dem Mercedes nach. Wie ich sah, hatte auch Max seine Sonnenbrille aufgesetzt, und ich verfluchte mich, dass ich meine zu Hause gelassen hatte. Als Max mir, ohne sich umzusehen, die Zigarettenpackung hinhielt, zögerte ich keinen Moment. Ich nahm einen tiefen Zug, legte meinen Arm auf die Hutablage und trommelte mit den Fingern den Rhythmus von »Stuck in the Middle with You«.

Bei der Auffahrt zum Velsertunnel wurden wir von zwei Jungen in einem grellroten Golf geschnitten, die den Mercedes daran hinderten, sich einzufädeln. Richard H. fluchte laut; einmal im Tunnel überholte er rechts einen Kleintransporter und einen blauen Volvo-Kombi und wechselte dann abrupt auf die linke Fahrbahn. Hinter uns wurde empört gehupt. Der Fahrer des Volvos betätigte die Lichthupe.

»Fuck off!«, brummte Richard H., riss sich die Sonnenbrille ab und warf sie in hohem Bogen auf den Rücksitz. Noch bevor wir den südlichen Ausgang des Tunnels erreicht hatten, hingen wir dem roten Golf an der Stoßstange. Statt zu bremsen, gab Richard H. Gas.

Man hörte das Splittern von Glas und Plastik. Der Golf geriet ins Schleudern; für einen kurzen Moment schien es, als würde der Fahrer die Gewalt über das Steuer verlieren, aber dann lenkte er das Auto in einem halsbrecherischen Manöver auf die rechte Fahrbahn und schoss knapp vor einem Sattelschlepper auf die Ausfahrt Richtung Velsen.

Richard H. riss das Steuer herum. Der Mercedes folgte dem Golf mit quietschenden Reifen. Kurz vor der nächsten Ampel hatten wir ihn fast wieder eingeholt. Richard H. griff ins Handschuhfach; wir standen jetzt direkt neben dem Golf. Ich sah das vor Angst blasse Gesicht des Fahrers, der Deckung suchte, als Richard H. die Pistole auf ihn richtete.

Ich merkte, wie ein nervöses Kichern in mir aufstieg, von der gleichen Sorte, wie es sich bei einem Looping in der Achterbahn einstellt.

»Er ist gut, was?«, sagte Max. »Ist er gut oder nicht?«

Der Fahrer des Golfs gab Gas, obwohl die Ampel noch auf Rot stand. Er streifte einen grünen Nahverkehrsbus und fuhr dann mit hoher Geschwindigkeit Richtung Nordseekanal. Richard H. schaute jetzt nicht mehr so verbissen drein.

»Was für ein Loser! Man glaubt es nicht!« Er legte die Pistole in die geöffnete Hand, die Max ihm entgegenstreckte. Dann trat er aufs Gaspedal.

Kurz vor der Ausfahrt zu einem Seitenkanal sahen wir den roten Golf wieder. *Here I am / stuck in the middle with you,* sang Stealers Wheel. Richard H. trommelte mit den Fingern auf das Lenkrad. Ich reichte ihm die Sonnenbrille, aber er schüttelte den Kopf. »Das Ding drückt an den Ohren«, sagte er. »Wenn sie dir passt, kannst du sie behalten.«

Ich setzte die Sonnenbrille auf und begutachtete mich im Rückspiegel. Ich fühlte das nervöse Kichern wieder aufsteigen, konnte es aber noch rechtzeitig unterdrücken; ich hatte Lust auf eine Zigarette, obwohl es bei dieser Geschwindigkeit ziemlich schwierig sein würde, sie anzuzünden.

Statt auf der Straße zu bleiben, bog der Golf in einen Schotterweg ein, der sich als Sackgasse erwies. Wir kamen zu einem Gelände mit Lagerschuppen und Autowracks; Platz zum Wenden gab es nicht. Richard H. hielt ein paar Meter hinter dem Golf und stellte den Motor ab. Fast gleichzeitig öffneten er und Max die Wagentür und stiegen aus.

Für einen kurzen Augenblick spielte ich mit dem Gedanken, ihnen zu folgen.

Aber schließlich bin ich doch einfach sitzen geblieben.

Als ich ins Wohnzimmer kam, fiel Christines Blick zuerst auf meine Schuhe.

»Was hast du denn angestellt?«

David lag auf der Couch und verfolgte den Großen Preis von Monaco.

»Wie steht's?«, fragte ich.

»Michael Schumacher hat zwei Runden Vorsprung auf Häkkinen«, sagte David. »Verstappen ist ausgeschieden.«

Erst als ich mich neben ihm auf die Couch sinken ließ, sah er die Blutspritzer auf meinen Schuhen.

»Und nicht nur deine Schuhe«, sagte Christine. »Dein Gesicht. Hast du schon in den Spiegel geguckt?«

Ich befühlte mein Gesicht. »Was soll sein?«, fragte ich.

Christine kniff die Augen zusammen und sah mich durchdringend an. Ich wandte den Blick ab und schaute fasziniert zu, wie Michael Schumachers roter Ferrari seine Runden drehte.

»Ich weiß nicht ...«, sagte Christine. »Du hast so gerötete Wangen ... Als ob du ... als ob du ...«

Sie beendete den Satz nicht. Ich dachte an den Artikel in der *Cosmopolitan* über die unkontrollierbaren Stunden beim Fremdgehen. Es war jetzt vielleicht nicht der richtige Moment, von der Kollision einer Möwe mit den Flügeln einer Windmühle zu erzählen.

»Ich hatte Nasenbluten«, sagte ich. Und dann sei auf dem Parkplatz von Wijk aan Zee der Opel nicht mehr angesprungen, aber dann hätte ich glücklicherweise ein paar Bekannte getroffen, die mich nach Amsterdam mitgenommen hätten. Christine sagte nichts. Als ich fertig war, stand sie auf und ging in die Küche.

»Und was wird jetzt aus dem Auto?«, fragte David.

Ich holte tief Luft. »Das war doch von Anfang an ein Scheißauto. Morgen lasse ich es abschleppen, und dann schauen wir mal, ob wir einen anständigen Wagen auftreiben können.« Ich kniff meinem Sohn in den Arm.

David sah erst mich an und dann meine blutbefleckten Sportschuhe. »Wenn du mal das Bedürfnis hast zu erzählen, wo du heute wirklich gewesen bist, dann weißt du ja, wo du mich findest«, sagte er.

Nachts im Bett starrte ich mit offenen Augen in die Dunkelheit. Die Digitaluhr unseres Schlafzimmerfernsehers zeigte 3 Uhr 15 an.

Zum fünfzigsten oder einundfünfzigsten Mal spulte ich den Film des Nachmittags zurück bis zu dem Moment, als der Mercedes auf das Gelände mit den Lagerschuppen und den Autowracks holperte. In meiner Erinnerung lief »Stuck in the Middle with You« noch, bis Richard H. den Motor ausschaltete. Jedenfalls war es mucksmäuschenstill, als Max und Richard zum roten Golf schlenderten, denn sonst hätte ich vom Rücksitz aus nie verstehen können, was Max zum Fahrer des Golfs sagte. Jetzt, im Dunkeln, sah ich alles noch schärfer vor mir als bei Tageslicht.

Richard H. stand mit locker hängenden Armen an der Beifahrertür.

Und Max beugte sich vor und gestikulierte, der Fahrer solle das Fenster runterkurbeln.

Was schließlich auch geschah. Worauf der Fahrer etwas sagte, nur konnte ich es nicht verstehen, weil er sehr leise redete. Aber ich sah Max verständnisvoll nicken, und ich sah, wie er die Hände auf den Fensterrand legte. Und ich hörte, was er sagte, in ruhigem Ton und ohne lauter zu sprechen.

Ich kniff die Augen zusammen. In meiner Erinnerung flogen Krähen oder andere Vögel zwischen den Bäumen hin und her, die das Gelände mit den Lagerschuppen umstanden. Auch ertönte vom Nordseekanal dreimal ein Schiffshorn.

Natürlich finde ich das auch unangenehm. Aber ich finde es vor allem unangenehm für dich, dass du nicht Auto fahren kannst.

Ich öffnete die Augen und schaute mir den Film bis zum Schluss an.

11

In den folgenden Wochen ging ich nicht nur sonntags, sondern auch samstags joggen. Ich war jetzt bei fünfmal drei Minuten angelangt, immer mit einer Minute in normalem Gehtempo dazwischen. Das Auto, das ich mir bei einem Verleih am Middenweg gemietet hatte, war ein lila Renault Twingo. Sowohl die Farbe als auch die Marke passten in keiner Weise zur neuen Phase meines Lebens, die, davon war ich überzeugt, gerade im Begriff war anzubrechen; aber da es nur vorübergehend war, grinste ich auf der Fahrt nach Wijk aan Zee wie ein Honigkuchenpferd.

Der Twingo hatte ein kleines Schiebedach; ich trug meine neue Sonnenbrille und sang »Stuck in the Middle with You« laut mit. Das Auto hatte keinen CD-Spieler, deshalb hatte ich mir noch am gleichen Tag, an dem ich mit Max und Richard vom Strand nach Hause gefahren war, den Soundtrack von *Reservoir Dogs* gekauft und ihn an einem Abend, als Christine zum Yoga und David zur Trommelstunde gegangen war, auf eine Kassette überspielt. Ich war damit noch nicht ganz fertig, als ich den Schlüssel in der Haustür hörte; ich erwog, die Aufnahme abzubrechen, besann mich aber gerade noch rechtzeitig, dass dies nicht mit dem Beginn eines neuen Lebens vereinbar wäre.

David ließ sich auf das Sofa fallen und legte die Füße auf

den Couchtisch – was Christine ihm nie, ich ihm immer erlaubte. Einen Moment lang hielt er den Kopf völlig still; wenn Menschen die Ohren spitzen könnten, hätte er sie gespitzt. Dann griff er nach der Fernbedienung des Fernsehers.

»Ich dachte gerade, unser neues Auto sollte unbedingt einen CD-Spieler haben«, sagte ich.

Ich war nicht sicher, ob er mich gehört hatte. Neben seinen Füßen auf dem Couchtisch lagen die Prospekte der Autohändler, bei denen ich am Nachmittag gewesen war: Volvo, Alfa Romeo, BMW, Audi, Mercedes, Land Rover … Die von Citroën und Fiat hatte ich nur mitgenommen, damit Christine sich in der Illusion wiegen konnte, die neue Anschaffung hielte sich finanziell einigermaßen in Grenzen. In Wirklichkeit war mein Entschluss längst gefasst. Das Blättern in den Prospekten würde jedoch einer Anhörung oder »breiten gesellschaftlichen Diskussion« ähneln, wo es vor allem darum geht, den Betroffenen das Gefühl zu geben, auch sie seien an der Entscheidungsfindung beteiligt.

Ganz oben lag der Katalog des Jeep Cherokee. Auf dem Umschlag stand ein schwarzer Wagen in einer verlassenen, goldgelben Landschaft am Rand eines Abgrunds. Bereits am Nachmittag war mir dieser Ort irgendwie bekannt vorgekommen, wenn auch noch so, wie einem eben alle amerikanischen Landschaften bekannt vorkommen, als ein leinwandgroßes Déjà-vu. Inzwischen war ich mir aber absolut sicher, dass der Wagen vor demselben Abgrund stand, in den sich Susan Sarandon und Geena Davis in *Thelma & Louise* mit ihrem Auto stürzen, als sie von Harvey Keitel und dem FBI auf diesem gottverlassenen Stück roter Wüste eingekesselt worden sind. Die beiden Frauen fahren erst noch ein Stück zurück, um dann vor den Augen des fassungslosen Harvey Keitel mit Vollgas und durchdrehenden Rädern durch den aufstiebenden roten Sand auf den Abgrund zuzurasen.

Am Nachmittag hatte ich ausgerechnet, was mich der Kauf eines Cherokee monatlich kosten würde, wenn ich einen Teil des Betrags gleich zahlte und den Rest in Raten. Jedes Mal, wenn ich den Anfangsbetrag nach oben korrigierte, senkte sich die monatliche Rate und umgekehrt. Worum es mir ging, war ein mehr oder weniger überzeugendes Gleichgewicht, bei dem sowohl der einmalige Betrag als auch die monatlichen Raten nicht allzu sehr auffallen würden.

»Ich hab mir mal ein paar Autos angeschaut«, sagte ich. »Heute Mittag.«

David spielte mit der Fernbedienung. Wenn er nicht reagieren würde, würde ich die Sache auf sich beruhen lassen.

»Und?« Er löste seinen Blick sogar kurz vom Fernseher und sah mich an.

»Ich weiß es noch nicht. Ich hab ein paar Prospekte mitgebracht.« Ich zeigte auf den Stapel. »Ich hol mir mal ein Bier, willst du auch eins?«

Er starrte mich an. »Ein Bier? Warum nicht?«

Als ich mit zwei Bierflaschen (ohne Gläser) aus der Küche zurückkam, blätterte er im obersten Prospekt, dem des Jeep Cherokee.

»Der ist ziemlich cool«, sagte er und betrachtete ein Foto von einem schwarzen Cherokee, der mit den Rädern in einem halb zugefrorenen Bach stand. Im Hintergrund glänzten beschneite Gipfel (die Rocky Mountains?) unter einem strahlend blauen Himmel. Auf der nächsten Seite fuhr ein aus der Vogelperspektive fotografierter roter Cherokee in voller Fahrt durch eine ebenso rote Wüste. Er wirbelte eine Staubwolke auf, die zwischen zwei haushohen prähistorischen Felsformationen aus dem Bild verschwand. Es war die gleiche Landschaft wie auf dem Umschlag des Prospekts, der Abgrund aus *Thelma & Louise* musste ganz in der Nähe sein.

»Ein Gefühl der Freiheit begleitet den Jeep-Fahrer bis in die entferntesten Winkel unseres Planeten«, las David vor.

Ich nahm rasch einen großen Schluck aus der Flasche. »Na ja«, sagte ich lachend, »irgendwas müssen sie ja schreiben.«

David schlug die Broschüre zu und nahm den ganzen Stapel vom Tisch. Er schaute sich jetzt nur die Umschläge an.

»Du hast noch keinen Schluck getrunken«, sagte ich.

»Das hier ist wohl nicht ernst gemeint, was?«, fragte er. Seine Hände lagen auf dem Citroën-Katalog.

Ich holte tief Luft. »Das ist mehr für Mama«, sagte ich. »Für den Fall, dass Mama vielleicht auch …« Ich spürte mein Gesicht heiß werden. Die Flasche in meiner Hand fühlte sich ziemlich gewichtslos an, und als ich genauer hinschaute, sah ich, dass sie leer war.

»Und das hier?«, fragte David. »Das ist doch wohl hoffentlich auch ein Scherz!« Er hielt den Fiat-Katalog hoch.

»Na ja, Fiat ist italienisch«, sagte ich. »Und sie arbeiten jetzt mit Alfa Romeo zusammen, wusstest du das? Das sieht man den Entwürfen auch an …«

»Scheiß drauf«, sagte David. Er schlug die erste Seite des Prospekts auf, auf der der neue Fiat Multipla abgebildet war. »Schau dir das doch mal an! Sieht doch aus wie ein Frosch. Ein kranker Frosch. Oder sonst ein verschrecktes Tierchen auf vier Beinen. Igitt! Hast du den schon mal in echt gesehen? Also, ich schon. Wer so was fährt, ist arm dran. Wahrscheinlich soll es originell und verrückt aussehen, das ist noch das Schlimmste. Dass Leute, die sich so ein Auto kaufen, glauben, davon würden sie selber auch origineller und verrückter.«

Er warf den Stapel auf den Tisch zurück, wobei ein paar Prospekte auf dem Boden landeten. Wir starrten eine Weile schweigend vor uns hin; im Fernseher rannte ein junges Mädchen mit einem Pony an einem Seil über eine Wiese.

»Was würdest du denn wollen?«, fragte ich schließlich. »Ich meine, wenn du die Wahl hättest.«

David stöhnte. Das Pony hinkte, stellte ich fest.

»Einen Ferrari fände ich cool«, sagte er. Er grinste und setzte die Flasche an. »Ja, das wäre schon geil, so ein roter Ferrari, der hier in diese Kackstraße reinfährt. Schön tief, mit der Unterseite knapp über all diesen popeligen Bodenschwellen, dafür aber dieser Ton unter der Motorhaube, damit alle kapieren, dass neue Zeiten angebrochen sind.«

Im Fernsehen hatte das Mädchen die Arme um den Kopf des Ponys geschlungen. Eine Träne kullerte ihr über die Wange. Auch ohne Ton war klar, dass das Pony nicht mehr lang zu leben hatte.

»Vielleicht ist ein Ferrari zu teuer«, meinte David. »Wenn Geld ein Problem ist, würde ich einen Porsche nehmen. Der sieht immer gut aus. Stinger-System rein und los.«

»Was rein?«, fragte ich.

»Stinger. Das ist so ein Ding, das pfeift, sobald du in die Nähe einer Geschwindigkeitskontrolle kommst. Es reagiert auf Radar, über einen Satelliten. Also kannst du ruhig voll auf die Tube drücken, solange es nicht pfeift.«

Er beugte sich vor und nahm sich den Volvo-Katalog. »Der ist okay. Aus Schweden. Für die ganze Familie.«

»Ja«, sagte ich.

»Aber eigentlich doch ein bisschen popelig.« Er setzte die Flasche erneut an die Lippen, warf den Kopf in den Nacken und gluckerte das Bier in einem Zug hinunter. Dann wischte er sich mit dem Handrücken den Mund ab und rülpste laut. »Man sieht es den Leuten in Volvos einfach an, dass sie echt glauben, sie hätten sich was richtig Schönes angeschafft«, sagte er. »Und das ist eben das Popelige daran.«

Das traurige Mädchen hatte einen verständnisvollen Vater, der das Pony hinter die Scheune führte, um ihm, ohne dass sie es mitansehen musste, den Gnadenschuss zu geben. Das Mädchen hielt sich weinend die Ohren zu.

»Ich dachte eher an einen Geländewagen«, sagte ich. »Einen Landrover oder so. Einen Cherokee …«

David schloss die Augen. »Ja, warum nicht«, sagte er, ohne die Augen zu öffnen. »Geländewagen, prima. Cool. Nur sehe ich dich hier vor der Tür nicht aus so einem Jeep steigen. Ich weiß nicht, das sind einfach zwei Sachen, die nicht *matchen,* verstehst du? Wie wenn man zwei Zeichnungen auf Pauspapier übereinanderlegt und sie ergeben einfach nie ein scharfes Bild. Und selbst wenn. Ich meine, hier in der Straße macht das ja vielleicht noch Eindruck, so ein Geländewagen, aber in Zuid ist ein Cherokee nicht mehr als der Zweitwagen gelangweilter junger Mütter, mit dem sie ihre Kinder von der Schule abholen.«

Im Fernseher hatte das Pony ein Grab bekommen. Mit Blumen drauf. Das Mädchen warf eine Kusshand. Im Hintergrund ragten die Gipfel der Rocky Mountains erhaben und weiß in den Himmel.

Es dauerte noch drei Wochen, bis ich kapierte, dass Max G. und Richard H. nicht mehr zum Timbuktu kommen würden. Wie sonst trank ich nach meiner Joggingrunde ein Bier auf der Terrasse und sah den Schiffen zu, die zwischen den Molen hindurch aufs offene Meer hinausfuhren. Auf dem Parkplatz konnte ich die Stelle, an der ich vor kaum vier Wochen meinen Opel geparkt hatte, noch am Ölfleck auf dem Asphalt erkennen.

Ohne Musik fuhr ich am Nordseekanal entlang nach Amsterdam zurück. Ich kam am Seitenkanal B vorbei und auch an der Abzweigung zu dem Gelände mit den Lagerhallen und Autowracks. Ich überlegte, was ich tun sollte. Ich hatte weder eine Telefonnummer noch eine Adresse, am

Abend meines Geburtstags hatte Max nur »ein Restaurant in Ouderkerk« erwähnt, wo sie gerade gegessen hätten. Statt hinter dem Hauptbahnhof nach Watergraafsmeer weiterzufahren, nahm ich die Ausfahrt zum Piet Heintunnel und fuhr über die A10 auf die A9 nach Ouderkerk. Ich drehte ein paar erfolglose Runden an den Terrassen vorbei, bestellte mir dann einen Pfannkuchen mit Speck gegenüber dem jüdischen Friedhof und sah den Enten und den Kajütbooten zu, die sich auf dem regungslosen Wasser der Amstel tummelten.

Ich schlenderte durch das Dorf und studierte die Speisekarte neben der Tür eines Restaurants. Auf dem dazugehörigen Parkplatz standen zwei Jaguars, mehrere BMWs und ein Mercedes, doch das silbergraue Cabriolet war nicht dabei. Ein Paar kam aus dem Restaurant und nickte mir zu. Die Frau hatte sich bei dem Mann eingehakt. Er hielt ihr die rechte Tür eines der Jaguars auf und half ihr beim Einsteigen.

Ich ging zu meinem Twingo zurück und fuhr nach Hause.

Ohne meine Laufschuhe auszuziehen, ließ ich mich aufs Sofa fallen. David besuchte übers Wochenende einen Freund, dessen Eltern ein Ferienhaus in Egmond aan Zee hatten. Auch Christine war unterwegs, ich konnte mich nicht mehr erinnern, wohin. Ich dachte an alle wahrscheinlichen und unwahrscheinlichen Orte, an denen ich Max »zufällig« über den Weg laufen könnte, und sah mich schon an einem Samstagnachmittag stundenlang Zeitung lesend auf einer Terrasse in der P. C. Hooftstraat sitzen.

Auf dem Couchtisch lagen immer noch die Autoprospekte. Ich angelte mir den Mercedes-Katalog heraus. Auf die Rückseite war die Adresse des hiesigen Vertragshändlers gestempelt; derselbe, bei dem ich mir den Katalog vor nun über einem Monat geholt hatte. Bei der Gelegenheit hatte ich mich auch eine Viertelstunde im Showroom herumgedrückt, aber offenbar hatte keiner der anwesenden Verkäufer in mir einen potenziellen Käufer gesehen, denn niemand sprach mich an.

Unter der Adresse standen die Telefon- und die Faxnummer. Ich sagte sie dreimal laut auf. Dann ging ich zum Kühlschrank und nahm ein Bier heraus. Mit geschlossenen Augen leerte ich die Flasche halb und wiederholte die Nummer. »Gespeichert«, sagte ich und kippte den Rest der Flasche hinunter.

Am nächsten Morgen ging ich vor acht Uhr aus dem Haus. Für alle deutlich sichtbar trug ich die Laufschuhe. In der Küche stand meine Frau und schmierte Butterbrote für David.

»Ich geh vor der Arbeit erst noch ein bisschen joggen«, sagte ich, obwohl ich mir vorgenommen hatte, nichts zu sagen.

Meine Frau schaute nicht auf. In der Wohnungstür blieb ich noch ein paar Sekunden stehen, aber als ich nichts hörte, ging ich.

Ich fuhr die Pythagorasstraat hinunter, bog links in den Hogeweg ein, überquerte den Middenweg und parkte den Twingo gegenüber dem Frankendaelpark. Ich gab die Nummer in mein Handy ein. Nach dem ersten Klingelton nahm ich Richard H.s Sonnenbrille aus dem Handschuhfach und setzte sie auf.

»Mercedes-Garage Henk Leemhuis am Apparat, guten Morgen, was kann ich für Sie tun?«, sagte eine hohe Stimme am anderen Ende der Leitung.

Ich holte tief Luft. »Max G.«, sagte ich mit einer Stimme, die nicht wie meine klang, aber auch nicht wirklich wie die eines anderen.

»Guten Morgen, Herr G., was kann ich für Sie tun?« Es hatte etwas Befreiendes, dass wir nun beide Max' Nachnamen vollständig ausgesprochen hatten, als wären Henk Leemhuis und ich an einem Komplott beteiligt, bei dem der vollständige Nachname von Max als Erkennungszeichen galt.

»Ich würde gern einen Termin machen für eine 24000er Inspektion«, sagte ich. Mit meiner eigenen Stimme, wie ich zu spät merkte. »Am liebsten diese Woche noch.«

»Das wird wohl gehen«, sagte Henk. »Einen Augenblick bitte.«

Ich hörte das Klappern von Tasten. Neben mir stoppte ein roter Fiat. Es war ein Multipla wie aus dem Prospekt; eher als einem Frosch oder einer Kröte ähnelte er eigentlich einem missgebildeten Daumennagel. Am Steuer saß ein glatzköpfiger Mann, der sich mit Gebärden erkundigte, ob der Parkplatz frei würde.

»Scher dich weg!«, zischte ich durch das geschlossene Fenster und schüttelte heftig den Kopf.

»Sind Sie noch da, Herr G.?«, hörte ich Henk Leemhuis sagen.

»Ja.«

»Freitagmorgen, würde Ihnen das passen?«

»Ausgezeichnet.«

»Jetzt bräuchte ich bitte noch das Kennzeichen.«

Das hatte ich mehr oder weniger einkalkuliert. Jetzt galt es, schnell das Thema zu wechseln. »Etwas anderes, Henk«, sagte ich. »Darf ich Henk sagen?«

»Natürlich, Herr G.«

»Könnte ihn jemand bei mir abholen? Ich muss nämlich Freitagmorgen wegen einer kleinen Sache zu Hause bleiben, und es wäre schön, wenn ich dann nicht zwischendurch rausmüsste.«

Ich wusste nicht, ob Max »kleine Sache« gesagt hätte. Aus meinem Mund klang »kleine Sache« eher nach einem Vogel, den ich am Morgen tot in seinem Käfig gefunden hatte.

»Das lässt sich machen«, sagte Henk. »Sie wissen aber, dass zusätzliche Kosten damit verbunden sind?«

»Das ist kein Problem.«

Wieder Tastengeklapper.

»Das wäre vorgemerkt«, sagte Henk. »Freitagmorgen. Gegen halb neun, passt Ihnen das, Herr G.?«

Ich antwortete nicht sofort, weil ich im Rückspiegel David auf dem Rad den Middenweg überqueren sah. Möglich wäre es schon, dass er an mir vorbeiradeln würde, ohne mich zu bemerken. Andererseits saß ich hier natürlich in einem lila Twingo, ein Handy am Ohr und auf der Nase eine Sonnenbrille von ein paar Tausend Gulden.

»Herr G. …?«

Ich atmete tief ein. Es war heiß im Auto, und ich hatte Lust, das Fenster herunterzukurbeln, aber es war nicht der geeignete Moment.

»Hör mal zu, Henk«, sagte ich, während ich den Rückspiegel nicht aus den Augen ließ. »Letztes Mal hab ich ihn auch abholen lassen, aber da seid ihr aus Versehen zu meinem Wochenendhaus gefahren. Die Mühe würde ich euch gern ersparen, also …«

David war auf der Höhe des Twingo angelangt. Im Vorbeifahren ließ er die Hand mit einem lauten Schlag auf das Dach fallen; ich schoss in meinem Sitz hoch und hätte fast das Handy fallen lassen.

»Hier steht nur Gerrit van der Veenstraat 69, dritter Stock«, sagte Henk Leemhuis von der Mercedes-Garage. »Das ist nicht Ihr Wochenendhaus, nehme ich an.«

»Nein.«

»Sie sind unser einziger Kunde in Amsterdam mit einem Modell dieser Serie in Silbergrau. Wir haben dieses Jahr zwar noch ein paar schwarze verkauft, auch mit offenem Dach, aber mit einem silbergrauen sind Sie immer noch was Besonderes in der Stadt.«

»Ja«, sagte ich.

David war winkend weitergeradelt. Dann wandte er sich doch noch um; er hatte ein breites Grinsen auf seinem Gesicht. Sein Finger an den Lippen konnte nur »Ich halte dicht« bedeuten.

12

Ich parkte den Twingo vor dem AKO-Buchladen an der Ecke Gerrit van der Veenstraat und Beethovenstraat. Erst blieb ich eine Weile vor dem Ständer mit den ausländischen Zeitungen stehen, die Hände in den Hosentaschen, und schlenderte dann über den Zebrastreifen auf die andere Straßenseite.

Nr. 69 war gar nicht weit von der Ecke; die Vorhänge im dritten Stock waren noch zugezogen. Ich machte mich auf die Suche nach einem silbergrauen Mercedes, aber der war nirgends zu sehen, auch nicht in der Antonie van Dyckstraat und auch nicht auf dem hinter der Gerrit van der Veenstraat gelegenen Albert Hahnplantsoen. Aber wahrscheinlich würde Max ein solches Auto auch nicht einfach auf der Straße stehen lassen, sondern es in einer Garage abstellen.

Als ich wieder vor dem Haus stand, waren die Vorhänge immer noch geschlossen. Die Abwesenheit des Mercedes und die geschlossenen Vorhänge konnten natürlich auch bedeuten, dass Max und Sylvia auf unbestimmte Zeit verreist waren. Im AKO-Buchladen blätterte ich eine Weile in Zeitschriften, kaufte mir den *Telegraaf* und überquerte wieder die Straße. Am Zustand der Vorhänge hatte sich nichts geändert. An der Tür studierte ich die Namen neben den Briefkästen; für die Wohnung im dritten Stock fehlte das

Namensschild. Ich überlegte, ob das ein gutes oder ein schlechtes Zeichen war, und ging dann wieder zur Beethovenstraat zurück.

Im Bistro Delcavi trank ich einen Kaffee und starrte geraume Zeit auf die Titelseite des *Telegraaf*. Ab und zu schaute ich nach draußen, während ich in meinem schon umgerührten Kaffee rührte. Eine Tram der Linie 24 hielt an der Haltestelle und fuhr wieder weiter. Zwei Frauen mit Einkaufstaschen von Maison de Bonneterie waren am Bordstein in ein Gespräch vertieft; ein unterernährter, jedenfalls viel zu magerer Rassehund hob das Hinterbein und pisste über einen Müllsack. Ich zahlte und ging.

Als ich um die Ecke der Gerrit van der Veenstraat bog, sah ich sofort, dass die Vorhänge nicht mehr geschlossen waren. Ich wollte gerade bei einem Baum Posten beziehen, als sich die Tür öffnete und Sylvia G. herauskam; sie war noch genauso lang wie in meiner Erinnerung. Hinter ihr erschien ein kleines Mädchen. Sylvia nahm es an die Hand und bog rechts in die Gerrit van der Veenstraat ein.

Ich folgte in einigem Abstand auf meiner Straßenseite; das Mädchen hüpfte an Sylvias Hand und machte ab und zu einen Luftsprung. An der Beethovenstraat bogen sie wieder rechts ab, vorbei an dem AKO-Buchladen Richtung Stadionweg. Ich achtete darauf, dass mindestens fünfzig Meter zwischen uns waren. Vor einem Spielwarenladen blieben sie stehen; das Mädchen zeigte auf etwas, und Sylvia nickte. Im Geschäft hinter mir trugen die Schaufensterpuppen dunkle Maßanzüge von Hugo Boss. Ich schlug den *Telegraaf* auf und hielt ihn mir halb vors Gesicht. Sylvia wollte das Mädchen weiterziehen, aber es sträubte sich hartnäckig.

Nachdem sie im Laden verschwunden waren, überquerte ich die Straße. Als ich an dem Geschäft vorbeiging, stand Sylvia mit dem Rücken zu mir am Ladentisch. Das Mädchen war nirgendwo zu sehen.

Ich ging etwa hundert Meter weiter und blieb vor einer Konditorei stehen. Bisher hatte ich mir Max G. immer kinderlos vorgestellt: eine Familie und Kinder waren nicht das Erste, woran man dachte, wenn man Max in seinem schwarzen Hemd sah, wie er sich eine Marlboro ansteckte, oder wenn er in seinem Mercedes mit offenem Verdeck telefonierte, den Richard H. mit zweihundertzehn Sachen die zweispurige Straße am Nordseekanal entlang steuerte.

Als Sylvia mit dem Mädchen wieder nach draußen kam, schlenderte ich ihnen entgegen, den *Telegraaf* unterm Arm. Das Mädchen hatte etwas in der Hand, als ich näher kam, sah ich, dass es ein Jo-Jo war.

»Sylvia ...«, sagte ich und blieb stehen. Dafür, dass ich das Lächeln schon ein paar Meter vorher auf meinem Gesicht angebracht hatte, klang es ziemlich echt, genauso angenehm überrascht wie bei einer zufälligen Begegnung.

Sylvia hielt den Kopf etwas schräg und sah mich mit zusammengekniffenen Augen an.

»Fred«, sagte ich und streckte ihr die Hand entgegen. »Freund von Max.«

Es war evident, dass sie noch immer keine Ahnung hatte, wer ich war, aber sie drückte mir die Hand. *»Deep Impact«,* sagte ich. »Calypso. Jemand wollte dir deine Tasche klauen ...«

»Augenblick, Sharon«, sagte sie zu dem Mädchen, das an ihrem Arm zog. »Ich unterhalte mich gerade mit dem Herrn hier.«

Sie lächelte. »Kurt Student.«

»Pardon?«

»Kurt Student. So hieß der deutsche General, der um die Ardennen herummarschiert ist, um die französischen Truppen von hinten anzugreifen.«

Diesmal lächelte ich. Kurt Student war nicht um die Ardennen herummarschiert, sondern mitten hindurch, deshalb war der Angriff ja so gewagt und überraschend gewesen. Sylvias und meine Augen befanden sich auf gleicher Höhe; sie brauchte nicht herabzuschauen, wie bei Max, und ich nicht hinauf. Es ist sowieso ermüdend, ein Gespräch mit jemandem zu führen, der größer ist, aber bei zu großen Frauen kommt noch etwas hinzu: eine geteilte Unbehaglichkeit, als wäre die Körpergröße der Frau eine Brandwunde oder eine Narbe, die man krampfhaft zu übersehen versucht.

»Genau«, sagte ich. »Lustig, dass du das noch weißt.«

»Ich habe auch so ein Elefantengedächtnis«, sagte Sylvia. »Max zieht mich oft damit auf. Vor allem wenn Leute dabei sind. Dann sagt er: ›Sylvia, wie heißen die Kinder und die Enkelkinder von dem und der noch gleich, und wann haben sie Geburtstag?‹ Und dann muss ich sie alle aufzählen. Ich weiß es auch wirklich, wir haben zu Hause keinen Geburtstagskalender. Der Geburtstagskalender bin ich. Als Max im Kino von dem deutschen General anfing, dachte ich sofort: ein Leidensgenosse!«

Ich lachte. Das Mädchen hatte die Schnur ihres Jo-Jos vollkommen verheddert. Mir fiel auf, dass ich ihren Namen schon wieder vergessen hatte. Das ist die Schattenseite eines guten Gedächtnisses: Es funktioniert bei Sachen, die lange zurückliegen, aber es versagt bei allem, was gerade passiert ist. Wenn jemand mir die Hand schüttelt und sich vorstellt, habe ich seinen Namen schon vergessen, wenn unsere Hände sich wieder lösen. Es hat auch mit Interesse zu tun, das habe ich mal gelesen: Die Kunst eines gutes Gedächtnisses besteht darin, alles Unwichtige schnell vergessen zu können. So bleibt Platz für Dinge, die einem wirklich wichtig sind. Und welche Bedeutung hat im größeren Zusammenhang von Menschen und Ereignissen – von Leben und Tod – schon der Name eines Menschen?

Ich ging vor dem Mädchen in die Hocke.

»Lass mal sehen.«

Sie fuhr erschreckt zurück, als hätte sie Angst, ich könnte ihr das Jo-Jo wegnehmen.

»Sei nicht albern, Sharon!«, sagte Sylvia. »Der Herr will dir doch nur helfen. Kannst du denn auch nie mit etwas spielen, ohne es gleich kaputt zu machen?«

»Warte mal, Sharon«, sagte ich. Das eine Ende der Schnur war um Sharons Mittelfinger gewickelt, am anderen baumelte das Jo-Jo. Ein Handy klingelte. Sylvia kramte in ihrer Tasche.

»In der Beethovenstraat«, hörte ich ihre Stimme über mir, während ich den Knoten entwirrte. »In einer Viertelstunde … Oder meinst du eigentlich in einer halben Stunde …? Okay … Bis gleich.«

Ich nahm die Hand des Mädchens (*Sharon …! Sharon …! Sharon!*) und zeigte ihr, wie man das Jo-Jo auf- und abwärtsbewegt, ohne dass sich die Schnur verheddert. Nach dem Ton ihrer Stimme zu urteilen, hatte Sylvia mit Max gesprochen, aber offenbar nicht sehr lange. So hatte sie beispielsweise nicht gesagt: »Rate mal, mit wem ich hier stehe?« Ich holte tief Luft und wusste auf einmal nicht mehr, wie es weitergehen sollte.

»Er war noch in der Dusche«, sagte Sylvia und steckte das Handy wieder ein. Es war unklar, ob sie es zu mir oder zu ihrer Tochter sagte. Sie sah auf die Uhr. »Shit, ich muss zur Bank. Komm, Sharon, verabschiede dich von dem Herrn und sag auch schön Danke.«

Ich grinste breit und machte eine Handbewegung, die besagen sollte, Dank für so eine kleine Gefälligkeit sei gänzlich überflüssig. Aber andererseits bedeutete es ja vielleicht doch etwas. Es bedeutete vielleicht, dass in der Welt nichts verloren geht, dass man für alles etwas zurückbekommt, sogar für das Lösen eines Knotens aus einer Jo-Jo-Schnur. Der Augenblick war gekommen, da ich etwas sagen musste, etwas wie »Nun, dann geh ich mal wieder« – aber ich sagte kein Wort. Ich sah Sylvia nur an und schlug dann die Augen nieder und ließ meinen Blick über die Gehwegplatten schweifen, als könnte man mir sonst meine Trennungsangst allzu sehr ansehen.

Sylvia hatte sich schon halb zum Gehen gewandt. Mir fiel auf, dass sie hohe Absätze trug. Sie war ja schon groß genug (zu groß, würden manche sagen), aber es machte ihr anscheinend nichts aus, noch ein paar Zentimeter hinzuzufügen. Plötzlich zögerte sie.

»Wohnst du hier in der Gegend?«

Ich schüttelte den Kopf. »Ich hatte hier zu tun«, sagte ich und zeigte hinter mich. »Beruflich.«

Und dann fragte sie, was ich mache. Und ich sagte es ihr.

»Dann musst du nicht nur ein gutes Gedächtnis, sondern auch eine Engelsgeduld haben.«

Sie lächelte. Mit einem lauten Knall schlug das Jo-Jo auf den Boden auf und zersprang in zwei Teile, eine Hälfte rollte zur Bordsteinkante.

»Mama!«

Ich machte einen Schritt zur Seite und brachte das Ding gerade noch rechtzeitig unter meiner Schuhsohle zum Stehen, bevor es unter einem geparkten Auto verschwand. Ich ging in die Hocke. »Nichts passiert«, sagte ich. »Das kriegen wir schon wieder hin.«

Manchmal gelingt etwas auf Anhieb, und fast immer dann, wenn man gar nicht mehr damit rechnet. Man kann Geschicklichkeit vortäuschen, aber wenn man es mit Überzeugung tut, gehorchen einem die Dinge sogar. Mit ein paar Griffen hatte ich das Jo-Jo wieder zusammengesetzt, die Schnur war dort, wo sie hingehörte, ich machte eine neue Schlaufe ans Ende und schob sie dem noch schniefenden Mädchen über den Mittelfinger. Ich fühlte mich wie der nette Onkel im Bilderbuch, wenn auch in einem, dessen Bilder nicht die ganze Geschichte erzählen. Sylvia seufzte tief und schaute wieder auf die Uhr.

»Weißt du, ich muss jetzt wirklich zur Bank. Aber wenn du Lust hast, ich habe mich in einer Viertelstunde mit Max verabredet. Ganz in der Nähe. Komm doch dazu, Max würde es bestimmt nett finden.«

»Aber ihr wollt doch bestimmt lieber …« Sylvia unterbrach mich.

»Bei Delcavi«, sagte sie. »Kennst du das?«

Ich schüttelte den Kopf, worauf sie mir den Weg beschrieb.

Als ich siebzehn Minuten später zum zweiten Mal an diesem Morgen das Bistro Delcavi betrat, waren Max und Sylvia noch nicht da. Ich überlegte, ob ich noch einmal um den Häuserblock gehen sollte, aber entschied mich dagegen; ich musste dringend aufs Klo.

Im Bistro war mehr los als bei meinem ersten Besuch, nur hinten an der Bar waren noch zwei Hocker unbesetzt. Auf dem Weg zur Toilette musste ich mich zwischen diesen Hockern und einem mit Mänteln und Jacken voll behängten Garderobenständer hindurchzwängen.

Da, wo die Bar einen 45-Grad-Winkel bildete, saß ein alter Mann in einem dunkelbraunen Jackett und aß ein Sandwich. Etwas an seiner gebeugten Haltung und an seinen Bewegungen ließ mich stutzen. Bevor ich die Toilettentür hinter mir schloss, sah ich mich noch einmal um. Das Gesicht des Mannes war nur halb zu sehen, aber ein Irrtum war ausgeschlossen.

Als ich meinen Hosenschlitz öffnete und die Klobrille hochklappte, spürte ich, wie meine Wangen zu glühen begannen. Als ich mir anschließend die Hände wusch, sah ich im Spiegel über dem Waschbecken zwei rote Flecken direkt unter meinen Augen. Und ich sah ein Grinsen um meinen

Mund. »So«, sagte ich laut zu meinem Spiegelbild, während ich die Hände abtrocknete; und kurz bevor ich die Toilettentür öffnete, sagte ich es noch einmal: »So.«

Ich setzte mich auf einen freien Hocker und winkte dem Mädchen hinter der Bar. »Ein Bier, bitte.«

Der alte Mann hatte sein Sandwich – mit Frikadelle, wie ich sah – fast aufgegessen. Er beugte sich tief über den Teller, um den Abstand zum Mund möglichst gering zu halten. Das Brot festzuhalten, bereitete ihm offenbar große Mühe. Eine Art Schmatzer entfuhr dem Weißbrot, als die grapschenden Finger es endlich im Griff hatten.

Dazwischen waren noch andere Geräusche zu hören, die vom Mund des Mannes ausgingen. Seine Zunge suchte nach etwas, sie fuhr erst innen über die Schneidezähne und verschwand dann nach hinten, um die Backenzähne abzutasten. Der Mund öffnete sich weiter, und die Lippen stülpten sich über den Rest der Frikadelle und das durchweichte Brot.

Eigentlich achtete ich jetzt nur noch auf die Finger, die im Schein der braunen Korblampen, die über der Bar hingen, feucht glänzten, und speziell auf die bis auf die Säume abgenagten Fingernägel, an denen noch Senfreste klebten. Diese Fingernägel waren der endgültige Beweis dafür, dass ich mich nicht geirrt hatte. Ich dachte an die gut fünfundzwanzig Jahre, in denen ich Biervoort nicht gesehen hatte. Aller Wahrscheinlichkeit nach hatte in diesen fünfundzwanzig Jahren keine Unterbrechung im Nagelkauen stattgefunden: In der ganzen Zeit hatten die Zähne des Französischlehrers immer wieder aufs Neue und mit immer weniger Erfolg verzweifelt nach Nachschub gesucht.

Und ich dachte jetzt auch an seine Frau. Lebte sie noch? Und wenn ja, kniff sie Biervoort noch immer durch den Pyjamastoff in seinen Pimmel? Grunzte sie noch immer wie ein Schwein und hatte sie noch dasselbe kurze Borstenhaar?

Ich ächzte leise, und in dem Moment hob Biervoort den

Kopf. Nichts in seinen wässrigen Augen hinter den dicken Brillengläsern deutete darauf hin, dass er mich erkannte.

Das Weiß in seinen Augen war vergilbt wie altes Zeitungspapier, und plötzlich war ich mir sicher, dass seine Frau tot war; wahrscheinlich war sie an etwas erstickt oder an einem regnerischen Morgen einfach auf ihrem Stuhl am Frühstückstisch tot sitzen geblieben. Zwischen den Brotkrümeln und den Schalen eines gerade gepellten Eis war ihr Kaffee allmählich kalt geworden. Jedenfalls war Biervoort jetzt ganz allein auf der Welt, niemand kniff ihm mehr in seine Pyjamahose.

»Fred!« Es kam von der anderen Seite des Bistros und klang, als hätte jemand meinen Namen nicht zum ersten Mal gerufen. Bei einem unbesetzten Tisch am Eingang stand Max und winkte.

»Und Sylvia?«, fragte ich, nachdem wir uns gesetzt hatten. Max trug einen weißen Sport-Sweater mit Kapuze, auf der Brust stand in grauen Lettern der Markenname RUSSELL ATHLETIC. Er rieb sich die Hände und nahm die Speisekarte.

»Sie muss noch Einkäufe machen«, sagte er.

Am liebsten hätte ich ihm gleich von der Anwesenheit unseres ehemaligen Französischlehrers erzählt, aber ich hielt mich vorläufig zurück. »Du hast eine hübsche Tochter«, sagte ich.

Max grinste breit. Er schlug die Speisekarte zu und holte eine Packung Marlboro und ein Feuerzeug unter seinem Sweater hervor.

»Bildschön, nicht wahr?«, sagte er, während er sich die Zigarette anzündete. Er blickte auf seine Hände und drehte kurz an seinem Ehering. Ich sah Biervoort vom Hocker rutschen und zur Toilette gehen; ich musste wieder an seine Finger denken und wie dieselben Finger am Verschluss seiner Hose fummelten.

»Und du?«, fragte Max.

»Und ich was?«

»Hast du auch Kinder?«

»Ja, einen Sohn … Aber den hast du doch an meinem Geburtstag gesehen.«

Max sah mich nachdenklich an. Ich überlegte, wo David sich an meinem Geburtstag herumgetrieben hatte; ich sah das verschwommene Bild von meinem Sohn vor mir, wie er mit einem Bier in der Hand aus der Küche kam. Aber war er dann nach rechts ins Wohnzimmer oder nach links …? Je länger ich darüber nachdachte, desto wahrscheinlicher kam es mir vor, dass er sich die meiste Zeit in seinem Zimmer eingeschlossen hatte und dass Max ihn überhaupt nicht gesehen haben konnte.

»David. Er ist vierzehn.«

Max schüttelte den Kopf. »Ich werde Sylvia fragen«, sagte er. »Die hat ein besseres Gedächtnis für Gesichter als ich.«

Ich starrte ihn an; die Kellnerin erschien und wartete mit gezücktem Stift.

»Ich hätte gern ein Sandwich mit warmem Pastrami und Meerrettich«, sagte Max, »und frischen Orangensaft. Groß.«

Ich sah auf die Uhr. »Für mich ein Bier«, sagte ich. »Auch groß.«

»Musst du erst nachsehen, wie spät es ist, ob du dir ein Bier genehmigen darfst?«, fragte Max lachend.

Ich lachte auch, aber gleichzeitig fragte ich mich, ob Max wirklich vergessen hatte, mit wem er auf meinem Geburtstag gewesen war.

»Wie geht's Richard?«

»Wie geht's Richard«, wiederholte Max, nur ohne Fragezeichen.

Ich fühlte plötzlich eine unerklärliche Hitze in mir aufsteigen, die eine rosa Glut auf meinem Gesicht entfachte; eine Glut, die zweifellos schon aus großer Entfernung sichtbar war. Ich starrte zur Toilettentür hinten im Bistro, aber sie war noch geschlossen.

»Es war tatsächlich ganz praktisch, den Wagen am Freitagmorgen abholen zu lassen«, sagte Max. »Ich habe dann doch nichts vor.«

Er studierte wieder seine Finger. Ich fühlte, wie die Hitze jetzt auch meine Augen erreichte.

»Nur ist eine 24000er Inspektion bei kaum 6000 gelaufenen Kilometern ein bisschen übertrieben«, fuhr Max fort, immer noch ohne mich anzusehen. »Das fand auch Henk wie-heißt-er-doch-gleich. Henk Leerhuis, so ähnlich. Deshalb rief er zurück, um zu checken, ob da nicht vielleicht ein Missverständnis vorliegt ...«

Die Kellnerin stellte das Glas Orangensaft und mein Bier auf den Tisch.

Max blies eine blaue Rauchwolke über die Getränke und sah mir zum ersten Mal direkt ins Gesicht. »Als Sylvia dich daher heute Morgen ›zufällig‹ durch die Beethovenstraat flanieren sah, habe ich eins und eins zusammengezählt, verstehst du?«

Ich wich seinem Blick aus. Das ist vielleicht keine so gute Idee, schoss es mir durch den Kopf. Ich sah ihn an und wieder weg.

»Nun ist das alles halb so schlimm«, sagte Max. »Wegen einer kleinen Karambolage am Nordseekanal brauchte der Wagen sowieso rechts einen neuen Scheinwerfer. Aber wozu der ganze Aufwand? Ich stehe einfach im Telefonbuch. So viele G.s gibt's nun auch wieder nicht in Amsterdam.«

Irgendwo unten in meiner Brust versackte etwas, nein, es war mehr wie ein Fehltritt, wenn man eine Treppe runtergeht und irrtümlicherweise glaubt, man hätte die unterste Stufe schon erreicht.

»Leemhuis«, sagte ich.

»Was?«

»Leemhuis. Der Mann von der Garage. Er heißt nicht Leerhuis, sondern Leemhuis. Henk Leemhuis.«

»Habe ich Leerhuis gesagt?«

»Ja.«

Wir schwiegen eine Weile. Max steckte sich noch eine Zigarette an und leerte sein Glas Orangensaft in einem Zug; ich machte dasselbe mit meinem Bier.

»Du willst etwas von mir«, sagte Max schließlich.

»Bitte?«

»Du willst doch etwas von mir, oder? Ich meine, erst tauchst du beim Timbuktu auf, dann belästigst du meine Frau auf der Straße …«

Ich öffnete den Mund, aber Max legte den Zeigefinger auf die Lippen. »Scherz! Nein, aber ich dachte die ganze Zeit, wann kommt er endlich zur Sache. Ich meine, vielleicht irre ich mich, aber wenn ich mich irre, möchte ich das gerne hören.«

Ich hatte Lust auf ein neues Bier, und während ich die Aufmerksamkeit der Kellnerin auf mich zu lenken versuchte, sah ich die Toilettentür aufgehen; Biervoort war endlich fertig mit dem, was er zu tun gehabt hatte. Er nickte dem Mädchen hinter der Bar zu und ging zum Ausgang.

»Nicht gleich gucken«, sagte ich.

»Wo?« Max drehte sich halb um.

»Der Mann, der jetzt auf uns zukommt. Weißt du noch, wer das ist?«

Max kniff die Augen zusammen und schüttelte den Kopf. »Keine Ahnung. Dein Vater?«

»Das ist Biervoort. Du weißt schon, der Nägelkauer, bei dem wir Französisch hatten. Er hatte so eine schmuddelige Frau mit Borstenhaar. Sie arbeitete in der Bibliothek.«

»Ach du lieber Himmel!«, sagte Max. »Die machten doch so säuische Sachen in ihrer Freizeit, Sachen, über die man lieber nicht zu lange nachdenkt.« Biervoort war auf der Höhe unseres Tisches stehen geblieben, weil er zwei Frauen mit Einkaufstaschen vorbeilassen wollte, die gerade hereinkamen.

»Herr Biervoort!«

Unser Französischlehrer machte eine Drehung, allerdings zu weit, sodass er nun etwas hilflos auf eine Stelle ein paar Tische von uns entfernt starrte.

»Herr Biervoort!«, rief Max wieder, und als Biervoort uns bemerkte, winkte er ihm.

Biervoort machte ein paar Schritte in unsere Richtung; hinter seinen Brillengläsern sahen seine feuchten Augen Max argwöhnisch an. Seine Hände, fiel mir auf, steckten in den Taschen seines Jacketts.

»Wir sind ehemalige Schüler von Ihnen«, sagte Max mit einem breiten Grinsen. »Das ist Fred. Den kennen Sie bestimmt noch. Fred Moorman.«

Biervoort beugte sich vor und starrte mich an. »Fred Moorman«, wiederholte er, als hoffte er, das laute Aussprechen meines Namens würde sein Gedächtnis aktivieren. Aber er schien mich nicht wiederzuerkennen. Sein Blick wanderte zu Max.

»Max«, sagte Max. »Max G.«

Als Biervoort den Nachnamen hörte, öffnete sich sein Mund ein wenig. Seine Zunge geriet in Bewegung, und man hörte ein kurzes, schmatzendes Geräusch. In einem Mundwinkel klebte noch etwas Senf.

»Ja, ja«, sagte er leise. »An dich erinnere ich mich noch.« Er schien weitergehen zu wollen, blieb aber stehen, sein Gesicht nahm einen strengen Ausdruck an, als stünde er kurz davor, einen Schüler wegen Ruhestörung aus der Klasse zu schicken. »Zu hoffen ist …« Er beendete den Satz nicht. Max hatte die Arme verschränkt und schien sich zu amüsieren. Biervoort rückte sein Jackett zurecht und blickte von Max zu mir. »Ich hoffe, Ihnen beiden war es vergönnt, die Früchte des Unterrichts zu ernten für was auch immer Sie in Ihrem späteren Leben getan haben. Guten Tag.«

Schneller als man es bei einem Mann seines Alters für möglich gehalten hätte, war er an der Tür. Ohne sich noch einmal umzusehen, trat er auf die Straße. Draußen straffte sich seine Gestalt, er schlug erst die Richtung ein, die ihn am Fenster vorbeigeführt hätte, hinter dem wir saßen, aber dann machte er auf dem Absatz kehrt.

»Was hat er gesagt?«, fragte Max. »Mein Französisch ist nicht mehr das, was es mal war.«

Ich holte tief Luft, nahm das Bierglas, merkte, dass es leer war, und stellte es wieder hin.

»Die Früchte«, sagte ich. »In dieser Bildersprache ist die Schule der Baum, dessen Früchte man erntet. Danach haben wir ein Leben geführt. Zum Glück hatten wir die Früchte noch. Für was auch immer. Guten Tag.«

»Ja«, sagte Max. »Oder wie die Franzosen so schön sagen: *oui.*« Er winkte der Kellnerin. »Ich habe auch Durst«, grinste er. »Guck mal auf die Uhr, ob ich es mir erlauben kann.«

Ich streckte die Hand nach der Packung Marlboro aus und zog sie zu mir heran. Ich fragte ihn gar nicht erst, weil es mir in diesem Moment besser schien, nichts zu fragen. Ich nahm mir eine Zigarette und griff nach Max' Feuerzeug.

»Es ist höchste Zeit«, sagte ich und ließ die Flamme um die Zigarettenspitze spielen. Ich inhalierte tief und blies den Rauch in einer kräftigen Wolke Richtung Fenster.

Die Kellnerin stand an unserem Tisch.

»Zwei Bier«, sagte ich. »Groß.«

Max' Hand glitt zur Zigarettenpackung.

»Was willst du von mir?«

2

1

Meistens weiß man schon mitten in der Nacht, was die Stunde geschlagen hat. Es fängt mit einem jener wirren Endlosträume an, in denen sich zu viel Hausmüll am Straßenrand stapelt oder ein weißes Pferd auf einer von Gott und der Welt verlassenen Straße trabt und trabt und trabt. Der Hausmüll muss, immer zwei Säcke auf einmal, hinten in den Müllwagen geworfen werden. Man öffnet die Augen und starrt auf den Lichtspalt zwischen den Vorhängen. Sobald man die Augen wieder schließt, geht die Müllaktion wieder von vorne los. Auch das Pferd ist noch lange nicht an seinem Ziel angelangt.

»Ich bin krank«, sagte ich zu meiner Frau, als der Wecker klingelte.

Ein tiefer Seufzer war die Antwort. Es gab einmal eine Zeit, da drehte sie sich nach einer solchen Mitteilung sofort liebevoll zu mir um, nahm mein glühendes Gesicht zwischen ihre kühlen Hände und fragte, ob sie mir zum Frühstück ein oder zwei Toastbrot ans Bett bringen solle. In den letzten Jahren seufzte sie nur noch.

Ich lauschte dem Rauschen der Dusche im Bad; dann hörte ich, wie sie sich die Zähne putzte und David weckte. Schritte entfernten sich auf der Treppe nach unten. Ich richtete mich halb in den Kissen auf, ein heftiger Schmerz schoss mir von der Wirbelsäule in den Kopf, vorsichtig schob ich den Vorhang ein wenig zur Seite. Das Licht tat mir in den Augen weh, als würde jemand mit einer Gabel auf den Rand eines eisernen Tellers schlagen.

Ich musste kurz eingedämmert sein, denn auf einmal stand Christine angezogen am Fußende des Bettes. In der Hand hatte sie einen Becher, aber an der Art und Weise, wie sie ihn festhielt, war zu erkennen, dass der Kaffee nicht für mich war. »Darf ich dich daran erinnern, dass wir heute Abend bei Jan und Yvonne zum Essen eingeladen sind«, sagte sie.

Ich stöhnte leise, aber vernehmlich. »Ich bin krank«, sagte ich zum zweiten Mal an diesem Morgen.

Meine Frau starrte auf den Becher, und ich konnte mich des Eindrucks nicht erwehren, dass sie in Gedanken bis zehn zählte.

»Das war schon lange so ausgemacht«, sagte sie mit übertrieben ruhiger Stimme; es war die Art Ruhe, wie sie in einem Gebäude herrscht, das gerade nach einer Bombendrohung geräumt worden ist. »Ich habe dich noch am Freitag dran erinnert. Und dann wirst du krank. Letztes Mal bist du auch krank geworden. Ich kann ihnen nicht schon wieder absagen, das würde sie kränken. Du nimmst ein paar Paracetamol und kommst mit. Das kannst du mir echt nicht antun.«

Ich suchte ihren Blick, aber sie fixierte eine Stelle neben meinem Kopfkissen.

»Ich gehe nicht mit«, sagte ich. »Das Letzte, was ich jetzt brauche, ist Yvonnes Fraß und das Gequassel deines Bruders.«

Ich rechnete damit, dass Christine mir den heißen Kaffee ins Gesicht schütten würde. Etwas in mir hätte auch gar nichts dagegen gehabt, denn für gewöhnlich wurden nach einer solchen Aktion Essenseinladungen abgesagt. Ich sah Yvonne vor mir, wie sie, die Hände in ländlichen Topfhandschuhen, eine rustikale Auflaufform aus dem Ofen zog, die sie auf einem Markt in der Dordogne einem »furchtbar netten, zahnlosen Mann« abgefeilscht hatte. Das Gericht war entweder angebrannt oder nicht gar, jedenfalls ungenießbar; vor langer Zeit hatte ich noch ein gewisses Vergnügen daran gefunden, nach dem ersten Bissen viel zu laut »Hm, köstlich!« zu rufen, mich viel zu ausführlich nach dem Rezept zu erkundigen und dabei Christine zuzuzwinkern. Aber das war lange her.

»Ich schaue mal, wie ich mich heute Abend fühle«, sagte ich.

Ein Teil von mir wäre am liebsten nie mehr zu meinem Schwager und meiner Schwägerin zum Essen gegangen, aber da gab es noch einen anderen Teil, und der war gerade versessen darauf, alles aus der Nähe mitzuerleben. Es war derselbe Teil in mir, der sich früher immer angelegentlich nach allen Zutaten und der Art der Zubereitung der Mahlzeit erkundigt hatte, weil nun einmal ein gewisser Trost von Menschen ausgeht, die nichts aus ihrem Leben machen. Der Teil also in mir, der sich nach Trost sehnte, würde sein Möglichstes tun, Grippe hin oder her, meine Frau heute Abend zu begleiten.

Inzwischen war auch David in der Tür erschienen. Sein Haar hing ihm in nassen Strähnen in die Stirn. Man konnte nicht sehen, ob er die Augen offen hatte oder nicht.

»Das Müsli ist alle«, sagte er.

»Ich komme gleich runter«, sagte Christine.

David hatte seit ein paar Monaten eine Freundin, ein nettes, aber sehr dünnes Mädchen, das manchmal seine Gitarre mitbrachte. Während des Essens hielten die beiden Händchen unter dem Tisch, und nach dem Dessert gingen sie sofort nach oben; kurz darauf hörte man dann aus seinem Zimmer die Gitarre. Und die Stimme des Mädchens. Beim ersten Mal schaute ich mir gerade die 8-Uhr-Nachrichten an und schaltete sofort den Ton aus. Von wem der Song war, den sie sang, hätte ich nicht sagen können, aber es war jedenfalls etwas sehr Amerikanisches, aus einer Gegend der USA, wo staubige Straßen ins Unendliche führen und Steppenläufer träge über den Asphalt rollen. Ich dachte an die Gebärde, mit der sie sich während des Essens ihr dünnes Flachshaar hinters Ohr gesteckt hatte; ich dachte an ihr liebes Gesicht und ihre ebenso liebe Stimme, mit der sie nicht aufhörte, mich zu siezen, obwohl ich ihr immer wieder sagte, sie solle doch einfach Fred sagen. Ich dachte an den Moment, an dem die Liebe anfängt, und an den, an dem sie endet.

»Ich kann also auf dich zählen?«, fragte Christine, nachdem David gegangen war.

»Ich schaue mal, wie ich mich heute Abend fühle«, sagte ich – aber etwas in meiner Stimme sollte ihr deutlich machen, dass ich mich heute Abend gut genug fühlen würde. Ich hatte plötzlich Lust, sie an mich zu ziehen. Weil ich getröstet werden wollte. Oder um, wenn das nicht möglich war, sie zu trösten. »Nur ruhig«, würde ich sagen, ihr meine Hand auf die Wange legen und ihr langsam durchs Haar streichen. »Es gibt uns noch.«

Aber meine Frau leerte ihren Kaffeebecher und ging. An der Tür drehte sie sich noch einmal um. »Meine Eltern sind auch da«, sagte sie gelassen. »Sie kommen heute aus Frankreich zurück und freuen sich, dich zu sehen.«

Ich schloss die Augen. Erst sah ich nur schwarze Flecken, dann wieder die lange Reihe Müllsäcke am Straßenrand.

»Und Fatima kommt um halb zehn«, sagte meine Frau. »Sie hat einen Schlüssel.«

»Fatima?«

Ich bekam keine Antwort – und als ich die Augen wieder öffnete, war die Tür zu.

Die Müllsäcke stapelten sich immer noch am Straßenrand. Es waren die gleichen Müllsäcke, und auch wieder nicht; sie schienen größer und schwerer als sonst, und vom Müllauto war nichts zu sehen. Es dauerte eine Weile, bis mir die fürchterliche Wahrheit bewusst wurde: *Das Müllauto kam überhaupt nicht mehr! Es war schon da gewesen! Es war vorbeigefahren und hatte die Säcke übersehen, oder noch schlimmer: Die Säcke waren zu groß und zu schwer für ein normales Müllauto und würden auch nächste und übernächste Woche nicht abgeholt werden.*

Schniefend und nach Luft ringend fuhr ich hoch und stieß dabei mit dem Ellbogen das Wasserglas auf dem Nachttisch um; hinter den beschlagenen Fenstern schien die Sonne aus strahlend blauem Himmel. Langsam ließ ich mich wieder zurücksinken. Magensäure stieg mir in den Hals; mein Kissen war eiskalt und feucht, als hätte jemand den Kummer von Jahren hineingeweint.

Wo ist das Pferd?, durchfuhr es mich. *Wo ist das trabende Pferd geblieben?*

Ich schloss die Augen, aber der Traum blieb aus. Dafür hörte ich Stimmen wie aus weiter Ferne. Als ich die Augen öffnete, waren die Stimmen immer noch da; sie kamen von draußen – aus dem Garten, um genau zu sein.

Ich stützte mich mit den Ellbogen auf die Fensterbank und rieb ein Loch in den Dunst auf der Scheibe.

Frau de Bilde stand in ihren hellblauen Pantoffeln neben dem von Weinranken überwucherten Schuppen. Sie hatte eine braun geblümte Schürze um. Aus der halb geöffneten Tür des Schuppens ragte der in verschlissene Jeans gehüllte Hintern einer Frau; ich machte das Guckloch etwas größer und drehte das Ohr zum Fenster, doch es war kaum etwas von dem zu verstehen, was Frau de Bilde sagte. Eine Hand mit einer Harke wurde aus dem Schuppen gestreckt. Frau de Bilde schüttelte heftig den Kopf. Unten links erschien jetzt auch der gefleckte Hund; er wackelte erst zu seinem Frauchen, schnüffelte an ihrer Schürze und steckte dann die Schnauze in den Schuppen.

Die Hand tauchte wieder auf, diesmal mit einem fröhlich in der Sonne baumelnden grünen Plastikeimer. Frau de Bilde rief etwas, das sich anhörte wie »Schufthasen ... jetzt nicht«. Ein Besen wurde auf den Rasen geworfen, es folgten ein paar Plastikflaschen mit Putzmitteln. Und schließlich kam auch der Hintern zum Vorschein; ruckelnd, wie ein Lastwagen, dessen Fahrer keine gute Sicht in den Außenspiegeln hat. Der Hund brachte sich mit einem Sprung in Sicherheit und beobachtete das Manöver mit schief gelegtem Kopf.

Ich war Frau de Bildes Tochter nur zweimal begegnet, sie litt an Übergewicht, und auf ihrem Gesicht, das aussah, als hätte es jemand mit einer Luftpumpe aufgeblasen, schienen ganze Teile wie abgestorben, neben anderen, die nur aus roten Flecken und violetten Punkten bestanden, als wären die Adern durch zu hohen Druck gesprungen.

Aus dieser gefleckten Landschaft schauten einen tief versunkene Augen misstrauisch an, wie kleine Raubtiere in ihrem Bau, die nur herausschießen, wenn etwas Essbares in Sicht ist.

»Schrümpfe ausstinken ... genug Wanderkind«, hörte ich Frau de Bilde sagen.

»Türkschwester«, antwortete die Tochter und wischte sich den Schweiß von der Stirn, »Türkschwester ohne Ellmachten.«

Wenn ich irgendetwas von dieser Unterhaltung aufschnappen wollte, musste ich nach unten gehen. In der Küche konnte man bei angelehnter Balkontür ein im Garten geführtes Gespräch mithören.

Während ich, nur mit Unterhose und T-Shirt bekleidet, die Treppe hinunterwankte, versuchte ich, auf den Namen von Frau de Bildes Tochter zu kommen. Es war ein abscheulicher Name, einer, bei dem man unwillkürlich aus stellvertretender Verzweiflung aufstöhnt; ich steckte die Hand in meine verschwitzte Unterhose, nahm meinen Schwanz zwischen die Finger, tastete mich in das warme, feuchte Gebiet an den Leisten vor und roch danach an meinen Fingern. »Titia!«, sagte ich. »Nein … Tirtsa! Nein, das war es auch nicht …«

Mit pochenden Schläfen erreichte ich das Spülbecken in der Küche und spritzte mir kaltes Wasser ins Gesicht. Dann öffnete ich leise die Balkontür.

»… Völlig zwecklos«, hörte ich Frau de Bilde sagen. »… und sogar bis tief in die Nacht … diesen verwöhnten Rotzbengel nicht genug … solche Sachen …«

Ich spritzte mir noch mehr Wasser ins Gesicht.

»… einfach drauf bestehen«, ertönte die Stimme der Tochter. »… Mietverweigerung … wirklich, hörst du … begossener Pudel … alle.«

Katinka! Nein, verdammt! Titia! Ja, das war es; der erste Einfall ist fast immer der richtige. Titia … Wie der erste Sonnenstrahl nach einem lange anhaltenden Gewitter, so erschien ein wässriges Lächeln auf meinem Gesicht.

Vor einigen Monaten hatte Titia bei uns geklingelt; obwohl es das zweite Mal war, dass ich sie sah, jagte mir ihr Anblick doch wieder einen ordentlichen Schreck ein. Beim ersten Mal hatte sie sich uns als Frau de Bildes Tochter vorgestellt, die ihr ab und zu einen Topf Suppe vorbeibringe. Suppe! Genau das roch ich wieder, als sie zum zweiten Mal mit ihrem speckigen Gesicht in unserer Wohnungstür stand und lautstark verlangte, ich solle endlich die seit Jahren versprochenen Reparaturen in der Wohnung ihrer Mutter machen lassen. »Das Badezimmer!«, rief sie. Seit unserem Einzug leckte Wasser durch die Ritzen an den Rändern unserer Badewanne nach unten und bildete braune Flecken an der Decke. »Und die Türen zum Garten und das Asbestdach des Schuppens!« Der Asbest gefährde die Gesundheit ihrer Mutter, da sie dort ihre Gartengeräte aufbewahre.

Es fiel mir nicht allzu schwer, Interesse für Titia de Bildes Beschwerden aufzubringen; ich brauchte eigentlich nicht mal zu heucheln. Ich schaute ihr mit so viel Interesse ins Gesicht, dass ich sogar befürchtete, mein Blick würde ein Loch in ihre aufgedunsene, fleckige Haut brennen. Sie sprach das Wort Asbest aus, als handle es sich um radioaktiven Abfall oder eine Geschlechtskrankheit, die man sich durch direkten Kontakt des Mundes mit den intimeren Körperteilen zuzieht. Ganz kurz sah ich schwarze Metzgerschürzen vor mir und die Luftdruckpistolen, mit denen man Schweinen aus der Nähe in ihren ahnungslosen Kopf schießt, bevor man sie an die Haken hängt, an denen sie in das eigentliche Schlachthaus abtransportiert werden; im nächsten Moment versprach ich Titia de Bilde, ich würde mir morgen Vormittag, spätestens morgen Vormittag, das Badezimmer ihrer Mutter anschauen.

»Und auch den Schuppen?«

Schon die Frage verriet mir, dass sie mir Glauben schenkte – dass sie jedenfalls noch einen Rest Vertrauen zu mir hatte, trotz aller Beweise des Gegenteils, die sich in den vergangenen fünf Jahren angehäuft hatten.

»Auch den Schuppen«, sagte ich leise, wobei ich den Drang unterdrückte, sie zu berühren – da ich nicht so recht wusste, wo (an der Schulter, der Wange oder ganz woanders?), verstrich die Gelegenheit ungenutzt –, aber wie ich sie so anschaute, musste ich an den Moment ihrer Geburt denken; an den Augenblick, in dem Titia de Bilde, durch die Nabelschnur noch mit der Plazenta der Mutter verbunden, blutverschmiert, aber mit regelmäßig klopfendem Herz, auf die Welt gekommen war. In einer fernen Vergangenheit musste es einmal Menschen gegeben haben, die sich über ihre Geburt gefreut hatten; an erster Stelle natürlich Frau de Bilde selbst, aber, wer weiß, vielleicht auch ein Herr de Bilde.

Und genau an diesem Punkt brach die Fantasie jäh ab.

Es kostete einige Überwindung sich vorzustellen, es müsse einmal einen Mann gegeben haben, der sich keuchend und schwitzend über Frau de Bilde beugte, während seine Erregung schon durch die Hose hindurch spürbar war, und der ihr liebe Worte zuflüsterte wie *Schätzchen, Liebchen, mein Häschen* und seinen Gürtel aufzurrte und den Hosenschlitz so heftig aufriss, dass mehrere Knöpfe zugleich wegsprangen, und wie er dann seinen pochenden, hart werdenden und von der Eichel bis zum Hodensack angespannten, blau geäderten Schwanz aus der in großer Eile abgestreiften Hose herauswurschtelte, um ihn mit dem Stöhnen eines verwundeten Tiers zärtlich in Frau de Bilde versinken zu lassen. Und wie sie ihn anschließend mit gurrenden Tönen ermutigte: *Ja, mach schon Schätzchen, tiefer … tiefer … ein Kindchen, ein Kindchen … ich will ein Kind von dir … von dir … nur von dir …*

Das war viel verlangt; es erforderte eine Art Phantombild sowohl vom Vater als auch von der Mutter. Was Frau de Bilde betraf, so konnte man ihren ausladenden Geburtstagstortenkörper immerhin noch mithilfe der Computertechnik um dreißig Jahre zurückversetzen; indem man ein paarmal die Strg-Taste und die Kursiv-Taste drückte, konnte man ihren Körper in den des jungen Mädchens zurückverwandeln, dessenthalben ein Mann einmal seine Hose geöffnet hatte. Herr de Bilde blieb unterdessen ziemlich anonym, ein Teil seines Gesichts möglicherweise sogar mit einem schwarzen Balken unkenntlich gemacht; bei Titias Zeugung kann er nicht mehr als ein Statist gewesen sein. Er lächelt entschuldigend: Er habe an dem Abend einen über den Durst getrunken, und keinesfalls sei er bereit, das Kind als sein eigenes anzuerkennen. Frau de Bilde zieht sich nach Watergraafsmeer zurück und widmet sich der Erziehung ihrer Tochter. Alles ist da noch normal: So kurz nach der Geburt sind alle Säuglinge hässlich; kurz nach der Geburt ist immer noch Hoffnung. Über der Wiege wird eine Rassel aufgehängt. Die

Jahre verstreichen, doch die Hässlichkeit bleibt, wird sogar schlimmer. Es ist wie mit dem Älterwerden: Wenn man jeden Tag in den Spiegel schaut, fällt es einem weniger auf. Ein Gesicht ist hässlich, es bleibt hässlich, es ist abstoßend, aber man gewöhnt sich daran. Wie man sich an ein amputiertes Bein gewöhnt oder an eine Wunde, die nicht heilt, sondern nur zu bluten aufgehört hat.

»Ich schaue morgen Vormittag vorbei«, sagte ich. »Morgen schaue ich mir die Badezimmerdecke an und auch das Asbestdach des Schuppens.« Ich versuchte, das Wort Asbest so auszusprechen, dass es weder nach Oralsex noch nach radioaktivem Müll klang, sondern nach etwas, das sich im Handumdrehen beseitigen lässt, wie eine gutartige Schwellung oder ein eingerissener Nagel.

»Darüber wird sich meine Mutter freuen.« Titia de Bilde sah mich aus ihren traurigen kleinen Augen erwartungsvoll an. Wie war jemand um Himmels willen darauf gekommen, dieses Geschöpf Titia zu nennen?

»Titia …«

»Ja?«

Ich sah sie an. »Was, ja?«

»Sie sagten Titia.«

Erschrocken merkte ich, dass ich ihren Namen nicht nur in Gedanken ausgesprochen hatte. Mir wurde heiß, und ich wich vor dem Licht aus dem Treppenhaus zurück.

»Ich bin froh, dass du mir all das mitgeteilt hast, Titia«, sagte ich schnell. »Gemeinsam finden wir bestimmt eine Lösung.« Grußlos ließ ich die Tür ins Schloss fallen.

Und danach? Danach gar nichts. Weder am nächsten Tag noch am übernächsten Tag noch später in der Woche bin ich nach unten gegangen. Stattdessen habe ich drei Tage nach dem Gespräch mit Titia de Bilde die beiden Wasserhähne der Badewanne aufgedreht und mich mit der Zeitung und einer Tasse Kaffee in die Küche gesetzt. So realitätsnah wie möglich hob ich den Kopf, als ich das Wasser über die Fliesen laufen hörte und weiter in den Flur hinaus.

»Was hör ich denn da?«, sagte ich und nahm noch einen Schluck Kaffee.

Erst als das Wasser an der Schwelle zur Küche stand, sprang ich auf. »Oh Gott!«, rief ich laut. »Nein, so was!«

Durch das zentimeterhohe Wasser watend, erreichte ich das Bad und drehte die Hähne zu. »Oh Gott!«, rief ich nochmals. »Dass mir das immer passieren muss!«

Als ich mich daranmachte, das Wasser mit einem Aufnehmer ins Bad zurückzuwischen, hörte ich unten Geräusche; eine Tür wurde ins Schloss geworfen, dann war gedämpftes Jammern zu vernehmen. Schritte bewegten sich schwerfällig und ziellos, so als würde ein großes, fast blindes Tier in der Dunkelheit seines Käfigs überall anstoßen; dann folgte ein Geräusch, das ich nicht recht einordnen konnte, das aber wahrscheinlich von einer umfallenden Gehhilfe herrührte. Auch der Hund fing jetzt zu bellen an.

Mittlerweile hatte ich fast alles Wasser ins Badezimmer zurückgewischt. Dort schob ich es zu den Fußleisten und den Fugen der Badewanne, an die Stellen, an denen, wie ich meinte, das meiste Wasser nach unten sickern würde. Während ich so beschäftigt war, sah ich mich plötzlich im Doppelspiegel über den Waschbecken. Zufrieden wäre ein zu schwacher Begriff gewesen, um meinen Gesichtsausdruck zu beschreiben. Selig käme der Sache schon näher.

»Herr Moorman!«

Die Stimme kam aus dem Garten. Ich brachte mein Gesicht näher an einen der Spiegel; meine Wangen waren leicht gerötet. Ich entblößte die Zähne zu einem warmherzigen Lächeln. Dann kniff ich die Augen zusammen, schnipste mit den Fingern und sah den Ernst in meine Gesichtszüge zurückkehren.

»Herr Moorman!« Die Panik in Frau de Bildes Stimme war

nicht zu überhören. Etwas Schlimmes musste passiert sein. Ein Rohrbruch vielleicht oder noch Schlimmeres.

»Wie um Himmels willen konnte das passieren«, sagte ich zu meinem Spiegelbild; ich fühlte, wie ein Kichern in mir aufstieg, unterdrückte es aber noch rechtzeitig. Mit beiden Händen brachte ich mein Haar in Unordnung und ging auf den Balkon hinaus.

Unten stand Frau de Bilde in einem dunkelbraunen Kimono aus demselben filzartigen Stoff, aus dem Pantoffeln gemacht werden. Ich stützte die Hände auf die Brüstung und starrte sie an.

»Was machen Sie bloß?«, schrie sie. »Es kommt ja wie aus Kübeln herunter!«

Ganz ohne Absicht, als würde ich einer Eingebung folgen, schaute ich sie wortlos an.

»Der Putz fällt von der Decke!«, schrie sie. »Kommen Sie sofort herunter! Überzeugen Sie sich selbst …«

Ich schwieg. Frau de Bilde begriff allmählich, dass meine Reaktion einer Katastrophe dieses Ausmaßes nicht ganz angemessen war. Sie blinzelte mit den Augen, ihr Gesichtsausdruck schwankte zwischen Fassungslosigkeit und Verzweiflung. Unsere Kommunikation verlief nicht ganz synchron, so, wie man es von interkontinentalen Telefongesprächen über Satelliten kennt, wenn nach jedem Satz eine Pause von ein paar Sekunden eintritt, bis man wieder etwas sagen kann.

»Was stehen Sie da herum?«, rief sie. »Kommen Sie sofort …«

»Es ist entsetzlich«, unterbrach ich sie.

Dieser Satz, der eigentlich viel früher hätte fallen müssen, gleichwohl aber die Kalamität nicht leugnete, verwirrte sie vollends.

»Das kann man schon sagen«, sagte sie. »Es ist … es ist …«

»Ich muss eingeschlafen sein. Das muss es gewesen sein.

Das Bad …« Ich tat so, als suchte ich nach Worten: »Es war wie die Sintflut. Auf einmal war überall Wasser. Wie konnte das um Gottes willen passieren, habe ich gedacht. Im Bad habe ich dann die Ursache entdeckt. Aber da war es schon zu spät.«

Frau de Bilde starrte mich an. Irgendetwas stimmte nicht. Was ich gesagt hatte, wirkte künstlich, ausgedacht, wie der Text eines schlechten Hörspiels. Verstärkt wurde dieser Eindruck noch dadurch, dass ich nach jedem Satz eine lange Pause einlegte.

Frau de Bildes Lippen bewegten sich, aber aus ihrem Mund kam kein Ton. Dann schüttelte sie nur noch den Kopf. In dem Moment kam der gefleckte Hund heraus und tappte durch das hohe Gras zu den Sträuchern hinten im Garten. Wenn dies ein Hörspiel war, dann war sein Auftritt perfekt getimt. Ich schloss die Augen und achtete nur noch auf die Geräusche: Frau de Bildes mühsames Atmen, das Rascheln des Laubs und weiter weg das Rauschen der Stadt, ein Zug, der über eine Eisenbahnbrücke fuhr.

Als ich die Augen wieder öffnete, hockte der Hund im Gestrüpp. Er sah diesmal nicht zu mir hinauf, sondern starrte vor sich hin, als wollte er von niemandem gesehen werden; er hechelte, aus seinem offenen Maul tropfte der Geifer. Durch die Anstrengung wurde der rosa Hundepimmel aus seiner behaarten Hülle gepresst. Dieses Rosa war in dem Moment – es muss gegen Ende Februar gewesen sein – die hellste Farbe im Garten.

Ich versuchte, auf den Namen des Viechs zu kommen. Wau? Nein, so hieß er nicht, aber so ähnlich. Ich sah auf Frau de Bilde herunter, auf das trockene Altweiberhaar auf ihrem Schädel. Wie lange standen wir hier schon, ohne ein Wort zu sagen? Sie da unten im Garten, ich hier oben auf dem Balkon. Ich legte die Hände auf die Brüstung, wodurch ich das Gefühl bekam, ich stünde auf einem Podest und müsste gleich eine wichtige Rede halten. Ich holte tief Luft und wartete, bis der Hund zu Ende gekackt hatte.

»Wuff!«, rief ich laut.

Hund und Frauchen hoben gleichzeitig den Kopf. Der Hund spitzte die Ohren und hielt den Kopf schief, wie Hunde es tun, wenn man sie ruft, während Frau de Bildes Blick vor allem Entsetzen ausdrückte, als sei ich ihr durch das Aussprechen des Hundenamens zu nahe getreten. Wenn ich sie irgendwo berührt hätte, an einer Stelle, wo sie seit hundert Jahren niemand mehr berührt hatte, hätte sie nicht entsetzter dreinschauen können, dachte ich und gruselte mich ein wenig. Jedenfalls schenkten mir beide ihre ungeteilte Aufmerksamkeit.

»Du würdest sicher gern öfter mal raus, was, Wuff? Auf eine richtige Straße mit Bäumen und Müllsäcken und anderen Hunden. Aber das Frauchen kann das nicht mehr so gut, nicht? Und wenn, dann geht sie immer so langsam, und das macht keinen Spaß. Und deshalb lässt sie dich im Garten kacken, so lange, bis es nirgends mehr eine Stelle gibt, an der du deine eigene Kacke nicht riechst.«

Auch Frau de Bilde hielt jetzt den Kopf schief; wenn ich mich nicht irrte, hielt sie mir ihr »gutes« Ohr hin. Genau genommen hatte sie hier nichts mehr verloren, ich redete ja nicht mit ihr, sondern mit ihrem Hund; andererseits konnte es auch nicht schaden.

»Menschen schaffen sich einen Hund an. Oder ein Kind. Und immer legen sie es sich so zurecht, als würden sie alles nur ›um des Tieres‹ oder ›um des Kindes willen‹ tun. Das Tier ist unschuldig, das Kind hilflos. Beide sind jedenfalls abhängig, das ist das Schlüsselwort. Menschen lieben das, was von ihnen abhängig ist. Aber umgekehrt haben sie wenig zu bieten. Sie werden alt und krank, und man muss furchtbar laut schreien, damit sie einen verstehen, oder sie vergessen alles, was man ihnen sagt. Als Hund muss man hinter einer

Gehhilfe herzockeln und in den Garten kacken, und man kann nur zu Gott beten, dass noch jemand zum Füttern da ist, wenn das Frauchen eines Morgens tot im Sessel sitzt.«

Der Hund hörte nicht mehr zu. Er schnupperte am Boden und schlappte Richtung Küchentür. Auch Frau de Bilde machte Anstalten, mich auf dem Balkon stehen zu lassen.

»Frau de Bilde«, rief ich.

Sie hob den Kopf nicht, blieb aber stehen; aus ihrer Schürzentasche fischte sie ein zerknülltes Papiertaschentuch. Ich erwartete, dass sie sich damit die Stirn abwischen würde, aber sie brachte es an ihre Augen.

»Frau de Bilde, vor einiger Zeit habe ich Ihnen fünftausend Gulden angeboten, wenn Sie sich eine neue Wohnung suchen. Ich habe Ihnen sogar angeboten, die Umzugskosten zu übernehmen. Heute lege ich noch mal zweitausendfünfhundert Gulden drauf. Das ist dann aber mein letztes Angebot. Siebentausendfünfhundert Gulden sind eine Menge Geld, wenn man bedenkt, dass Sie schon über Rohrbrüche jammern, wenn ich eine Tasse Tee fallen lasse. So wie heute.«

In der Stille, die eintrat, hörte ich sie noch mühsamer atmen als sonst. Es wäre ein besseres Ende für ein Hörspiel, wenn ich jetzt als Erster hineinginge und Frau de Bilde mit ihren Gedanken allein ließe und nicht umgekehrt. Aber mich überkam plötzlich eine bleierne Müdigkeit.

Und so stand ich noch eine Zeit lang auf dem Balkon; zweifellos begann es in dem Moment leise zu regnen. Als ich wieder in den Garten hinuntersah, war Frau de Bilde verschwunden.

»… nach dem Punktesystem«, hörte ich Titia de Bilde sagen, als ich hinter der angelehnten Balkontür in die Hocke ging. »Nach dem Punktesystem bezahlst du mindestens fünfzig Gulden zu viel. Erst recht, wenn man an die überfälligen Reparaturen denkt.«

In meinem Kopf hämmerte es. Die Treppe hinunterzugehen hatte mir das Äußerste abverlangt. Von der Balkontür aus konnte ich die Flasche Jack Daniel's auf dem Brett gegenüber der Spüle sehen. Und in der Schublade neben dem Abwaschbecken lag eine Schachtel Nurofen. Zwei Tabletten von 200 mg und ein halbes Wasserglas Jack Daniel's würden die Müllsäcke und das trabende Pferd ein paar Stunden lang auf Abstand halten. Dabei war mir inzwischen ganz schleierhaft, weshalb ich mir in einer äußerst unkomfortablen Haltung ein Gespräch über das Punktesystem anhörte. Nach der Überschwemmung vor ein paar Monaten hatte ich es eine Zeit lang ruhig angehen lassen; nicht weil ich Ruhe brauchte, sondern damit sich Frau de Bilde in der Illusion wiegen konnte, es würde bei dem einen Mal bleiben.

»... hier direkt über mir«, ließ mich ihre Stimme hochfahren. Ich musste wohl in meiner Hockposition kurz eingenickt sein.

»Aber nein!« Das war Titia. »Wann?«

»Es ist schon wieder eine Weile her. Ich hatte Wuff gerade in den Garten gelassen. Da kommt sie auf den Balkon raus und nimmt zwei Bierflaschen aus der Kiste. Er hinter ihr her. Er zieht sie an sich ... so ...«

»Ja.«

»Und sie dreht sich zu ihm um und fängt an, ihn zu küssen. Auf den Mund. Die Arme fest um ihn. Und er auch ...«

»Er auch ...«

»Ja. Seine Hände, die haben sie überall begrapscht. Da ... und da ...«

»Aber Mama!«

»Ich hab es doch gesehen. Und sie wären bestimmt weitergegangen ... ich meine, bis zum Ende ... da auf dem Balkon ... danach sah es jedenfalls aus ... wenn sie mich nicht gesehen hätten ...«

Titia de Bilde gab einen kleinen Schrei von sich.

»Da waren sie husch, husch weg. Sie hat sich das Haar noch etwas zurechtgestrichen, das war natürlich ganz zerzaust …«

»Und er … war er …?«

In dem Moment erklang das durchdringende Pfeifen eines Wasserkessels.

»Es war doch dunkel. Ich hab mich nicht gerührt, aber sie waren ja auch beschäftigt.«

»Warte mal … das Teewasser …«

Das Pfeifen verstummte; dann wurde die Tür zum Garten geschlossen.

Vorsichtig richtete ich mich auf. Mit einer Hand hielt ich mich an der Spüle fest, mit der anderen drehte ich den Jack Daniel's auf. Ich tat alles so langsam wie möglich. Trotzdem tanzten mir blaue Flecken vor den Augen, und jedes Mal, wenn ich sie mit dem Blick zu fangen versuchte, schossen sie blitzschnell weg, wie Fische im Aquarium. Auch der Wasserkessel pfiff irgendwo weiter, wenn auch in einer anderen, parallel zu unserer Welt existierenden Dimension.

Der erste Schluck brannte mir im Hals. Ich spülte vier Tabletten hinunter.

Auf einem Brett über dem Spülbecken stand zwischen den Kaffeebechern Christines Handspiegel, in dem sie sich immer zurechtmacht, bevor wir ausgehen. Er hat eine normale und eine stark vergrößernde Seite. Ich wählte letztere. Mein Gesicht war wässrig und rot, die Augenlider etwas geschwollen, und auf meiner Oberlippe befand sich ein ekliger schwarzer Grind. Während ich die Tabletten hinunterspülte, ließ ich mich keinen Moment aus den Augen. Dann stellte ich den Spiegel so auf die Spüle, dass ich einen nicht unansehnlichen Teil meiner vergrößerten Person sehen konnte.

In *Easy Rider* trinkt Jack Nicholson, der den gerade aus dem Gefängnis entlassenen Anwalt spielt, nach seiner Freilassung seinen ersten Schluck Whisky auf der Straße aus einem Flachmann. Er gibt ein Geräusch von sich, das wie »gluck, gluck, gluck« klingt, dabei bewegt er die Ellbogen rhythmisch auf und ab, als wäre er ein flügelschlagender Vogel.

In Filmen kommt es öfter vor, dass der Hauptdarsteller in einem Spiegel sieht, wie eine Person den Raum betritt; daher war es wahrscheinlich auch kein Zufall, dass ich das Mädchen zuerst im Spiegel bemerkte.

Ich schlug noch zweimal mit den Ellbogen und sagte noch einmal »gluck, gluck, gluck«, denn mittendrin aufzuhören, hätte unnatürlich gewirkt.

Sie hatte langes, schwarzes Haar und große schwarze Augen, aus denen sie mich mit einer Mischung aus Verwunderung und Amüsiertheit ansah. »Guten Morgen, Herr Moorman«, sagte sie fröhlich und ließ einen kleinen, blauen Rucksack auf den Boden gleiten.

Ich stellte das Whiskyglas auf die Spüle zurück. Erst danach glitt mein Blick an meinem Körper hinunter bis zu der Stelle, wo die Unterhose aufhörte und meine weißen Beine begannen.

»Ich fange mal mit dem Fußboden im Wohnzimmer an«, sagte sie im selben fröhlichen Ton, »dann können Sie hier in der Küche in aller Ruhe frühstücken.«

2

Während Christine das Auto rückwärts einparkte, sah ich weiter starr vor mich hin; starr vor mich hinzusehen, war nämlich meine einzige Rettung.

Es war noch hell, als wir quer durch die Stadt zu meinem Schwager und meiner Schwägerin fuhren, aber als wir in ihre Straße einbogen, wurde es plötzlich rasch dunkel. David saß hinten und summte einen Song auf seinem Walkman mit; es dauerte eine Weile, bis ich die Melodie erkannte. »… in the middle with you«, ich musste unwillkürlich lächeln.

In der Innenstadt saßen Leute auf den Terrassen, hier waren die Straßen schmaler und die Häuser höher, und obwohl es erst Freitagabend war, stapelten sich an den dünnen, fast blattlosen Bäumen die Müllsäcke, sie würden frühestens Montagmorgen abgeholt.

Mein Traum war also nicht nur ein Fiebertraum, sondern auch ein prophetischer Traum gewesen, dachte ich. An einem der Müllsäcke lehnte ein zerlegtes Kinderbett, kein altes oder abgenutztes, sondern ein ziemlich neues Exemplar, wenn auch von billiger und geschmackloser Schlichtheit, mit weißen Gitterstäben und Beinen und einem blauen geflügelten Elefanten am Kopfteil.

»Geht es dir schon wieder etwas besser?«, fragte Christine.

»Wieso?«

»Weil du so vor dich hin schmunzelst.«

Als wir von zu Hause losgefahren waren, hatte sie sich eine Zigarette angezündet, und als ich sie jetzt ansah, hatte sie schon wieder eine zwischen den Lippen. Oder war es dieselbe? Hatte die Fahrt von der einen Seite der Stadt zur anderen nicht mehr Zeit gekostet als das Rauchen einer Zigarette?

Christine legte mir eine kühle Hand auf die Stirn. »Du bist noch ganz schön heiß«, sagte sie. »Hast du das Aspirin genommen?«

»Ja«, sagte ich – und auch zwei Wassergläser Jack Daniel's, hätte ich beinahe hinzugefügt.

Christine beugte sich vor und legte mir die Hand in den Nacken; im Rückspiegel sah ich, wie David seine Kopfhörer abnahm. Als wir losfuhren, hatte ich mich gefragt, ob er nicht allmählich zu alt wurde für diese obligatorischen Familienbesuche – und jetzt war ich mir sicher.

»Ich finde es lieb von dir, dass du doch mitgekommen bist«, sagte Christine; ich fühlte ihre Finger zwischen Hemdkragen und Haut. »Für mich ist es auch nicht immer ...«, sagte sie, während sie ihre Stirn an meine lehnte, »nun ja, du weißt, wie Jan ist ... Er ist mein Bruder, aber er ist auch ...«

»Ein unerhörtes Arschloch.«

Ich wartete ihre unkalkulierbare Reaktion mit geschlossenen Augen ab. Sie hörte mit dem Kraulen auf. David rülpste erst laut und seufzte dann tief.

»Du sagst es immer etwas weniger subtil«, flüsterte meine Frau nah an meinem Ohr, »aber wir meinen im Grunde dasselbe.«

Ich öffnete die Augen; sie gab mir einen flüchtigen Kuss. Eine Hundertstelsekunde lang hörte ich Frau de Bildes Stimme in meinem von Nurofen und Jack Daniel's vernebelten Kopf. *Und dann dreht sie sich zu ihm um und fängt an, ihn zu küssen.* Im nächsten Moment saßen wir wieder ganz normal in einem geparkten Auto in einer zu dunklen Straße, brachte meine Frau ihr Haar in Ordnung und kontrollierte ihren Lippenstift im Rückspiegel.

»Gehen wir irgendwann mal los?«, fragte David, der ausgestiegen war.

Jan Vriend & Yvonne Claessens stand auf dem Namensschild neben der Klingel und darunter mit rotem Filzstift auf einem Stück Pappe *Wilco + Tamar.* Als Jan und Yvonne noch keine Kinder hatten und auf dem Hausboot wohnten, hatten sie die Namen ihrer Katzen auf den Briefkasten geklebt. *Titus und Pupsi* – es waren in der Tat unvergessliche Namen; wenn ich mich recht erinnere, kamen sie auch in der Nachricht auf dem Anrufbeantworter vor ... *Oh je! Wir sind nicht zu Hause* ... so fing sie an. Bei dem *Oh je ...!* zuckte ich jedes Mal zusammen. *Hinterlassen Sie eine Nachricht für Jan oder Yvonne oder für Pupsi oder Titus* ... Im Hintergrund war eine undeutliche Dritte-Welt-Musik zu hören, die auszuschalten sie offenbar zu faul gewesen waren.

Yvonnes Stimme klang nach warmer Milch, auf dem AB mehr als in Wirklichkeit. Warme Milch in einem emaillierten Stieltopf. Titus hieß nicht nur eine der beiden Katzen, sondern auch ein kahler Schauspieler, mit dem Yvonne kurze Zeit ein Verhältnis hatte, ohne dass mein Schwager es wusste. Einige Male hatte ich den kahlen Schauspieler auf dem indischen oder afghanischen gebatikten Sitzkissen mitten im Hausboot sitzen sehen und Ibsen oder Shakespeare deklamieren hören; er hatte eine leicht hallende Stimme und schnupperte immer erst am Rotwein, bevor er einen Schluck nahm. »Das Theater ist mein Leben« war sein Lieblingssatz. Eines Abends war es ziemlich spät geworden, alle waren nach Hause oder ins Bett gegangen; nur der Schauspieler hing noch eine Weile herum. Es hatte geschneit, und nachdem Christine und ich den Schnee von den Sätteln unserer Fahrräder gefegt hatten, blickten wir noch einmal zum Boot zurück, dessen Dach mit einer dünnen weißen Schicht bedeckt war; aus dem kleinen Schornstein kringelte sich der Rauch in die frostkalte Luft, und der Geruch brennender Holzscheite wehte zu uns herüber. Im Schein der Straßenlaternen sah das Ganze aus wie ein Bild von Breitner.

»Mein Bruder ist nicht nur ein Döskopp und ein Nichtsnutz«, sagte Christine, »er ist obendrein blind.«

Als Wilco geboren wurde, beugten wir uns über die Wiege und sahen einander an – aber es war natürlich nicht mit hundertprozentiger Sicherheit zu sagen; ich meine, fast alle Babys sind kurz nach der Geburt kahl. Diesmal brannte kein Holz im Kanonenofen, es war Sommer, in der Gracht schwammen Enten, und durch die kleinen offenen Fenster drang ein unappetitlicher Gullygestank herein. Wilcos Gesicht war mit Mückenstichen übersät, und als Christine darüber eine Bemerkung machte, zuckte Yvonne mit den Achseln: »Das macht ihn stark.«

Noch im selben Sommer kam der kahle Schauspieler nach einer Aufführung in der Provinz auf dem Heimweg von der Straße ab; im Wrack seines Citroën DS hatte es Eingeweihten zufolge stark nach Wein gerochen. Auf der Beerdigung trug Yvonne eine Sonnenbrille und einen breitrandigen schwarzen Hut, aber sie weinte nicht; und in der Theaterkneipe, wo sich alle hinterher betranken, hing noch eine Zeit lang sein Foto, bis es eines Tages verschwunden war.

Oh je! Wir sind nicht zu Hause … das hätte ich am liebsten aus der Sprechanlage gehört, als Christine klingelte. David stand etwas abseits, die Hände in den Hosentaschen, die Kopfhörer seines Walkmans lagen auf dem Kragen seiner Jacke. Wieder hatte ich das starke Gefühl, dass er zu alt war, seine Eltern zu einem Essen bei Onkel und Tante zu begleiten; ich dachte an seine magere Freundin mit der Gitarre, es war mir schleierhaft, warum er nicht einfach gesagt hatte, er habe Wichtigeres zu tun.

»Wer ist da?«

Warme Milch ergoss sich auf die dunkle Straße.

»Möchtest du ein Glas?«

Mein Schwager hielt mir die beiden schon geöffneten Bierflaschen hin. Ich schüttelte den Kopf. Wie oft hatte mich mein Schwager im Lauf der Jahre nicht gefragt, ob ich ein Glas wolle, und wie oft hatte ich nicht den Kopf geschüttelt! Wenn man all die Male zusammenzählte, wäre einem höchstwahrscheinlich ein Blick auf die Ewigkeit vergönnt.

Als er sich neben mich auf die Couch sinken ließ, fiel mein Blick auf seine braunen Socken in den blauen Badelatschen. Ich stöhnte, nicht hörbar, aber innerlich. Meist stellte sich die Sehnsucht nach meinen eigenen vier Wänden erst später ein, bei der Vorspeise oder in den leeren Minuten danach, wenn meine Schwägerin sich die Topfhandschuhe überstreifte. Aber jetzt sehnte ich mich noch nicht einmal nach meinen eigenen vier Wänden, sondern einfach nur nach einem anderen Ort, gleichgültig wo. Ich setzte die Flasche an den Mund und leerte sie gluckernd in einem langen Zug.

Im Fernsehen hatten gerade die Kindernachrichten begonnen. Ein schwarzes Mädchen musste in eine Pampe beißen und bekam dann eine Zahnspange. Mein Schwager war voll bei der Sache, wie ich aus den Augenwinkeln feststellte.

»Wer waren die beiden Männer?«, fragte er, ohne den Blick vom Fernseher abzuwenden.

»Welche Männer?«

»Die auf deinem Geburtstag. Der lange kahle. Und der andere, der mit dem glatten Haar. Ich sagte zu Yvonne: ›Die hat Fred bestimmt auf der Freefight Gala aufgegabelt.‹ Haha.«

Langsam stellte ich die leere Flasche auf den Couchtisch

und nahm mir eine Handvoll Erdnüsse. Im Fernsehen war gerade ein Elefant zur Welt gekommen; er wackelte auf den Hinterbeinen durchs Stroh und tastete mit dem Rüssel den Bauch der Mutter ab. Ich hatte eigentlich keine Lust zu antworten.

»Nee, im Ernst«, sagte mein Schwager, »Freunde von dir?«

»Max«, sagte ich und holte tief Luft. Mein Schwager sah mich an. »Der kleinere. Das war Max. Den kenne ich schon aus der Schulzeit. Wir sind in dieselbe Klasse gegangen. Dann haben wir uns aus den Augen verloren, aber vor Kurzem ist er mir im Kino zufällig wieder über den Weg gelaufen.«

Ich legte eine Pause ein. Der Gesichtsausdruck meines Schwagers verriet, dass er mir seine ungeteilte Aufmerksamkeit schenkte.

»In der Schule haben wir alle geglaubt, er werde es mal weit bringen. Und das ist in jeder Hinsicht eingetroffen. Ich meine, alle hatten ein bisschen Angst vor ihm. Nicht nur die Schüler, auch die Lehrer.«

Im Fernsehen redete gerade ein Lehrer vor einer Schultafel, auf der mit Kreide ein Gedicht geschrieben stand.

»Heute schreckt er vor einem Mord mehr oder weniger nicht zurück.« Ich nahm mir noch eine Handvoll Nüsse. »Das hält sein Imperium in Schwung. In und um Amsterdam läuft ohne die Zustimmung von Max G. und seiner Organisation gar nichts. Vielleicht hast du mal was in der Zeitung darüber gelesen. Die Bombe unter dem Auto des Hotelbesitzers letztes Jahr auf dem Parkplatz. Und das Bordell, das von der gegenüberliegenden Seite der Gracht mit einem Raketenwerfer beschossen wurde. Es war das erste Mal, dass in den Niederlanden so ein Dings zum Einsatz kam. Aber niemand weiß wirklich, ob Max etwas damit zu tun hatte. Ich auch nicht. Über solche Dinge reden wir nicht. Er wurde oft verdächtigt, aber beweisen konnte man ihm nie etwas.«

In der Tür erschien meine Schwägerin mit einem Tablett, hinter ihr meine Frau, in jeder Hand ein Glas Weißwein.

»Das Essen ist fertig!«, rief Yvonne mit ihrer lauten Warme-Milch-Stimme. »Kinder, erst die Hände waschen.«

Während der Vorspeise – fahle Garnelen in einer rosa Soße – wurde Max nicht mehr erwähnt. Und auch nicht beim Hauptgericht, das diesmal nicht aus dem Ofen kam, sondern in Alufolie eingewickelt war und nach Fisch schmeckte.

Meine Schwiegereltern, unterwegs von ihrem Sommerhaus in der Dordogne, hatten aus dem Auto angerufen, sie steckten bei Brüssel im Stau, wir sollten nicht auf sie warten; ich war mir nicht sicher, was überwog: die Freude über ihre Abwesenheit beim Essen oder die Sorge, dass sie später noch eintrudeln würden.

Weil mir der Schädel wieder dröhnte, drückte ich zwei Nurofen-Tabletten aus der Blisterpackung und spülte sie, als niemand auf mich achtete, mit einem Glas eiskalten Weißwein hinunter. Yvonne erzählte gerade etwas von Wilcos neuer Schule, wo er endlich die Aufmerksamkeit bekomme, die er bei seiner Intelligenz verdiene. Sie hatten ihn, als er gerade mal fünf war, in einem auf »hochbegabte« Kinder spezialisierten psychologischen Institut testen lassen, und das Ergebnis hatte natürlich den Erwartungen entsprochen.

Jedes Mal, wenn Jan und Yvonne »hochbegabt« sagten, senkten sie bescheiden die Köpfe, denn ein Kind konnte ja wohl kaum »hochbegabt« sein, wenn nicht auch beide Eltern mit überdurchschnittlicher Intelligenz gesegnet waren. Oder wer weiß, vielleicht waren sie ja selber auch »hochbegabt«. Verkompliziert wurde die Sache allerdings dadurch, dass Wilco nicht nur an »hoher Begabung«, sondern auch noch an ADHS und Legasthenie litt. Seine Eltern ließen keine Gelegenheit aus, daran zu erinnern, wie schwer sie es mit ihrem achtjährigen Sohn hatten. Wilco selbst schien seine Außergewöhnlichkeit nicht sonderlich zu stören. Er war ein in sich gekehrter Junge, der selten an den Gesprächen der Erwachsenen teilnahm. Sein Leben spielte sich hauptsächlich im Kopf ab; manchmal war er so in Gedanken versunken, dass sich seine Lippen lautlos bewegten. Wenn Yvonne oder Jan ihn etwas fragten, gab er Antworten wie »Das wusste ich doch schon längst« oder »Das sagst du mir schon zum dritten Mal, Papa« – was seinen Eltern ein mildes Lächeln entlockte.

Ihre sechsjährige Tochter Tamar war total anders; sie war ein schüchternes Mädchen mit einem lieben, hübschen Gesicht. Wegen eines »trägen Auges« trug sie eine Brille, was ihre Anmut aber nicht beeinträchtigte. Manchmal starrte sie einen mit ihren vergrößerten Augen minutenlang an, verlegen und kokett zugleich. Auf der Straße griff sie mitunter plötzlich nach meiner Hand und drückte sie. Ich erinnere mich, wie ich einmal an einem Nachmittag während eines Familienausflugs mit ihr etwas zu trinken holen ging und wir dann die anderen nicht mehr finden konnten; nach einer gewissen Zeit hatten wir sogar aufgehört zu suchen. Wir fuhren mit dem Riesenrad, hüpften auf Springkissen und fuhren Skooter. Schließlich ruderten wir in einem tonnenförmigen Boot auf einen Teich voller Schwäne, Enten und anderer Wasservögel hinaus; als wir in der Mitte waren, fing es an zu regnen, erst nur ein paar Tropfen, aber innerhalb kürzester Zeit goss es in Strömen; die Ufer waren nicht mehr zu sehen, wir waren die Einzigen weit und breit. Anfangs verfluchte ich alle Vergnügungsparks im Allgemeinen und die mit Teichen und tonnenförmigen Booten im Speziellen, aber das ließ ich sein, als ich Tamars Gesicht sah. Zwischen ihren nassen Haarsträhnen glühten ihre Wangen rot, und hinter den beschlagenen Brillengläsern lachten mich ihre Augen an. »Schön«, sagte sie und strich sich die Haare aus der Stirn. Sie stellte sich hin, breitete die Arme aus und hob das Gesicht zum Himmel, aus dem der Regen auf uns herabprasselte. »Das ist schön«, wiederholte sie.

»Wo wart ihr denn so lange?«, rief ihre Mutter, als wir die anderen schließlich auf der überdachten Terrasse neben einer Pommesbude fanden. Dampf stieg aus unseren Kleidern auf; um Tamars Turnschuhe bildete sich eine Pfütze.

»Wir waren auf der Insel mitten im Teich«, sagte ich. »Und als es anfing zu regnen, konnten wir nicht mehr zurück.«

Tamar starrte ihre Mutter an. »Wir konnten nicht mehr zurück«, sagte sie.

Christine und David ließen sich ihre Pommes mit Mayonnaise schmecken, Wilco saß allein an einem Tisch und brachte mit einem Strohhalm die Schokolade in der Flasche zum Blubbern. Mein Schwager schob sich eine Krokette in den Mund. »Ich war auch auf der Insel«, sagte er mit einem übertriebenen Augenzwinkern, »aber ich habe euch nirgends gesehen.«

Ich erinnere mich noch gut, wie ich unter meinen noch dampfenden Kleidern eine Hitze aufsteigen fühlte, die in wenigen Sekunden meinen Kopf für alle sichtbar zum Glühen bringen würde.

»Ich hole mir mal ein Bier«, sagte ich rasch.

»Ich komme mit«, sagte Tamar und packte meine Hand.

Und jetzt am Tisch, während wir die bleichen Fischreste aus der Alufolie kratzten, gab ich wieder vor allem auf sie acht. Sie spießte ein Stück mit der Gabel auf und kaute selbstvergessen und verträumt vor sich hin. Das Gespräch drehte sich gerade um das neue Theaterstück irgendeines norwegischen (oder finnischen) Autors, in dem Yvonne eine »tragende Rolle«, wie sie es selber nannte, übernehmen sollte. »Das Stück wird hier uraufgeführt und nicht in Norwegen«, sagte sie.

Wegen ihrer Karriere als drittklassige Schauspielerin

hatte Yvonne fast nie Zeit, ihre Kinder ins Bett zu bringen und ihnen eine Gute-Nacht-Geschichte vorzulesen. Die Aufgabe übernahm mein Schwager, aber ein Vergnügen konnte das für Wilco und Tamar nicht sein; mir jedenfalls gelang es nie, ihn mir vorzustellen, wie er mit seinem leeren Gesicht auf der Bettkante sitzend aus einem Kinderbuch vorlas.

Man konnte sich auch fragen, ob Yvonnes Schauspieltalent ihre ständige Abwesenheit von zu Hause rechtfertigte. Mein Schwager machte, wie gesagt, überhaupt nichts. Manchmal »meditierte« er oder war wochenlang damit beschäftigt, ein Puzzle aus hunderttausend oder mehr Teilen zusammenzusetzen. Ein gutes Beispiel für die Kinder war er meines Erachtens nicht.

»In Norwegen«, sagte Wilco.

Alle schienen gleichzeitig mit dem Kauen aufzuhören.

»In Norwegen«, wiederholte er, etwas lauter diesmal, aber ohne von seinem Teller aufzublicken.

Yvonne machte ein nachdenkliches Gesicht, als könnte sie mit sich selbst nicht einig werden, auf welche der Krankheiten ihres Sohnes sie dieses Verhalten zurückführen sollte.

»In Norwegen«, sagte Wilco. »In Norwegen. In Norwegen. In *Nor*wegen. In *Nor*wegen. In Nor*wegen*. In Nor*wegen!*«

Christine warf mir einen Blick zu, aber ich ignorierte sie. Stattdessen achtete ich genau auf die anderen. David stocherte in der Alufolie herum; mein Schwager tupfte sich mit seiner Serviette die Mundwinkel ab und schien damit nicht mehr aufhören zu wollen; Tamar legte die Gabel hin, sah mich an und zwinkerte mir hinter ihren Brillengläsern zu.

»Du darfst ruhig aufstehen, wenn du noch ein bisschen am Computer spielen willst«, sagte Yvonne und legte die Hand auf die Schulter ihres Sohnes.

Er drehte sich um, holte aus und versetzte ihr, ohne wirklich zu zielen, mit der Faust einen Schlag auf die Nase.

Yvonne schrie auf und schlug die Hände vors Gesicht; es dauerte vielleicht noch ein paar Sekunden, aber dann strömte das Blut in breiten, roten Streifen über ihren Mund und weiter nach unten über ihr Kinn bis an den Hals.

Wilco sprang auf und machte sich aus dem Staub; Christine griff über den Tisch nach Yvonnes Hand. Mein Schwager legte die Serviette hin; für einen Moment glaubte ich, er würde hinter seinem Sohn herlaufen und ihm im Flur die Tracht Prügel verabreichen, die er verdiente, aber er rührte sich nicht vom Fleck, gab nur einen tiefen und müden Seufzer von sich.

»So, das hätten wir auch hinter uns«, sagte er. »Möchte jemand noch einen Nachtisch?«

Viel später, als ich es mir längst mit einem Glas Calvados auf dem Sofa bequem gemacht hatte, trafen meine Schwiegereltern ein. Nur mit halbem Ohr und leise stöhnend registrierte ich die ausführliche Begrüßung im Flur; in den letzten zehn Minuten hatte ich mich durch alle Kanäle gezappt und war bei einer Sendung über Kinderbauernhöfe hängen geblieben.

»Lässt du dich wieder volllaufen?«, ertönte die Stimme meines Schwiegervaters; ich hatte ihn nicht hereinkommen hören und zuckte zusammen, worauf er in dröhnendes Gelächter ausbrach.

»Bleib doch sitzen. Nichts hilft besser gegen Grippe als ein doppelter Cognac, ist meine Devise.«

Marcel Vriend gehört zu dem Schlag von Menschen, die sich mehr über ihre eigene Anwesenheit freuen als über die anderer Leute. Es zeigt sich in der Art, wie er einem die Hand drückt, ein wenig zu kräftig, als wolle er betonen, dass er trotz seines fortgeschrittenen Alters noch immer topfit sei, und auch im Ton seiner Stimme oder besser gesagt in der Art, wie er gemächlich Wörter und Sätze aneinanderreiht, immer wieder längere Pausen einlegend, die aber dem Gegenüber keineswegs die Gelegenheit bieten sollen, auch mal etwas zu sagen.

»Was wir wieder erlebt haben!«, sagte er und ließ sich neben mich auf die Couch fallen. »Du glaubst es nicht …« Und dann legte er mit einer Geschichte los, die er bis an ihre äußersten Grenzen ausdehnte, von einem französischen Weinbauern, der ihm mit seinem Traktor geholfen hatte, die traditionellen Dachziegel für den Ausbau ihres Sommerhauses herbeizuschaffen. Die Kunst bestand darin, nur mit halbem Ohr zuzuhören, ohne den Plot aus den Augen zu verlieren; im Lauf der Jahre hatte ich es darin zu einer gewissen Perfektion gebracht.

So vernahm ich, dass der Weinbauer zwar für seine Dienste keine Bezahlung verlangte, meine Schwiegereltern aber die Hauptabnehmer seiner unetikettierten Weinflaschen waren. Die andere Hälfte meiner Aufmerksamkeit richtete ich auf den Fernseher, wo gerade der Gewinner eines roten Opel Astra die Glückwünsche des Präsentators eines Lotteriespiels in Empfang nahm. Der glückliche Gewinner, ein Mann Anfang dreißig in einem gelben Sakko, schien sich aufrichtig über ein so hässliches Auto zu freuen: Durch die halb geöffnete Wagentür winkte er seiner Frau im Publikum zu und streckte den Daumen nach oben. Die Frau, die ihr braunes Lockenhaar zu einem Reiher- oder Storchennest aufgetürmt hatte, war womöglich noch hässlicher als der Opel.

»Er ist tausendmal besser als das Zeug, das sie hier im Supermarkt verkaufen«, hörte ich meinen Schwiegervater sagen. »Und weißt du, woher das kommt?«

Weil keine Konservierungsmittel drin sind, antwortete ich in Gedanken; ich schüttelte verneinend den Kopf.

»Weil keine Konservierungsmittel drin sind«, sagte mein Schwiegervater.

Zu meinem großen Schrecken holte er aus einer schwarzen Tasche, die mir vorher gar nicht aufgefallen war, eine Videokamera hervor. Er rutschte von der Couch auf die Knie und kroch zum Fernseher; von der Rückseite der Kamera baumelte ein Kabel.

»Weißt du, wo man das reinsteckt?«, fragte er.

»Keinen blassen Schimmer.« Bisher war der einzige Lichtblick Yvonnes blutige Nase gewesen; für einen ganzen Abend ein bisschen zu wenig. Aber ein Videofilm meiner Schwiegereltern von ihrem Domizil in der Dordogne war das Letzte, was ich jetzt gebrauchen konnte.

Ich hatte den Kanal gewechselt und sah Leute, die auf einem Bürgersteig Blumen niederlegten und Teelichter anzündeten, wahrscheinlich wieder für ein Opfer »sinnloser Gewalt«. Wäre es nicht viel befriedigender, so fragte ich mich, wenn man zum Haus oder zur Wohnung der Familie des Täters ziehen und dort die Fensterscheiben einschmeißen würde, um anschließend beispielsweise einen Brand zu legen? Wäre das nicht ein wirkungsvolleres Signal an die Täter? Würde es nicht vielleicht dazu beitragen, solche Akte »sinnloser Gewalt« zu reduzieren?

Mein Blick fiel auf den mir zugewandten, in eine braune Cordhose gehüllten Hintern meines Schwiegervaters, der auf der Rückseite des Fernsehers nach einer Buchse für sein Kabel suchte. Die Videokamera lag neben ihm auf dem Fußboden – ein gezielter Tritt, und sie wäre vorläufig unbrauchbar, doch in dem Moment kam mein Schwager ins Zimmer, direkt hinter ihm Yvonne, meine Frau und meine Schwiegermutter.

So auf den ersten Blick gehört Dana Vriend-Goedhart nicht zu den Frauen, die den Ehemännern ihrer Töchter das Leben zur Hölle machen. Sie hat ein stark zerknittertes, aber freundliches Gesicht, das trotz ihres Alters unbändige Vitalität und Lebenslust ausstrahlt; doch viele Leute, darunter meine Wenigkeit, fühlen sich im Dunstkreis dieser Vitalität und Lebenslust schon bald unbehaglich oder halten sich für überflüssig. Es ist, als würde man gegen sie immer den Kürzeren ziehen. Meine Schwiegermutter steht sozusagen gestiefelt und gespornt vor der Haustür, wenn die anderen noch nach ihren Schuhen und Jacken suchen. »Wie lange braucht ihr denn noch?«, ruft sie dann mit ihrer melodischen Stimme, »ich warte schon seit Stunden.«

»Guten Abend, mein lieber Junge, bleib doch sitzen«, sagte sie jetzt zu mir, bevor ich auch nur eine Bewegung machen konnte. »Ein Kranker sollte sich nicht verausgaben.«

Während mir ihre flaumigen, zerknitterten Wangen und strohtrockenen Lippen übers Gesicht strichen, wechselte ich einen Blick mit meiner Frau.

»Hast du deine Brille verloren, oder machst du mal wieder Umstände?«, fragte meine Schwiegermutter ihren Mann, der auf allen vieren hinter den Fernseher gekrochen war; er hatte offenbar gerade das Kabel angeschlossen, denn das Bild wurde schwarz, und oben in der Ecke zeigte ein grünes Quadrat mit Pfeil den Videokanal an.

Kurz darauf waren auch die ersten Aufnahmen zu sehen: Ein Traktor fuhr einen mit Bäumen bestandenen Hügel hinauf; drei braune Kühe grasten hinter Stacheldraht; ein Haufen Dachpfannen an einem Feldweg – mein Schwiegervater kroch hinter dem Fernseher hervor und drückte ein paar Tasten auf der Videokamera. Die Dachpfannen, die braunen Kühe und der Traktor kamen in umgekehrter Reihenfolge und beschleunigt vorbei, der Traktor fuhr außerdem rückwärts. Meine Schwiegermutter stand mit Blümchenschürze an einer Spüle voller Einmachgläser und goss, ebenfalls rückwärts, etwas aus einem Topf ab; wegen des schummrigen Lichts, das durch ein einziges beschlagenes Fenster hereinfiel, war nicht genau auszumachen, um was es sich handelte.

Mein Schwiegervater drückte wieder auf eine Taste, das Bild flackerte, wurde schwarz, und dann erschien die schielende Nachrichtensprecherin des Amsterdamer Lokalsenders. Der Ton war zu leise, aber man sah das Bild einer nächtlichen von Bäumen gesäumten Straße und ein rotweißes Absperrband. Unter dem Foto stand in fetten Großbuchstaben: MORD.

»Wenn sich alle einen Platz suchen«, sagte mein Schwiegervater, »dann kann die Vorführung beginnen.«

In die nächtliche Straße kam jetzt Bewegung: Polizisten in Uniform und in Zivil liefen herum und hoben etwas vom Bürgersteig auf. Man sah im Hintergrund mehrere Streifenwagen und einen Krankenwagen, alle ohne Blaulicht.

»Rück mal ein bisschen«, sagte meine Frau und gab mir einen Schubs. Tamar stellte sich vor den Fernseher, einen Kuchenteller mit einer dunklen, undefinierbaren Torte in der Hand. »Wer will ein Stück? Hat Oma selber gebacken.«

»Mach mal einen Schritt zur Seite«, sagte ich.

Tamar funkelte mich entrüstet an und legte den Kopf schief, als überlegte sie, ob sie mich herausfordern sollte, sie mit Gewalt von der Stelle zu entfernen – aber etwas in meiner Stimme ließ sie davon absehen. Die Straße kam mir irgendwie bekannt vor, aber eben so, wie einem alle Straßen in Amsterdam irgendwie bekannt vorkommen.

»Sitzt ihr alle bequem?«, fragte mein Schwiegervater – die Amsterdamer Straße wurde von meiner Schwiegermutter abgelöst, die sich, anfangs nicht ganz ruckelfrei, auf ein ländliches Mäuerchen setzte. Sie trug das karierte Kopftuch einer Bäuerin und hielt in den Händen ein absichtlich dilettantisch ausgesägtes Holzschild, auf dem in schnörkeligen Buchstaben »Les Enfants du Paradis« gemalt war.

Es war der Name, den sie ihrem Sommerhaus gegeben hatten, abgekürzt nicht etwa zu »Le Paradis«, sondern zu dem debilen »Les Enfants«. Noch schlimmer war, mit welcher Selbstverständlichkeit die übrigen Familienmitglieder, nicht zuletzt mein Schwager und meine Frau, die Bezeichnung übernahmen: »Papa und Mama sind bis Ende September in ›Les Enfants‹«, oder »Diese Porzellanfigur passt perfekt auf den Kaminsims in ›Les Enfants‹«. Ich stemmte mich mit beiden Händen vom Sofa; ein Schauer von Funken und Sternen flog an der rosaroten Innenseite meiner Augenlider vorbei.

»Wo gehst du hin?«, fragte Christine.

»Ich beabsichtige, mich im Flur zu übergeben statt hier auf der Couch.«

An der Tür sah ich mich um; meine Frau stützte das Kinn in die Hand, eine Haltung, die Interesse signalisieren sollte, mein Sohn lehnte, die Hände in den Hosentaschen, gegen die Rückenlehne der Couch, er gab sich kaum Mühe, seine wahren Gefühle zu tarnen, wenn ich mir auch eingestehen musste, dass ich seine wahren Gefühle nicht kannte. Yvonne saß am Esstisch, die Beine übereinandergeschlagen, einen Ellbogen auf der Tischplatte, auf der noch die Teller mit den Fischresten standen. Mein Schwager saß auf der Armlehne der Couch, in einer Hand lässig ein Glas Calvados, und Tamar hatte sich auf den Fußboden gesetzt, die Tortenplatte mit dem unangerührten Kuchen auf dem Schoß. Meine Schwiegermutter stand etwas abseits und betrachtete sich selbst auf dem Fernsehschirm mit fast gerührtem Blick.

Mit äußerster Willensanstrengung versuchte ich mir vorzustellen, wie ich da inmitten dieser Familienszene ausgesehen haben mochte. Ich wollte mich selber sehen, wie ich da gerade zwischen den anderen auf der Couch vor dem Fernseher gesessen hatte. Oder besser gesagt, ich hätte gern gewusst, wie ein Außenstehender es sehen würde. Würde er mich sofort als Fremdkörper erkennen, oder fügte ich mich vortrefflich in das Ganze ein?

Auf dem Klo pinkelte ich ins WC-Becken, ohne erst die

Klobrille hochzuklappen. In dem runden Spiegel über dem Waschbecken sah ich, dass meine Augen rot und wässrig waren, und auch die Haut um den Mund herum war etwas straffer als normal, aber ansonsten konnte ich eigentlich nichts Auffälliges entdecken.

Hinter dem Rahmen des Spiegels steckten ein paar Ansichtskarten, mein Blick fiel auf das Foto eines malerischen Fischerdorfes, im Hafen viele weiß-rote Boote. *Saludos de Menorca* stand in roten Buchstaben im Blau der Wellen.

Ich kontrollierte, ob die Tür abgeschlossen war, und zog die Karte vorsichtig hinter dem Spiegel hervor. »Lieber Jan, Yvonne, Wilco & Tamar«, stand auf der Rückseite in der Handschrift meiner Frau. »Wir genießen die Sonne, den Strand und das herrliche Essen. Es gibt hier viele Tintenfische, die man durch die Taucherbrille ganz wunderbar sehen kann. Liebe Grüße, Christine, Fred & David.«

Ich stellte mir das teilweise von einer Taucherbrille verdeckte Gesicht meiner Frau vor – ihr gelöstes und schwerelos im Wasser schwebendes Haar – nur wenige Zentimeter von einem Tintenfisch in seinem natürlichen Lebensraum entfernt. Wie alt können Tintenfische eigentlich werden, fragte ich mich.

Ich klemmte die Ansichtskarte wieder hinter den Spiegel und öffnete die Tür. Eine ganze Weile blieb ich unschlüssig im Flur stehen. Aus den Geräuschen, die mich aus dem Wohnzimmer erreichten, konnte ich schließen, dass die Vorführung des Urlaubsvideos noch in vollem Gange war.

Ich hörte Yvonne sagen: »Und die Dachziegel habt ihr alle selber raufgetragen? Seid ihr verrückt!«

Ganz hinten fiel durch eine nur angelehnte Tür ein bläulicher Lichtschein in den Flur. Auf leisen Sohlen schlich ich mich näher, an einem roten Schreibtisch saß Wilco an seinem Computer und starrte mit gerunzelter Stirn auf den Schirm, auf dem ein Flugzeug niedrig über ein Wohngebiet flog.

Ich räusperte mich. »Darf ich reinkommen?« Wilco blickte nur kurz auf. »Was für ein Spiel ist das?«

Er seufzte tief. »Das siehst du doch«, sagte er und strich sich mit der Hand übers Gesicht. »Außerdem ist es kein Spiel.«

Ich widerstand der Versuchung, ihn mit einem gezielten Haken k. o. zu schlagen, stattdessen legte ich die Hand vertraulich auf die Rückenlehne seines Stuhls. Ein kaum wahrnehmbarer Schauder überlief ihn; wie die meisten »hochbegabten« Kinder grauste er sich vor Berührungen. Ich beugte mich vor, bis sich unsere Gesichter ganz nah waren. Auf dem Monitor huschte das Flugzeug, eine zweimotorige Dakota, im Tiefflug über die Häuser, streifte mit der Flügelspitze einen Schornstein und stürzte ab, ein Feuerball breitete sich aus und füllte schließlich den ganzen Bildschirm. Wilco drückte auf Enter, worauf sich der Himmel über der Stadt wieder aufklärte und die Dakota in großer Höhe erneut ihren Flug begann.

»Ziemlich cool vorhin«, sagte ich.

»Was?« Er sah mich nicht an und hämmerte auf den Tasten herum; ich nahm die Hand von der Rückenlehne.

»Wie du deiner Mutter eine geballert hast«, sagte ich und schlug mit der linken Faust in die offene rechte Handfläche. »Whamm! Voll auf die Nase. Nee, wirklich, alle Achtung.«

Weil er seinen Kopf zur Seite drehte, wiederholte ich die Demonstration mit der Faust. »Patsch!«, sagte ich. »Sie müssen auch nicht ständig auf unwichtigen Dingen herumhacken.«

Es war immer eine unfokussierte Leere in Wilcos Blick, auch wenn er einen, was selten vorkam, direkt ansah; aber ich war mir sicher, dass er jedes meiner Worte gehört hatte. Ich nickte ihm aufmunternd zu. Es ging jetzt darum, ihn bei der Stange zu halten.

»Die Rollen, die deine Mutter spielt, die sind doch alle

scheiße. Guckt doch kaum jemand zu. Jedenfalls gibt es absolut keinen stichhaltigen Grund, warum du und deine Schwester hier schon seit Jahren ohne Mutter rumsitzt. Ohne eine Mutter, die einen ins Bett bringt, wie sich das gehört. Es gibt, wie man so sagt, keine wirtschaftliche Notwendigkeit, die Familie Abend nach Abend im Stich zu lassen. Weißt du, was eine wirtschaftliche Notwendigkeit ist?«

Er nickte.

»Liest euer Vater euch vor dem Schlafengehen was vor?«

»Manchmal.«

»Und magst du das?«

»Manchmal.«

Ich holte ein paarmal tief Luft; mein Kopf brummte wieder wie verrückt. »Dein Vater macht doch rein gar nichts.«

Wilco sah mich noch immer an; offenbar fand er, was ich sagte, interessanter als das Computerspiel mit der Dakota. Ich bezweifelte, dass er jemals länger als zwei Minuten an den Lippen seiner Eltern gehangen hatte.

»Macht er noch diese Puzzles?«

Wilco nickte.

»Und machst du dann mit? Darfst du ihm helfen?«

Auf dem Bildschirm verlor die Dakota rasch an Höhe; Wilco zog die Brauen hoch, bis eine tiefe Falte auf seiner Stirn erschien. Aus dem Wohnzimmer am anderen Ende des Flurs drang Gelächter.

»Oder sind die Puzzles zu schwierig?«, fragte ich rasch.

»Nee.« Er schüttelte den Kopf; er schien noch etwas sagen zu wollen, aber er seufzte nur tief.

»Dein Vater könnte auch mal arbeiten gehen«, sagte ich. »Dann könnte deine Mutter öfter zu Hause bleiben. Mit Puzzeln verdient man kein Geld. Es kann noch so viele Teile haben, man kann sich nichts dafür kaufen, oder mal was Nettes machen.« Ich ging in die Knie, sodass unsere Gesichter auf gleicher Höhe waren. »Vielleicht hast du der Falschen eine verpasst«, sagte ich leise. Ich brachte meine Hand näher an seine Schulter, hütete mich aber davor, ihn zu berühren. »Aber noch ist ja nicht aller Tage Abend.«

Ich streckte die andere Hand nach der Tastatur aus. »Wir müssen aufpassen, dass hier kein Malheur passiert.«

Wilco guckte auf den Schirm. »Mist«, sagte er, drückte ein paarmal auf die Leertaste und zog die Dakota, die zwischen den Häusern zu zerschellen drohte, gerade noch rechtzeitig steil nach oben.

»Aber wenn du es heute Abend nachholst, hast du meine vollste Unterstützung.«

Im Wohnzimmer war die Vorführung inzwischen beim Verlegen der Dachziegel angelangt. Mein Schwiegervater balancierte auf einer Leiter, eine lächerliche blaue Baseballmütze auf dem Kopf. Unten stand ein Mann in einem ebenfalls blauen Overall, der ihm die Ziegel hinaufreichte, zweifellos der selbstlose Weinbauer.

Ich setzte mich an den immer noch unaufgeräumten Esstisch und goss eine benutzte Espressotasse voll mit Calvados. Meine Rückkehr war nicht besonders aufgefallen, jedenfalls wurde kein Aufheben davon gemacht.

Ich warf einen Blick auf meinen Schwager, der im Schneidersitz auf dem Fußboden saß und eine Zigarette rauchte; so setzte er sich wahrscheinlich auch hin, wenn er »meditierte«. Ich versuchte vergeblich mir vorzustellen, was dabei in seinem Kopf vor sich ging.

»Das war nur das Dach des Anbaus«, sagte meine Schwiegermutter. »In diesem Sommer ist das Haus an der Reihe.«

Und dann war plötzlich alles vorbei, alle standen auf. Das Abräumen des Tisches war eine günstige Gelegenheit, es mir auf der Couch bequem zu machen.

Im Fernsehen lief jetzt wieder der Lokalsender: das wöchentliche Interview mit dem Amsterdamer Bürgermeister. Ich wollte gerade weiterzappen, als mir einfiel, dass um Viertel vor zehn die Nachrichten wiederholt würden. Ich schaute auf meine Sportuhr: 21 Uhr 39.

»Noch einen Calvados?«

Vor mir stand mein Schwager, die Flasche in der Hand. Ich schaute mich nach meinem Glas um. »Hier«, sagte er und hob eins vom Boden auf. »Wenn es dir nichts ausmacht.«

Er setzte sich neben mich, reichte mir das Glas und schenkte sich selber auch noch mal ein; der Abspann des Interviews mit dem Bürgermeister flimmerte über den Schirm.

»Was guckst du?«

»Ich warte auf die Nachrichten.«

Aus der Küche hörte man die Stimmen meiner Frau, meiner Schwägerin und meiner Schwiegereltern, die offenbar gerade spülten.

»Gleich nach der Werbung Näheres über den Mord in Amsterdam Zuid«, sagte die Nachrichtensprecherin; wieder sah man das Bild mit dem Absperrband zwischen den Bäumen.

»Das kommt in letzter Zeit immer öfter vor«, sagte mein Schwager. »Fast wie in New York.«

»Ja«, sagte ich. Etwas in mir hoffte inständig, er würde sich verdrücken, bevor die Nachrichten anfingen. Es war kein Vorgefühl, obwohl ich das hinterher leicht als ein solches hätte auffassen können. Ich hatte einfach keine Lust auf die Bemerkungen meines Schwagers. Mir schwante noch nicht, dass der Mord in Amsterdam Zuid etwas mit mir zu tun hatte, geschweige dass er meinem Leben eine ganz neue Wendung geben sollte.

Ich fühlte zwei Hände auf meiner Schulter. Es war David. »Wann gehen wir denn?«, fragte er.

»Gleich, nur noch die Nachrichten.«

Die Werbung war vorbei. Tamar setzte sich zu uns und kuschelte sich an mich.

In dieser Anordnung – mein Schwager, meine Nichte und ich nebeneinander auf der Couch – befanden wir uns, als das Wort »Mord« und das rot-weiße Absperrband zwischen den Bäumen wieder auf dem Fernsehschirm auftauchten und die Stimme sagte: »In der Frans van Mierisstraat in Amsterdam Zuid wurde heute Morgen der Leichnam eines zweiundsiebzigjährigen Mannes gefunden. Nach Aussage der Polizei handelt es sich um Rolf Biervoort, einen ehemaligen Französischlehrer am Erasmus-Gymnasium in Amsterdam. Er wurde durch einen gezielten Kopfschuss getötet. Für das Motiv des Täters oder der Täter gibt es noch keinerlei Anhaltspunkte, wenn auch die Vorgehensweise, die fast wie eine Hinrichtung wirkt, auf eine Abrechnung im kriminellen Milieu hindeutet.«

»Was habe ich dir gesagt? Wie in New York«, sagte mein Schwager.

3

Am nächsten Morgen stellte ich mich so lange wie möglich schlafend; als Christine sich erkundigte, ob ich noch krank sei und ob sie mir Frühstück bringen solle, stöhnte ich nur leise und drehte mich auf die andere Seite.

»Bleib ruhig gemütlich liegen«, flüsterte sie mir ins Ohr. »David ist bei seiner Freundin, und ich muss schnell noch was einkaufen.«

Ich wartete, bis die Wohnungstür zufiel, blieb auch noch unbeweglich liegen, bis ihre Schritte auf der Treppe verklungen waren. Erst als die Haustür ins Schloss gefallen war, sprang ich aus dem Bett.

Ich überlegte, was ich zuerst tun sollte. Die Morgenzeitung? Videotext? Die Nachrichten auf dem Lokalsender? Aus reiner Not wiederholten die Lokalsender nämlich tagsüber alle Programme. Oder doch erst Max anrufen?

Am Abend zuvor hatte ich mich, nachdem Christine eingeschlafen war, hinuntergeschlichen und mir noch einmal die Bilder aus der Frans van Mierisstraat angeschaut, ohne Ton natürlich. Erst erschienen wieder die rot-weißen Bänder, dann die Kriminalbeamten, die den Gehsteig absuchten; im Hintergrund stand ein blau-weiß gestreifter Landrover der Polizei, wie man sie des Öfteren bei Mordfällen und anderen schweren Straftaten sieht.

Auf dem Küchentisch lag die *Volkskrant*. Ich holte mir die Zigarettenschachtel aus der Schublade, zündete mir eine an und blätterte die Zeitung zweimal ganz durch; erst beim dritten Mal fand ich unten auf Seite 7 einen kurzen zweispaltigen Bericht:

MANN IN WOHNUNG ERSCHOSSEN

Amsterdam – In einer Wohnung in Amsterdam wurde gestern die Leiche eines alleinstehenden älteren Mannes gefunden. Der Polizei zufolge handelt es sich um den zweiundsiebzigjährigen pensionierten Französischlehrer R. Biervoort. Er war mit einem Kopfschuss getötet worden. Die Auswertung der durchgeführten Spurensicherung ergab bisher keine Hinweise auf den oder die Täter. Niemand hat den Schuss gehört, auch konnten keine Einbruchsspuren festgestellt werden. Der Mann lag im Eingang seiner Wohnung, was darauf hinweisen könnte, dass er dem Täter die Tür geöffnet hat. Sein lebloser Körper wurde gestern Morgen von der Putzfrau gefunden.

Obwohl ich den Bericht mehrmals las, konnte ich auch zwischen den Zeilen nichts entdecken, was mich weitergebracht hätte. R. Biervoort (72), »unser« Biervoort, dem ich vor knapp einer Woche mit Max G. zufällig im Delcavi in der Beethovenstraat über den Weg gelaufen war – erschossen. Mit einer einzigen Kugel.

Ich steckte mir noch eine Zigarette an, kochte mir Kaffee und gab einen Schuss Jack Daniel's dazu. Nachdem ich es mir auf dem Sofa im Wohnzimmer bequem gemacht hatte, schaltete ich den Fernseher ein.

Der Bericht im Videotext unter Nummer 107 unterschied sich kaum von dem in der *Volkskrant;* er war sogar noch etwas kürzer, und Biervoort war zwei Jahre älter geworden (74).

Während sich der verlängerte Kaffee zischend einen Weg

durch die Speiseröhre bahnte, ließ ich noch einmal die letzte halbe Stunde des Abends bei meinem Schwager und meiner Schwägerin Revue passieren. Keiner hatte die Nachricht, dass das Opfer am Erasmus-Gymnasium unterrichtet hatte, mit meiner Schulzeit in Verbindung gebracht. Mein Schwager nicht, weil er zu dumm war, David und Tamar nicht, weil sie es gar nicht wussten oder es nicht interessant fanden. Und die anderen waren alle in der Küche gewesen.

Irgendwann standen wir im Flur und verabschiedeten uns. David war schon nach unten gegangen und hatte die Haustür geöffnet, die Luft von draußen strich erfrischend über mein Gesicht.

»Ich bringe euch morgen die Stecklinge für den Balkon«, sagte meine Schwiegermutter.

»Ich weiß nicht, ob wir morgen da sind, Mama«, antwortete meine Frau. »Wir telefonieren noch.«

Und genau in dem Moment kam mein Schwager angerannt; er lief vornübergebeugt, die Hände vorm Gesicht, Blut tropfte zwischen den Fingern auf den Parkettboden. Laut fluchtend verschwand er in der Küche.

Ich schaltete den Fernseher aus, holte mir den Jack Daniel's und füllte die leere Kaffeetasse. Ich war unschlüssig, ob ich Max zu Hause anrufen sollte: Es war Samstag, vielleicht war seine Tochter Sharon gerade im Zimmer und er konnte nicht frei sprechen. Doch nachdem ich die Tasse ausgetrunken hatte, wählte ich die Nummer, die, wie Max gesagt hatte, tatsächlich einfach im Telefonbuch stand. Nach ein paar Klingeltönen meldete sich der AB mit den Namen der ganzen Familie und zwei Handynummern.

»Hallo?« Im Hintergrund hörte ich ein Rauschen und etwas, das nach einem fahrenden Auto klang.

»Fred hier …«

Für einen Moment war es still, dann hörte ich jemanden etwas zu Max sagen.

»Hallo?« Das war Max wieder.

»Fred, Fred Moorman. Wir haben neulich …«

»Ja, Fred. Was ist?«

Ich holte tief Luft und starrte in die leere Kaffeetasse. »Ich habe die Nachrichten gehört.«

»Ja?«

»Und die Zeitung gelesen.«

Jetzt hörte man wieder nur das Rauschen und kurz darauf die andere Stimme, die »hier links« sagte. Ich wusste nicht genau, ob Handys abgehört werden konnten, hatte aber irgendwo gelesen, dass die israelische Armee vermeintliche Terroristen über deren Handys ausfindig macht …

»Bist du noch da, Fred? Ich konnte dich gerade nicht mehr hören …«

»Ich höre dich gut, Max.«

»Was macht dein Französisch, Fred?«

»Was?«

»Dein Französisch. Erntest du immer noch die Früchte des Unterrichts, oder bist du doch nicht so ganz zufrieden?«

In meinem gerade noch heißen Kopf herrschte auf einmal Eiseskälte. Mit dem Hörer am Ohr ging ich in die Küche, dort fiel mir ein, dass der Jack Daniel's im Wohnzimmer stand.

»Erinnerst du dich noch«, fuhr Max fort, »dass ich an deinem Geburtstag kein Geschenk dabeihatte? Aber ich habe es nicht vergessen. Max vergisst seine Freunde nie.«

»Aber … aber.« Ich zögerte, denn ich wollte keine sensiblen Informationen über die Leitung preisgeben. »Aber so schlecht war der Französischunterricht doch nun auch wieder nicht!«

Max brach in Gelächter aus. In dem Moment hörte ich den Schlüssel in der Wohnungstür; Christine stand mit zwei orangefarbenen Einkaufstüten im Flur.

»War sonst noch was?«, fragte Max.

Ich lächelte meine Frau an, die mein Lächeln erwiderte.

»Ja«, sagte ich. »Worüber wir uns neulich unterhalten haben … Glaubst du, du kannst in absehbarer Zeit noch mal …«

»Wie spät ist es eigentlich? Elf Uhr. Hör zu. Du hast Glück, ich fahre gerade nach Amsterdam rein. Ich muss noch ein paar Sachen erledigen, aber dann kann ich so gegen, sagen wir mal, halb zwei, zwei Uhr bei dir sein. Passt das?«

Ich schaute zum Flur, aber meine Frau war schon wieder verschwunden.

»Ja«, sagte ich.

4

»Was hältst du davon«, fragte ich meine Frau, »wenn wir uns diesen Sommer wieder ein paar Wochen in dem netten Hotel in Menorca einquartieren, wo wir letztes Jahr waren? Ich meine, es ist vielleicht das letzte Mal, dass wir etwas zusammen unternehmen. Als Familie, meine ich. David ist vierzehn. In einem Jahr will er mit uns überhaupt nicht mehr irgendwohin.«

An Christines Miene war nicht abzulesen, ob sie an Tintenfische dachte oder an etwas ganz anderes.

»Wir könnten Nathalie mitnehmen«, sagte ich. »Dann ist es für ihn weniger langweilig.«

Meine Frau seufzte tief. »Ich leg mich mal kurz oben hin«, sagte sie.

Ich hatte mir gerade in der Küche eine Zigarette angesteckt, als David nach Hause kam; das Haar hing ihm in nassen Strähnen über die Augen. Er warf seine Sporttasche in den Schrank neben der Wohnungstür.

»Gewonnen?«, fragte ich.

Er warf einen Blick auf die Zigarette und zog die Brauen hoch. »Verloren.« Er wollte in sein Zimmer gehen.

»David.«

Er blieb stehen. Widerwillig.

»Ja?«

»Ganz kurz. Hör mal, deine Mutter und ich, wir dachten, wir könnten dieses Jahr wieder in das nette Hotel nach Menorca. Weißt du noch?«

»Ja«, sagte er. Nicht einmal in weiter Ferne war in seiner Stimme auch nur ein Anflug von Begeisterung zu hören.

»Und da fiel mir ein, weißt du, was vielleicht nett wäre? Für dich? Wenn deine Freundin mitkommt. Natürlich nur, wenn ihre Eltern das erlauben. Es sind schließlich nur zwei Wochen, also sollte das eigentlich kein Problem sein. Was meinst du?«

Er starrte mich an; seine Unterlippe löste sich von der Oberlippe und hing dann etwas in der Luft, als könnte sie sich nicht entscheiden, welche Richtung sie einschlagen sollte.

»Glaubst du, Nathalie findet das gut?«

David zwinkerte mit den Augen, möglicherweise war er überrascht, dass ich den Namen seiner Freundin behalten hatte.

»Ich weiß nicht«, begann er zögernd, aber dann wurde sein Blick auf einmal heller. »Ja, ich glaube, das ist okay.«

»Das dachte ich auch.« Ich grinste und fasste ihn am Nacken. »Weißt du was, frag sie doch so schnell wie möglich. Ob sie darf. Dann habe ich noch Zeit zu reservieren.«

In dem Moment klingelte es an der Haustür.

Ich drückte auf den Knopf. Max winkte unten an der Treppe und nahm zwei Stufen auf einmal; er hatte seine Sonnenbrille auf die Stirn geschoben.

»Krank?«, fragte er, als er mir die Hand schüttelte und mir forschend in die Augen sah.

Ich zuckte mit den Achseln. »Bloß eine kleine Erkältung.«

Max wandte sich David zu. »Und das ist, nehme ich mal an, dein Sohn.« Er berührte ihn kurz an der Schulter und hielt ihm dann die Hand hin. »Viel von dir gehört«, sagte er;

er zwinkerte mir zu. »Und nur Gutes, zumindest wenn wir deinem Vater Glauben schenken dürfen.«

Ich war gespannt, ob David Max wiedererkennen würde, aber auch mein Sohn reagierte, als sähe er ihn zum ersten Mal.

»Hallo«, sagte er.

»Max«, sagte Max.

Ich legte die Hand auf Max' Schulter. »Kann ich dir etwas anbieten?«

Max machte ein nachdenkliches Gesicht. »Na ja, eine Tasse Tee wäre jetzt genau das Richtige«, sagte er. »Am liebsten Kräutertee. Wenn es nicht zu viel Umstände macht.«

»Kräutertee ...« Ich griff mir an die Stirn, als müsste ich darüber nachdenken, ob wir überhaupt Tee im Haus hatten.

David starrte Max an; im Blick meines Sohnes sah ich etwas, was ich darin schon lange nicht mehr gesehen hatte, jedenfalls nicht, wenn er mich ansah.

Max brach in Gelächter aus. »Oh Mann!«, sagte er und gab mir einen Stoß in die Seite. »Du müsstest deine Visage sehen! Kräutertee! Mein Gott, du kannst vielleicht blöd gucken! Haha, wunderbar!«

Ich lachte jetzt auch. David hatte ein Funkeln in den Augen.

»Großartig!«, sagte Max. »Ich mache das öfter, wenn ich in eine Kneipe komme, so eine, weißt du, in der sie alle schon um zwei Uhr mittags ein paar Kurze runterkippen. Und dann frage ich: ›Wenn man mehr als zwei Tassen trinkt, ist es dann billiger, eine *Kanne* Kräutertee zu bestellen?‹ Die Gesichter der Leute an der Theke! Einfach köstlich.«

David lachte auch. Es war schon ein paar Jahre her, dass ich ihn so hatte lachen hören, wirklich von innen heraus, nicht das herablassende Grinsen, an das ich mich so gewöhnt hatte.

»Ja«, sagte mein Sohn. »Cool.«

Wir standen auf dem Balkon, die Ellbogen auf der Brüstung, und sahen auf den Garten hinunter. David war in sein Zimmer gegangen; Christine hielt noch immer oben ihr Nickerchen. Max blies den Rauch seiner Marlboro durch die Nase aus und ließ die Eiswürfel in seinem Glas Jack Daniel's klirren.

Wir standen da schon eine ganze Weile, ohne viel zu sagen; was wir zu besprechen hatten, hatten wir mehr oder weniger erledigt. Schon zweimal hatte ich Max auf seine Taucheruhr schauen sehen; auch der Piepser hatte sich einmal gemeldet, aber Max hatte nur den Kopf geschüttelt und noch einen Schluck genommen.

Es war in diesem leeren Augenblick ohne Zukunft und genau genommen auch ohne Vergangenheit, dass sich im Erdgeschoss etwas rührte.

»Komm … komm …«

Die Tür zum Garten öffnete sich, und Frau de Bilde kam heraus, einen Blechnapf in der Hand.

»Komm, Junge …«

Hinter ihr schleppte sich der Köter nach draußen. Wir konnten seine Fußnägel über die Steine ratschen hören. Hunde haben ein sichereres Gespür dafür (oder Intuition oder Instinkt), aus welcher Ecke Gefahr droht, denn bevor er seine Schnauze in den Napf steckte, wendete er seinen müden Kopf nach oben und sah uns für den langen Bruchteil einer Sekunde an.

»Nun, mach schon …«, sagte Frau de Bilde, die uns nicht bemerkt hatte. Sie zog ein Taschentuch aus der Schürze und schnäuzte laut und ausgiebig die Nase.

»Wir fliegen in vierzehn Tagen für zwei Wochen nach Menorca«, sagte ich.

Ohne den Blick von der Szene unten im Garten abzuwenden, nickte Max fast unmerklich ein paarmal. Frau de Bilde sah zu uns hinauf; sie runzelte die Stirn und kniff die Augen zusammen, als blendete sie das Licht. Dann zuckte sie mit den Achseln und schlurfte kopfschüttelnd zurück zur Tür.

Max leerte seinen Whisky und sah mich an.

»Wir fliegen am 16. Juli.«

3

1

Das Hotel Miramar liegt acht Kilometer südlich von Ciutadella de Menorca an einer schmalen Einbuchtung der Küste, die hier im Westen der Insel fast überall senkrecht aus dem Meer ragt. Außer dem Hauptgebäude gibt es fünfzehn Apartements mit Wohnzimmer, offener Küche und Wintergarten im Parterre und Schlafzimmern und Badezimmer im ersten Stock.

In unserer Erinnerung gab es oben drei Schlafzimmer, das größte mit Doppelbett hatte einen Balkon, in den anderen standen zwei Einzelbetten an den Wänden mit einem Nachttisch dazwischen.

»War hier neben dem Badezimmer nicht noch ein kleines Schlafzimmer?«, fragte meine Frau stirnrunzelnd.

Nathalie ging an uns vorbei und legte ihre Gitarre auf eines der Betten, sie strich sich die dünnen Haarsträhnen hinters Ohr und schüttelte sie wieder los. »Ich habe Lust zu schwimmen«, sagte sie zu David, der in der Tür stehen geblieben war. »Kommst du mit?«

Am ersten Abend stellten wir fest, dass es noch mehr Dinge gab, die nicht mit unseren Erinnerungen vom letzten Jahr übereinstimmten. So versammelten sich abends um Viertel vor sieben Dutzende von Senioren vor der Tür des Speisesaals, der nach der Mitteilung auf dem Schwarzen

Brett in der Lobby um sieben Uhr geöffnet wurde. Ich sah mich um: Alte so weit das Auge reichte. Sie warteten zwischen den Pflanzenkübeln und an dem kleinen Teich mit Goldfischen, Karpfen und Schildkröten, der neben dem Empfangsschalter angelegt worden war. Manche hatten sich hinter riesigen Aralien postiert, alle Blicke waren auf die Tür des Speisesaals gerichtet. Wie eine Herde an einem Wasserloch oder besser gesagt wie Tiere in einem Zoo, die gelassen darauf warten, dass sich eine Klappe öffnet, durch die ihnen der Wärter das Fressen zuwirft.

»Waren letztes Mal auch so viele Alte hier?«, fragte Christine, die sich über ein Ehepaar ärgerte, das von hinten drängelte. Sie trugen diese ausgebeulten, schlabbrigen Klamotten, die man auf den ersten Blick nicht von Nachtwäsche unterscheiden kann, und verbreiteten einen penetranten Apothekengeruch. Etwas weiter hinten standen David und Nathalie und hielten sich an den Händen, Nathalie schmiegte ihren Kopf an die Brust meines Sohnes, der verträumt vor sich hin schaute.

Im Speisesaal erwartete uns eine zweite unangenehme Überraschung. Vor einem Jahr, da waren wir uns absolut sicher, wurde man von äußerst höflichen, zuvorkommenden Kellnern bedient. Es gab eine Vorspeise, ein Hauptgericht und ein Dessert – oft ging dem Vorgericht noch eine *sorpresa del jefe* voraus, eine Pastete mit Anchovis oder ein Toastbrot mit kleinen Meeresschnecken. Aber jetzt gab es nur ein Büfett, vor dem sich sofort eine lange Schlange bildete. Die Senioren ließen sich Zeit und luden ihre Teller voll bis an den Rand; manche Ehepaare hatten sich ein System ausgedacht, bei dem einer am Büfett stehen blieb und der andere mehrmals volle Teller zum Tisch trug.

»Was hast du vor?«, fragte meine Frau, als ich mich nicht anstellte, sondern auf einen Tisch für vier Personen zusteuerte.

»Ich mach da nicht mit«, sagte ich und winkte einem Kellner, der offenbar die Getränkebestellungen aufnahm.

»Aber du musst doch was essen!«, rief meine Frau aus einer Traube von Alten.

Ich schüttelte den Kopf und gestikulierte »später«. Der Kellner war plötzlich verschwunden, und auch von David und Nathalie war keine Spur zu entdecken.

Die Tische füllten sich, was aber das Gedränge am Büfett nicht verminderte. Ich hatte Lust auf ein Bier und eine Zigarette. Von den Nachbartischen wehte außer dem Apothekengeruch der Gestank von vollen Windeln herüber. Mit einem Ruck stand ich auf und zwängte mich an der wachsenden Schlange vorbei nach draußen.

Auf dem Parkplatz zündete ich mir eine Zigarette an. Es war noch fast taghell, am Horizont hing eine goldgelbe Sonne über dem Meer. Man hörte das Rauschen der sich auf dem Strand brechenden Wellen. Ich kniff die Augen zusammen und sehnte mich plötzlich nach Dunkelheit, nach einer finsteren Nacht mit Sternenhimmel, statt dieses viel zu grellen südlichen Lichts, das sich mit gleicher Unbarmherzigkeit auf die schönen wie die hässlichen Dinge stürzte.

Als ich in den Speisesaal zurückkehrte, saßen meine Frau, David und Nathalie am Tisch.

»Ich habe für dich etwas mitgenommen«, sagte Christine und zeigte auf einen Teller mit Nudelsalat und ein paar winzigen Brocken Schinken. »Bei den warmen Speisen standen zu viele Leute. Wir versuchen es nachher noch mal, wenn weniger los ist.«

Sie schenkte mir Rotwein ein. »Ich habe mich beim Kellner erkundigt«, sagte sie. »Das Hotel hat jetzt einen belgischen Besitzer. Deshalb sind hier auch so viele Belgier. Und deshalb das Büfett.«

Belgier! Das erklärte manches. Bekanntlich gibt es nirgends auf der Welt so viele hässliche Menschen wie in Belgien, direkt gefolgt von England.

Ich konnte mir ein Grinsen nicht verkneifen. Ringsum ließen die Senioren es sich schmecken. Mit ein wenig gutem Willen könnte man von Charakterköpfen sprechen, ganz passable Statisten für einen Film, der im Mittelalter spielt, mit vielen Szenen in einer urigen Herberge; aber wenn der gute Wille fehlte, blieb nur die Hässlichkeit übrig.

»Hast du dich schon mal umgesehen?«, fragte ich meine Frau. »Ich meine, wirklich hingeguckt?«

David und Nathalie stocherten in ihren Nudeln herum und hielten unter dem Tisch Händchen. Meine Frau versuchte, mir mit Blicken etwas zu sagen, aber ich hatte gerade keine Lust, mir darüber den Kopf zu zerbrechen. Meine Stimmung hatte sich in den vergangenen Minuten merklich gebessert, und das sollte so bleiben.

»Wir sind von allen Seiten von Belgiern umringt«, sagte ich laut zu meinem Sohn und seiner Freundin. Christine trat mir gegen das Schienbein. »Was ist denn jetzt schon wieder?«, rief ich.

Christine beugte sich tief über den Teller und zischte mir zu: »Sie können dich hören!«

Ich blickte zu den kauenden und mit ihren Gabeln hantierenden Senioren – die seit Kurzem belgische Senioren waren – und zuckte die Achseln. Ich merkte, dass Nathalie vorübergehend ihr Interesse an meinem Sohn verloren hatte und mich erwartungsvoll ansah.

»Engländer sind nicht gerade zimperlich, was das Essen betrifft.« Ich hob das Glas und stellte es wieder hin. »Das erklärt, warum sie alle so schrecklich hässlich sind. Wenn man tagein, tagaus in großen Mengen Mehl und Fett zu sich nimmt, dann kommt das durch die Haut wieder raus. Aber Belgier haben einen ähnlichen Speiseplan wie Franzosen, möchte man meinen, also muss ihre Hässlichkeit eine andere Ursache haben.«

Auch David war jetzt ganz Ohr, er hatte die Gabel hingelegt.

»Kennst du Suske und Wiske?«, fragte ich Nathalie. »Den Comicstrip?«

Sie nickte. »Fand ich nie so interessant«, sagte sie.

»Ich auch nicht. Das heißt, früher habe ich ihn ab und zu gelesen, und das Komische ist, dass ich ihn erst vor allem deshalb nicht gut fand, weil er meiner Meinung nach nicht realistisch genug war. Aber dann fährt man mal nach Belgien und erkennt schlagartig, dass Suske und Wiske aus dem Leben gegriffen sind. Buchstäblich an jeder Straßenecke sieht man die Lambiks, die Jeroms und Sidonias vorbeischlurfen. Die Figuren sind alles andere als Karikaturen. Es gibt sie wirklich, und sie sind tatsächlich so hässlich.«

Nathalie guckte mich belustigt an, aber David gähnte, meine Frau hatte ihren Teller leer gegessen und gab sich nicht die geringste Mühe zu verbergen, dass sie überhaupt nicht zugehört hatte.

»Und?«, fragte mein Sohn.

»Und was?«

»Warum sind Belgier so hässlich?«

»Tja, das ist eine gute Frage. Wir Niederländer essen ja auch nicht besonders gesund, aber es gibt in Holland eine ganze Menge schöner Menschen, das wird oft geleugnet, denn wir haben nun einmal keine hohe Meinung von uns selbst. Objektiv gesehen brauchen wir uns aber in keiner Weise zu schämen: holländische Mädchen gehören zu den schönsten der Welt, das ist allgemein bekannt.«

Beim letzten Satz richtete ich den Blick nur auf Nathalie. Ich wollte es nicht, ich sträubte mich mit aller Kraft dagegen, aber etwas in mir war stärker, das etwas zwinkerte ihr zu, als ich sagte, holländische Mädchen seien die schönsten der Welt. Fast gleichzeitig spürte ich, wie mein Gesicht heiß wurde; wenn ich jetzt nicht rasch unter irgendeinem Vorwand das Weite suchte, würde ich schon am ersten Tag unseres idyllischen Urlaubs auf schreckliche Weise entlarvt werden.

»Und sie müssen sich schämen?«, fragte Nathalie, bevor ich mir etwas einfallen lassen konnte.

»Bitte?«

»Sie haben gesagt, wir Holländer brauchen uns nicht zu schämen, aber das heißt, die Belgier …«, sie machte eine ausgreifende Handbewegung, »die müssen sich wohl schämen?«

»Fred«, sagte ich rasch. »Du sollst mich doch nicht mehr siezen. Schon gar nicht im Urlaub.«

Ich holte tief Luft und trank einen Schluck. Auch meine Frau war aus ihrer Lethargie erwacht. David blickte von seiner Freundin zu mir. *Ja, Alter, was jetzt?* schien er zu denken.

»Es gibt zwei Arten von Hässlichkeit«, sagte ich. Es gab keinen Weg mehr zurück. »Für die eine können Menschen nichts: Vererbung, widrige Lebensumstände, schlechte Ernährung aufgrund von Armut, Krankheit usw. Gegenüber dieser aus solchen Gegebenheiten hervorgehenden Hässlichkeit müssen wir Nachsicht üben. Nicht Mitleid, denn damit würden wir diese Menschen nur noch mehr verunsichern, sondern Nachsicht. Und das bringt uns zur zweiten Art der Hässlichkeit, die im Kern eine unverzeihliche ist. Unverzeihlich, weil selbst verschuldet. Engländer zum Beispiel stopfen sich voll mit Mehl und Fett oder haben die Angewohnheit, in Zeitungspapier eingewickelten Fisch zu verspeisen, sodass sie auch noch hohe Dosen von Druckerfarbe schlucken. Nur ein staatliches Verbot könnte sie davon abhalten. Das ist unverzeihlich, so wie auch Dummheit immer unverzeihlich ist.«

Nathalie wollte widersprechen, aber ich war noch nicht fertig mit meiner Geschichte. Sie war schon schlimm genug, aber nur halb erzählt womöglich noch schlimmer.

»Ich habe keine Ahnung, worauf die Hässlichkeit der Belgier zurückzuführen ist«, sagte ich, ohne Luft zu holen, damit sie mich nicht unterbrechen konnte, »aber die Ursache liegt zweifellos in etwas Unverzeihlichem. Ich meine, seht euch doch um, zuerst dachte ich, wir haben es mit lauter Alten zu tun, aber sie sind höchstens ein paar Jahre älter als wir. Als Christine und ich, meine ich. Dafür müssen sie sich schämen, ja. Dass sie offensichtlich ein Leben geführt haben, das sie mit fünfzig aussehen lässt, als würden sie schon mit einem Bein im Grab stehen.«

Meine Frau starrte mich an, ihr Mund klappte sogar ein wenig auf. Dann nahm sie einen ordentlichen Schluck und warf das Haar zurück. »Nun«, sagte sie zu Nathalie. »Da hat dir mein Mann ja mal gründlich die Augen geöffnet.«

Nathalie biss sich auf die Lippen. »Ich weiß nicht …«, fing sie an; sie hatte auf einmal feuchte Augen, an den unteren Augenrändern hatten sich kleine, tauähnliche Tropfen gebildet. »Ich finde das alles so schrecklich zynisch, Herr Moorman. Sie reden ja über diese Menschen, als wären sie missgebildet, obwohl Sie doch gar nicht wissen können, was für ein Leben sie geführt haben. Vielleicht haben sie ja viel zu schwer arbeiten müssen, oder vielleicht wohnen sie in Gebieten mit viel Industrie und Luftverschmutzung, davon gibt es viele in Belgien.«

Ich blickte in ihre tränenfeuchten Augen und wusste auf einmal nicht mehr, worauf ich hinauswollte. Um uns herum schwatzten die Belgier, dass es eine Art hatte, die meisten hatten sich schon mehr als einmal mit Nachschub versorgt. Sie schienen bester Stimmung. Wenn Nathalie einfach gesagt hätte: *Warum dürfen hässliche Menschen sich nicht amüsieren?* hätte ich ihr lachend zugestimmt, aber sie hatte »Industrie«

und »Luftverschmutzung« ins Spiel gebracht. Wahrscheinlich schlug ihr Herz für die »Umwelt« im Allgemeinen, zog ich das deprimierende Fazit. Zweifellos war ihr Kopf voll von »antirassistischen« und »antiglobalistischen« Ansichten, waren »Imperialismus« und »multinationale Unternehmen« die Bösewichte, durfte man in ihrer Weltanschauung Menschen nicht nach ihrem Aussehen beurteilen oder sie dafür zur Verantwortung ziehen, weil die Schuld ja bei anderen lag. *Schade um so ein liebes Mädchen,* durchfuhr es mich, und ganz kurz fühlte ich jetzt selber etwas hinter meinen Augenlidern brennen.

»Du hast recht«, sagte ich zu Nathalie, die noch immer betrübt dreinschaute. Sie guckte wie ein Hund in einem Tierasyl, den niemand haben will, das heißt eigentlich mehr wie ein Hund in einem Film, der ganz allein den weiten Weg zurück nach Hause sucht. Ich wandte den Blick ab.

»Es ist natürlich vollkommen unwichtig«, sagte ich und schob den Teller mit meinem Nudelsalat von mir. »Ich werde mal gucken, ob ich noch etwas Anständiges auftreiben kann.«

Ich ging zu dem Teil des Büfetts, der am wenigsten belagert wurde. Als ich mich umblickte, sah ich, wie mein Sohn den Arm um Nathalie legte; sie drückte eine Serviette an die Augen.

»Nehmen Sie sich noch was?«, fragte ein zwergenhafter Herr in einem braun-gelb karierten Pullover und legte mir die Hand auf den Arm. Ich sah von der Hand, die sehr stark behaart war, zu seinem Gesicht. Er zog die Hand zurück, murmelte etwas und verdrückte sich.

Als ich mit einem Teller mit zwei Hühnerkeulen und einer lauwarmen, schlaffen Tomate an den Tisch zurückkam, waren David und Nathalie verschwunden, und als ich mich hinsetzte, schob auch Christine ihren Stuhl zurück. »Ich gehe mal zum Strand«, sagte sie; ich grub meine Zähne in die knusprige Keule. »Herzlichen Glückwunsch«, sagte sie. »Nein, echt, du hast dich selbst übertroffen.«

Sie zögerte. »Wie machen wir das mit dem Zimmer?«

»Welches Zimmer?«, fragte ich der Form halber.

»Das Schlafzimmer. Von dem wir dachten, es gäbe zwei. Ich meine, lassen wir sie einfach zusammen in einem Zimmer schlafen? Oder soll einer unten auf die Couch …?«

Ich tat, als würde ich die Hühnerkeule einer gründlichen Inspektion unterziehen. »David ist vierzehn. Und wie alt ist sie?«

»Dreizehn.«

»Das ist genau das richtige Alter.«

2

Am nächsten Morgen war der Frühstückssaal nahezu leer – und auch auf dem Büfett herrschte gähnende Leere, wie ich zu meinem Bedauern feststellen musste. Die belgischen Senioren hatten offenbar schon in aller Herrgottsfrühe ordentlich zugelangt, denn in den Terrinen waren nur noch die armseligen Reste des Rühreis und eine einsame angebrannte Speckrolle übrig geblieben. Körbe, die um sieben Uhr zweifellos noch mit Croissants und knusprigen Brötchen gefüllt gewesen waren, enthielten jetzt nur noch Krümel. Als hätte sich ein Heuschreckenschwarm satt gegessen und wäre weitergezogen.

Aus einer Thermoskanne goss ich mir eine Tasse mit lauwarmem Kaffee voll, nahm aus einem Korb ein in Folie eingewickeltes rosa Gebäck, das die belgischen Alten offenbar verschmäht hatten, und setzte mich an einen der wenigen Tische, die nicht mit Essensresten übersät waren. Aus einem Lautsprecher hinter einer Aralie ertönte südlich angehauchte Musik.

Außer mir waren nur noch eine ältere Frau und ein zu dicker Junge da, sie saßen sich hinten im Saal an einem Tisch gegenüber. Die Frau hielt sich eine Zeitschrift vors Gesicht, der Junge hatte seine Gabel in ein Croissant gepflanzt, offenbar das letzte, das die Frühstücksattacke überlebt hatte.

Der Junge saß erst ganz still da, verrenkte dann jedoch von einem Moment auf den anderen unkontrolliert die Glieder und wiegte sich vor und zurück.

Auf dem Weg zu meiner zweiten Tasse Kaffee machte ich einen kleinen Umweg an dem Tisch vorbei. Der Junge versuchte gerade, mit seinem Messer ein Stück vom Croissant abzuschneiden. Nach jedem missglückten Versuch stieß er einen Schrei aus, der mir durch Mark und Bein ging. Sein Mund hing schlaff herab, an der Nase klebte ein grünlicher Klumpen Rotz von der Größe einer Murmel.

Wie bei allen Menschen mit Downsyndrom war sein Alter schwer einzuschätzen, vielleicht war er achtzehn, aber genauso gut konnte er zweiunddreißig sein. Sein Kopf war auf eine stumpfsinnige Weise viel zu rund, das Haar war dünn, an vielen Stellen schien die Kopfhaut durch, und die Glupschaugen gaben seinem aufgedunsenen Gesicht zwar einen ungefährlichen, aber vielleicht deshalb umso abstoßenderen Ausdruck. Die alte Frau war immer noch in ihre Zeitschrift vertieft, sie hielt sie so, dass sie die aussichtslose Stümperei des Jungen nicht zu sehen brauchte. Es war eine spanische Zeitschrift, wie ich im Vorbeigehen feststellte, die *¡Hola!*, ein Blatt, spezialisiert auf Nachrichten und Fotos von königlichen Familien, Filmstars und den Schönen und Berühmten im Allgemeinen.

Rein theoretisch war es natürlich durchaus möglich, dass die Frau ebenfalls aus Belgien kam – aus einem Gebiet mit Industrie und Luftverschmutzung –, aber die Tatsache, dass sie noch keine Seite umgeblättert hatte, legte die Vermutung nahe, dass sie nicht nur die Fotos betrachtete, sondern auch alle Unterschriften und dazugehörigen Artikel las.

Ich fragte mich, ob sie nicht zu alt war, um die Mutter des Jungen zu sein. Ach, sie war natürlich die gute Großmutter, die ihrem Enkel eine Reise nach Menorca spendiert hatte, damit seine »biologischen« Eltern ein paar Wochen lang sein stumpfsinniges Gesicht nicht zu sehen brauchten. Ich dachte an die Eltern, an den nicht in menschlichen Zeiteinheiten zu bemessenden Augenblick unsagbaren Grauens bei der Geburt ihres Kindes, als ihnen bewusst wurde, dass ihr Leben vorbei war. Und wie sie dann mit dem Verstand beschlossen, das Beste daraus zu machen, all das Sabbern und Rotzen und Gestöhne rührend zu finden, es als die willenlosen Entladungen eines kranken oder beim Überqueren einer Autobahn angefahrenen Tiers zu betrachten, das sie jetzt für den Rest ihres Lebens in einem Schuhkarton pflegen mussten; das sie vor der großen, bösen Außenwelt voller Menschen schützen mussten, die mit normalen geistigen Fähigkeiten gesegnet waren. So wehrlos, so arm dran … müssen sie so oft gedacht haben, bis sie es selber glaubten.

Ich trank den Kaffee aus und verließ den Speisesaal. Auf dem Parkplatz schlenderte ich eine halbe Minute unschlüssig hin und her. Wenn ich an den Strand ginge oder zum Pool, würde ich bestimmt meine Frau, meinen Sohn und Nathalie treffen; zurück zum Apartment kam nicht ernsthaft infrage. Ich beschloss, eine Runde durch das Dorf zu machen.

Ein »Dorf« konnte man Cala Blanca eigentlich nicht nennen. Es gab ein paar staubige Gassen mit Kakteen und Palmen; die meisten Häuser schienen nicht älter als dreißig Jahre zu sein. Es war jedenfalls unmöglich, inmitten der Apartmenthäuser, Supermärkte und Parkanlagen mit Swimmingpools und Minigolfbahnen etwas von dem »alten malerischen Fischerdorf« zu entdecken, das in der Broschüre des Hotels Miramar angepriesen wurde. Genauso schien es sehr unwahrscheinlich, dass hier einst, vor ein paar Tausend Jahren, »phönizische Händler« an der steil aus dem Meer ragenden feindseligen Küste an Land gegangen waren. Die »phönizischen Händler« hätten sofort kehrtgemacht, wenn sie das heutige Cala Blanca zu Gesicht bekommen hätten.

Ich kam an einem Kiosk vorbei, vor dem zwischen Aufblastieren, Fischernetzen für Kinder und Sonnencreme ausländische Zeitungen auslagen; ganz unten auf dem Ständer ragten der *Telegraaf* und das *Algemeen Dagblad* heraus. Ich bückte mich und sah nach dem Datum. Samstag, der 15. Juli … Das war vorgestern: kalter Kaffee. Ich schob die Zeitungen zurück und setzte meinen Spaziergang fort.

Cala Blancas Hauptstraße war Fußgängerzone, vor allen Geschäften wurden die gleichen aufblasbaren Produkte feilgeboten, sehr populär waren das aufblasbare Telefon und eine zwei Meter lange Krokodil-Luftmatratze.

Über allem hing der unappetitliche Geruch von süßen Bohnen in Tomatensoße und von Eiern, und als ich den Blick schweifen ließ, fiel mir auf, dass alle Tische vor den Restaurants von hässlichen, blassen englischen Familien besetzt waren, die sich hier, mehr als zweitausend Kilometer von ihrer Heimat entfernt, an dem gleichen abscheulichen Fraß gütlich taten, mit dem sie zu Hause tagtäglich der Verengung ihrer Herzkranzgefäße Vorschub leisteten. Statistisch betrachtet würde über die Hälfte der hier versammelten erwachsenen Vielfraße innerhalb von fünf Jahren einem Herzinfarkt oder Schlaganfall erliegen: Das Vereinigte Königreich war noch immer weltweit das Arterioskleroseland Nr. 1, und dem Essverhalten seiner Untertanen in der Fremde nach zu urteilen, würde es die Führung in den nächsten hundert Jahren nicht mehr abgeben.

In der Zwischenzeit aber hatte diese Insel ihre völlig überflüssige Anwesenheit zu ertragen. Und in fünf Jahren, wenn die Hälfte das Zeitliche gesegnet hatte, standen neue Horden bereit, die frei gewordenen Hotelzimmer einzunehmen. Ich lief bis zum Ende der Fußgängerzone, von wo man in der Ferne einen blauen, schaumgekrönten Streifen des Meers sehen konnte. Hier öffnete sich eine Art Platz mit einem Handwerksmarkt, auf dem »lokaler« Nippes angeboten wurde.

Ich fragte mich, was schlimmer war: der Aufblas-Zoo im Dunstkreis von abgestandener Tomatensoße, den ich hinter mir gelassen hatte, oder dieser Trödelmarkt, der unter dem Vorwand authentischer Volkskunst geflochtene Einkaufstaschen und Geldbeutel mit Lederbändchen statt Reißverschluss und noch größeren Mist an den Mann zu bringen versuchte.

Nachdem ich einen Boulevard überquert hatte, trennten mich nur noch ein paar Felsen vom Meer. Zu dieser Uhrzeit regte sich nichts in der unendlich blauen Weite: kein Boot, kein Schwimmer, nicht das bunte Segel eines Windsurfers – rein gar nichts. Wenn ich mir die hinter mir liegende Hölle von Cala Blanca wegdachte, sah es hier noch genauso aus wie zu der Zeit, als die Segel der »phönizischen Händler« am Horizont auftauchten; und genauso würde es auch nach einem totalen Atomkrieg wieder aussehen. Ich kniff die Augen zu und stellte mir den Lichtblitz vor und den bis zum Himmel reichenden Atompilz. Als ich die Augen wieder öffnete, war der Atompilz weg und alles so, wie es sein sollte.

Ich überlegte mir, dass Cala Blanca in einem totalen Atomkrieg ein eher nachrangiges Angriffsziel sein würde und daher der Nippes-Markt verschont bleiben und ausgerechnet betagte Belgier und Engländer die glücklichen Überlebenden einer solchen globalen Aufräumaktion sein würden, ein ziemlich unerträglicher Gedanke. Nach einem letzten Blick auf das Meer spazierte ich auf einem großen Umweg zurück zum Hotel.

Im Außenbereich der Apartmentanlage hatten es sich eine ganze Reihe von Leuten in den Liegestühlen am Pool bequem gemacht; meine Frau trug einen schwarzen Badeanzug, sie hatte die Sonnenbrille auf die Stirn geschoben, auf ihrem Schoß lag ein aufgeschlagenes Buch mit dem Rücken nach oben. Ich legte einen Zahn zu, um ungesehen in unser Apartment zu gelangen, als ich hinter mir rasche, nasse Schritte hörte.

»Herr Moorman! Herr Moorman!« Ich drehte mich um und sah in Nathalies von Wassertropfen triefendes Gesicht; ihr nasses Haar hing in Strähnen an ihren Wangen herab und kräuselte sich auf Höhe ihres Mundes nach innen. »Herr Moorman …« Sie blieb keuchend stehen und steckte sich eine Haarlocke zwischen die Zähne.

»Ja …«

Sie biss sich auf die Lippen und schlug die Augen zu Boden. »Ich wollte Ihnen sagen …«, fing sie an. »Ich habe gestern …«

Ich machte eine abwehrende Handbewegung und sagte rasch: »Ach, das sollten wir vielleicht lieber ruhen lassen.«

»Nein, das meine ich nicht«, sagte sie. »Ich … Ich war etwas ungerecht zu Ihnen.«

Ich schwieg; eigentlich hätte ich jetzt den Blick senken müssen, aber mit äußerster Willensanstrengung gelang es mir, ihr weiterhin gerade ins Gesicht zu sehen.

»Sie hatten vielleicht ein bisschen recht, was Sie über die Belgier gesagt haben. Ich meine, ich habe zu impulsiv reagiert. Ich weiß nicht, ich bin es nicht gewohnt, dass jemand über andere redet, als wären sie gar keine Menschen. Ich meine …« Sie wurde rot.

»Was für ein Unsinn«, sagte ich. »Ich bin einfach ein alter Miesepeter, der immer was zu nörgeln hat. Du musst dir nichts daraus machen. Und du sollst nicht immer »Sie« zu mir sagen. Das macht mich ganz traurig.«

»Entschuldigung, Herr Moor … ach, schon wieder! Entschuldigung … Fred. Ich möchte einfach nicht … ich finde

Sie sehr nett. Sie sind Davids Vater. David redet immer sehr liebevoll von Ihnen.«

Etwas, das stärker war als ich, ließ meinen Blick nach unten wandern, von ihrem nassen Gesicht über ihren nassen Badeanzug und ihre nassen Beine bis zu ihren dicht nebeneinanderstehenden kleinen, nackten Füßen. Gerade, als ich dort angekommen war, wippte sie auf ihren Zehen: kleine nasse Fußabdrücke blieben auf der Steinplatte zurück.

»Du …« Ich hob den Kopf und sah sie an. »Du bist ein Schatz«, sagte ich. »Und du darfst nicht auf die Geschichten eines alten Sauertopfs hören. Dafür bist du einfach viel zu jung. Das wollte ich wirklich nicht. Das nächste Mal erzähle ich etwas Lustiges, das verspreche ich dir.«

»Aber …«

Ich legte den Finger auf die Lippen. »Psst. Geh wieder zum Pool, Nathalie. Ich mache mal ein Nickerchen.«

3

Die nächsten Tage verliefen mehr oder weniger, wie Urlaubstage auf einer sonnigen Insel eben verlaufen. Nach dem Frühstück gingen meine Frau, mein Sohn und Nathalie ans Meer oder zum Pool; ich machte einen Spaziergang durch Cala Blanca und kaufte abwechselnd den *Telegraaf* und das *Algemeen Dagblad* am ersten Kiosk in der Fußgängerzone. Dann setzte ich mich an einen der Plastiktische zwischen die *beans and eggs* mampfenden Engländer, bestellte einen Kaffee und ein *agua con gas* und blätterte die Zeitung durch. Erst ab Seite 3, bei den Lokalnachrichten, machten sich die ersten körperlichen Symptome bemerkbar: feuchte Hände und trockene Lippen. Ab Seite 8 erlosch mein Interesse sehr schnell. Den Sportteil überflog ich nur, ohne wirklich etwas zu lesen. Ein einziges Mal während dieser ersten Woche beschleunigte sich mein Puls extrem, als mein Blick auf das Foto einer Straße fiel, die große Ähnlichkeit mit der Pythagorasstraat hatte – doch es ging um die Renovierung einer Schule in Dordrecht. Oder war es Arnheim?

In der zweiten Woche kaufte ich mir täglich beide Zeitungen. Was erwartete ich eigentlich? Ich würde auf jeden Fall genauso reagieren wie jemand, dem plötzlich klar wird, dass zu Hause, in seiner eigenen Straße, etwas passiert ist, was Schlagzeilen gemacht hatte. Ich würde den Kopf schütteln, vielleicht sogar einen unterdrückten Schrei ausstoßen; dann würde ich, immer noch in ungläubigem Staunen den Kopf schüttelnd, den Zeitungsbericht ein paarmal lesen. Und dann? Dann würde ich mich hektisch nach dem Kellner umschauen, denn ich musste schnellstens ins Hotel zurück. *In unserer Straße,* würde ich unterwegs murmeln. *Schlimmer noch, in unserem Haus! Das Haus auf dem Foto* (wenn es denn ein Foto gab), *das Haus auf dem Foto, das ist unser Haus. Was sollen wir machen? Müssen wir nicht sofort zurück? Wie merkwürdig, dass so etwas auf einmal ganz in der Nähe passiert. Im Parterre unseres eigenen Hauses. Wer tut nur so etwas? Eine alte Frau, die keiner Fliege etwas zuleide tut …*

Meine Frau lag im Liegestuhl am Rand des Swimmingpools, mein Sohn machte seiner Freundin eine Arschbombe vom Sprungbrett vor. Sie ahnten noch nichts von dem, was uns alle direkt betraf.

Nicht erschrecken, würde ich leise zu meiner Frau sagen und ihr den *Telegraaf* oder das *Algemeen Dagblad* aufgeschlagen auf den Schoß legen. Ich würde neben ihr stehen bleiben, während sie den Zeitungsartikel las; ich würde mir auf die Lippen beißen und um mich blicken, zu meinem Sohn und Nathalie im Swimmingpool. *Müssen wir es ihnen jetzt sofort sagen?*

Andererseits rechnete ich natürlich auch mit der Möglichkeit, dass Frau de Bilde es gar nicht in die Zeitung schaffen würde; oder wenn, dann nur in der Form einer von ihrer strohdummen Tochter aufgegebenen Todesanzeige: *Nach einem langen, erfüllten Leben (…) von uns gegangen,* und darunter der Name der einzigen Hinterbliebenen, *Titia de Bilde …* – oder? Sollte da etwa der Name des unbekannten Spermaspenders folgen? Der Name des Mannes, der sich in einer unwiederbringlich verlorenen Vergangenheit schlaflos in seinem einsamen Bett mit billigen und nicht mehr taufrischen Laken herumwälzte, weil er seine Liebste einfach nicht vergessen konnte?

Wer in der Pythagorasstraat eines »natürlichen Todes« starb, war keine Zeitungsnotiz wert. Man musste schon ein Medienfuzzi sein oder erschossen oder erstochen werden. Manchmal, wenn ich die Zeitungen auf der Terrasse in der Fußgängerzone von Cala Blanca durchgelesen hatte, schloss ich die Augen und stellte mir Frau de Bilde in ihrem Schlafzimmer vor, wie sie friedlich schnarchend in ihren Kissen lag – bis ein Geräusch sie weckte. Jemand ist an ihre Gehhilfe gestoßen. Und dann steht Richard H. mit seinem kahl geschorenen Schädel am Fußende ihres Bettes, nur vom Mondlicht beschienen, das durch einen Spalt zwischen den Vorhängen hereinfällt. *Wer sind Sie …? Was machen Sie in meinem Schlafzimmer …?* Der gefleckte Hund hebt den Kopf vom Schaumgummi, der ihm als Korb dient, und fängt an zu bellen … *Kein Grund zur Aufregung, Gnädigste* (Richard H.s Stimme) … *Schau mal, Harras, was ich dir mitgebracht habe …*

An diesem Punkt angelangt, öffnete ich wieder die Augen, faltete die Zeitungen zusammen und machte mich auf den Rückweg. Zwei Wochen vor unserer Abreise nach Menorca, als Max und ich uns über die Balkonbrüstung lehnten, hatte ich ihm die Reserveschlüssel zu unserer Wohnung gegeben. Und in der Küche hatte ich ihm den Haken neben der Balkontür gezeigt, an dem der Reserveschlüssel für die Parterrewohnung hing – *für den Fall, dass …* Der Schlüssel war mit einem schwarz gerahmten Etikett versehen, auf dem mit Kuli »Parterre« stand; als Besitzer hatte ich schließlich das Recht, mir Zugang zur Wohnung meiner Mieterin zu verschaffen, etwa im Fall eines Rohrbruchs. Doch über die Verwendung der Schlüssel hatten Max und ich nicht geredet.

Als ich an einem Nachmittag unserer zweiten Woche aus Cala Blanca zurückkam, traf ich meine Frau und meinen Sohn vor dem Fernseher an. »Eine Concorde ist in der Nähe von Paris abgestürzt«, sagte David, ohne den Blick vom Bildschirm abzuwenden.

Ich legte die zwei Zeitungen mit den plötzlich extrem veralteten Nachrichten auf die kleine Theke der offenen Küche und ließ mich neben meinem Sohn auf das Sofa fallen.

Auf dem Bildschirm erschienen nun neben dem CNN-Logo in fetten Lettern die bei Krieg und Katastrophen üblichen BREAKING NEWS. Rauch kräuselte sich aus einer aus der Luft gefilmten verkohlten Stelle in einem typischen nordfranzösischen Kornfeld, um das sich schon mehrere Feuerwehrautos und Krankenwagen versammelt hatten. Kurz darauf sah man die Concorde tief über Häuserblocks fliegen: Flammen, noch länger als die Maschine selbst, schlugen aus dem hinteren Teil.

Ich sah meine Frau von der Seite an; sie hatte den Arm um Davids Schulter gelegt und biss sich auf die Lippen, in ihren Augen funkelten Tränen.

»Wo ist Nathalie?«, fragte ich.

CNN zeigte jetzt eine Concorde der Air France über den Wolken. Kleine weiße Lettern oben links teilten mit, dass es sich um Archivbilder handelte.

»Am Swimmingpool«, sagte David.

Ich unterdrückte die naheliegende Frage, ob die Nachrichten über den Absturz einer Concorde nicht Anlass genug seien, den Swimmingpool mal einen Moment zu vergessen.

Nachdem wir eine halbe Stunde vergeblich auf neue Bilder gewartet hatten, stand ich auf und verließ das Apartment. Es waren nur wenig Leute beim Pool: Nathalie stand bis zu den Knien im Wasser und warf gerade jemandem einen Ball zu, der sich in der Nähe des Sprungbretts aufhielt und von dem nur der Kopf aus dem Wasser schaute.

Es dauerte ein paar Sekunden, bis mir klar wurde, dass es der Mongo war. Langsam ging ich um das Becken herum.

Mit einem merkwürdigen Schrei tauchte der Junge nach dem Ball. Nathalie machte einen kleinen Sprung und schüttelte das Haar, ein feiner Nebel aus Tropfen sprühte nach allen Seiten; irgendwo müsste jetzt eigentlich ein Regenbogen zu sehen sein.

»Fred!« Sie winkte. »Komm doch auch rein!«

Ich ging bis zum Beckenrand und lehnte mich an die Leiter, grinste aber nur und schüttelte den Kopf. Ein paar Meter entfernt saß, wie ich plötzlich entdeckte, die Großmutter in einem Liegestuhl im Schatten einer Palme, ihr Kopf hing schief, sie war offensichtlich eingeschlafen. Im Gras zu ihren Füßen lag eine Zeitschrift.

Als ich näher kam, durchfuhr sie ein leichter Schauder, sie strich sich über das Kleid und nieste im Schlaf. Ich blieb stehen und blickte auf die Stelle, wo ihre in braunen, fast undurchsichtigen Strümpfen steckenden Beine unter dem Rocksaum verschwanden, und dachte an den Spanier, der ihr irgendwann einmal das Kleid hochgeschoben hatte und somit letztendlich für den mongoloiden Enkel verantwortlich war. Nicht gerade eine Ruhmestat. Als ich mich nach der Zeitschrift bücken wollte, öffnete die Frau die Augen. Sie starrte mich eine Sekunde lang an, dann flog ihr Blick zum Swimmingpool.

»Sie haben das hier fallen lassen«, sagte ich auf Niederländisch.

»Gracias. Muchas gracias.«

Ich folgte ihrem Blick. Der Ball war in den Sträuchern gelandet. Der Junge zog sich am Beckenrand hoch, seine Badehose rutschte ihm dabei etwas herunter und entblößte einen dunklen Strich zwischen den Pobacken. Als er oben stand, sah er sich verstört nach allen Seiten um.

»Da hinten!«, rief Nathalie und zeigte mit der Hand. »Nicht da …! Da, ja …! Bravo! Bravo!«

Als er triumphierend mit dem Ball aus den Sträuchern

kam, sah ich zu der Großmutter hin, die mit ihrer *¡Hola!* auf dem Schoß wie ich die Szene beobachtet hatte. Ich hatte mit einem gerührten Lächeln gerechnet oder sonst einem Zeichen der Freude darüber, dass ihr schwachsinniger Enkel einen Spielkameraden gefunden hatte, deshalb erschrak ich aufrichtig, als ich die Tränen in ihren Augen sah und die Verzweiflung, mit der sie den Kopf schüttelte, um sich fast unmittelbar darauf wieder in ihre *¡Hola!* zu vertiefen. Sie sah nicht mehr, wie ihr Enkel mit angezogenen Beinen, die Arme um die Knie geschlungen, mit einer hohen Fontäne im Wasser verschwand.

4

Ein paar Tage vor unserer Abreise wurde mein Mittagsschlaf am Swimmingpool durch einen glitschigen Plastikball beendet, der auf meinem Bauch landete und von dort auf den Rasen fiel. Ich öffnete die Augen und nahm den Mongo wahr, der mir ganz hinten aus dem blauen Wasser zuwinkte. Er rief etwas auf Spanisch – das heißt, es waren Laute, die in ganz elementarem Sinne aus dem Spanischen entlehnt sein mussten – und zeigte auf den Ball.

Erst tat ich so, als hätte ich ihn nicht verstanden, ich hievte mich aus dem Liegestuhl und ging mit der Hand am Ohr zum Swimmingpool. Ich weiß nicht, was in mich gefahren war, aber ich war von der festen Überzeugung durchdrungen, ich hätte volles Recht, nicht sofort zu verstehen, was der Mongo gerufen hatte; er stand bis zum Bauch im Wasser, der Bund seiner blauen Badehose war gerade noch sichtbar. Aus der Nähe auch der Rotz unter seiner Nase.

In dem Moment, als ich den Beckenrand erreichte, fiel mir auf, dass außer uns keine Menschenseele in der Außenanlage war. Auch die Terrassen vor den Apartments und die Balkons im ersten Stock waren leer. Ja, wir waren mutterseelenallein, der Mongo und ich.

Während ich zum Liegestuhl zurückging und den Ball aufhob, überlegte ich, was ich zu tun hatte. Der Ball war etwas kleiner als ein Fußball und mit bunten Figuren aus einem mir unbekannten Zeichentrickfilm bemalt.

Ich warf mit aller Kraft, der Ball landete direkt vor dem runden, blassen Bauch des Mongos und spritzte ihn mit einem Schwall Wasser nass. Ohne auch nur eine Sekunde zu zögern, packte er den Ball und warf ihn zurück. Ich sah mich noch einmal um, die Glastüren zur hinter dem Swimmingpool gelegenen Bar standen offen, aber auch dort war niemand.

Ich warf den Ball zurück und ging langsam zum Nichtschwimmerbereich, wo ein paar gekachelte blaue Stufen ins Wasser führten. Diesmal warf der Mongo den Ball so gezielt, dass ich ihn mit einer Hand aus der Luft fangen konnte. Ich ging die Stufen hinunter, bis ich bis zu den Knien im Wasser stand. Bei früheren Gelegenheiten hatte ich das Becken Hals über Kopf verlassen, wenn der Mongo sich mit seinem Ball vom Sprungbrett stürzte. Es lag nicht nur an der grünen Rotzblase, sondern auch an etwas anderem, weswegen ich mich ungern im selben Wasser aufhielt wie er.

Ich musste mich denn auch ziemlich zusammenreißen, als das Wasser mir bis zum Bauchnabel reichte; es fühlte sich an, als müsste ich ein Geldstück aus der Kloschüssel fischen, in die ich vorher gepinkelt hatte. Ich holte tief Luft und ging weiter. Jetzt warf der Mongo den Ball so fest, dass mir das Wasser in die Augen spritzte. Er lachte, schaukelte mit dem Oberkörper hin und her und schlug sich mit den Fäusten auf den Bauch. Ich lachte auch und warf den Ball in hohem Bogen zurück, er landete ein paar Meter hinter ihm, sodass er mir den Rücken zukehren musste.

So weit sah alles ganz normal aus. Jemandem, der jetzt auf die Anlage käme, würde nichts Besonderes auffallen. Die Großmutter würde vielleicht sogar dankbar sein, dass jemand mit ihrem Enkel spielte; womöglich würde sie mich für einen ganz netten Mann halten.

Ich lachte laut auf. *Ein ganz netter Mann*. Ich dachte an die Freundin meines Sohnes, der schon Tränen in die Augen kamen, wenn jemand etwas Schlechtes über gesunde Menschen sagte. Und gleichzeitig fragte ich mich, ob ein zufälliger Passant den Unterschied bemerken würde zwischen Nathalie und mir – den Unterschied zwischen jemandem, der aus einer unangebrachten Gutherzigkeit heraus mit einem Mongo spielt, und jemandem wie mir, *einem ganz netten Mann?*

Der Mongo stimmte in mein Lachen ein, wie Kinder sich manchmal von Erwachsenen anstecken lassen, und ich nutzte die Gelegenheit, näher an ihn heranzuschwimmen; offenbar nahm er an, dass ein neues Spiel angefangen hatte, denn er drehte sich um und schlug mit den Armen ins Wasser, als könnten die Wellen mich auf Distanz halten. Bis zu diesem Moment hatte ich keinen fest umrissenen Plan; ich hangelte mich sozusagen von einer Phase zur nächsten. Jederzeit konnte ich zu einer vorherigen zurückkehren oder sogar ganz aufhören.

Aber jetzt, während ich mich ihm fast unbemerkt näherte, wurde mir plötzlich klar, dass eine physische Berührung vielleicht etwas zu viel verlangt war, als müsste ich die Kotze von jemandem aufräumen, den ich kaum kannte. Ich ließ mich sinken, bis nur noch mein Kopf aus dem Wasser ragte; allerdings konnte ich immer noch stehen. Während ich mich vorsichtig Schritt für Schritt näher an ihn heranpirschte, musste ich an ein Krokodil denken, das sich einem am Ufer trinkenden Gazellenkitz für einen Baumstamm ausgibt. Aber was um alles in der Welt machte ich hier eigentlich? Vielleicht war ich tatsächlich ein ganz netter Mann? Aber nett zu wem? Menschen haben das angeborene Bedürfnis, sich an etwas zu binden: an ein Vögelchen mit gebrochenem Fuß, dem nicht mehr zu helfen ist, an kranke Tiere, die man eigentlich in Ruhe lassen sollte, also auch an

Halbmenschen, die nicht hundertprozentig funktionieren. Aber vielleicht würde sich nach dem aufrichtigen Kummer über den Verlust irgendwann auch Erleichterung einstellen, wie nach einem langen, schmerzvollen Krankenlager.

Der Mongo schlug wild mit den Handflächen aufs Wasser. Er lachte noch, aber auf seinem stumpfsinnigen Gesicht war inzwischen auch eine gewisse Unruhe wahrzunehmen: Er blickte zur Seite, wie um den Abstand zum Beckenrand einzuschätzen. Ich war jetzt keine zwei Meter von ihm entfernt. Wo war der Ball? Er schaukelte beim Sprungbrett. Als der Mongo meinem ausgestreckten Zeigefinger mit dem Blick folgte, nutzte ich die Gelegenheit und schob mich noch näher heran. Ich stellte meine Füße fest auf den Boden und breitete die Arme auf der Wasseroberfläche aus, damit er sie sehen konnte und annahm, dass von ihnen keine Gefahr ausging.

»Papa …«

Ich brauchte höchstens eine Sekunde, um mir darüber klar zu werden, dass nicht der Mongo das gesagt hatte, sondern mein eigener Sohn. Im nächsten Moment tauchte David rechts oben im Bild auf; er hockte sich an den Beckenrand. »Papa …?«

Ich stieß mich mit den Füßen ab und schüttelte den Kopf hin und her, aber ich war die ganze Zeit gar nicht unter Wasser gewesen, fiel mir zu spät ein, mein Haar war noch trocken.

»Was machst du denn da?« Ich sah etwas wie Besorgnis in Davids Blick, wenngleich mir schleierhaft war, worüber er sich Sorgen machte.

»Nichts«, sagte ich lachend. »Wir haben gespielt … Sein Ball«, ich zeigte auf den Mongo, der von mir zu David blickte, »sein Ball war ins Wasser gefallen … Nein, also, aus dem Wasser gefallen. Er war aus dem Swimmingpool gefallen … Und dann …«

»Was hast du?«, fragte David.

»Was?«

»Was hast du? Du … du zitterst ja …«

Ich schlug die Arme übereinander. »Mir ist kalt«, sagte ich. »Ich muss aus dem Wasser.« Ich watete zur Treppe.

»Nein, ich meine, deine Unterlippe zittert.«

Ich lachte. »Ich klappere mit den Zähnen, Junge. Ach, gib mir doch mal mein Handtuch.« Ich hielt mich am Beckenrand fest und verbarg mein Gesicht, ich biss mir fest in die Unterlippe, aber jetzt ging das Zittern auch auf meinen Mund über.

»Papa …« David schob seine Hand unter meine verkrampften Finger und zog.

»Junge …« Ich keuchte und versuchte, ein Knie auf den Rand zu bekommen, es gelang mir erst nach mehreren Versuchen, wobei ich mir auch noch das Schienbein aufschürfte.

Endlich stand ich; nicht nur meine Lippen zitterten jetzt, sondern mein ganzer Körper.

David hielt mich an den Schultern fest und schüttelte mich kurz.

»Papa. Ist wirklich alles in Ordnung?«

Ich rang mir ein Lächeln ab, fühlte aber plötzlich Tränen in den Augen; rasch nahm ich das Handtuch und tat, als würde ich mir die Nase putzen.

»Einfach zu lange im Wasser geblieben.« Ich sah mich um und entdeckte plötzlich den bis dahin unsichtbaren Barkeeper, der drinnen Gläser trocknete.

»Ich brauche jetzt ein Bier. Du auch?«

5

Eigentlich wurde mir erst auf der Ausfahrt vom Autobahnring so richtig warm. Es regnete nicht wie sonst immer, wenn wir aus dem Urlaub zurückkamen. Das Taxi stoppte vor einer Ampel und bog dann in den Middenweg ein; das Laub der Bäume und Sträucher war schon von diesem dunkleren, satten Grün, das das Ende des Sommers ankündigt.

Doch die Wärme kam nicht von außen, sondern von innen, als wäre unterhalb meines Zwerchfells eine Heizung angesprungen, die mir vom Scheitel bis zur Sohle einheizte. Wir fuhren an der Stelle vorbei, wo einmal das Ajax-Stadion gestanden hatte und wo jetzt ein scheußliches neues Wohnviertel gebaut wurde. Die Straßen und Plätze trugen zweifellos lustig gemeinte Namen wie Anfield Road, George Bestweg und Heizelplein. Kurz darauf kamen wir am Heringwagen auf dem Christiaan Huygensplein vorbei, der von den Bewohnern »Albert Heijnplein« genannt wird. Was tat ich normalerweise, wenn ich aus dem Urlaub nach Hause kam? Die Zeitungen der vergangenen zwei Wochen durchblättern? Die Nachrichten auf dem AB abhören? Ich könnte natürlich auch Heringe für uns alle kaufen.

Irgendwie war ich vollkommen von der Rolle. Diese

Heimkehr drängte alle anderen, die vergangenen wie die zukünftigen, in den Hintergrund und beanspruchte unduldsam den ersten Platz für sich.

»An der nächsten Ampel rechts«, sagte ich zum Taxifahrer. »Und dann die zweite links und gleich wieder rechts.«

Meine Stimme klang eigentlich ganz natürlich, wie die eines Menschen eben, der nach einem zweiwöchigen Aufenthalt auf einer spanischen Urlaubsinsel in seine Stadt, in sein Viertel zurückkehrt – *die Fälschung ist vom Original nicht zu unterscheiden*. Ich hatte Mühe, ein nervöses Kichern zu unterdrücken.

Während Christine, David und Nathalie das Gepäck zur Haustür trugen, bezahlte ich den Fahrer. Ich gab ihm ein lächerlich hohes Trinkgeld, zusätzlich zu dem schon lächerlich hohen Betrag, den er für die nicht besonders komplizierte Fahrt von Schiphol nach Watergraafsmeer verlangte.

Während ich dem Taxi nachschaute, stellte ich fest, dass die Vorhänge im Parterre geschlossen waren, aber die Vorhänge vor Frau de Bildes Fenster waren, soweit ich mich erinnern konnte, sehr oft, um nicht zu sagen immer geschlossen. Das verblichene Gelb musste einmal braun gewesen sein, die runden Motive erinnerten an Kirchenfenster. Dahinter war keine Bewegung auszumachen, aber auch das war nichts Besonderes.

Die anderen waren schon hineingegangen und hatten nur einen blauen Koffer und eine Strandtasche für mich stehen lassen. Ich nahm das Gepäck, stellte es auf die Türschwelle und bückte mich, als müsste ich mir die Schnürsenkel zubinden. Rasch schaute ich mich ein paarmal um. Die Straße lag verlassen da. Nur wenige Autos standen am Straßenrand, die meisten Leute waren noch nicht aus dem Urlaub zurück. Ich drückte in der Nachbartür die Klappe des Briefkastens nach innen.

Auf der Türmatte lagen ein paar Werbeprospekte und ein grüner Klarsichtumschlag, dessen Absender ich nicht lesen konnte. Was erwartete ich eigentlich? Post auf der Türmatte konnte natürlich ein Indiz dafür sein, dass der Bewohner nicht zu Hause war. Aber möglicherweise bekam Frau de Bilde nur selten Post, eine Zeitung hatte sie bestimmt nicht abonniert, sie war meines Erachtens niemand, der seine Finger am Puls der Zeit hatte, sie interessierte sich höchstens dafür, wo es das billigste Tierfutter gab.

Als die Klappe mit einem hellen, metallischen Ton zuschlug, roch ich den vertrauten Kamelgeruch, der mir mehr als alles andere deutlich machte, dass ich wieder zu Hause war. Etwas anderes ließ sich daraus nicht ableiten.

»Herr Moorman …?«

Vor lauter Schreck verlor ich das Gleichgewicht und kippte rückwärts, ich konnte gerade noch verhindern, dass ich mit dem Kopf auf den Bürgersteig schlug, schürfte mir aber die Hände unangenehm auf.

»Oh Verzeihung!«, rief Nathalie. »Ich wollte Sie nicht erschrecken …« Sie stand schon wieder mit einem Fuß in der Tür, in der Hand die Strandtasche. »Ich dachte nur, vielleicht kann ich noch etwas tragen helfen.« Lächelnd strich sie sich eine Haarsträhne hinters Ohr.

Ich rappelte mich auf und rieb mir die schmerzenden Hände an der Hose. »Ich hatte den Eindruck, da guckt unsere Zeitung aus dem Briefkasten«, sagte ich, weil ich nicht wusste, was genau sie gesehen hatte.

Sie lächelte wieder, drehte sich um und ging mit der Strandtasche in der Hand die Treppe hinauf; ich folgte ihr mit dem Koffer.

Erst als wir uns alle wieder einigermaßen eingerichtet hatten, trat ich auf den Balkon hinaus. Wie es sich gehört, schaute ich erst in den blauen Himmel, an dem weiße Wolken dahinsegelten, dann tat ich einen tiefen Atemzug: Kamelgeruch vermischte sich mit dem verblühter Blumen und anderer Pflanzen.

Der Garten sah aus wie immer. Das Vogelhäuschen stand noch an derselben Stelle, wenn sich auch die Vögel im Moment gerade nicht darin drängelten; das Gras stand etwas höher als gewöhnlich, aber auch das war nicht aufsehenerregend.

Ich schwenkte den Blick wie eine Kamera von links nach rechts: über die Blumenbeete vor der Hecke, die Platten zur hinteren Terrasse, den immergrünen Nadelbaum zwischen Terrasse und Schuppen, den Schuppen mit seinem von Kletterpflanzen überwucherten Asbestdach und von dort wieder zurück über den zweiten Gartenweg, der vom Schuppen zur Küchentür von Frau de Bilde führte. Ich wusste nicht genau, was ich suchte; eine kleine, kaum wahrnehmbare Veränderung, die erst später, im Nachhinein, Bedeutung erlangen würde. Es war ein bisschen wie bei dem Spiel *Finde die Unterschiede* ... Auf den ersten Blick sind die zwei Bilder nicht voneinander zu unterscheiden, nur dass der Angler auf dem Steg das eine Mal zwei Manschettenknöpfe trägt und das andere Mal nur einen.

Aber auch der zweite Kameraschwenk, diesmal von rechts nach links, förderte nichts Besonderes zutage. Der Garten sah genauso aus wie vor zwei Wochen, alles war ein wenig grüner geworden, das Gras, wie gesagt, ein wenig höher, und die meisten Blüten hatten ihren Höhepunkt überschritten.

Ich erinnere mich noch genau, dass ich an diesem ersten Nachmittag den Garten nicht betrachtete, als könnte er in absehbarer Zeit mein eigener werden, sondern einfach so, wie man eben auf den Garten einer Nachbarin hinunterschaut.

Anschließend blätterte ich in der Tat die Zeitungen der vergangenen zwei Wochen durch; wir beziehen sowohl die

Volkskrant wie *Het Parool,* letztere hauptsächlich wegen des Amsterdamer Lokalteils.

Nachdem ich die letzte Seite überflogen hatte, hörte ich den AB ab. Wider besseres Wissen hoffte ich auf eine Nachricht von Max, aber er würde sich natürlich hüten, seine Stimme auf unserem AB zu hinterlassen. Doch während ich die Nachrichten, eine läppischer als die andere – eine Freundin von Christine, meine Schwiegereltern, die sich mal wieder in der Woche unserer Rückkehr irrten, mein alter Freund Peter Bruggink, der mir mit umflorter Stimme mitteilte, er müsse »etwas Persönliches« mit mir besprechen … an mir vorbeiziehen ließ, hoffte ich doch weiterhin auf irgendein Zeichen – etwa eine verschlüsselte Nachricht von Richard H.: »Die von Ihnen bestellte Gartenerde kann abgeholt werden« oder »Bitte lassen Sie uns telefonisch wissen, wann wir die Umzugskartons liefern können«, aber nach acht Nachrichten hüllte sich der AB in Schweigen.

Im Kühlschrank standen noch drei Dosen Bier; ich genehmigte mir gleich eine im Stehen. Der Schlüssel der Parterrewohnung hing an seinem Haken.

Mit einem zweiten Bier ging ich ins Wohnzimmer, das direkt über dem von Frau de Bilde lag. Ich kniete mich hin und drückte das Ohr an den Parkettboden, so wie ich das als Junge mit den Eisenbahnschienen gemacht hatte. Erst hörte ich nur mein eigenes Blut rauschen, nach und nach aber kamen unverkennbar Geräusche von unten dazu: etwas kratzte auf Metall, und sofort sah ich den in seinem Käfig herumhüpfenden Wellensittich vor mir. Jetzt hörte ich ein dumpferes Geräusch, wie von sich nähernden Schritten.

»Herr Moorman …?«

Es war das zweite Mal heute, dass Nathalie mich in diesem zaghaften Ton anredete. Sie hatte etwas von einer Krankenschwester, die sich erkundigt, wie es dem Patienten denn heute geht. Ich schaute direkt auf ihre nackten Füße.

Ich richtete mich auf: »Mir ist ein Schräubchen unter das Sofa gerollt«, sagte ich und lachte etwas dämlich. »Ein Schräubchen von meiner Sonnenbrille …«

Nathalies Blick ging von mir zur Bierdose auf dem Boden. Ein feines Lächeln spielte um ihre Lippen; nicht das Lächeln einer Dreizehnjährigen, die sich über die Schrullen ihres zukünftigen Schwiegervaters amüsiert, sondern das Lächeln der Krankenschwester, die längst weiß, dass der Patient das Thermometer an die Birne seiner Bettlampe gehalten hat, um so höheres Fieber zu simulieren.

In der Nacht weckte mich ein Geräusch, das ich nicht recht einordnen konnte; es schien von draußen zu kommen, als würde jemand über einen Flaschenhals blasen, dann wieder ähnelte es dem klagenden Ruf einer Eule. Da ich aber in unserem Viertel noch nie eine Eule gesehen oder gehört hatte, stand ich leise auf, um meine Frau nicht zu wecken, schob den Vorhang etwas zur Seite und spähte nach draußen. Still lag unten der Garten; es war eine mondlose Nacht, nur aus Davids Schlafzimmer fiel ein breiter Lichtschein auf Bäume und Rasen; die digitale Uhr des Fernsehers zeigte drei Uhr neunundvierzig. Was mein Sohn und seine Freundin zu so später Stunde wohl noch anstellten? In dem Moment erklang das Geräusch wieder, lauter und deutlicher, es hielt auch länger an. Es kam nicht aus dem Garten, sondern aus dem Parterre.

Im Dunkeln griff ich nach Hose, T-Shirt und Turnschuhen und schlich mich die Treppe hinunter. In der Küche war das Geräusch noch lauter zu hören; ich erwog kurz, erst auf den Balkon hinauszugehen, nahm dann aber den Schlüssel vom Haken.

Das Herz klopfte mir bis in den Hals, denn inzwischen war mir klar, von wem das Geräusch stammte, ich hörte es ja nicht zum ersten Mal – es war unverkennbar das Jaulen eines Hundes.

Draußen auf der Straße herrschte absolute Stille; trotzdem schaute ich mich noch ein paarmal um, bevor ich den Schlüssel ins Schloss steckte. Bis jetzt war alles, was ich tat, völlig normal und menschlich verständlich. Der Bewohner der oberen Etage hört den Hund der Nachbarin im Parterre jaulen und schaut nach, ob alles in Ordnung ist. Mit dem Reserveschlüssel verschafft er sich Zugang zu ihrer Wohnung … Verdammt! Nach dem natürlichen Verlauf der Dinge hätte ich erst klingeln müssen! Ich handelte übereilt, ich durfte mich jetzt, so kurz vor dem Ziel, nicht von Emotionen mitreißen lassen. Ich drückte einmal auf den Klingelknopf.

Das Jaulen wurde von einem schwachen Bellen abgelöst. Ich zählte bis vier und schloss die Tür auf.

In der dunklen Diele schlug mir der Kamelgestank in solcher Konzentration entgegen, dass mir die Luft wegblieb; meine Augen begannen zu tränen; ich drückte die Zwischentür auf. In der Wohnung war es jetzt mucksmäuschenstill.

»Frau de Bilde?«, sagte ich leise.

Ich tastete nach dem Lichtschalter und fand ihn so schnell, dass ich erschrak, als die Diele plötzlich in sepiafarbenes Licht getaucht war. »Frau de Bilde?«, rief ich nochmals, obwohl ich sicher war, dass mich außer dem Hund und den anderen Haustieren niemand hören konnte. Ich machte einen Schritt nach vorn und wäre beinahe in einen Hundehaufen getreten, der halb auf der Türmatte, halb auf dem dunkelroten Teppichboden im Gang lag. Etwas weiter, auf der Schwelle der Küchentür, lag noch einer.

Rechts von der Küche stand die Tür zum Schlafzimmer halb offen; meine Nackenhaare sträubten sich buchstäblich. Es stank nicht mehr nur nach Kamel; wieder schnappte ich nach Luft und hielt mir die Nase zu. »Hallo?«, rief ich noch einmal ohne Überzeugung.

Auf einmal kam der gefleckte Hund aus dem Schlafzimmer; er schwankte unsicher auf mich zu. Ich ließ ihn an meiner Hand schnuppern. »Nur ruhig, mein Junge«, sagte ich, »brauchst keine Angst zu haben.«

Muff oder Buff drückte seine trockene Schnauze an meine Finger und leckte mir mit seiner trockenen, rauen Zunge den Handrücken.

»Was ist denn passiert, mein Junge?« Ich hockte mich hin und nahm seinen Kopf zwischen die Hände, was er sich ohne Protest gefallen ließ. »Wo ist denn das Frauchen?«

Als ich aufstand und ein paar Schritte auf das Schlafzimmer zumachte, begann er allerdings zu knurren, schnitt mir den Weg ab und steckte seine Schnauze zwischen meine Beine.

»Was ist denn, mein Junge?« In dem Moment ertönte aus dem Wohnzimmer der Schrei eines Vogels und das Trippeln von Vogelfüßen auf Metall. »Du bist wohl schon lange nicht mehr draußen gewesen, was? Und bestimmt hast du einen Riesendurst.«

Der Hund knurrte nur noch kurz, als ich zur Küche ging; den Blick ins dunkle Schlafzimmer vermied ich. Ich rechnete aber so halb mit der einen oder anderen Schmeißfliege.

Am Spülbecken füllte ich den Wassernapf, den ich neben einem zweiten Schüsselchen mit vertrockneten Fleischresten neben der Tür zum Garten vorfand. Innerhalb weniger Sekunden hatte der Hund ihn leer geschlabbert. »So, das ging aber schnell, was!« Ich füllte den Napf nochmals.

Während der Hund sich gütlich tat, schlüpfte ich aus der Küche; wieder schlug mir das Herz bis in den Hals, aber ansonsten war ich die Ruhe selber, als ich ins Schlafzimmer ging.

Das Bett war leer. Es war sogar ordentlich gemacht. Auf dem Nachttisch stand neben der Lampe ein Glas Wasser, am Fußende karierte Pantoffeln, nicht die blauen, die Frau de Bilde normalerweise trug, wenn sie das Haus verließ.

Die Gehhilfe, durchfuhr es mich; ich hatte sie weder im Gang gesehen, noch sah ich sie jetzt im Schlafzimmer. Ich ging ins Wohnzimmer und machte Licht. Mit schwarzen Knopfaugen starrte mich ein Wellensittich oder Kanarienvogel aus seinem über dem Tisch hängenden Käfig an; in einer Zimmerecke bewegte sich etwas hinter Gitterstäben, wahrscheinlich ein Meerschweinchen. Aber auch hier keine Spur von Frau de Bilde und auch nicht von ihrer Gehhilfe.

»Wo ist das Frauchen nur hingegangen?«, fragte ich den Hund, der sich mir inzwischen wieder angeschlossen hatte. »Ist sie etwa weggegangen und nicht mehr zurückgekommen?« Ein kalter Schauer lief mir den Rücken hoch, er war nicht einmal unangenehm, eher ernüchternd. »Wenn du doch reden könntest«, sagte ich und streichelte dem Hund den Kopf. »Du hast bestimmt gesehen, was passiert ist.«

Nachdem ich noch eine kurze Runde durch den Garten gemacht hatte, ging ich wieder nach oben. In der Küche traf ich David und Nathalie an; David in Unterhose, Nathalie nur mit einem T-Shirt bekleidet. David setzte gerade eine Milchpackung an den Mund, beide erschraken, als ich plötzlich zur Tür hereinkam.

»Wo kommst du denn her?«, fragte mein Sohn und wischte sich den Milchschnurrbart ab.

Ich trat ins volle Licht der Küche und nahm ihm die Milchtüte ab.

»Kinder«, sagte ich, »wir müssen die Polizei rufen. Habt ihr den Hund nicht jaulen gehört? Ich bin gerade unten gewesen. Wenn ihr mich fragt, ist er seit Tagen allein. Ich fürchte, da ist etwas ganz und gar nicht in Ordnung.«

Ich stellte die Milchtüte auf die Spüle; im selben Moment merkte ich, wie Nathalie mich mit zusammengekniffenen Augen anstarrte. Es war nicht mehr der besorgte Blick der

Krankenschwester, sie sah mich an, als wollte sie sich mein Gesicht einprägen – als würde sie jetzt schon mit der Möglichkeit rechnen, dass ihr später Fragen gestellt würden; Fragen, die sie nach bestem Wissen und Gewissen beantworten würde.

6

Die Polizeibeamten kamen erst am nächsten Morgen. Sie waren zu zweit. Der eine hatte eine etwas dunklere Hautfarbe, irgendein molukkischer oder indonesischer Einschlag; der andere hatte die schweren Augen von Menschen, die unter Schlafstörungen leiden oder Alkoholprobleme haben. Sie machten mir keinen besonders cleveren Eindruck, nicht gerade der Typ, der nach einem Mord die Patronenhülsen vom Bürgersteig aufsammelt, sondern eher dafür zuständig, einen außer Kontrolle geratenen Streit zwischen Nachbarn zu schlichten oder eine Katze aus der Dachrinne zu quatschen.

Trotzdem blieb ich auf der Hut. Meine Frau verpasste nie eine Wiederholung von *Columbo,* und meist leistete ich ihr dann Gesellschaft. Die Tatsache, dass sie es nicht der Mühe wert gefunden hatten, sofort nach meinem Anruf um vier Uhr morgens vorbeizukommen, bedeutete überhaupt nichts: Wer in einer holländischen Großstadt auf der Straße ausgeraubt oder zusammengeprügelt wird, braucht schon lange nicht mehr auf die Hilfe der Polizei zu rechnen.

»Also, Sie sagen, die Frau hat eine Gehhilfe benutzt?«, fragte der Müde; wir standen im Schlafzimmer, dessen Vorhänge geöffnet waren. Das Bett war unbeschlafen. Ein nicht unwichtiges Detail, schien mir. Aber ich hatte mir vorgenommen, keine Fragen zu beantworten, die man mir nicht vorher gestellt hatte.

»So ist es. Sie ging nie ohne aus dem Haus.«

»Woher wissen Sie das«, fragte der Molukker. Mir fiel jetzt auf, dass das Wasser in dem Glas etwas trübe war, und ich fragte mich, welchem Zweck es wohl diente.

Die Frage des Molukkers war schon die zweite, die leicht zu beantworten war. Ob sie mir auch noch schwierige Fragen stellen würden? Aber dann ging mir durch den Kopf, dass schwierige Fragen einfach nicht möglich waren. Ich kam gerade von einem zweiwöchigen Urlaub zurück und hatte schon am ersten Tag die Abwesenheit meiner Nachbarin entdeckt. Etwas, was mich außerordentlich gewundert hatte, weil sie eigentlich nie nach sechs Uhr abends aus dem Haus ging.

Man brauchte nur die in der Wohnung verstreuten Hundehaufen zu zählen, um zu einer groben Schätzung der Tage zu kommen, an denen sie nicht mehr zu Hause gewesen war. Ich hatte sechs gezählt, das lief auf zwei bis vier Tage hinaus. Aber auch davon würde ich die beiden Polizisten nicht von mir aus in Kenntnis setzen.

»Ich bin ihr öfter auf der Straße begegnet«, antwortete ich; mein Blick fiel auf den Stuhl am Fußende des Bettes. Auf dem Sitz lag eine rosafarbene Strumpfhose, darunter standen zwei blaue Pantoffeln.

Der Molukker sah mich erwartungsvoll an, offenbar erhoffte er sich eine eingehendere Erläuterung. Der von Schlaflosigkeit geplagte Polizist war ans Fenster getreten und starrte mit leerem Blick auf den Garten.

Um sieben Uhr in der Frühe war ich drauf und dran gewesen, Max anzurufen, jetzt bereute ich, es nicht getan zu haben. Ich hatte ihn nicht stören oder gar aus dem Bett klingeln wollen wegen etwas, was abgemacht war und worüber ich besser keine Einzelheiten erfuhr. Stephen King hat einmal in einem Interview gesagt, er wisse beim Schreiben nie vorher, wer der Täter sei. »Wenn ich es wüsste, wüssten es die Leser auch.« Und so konnte ich auch nicht verraten, was ich gar nicht wusste. Andererseits war ich im Moment vielleicht mehr der Leser als der Autor: der Leser, der wissen möchte, warum sich Frau de Bilde zum ersten Mal seit Menschengedenken ohne ihre rosafarbene Strumpfhose und ihre blauen Pantoffeln zu einem Spaziergang aufgemacht hatte, von dem sie nicht zurückgekehrt war.

»Wissen Sie, ob sie noch Angehörige hat?«, fragte der Müde am Fenster.

»Nur eine Tochter«, sagte ich. »Soviel ich weiß.«

Titia! Der Name fiel mir sofort ein, und ich dachte an ihren widerwärtigen Hintern, der sich mir aus der Tür des Schuppens entgegengestreckt hatte. Jedenfalls hatte Titia noch keinen Alarm geschlagen, was im Zusammenhang mit der Zahl der Hundehaufen bedeutete, dass sie schon seit mindestens drei Tagen keinen Kontakt mehr zu ihrer alten Mutter gehabt hatte.

Der Polizist fragte mich nicht, ob ich vielleicht wisse, wie er sich mit der Tochter in Verbindung setzen könne, er drehte sich um und stützte sich mit beiden Händen auf die Fensterbank.

»Und wie war Ihr Verhältnis zu Ihrer Nachbarin?«, fragte er.

Nur mühsam konnte ich ein Lächeln unterdrücken; wenn er nachts nicht einschlafen konnte, sah er sich bestimmt auch Wiederholungen von *Columbo* an.

»Ach …« Ich hob die Schultern und grinste beide freimütig an, als rechnete ich mit ihrem Verständnis. »Sie hatte immer was zu nörgeln. Das eine Mal machte mein Sohn zu viel Krach, dann wieder leckten ein paar Wassertropfen von oben in ihr Badezimmer. Und ich habe sie manchmal sehr freundlich gebeten, sich etwas mehr um ihre Tiere zu kümmern, weil es so stank. Der Geruch hier, der zog bis nach oben.«

Der Molukker machte einen Schritt auf mich zu und kniff die Augen zusammen, wie er es wahrscheinlich Kriminalbeamte in TV-Serien hatte tun sehen – aber das waren Schauspieler, die ihr Fach verstanden. »Sie sind also froh, sie los zu sein?«

Es war an der Zeit, wieder eine ernsthafte Miene aufzusetzen. »Schauen Sie, ich weiß nicht, was Frau de Bilde zugestoßen ist. Vielleicht ist ihr schlecht geworden, und sie liegt in diesem Moment hinter irgendwelchen Sträuchern, wo man sie nicht sehen kann. Das wünsche ich niemandem. Aber das hat nichts damit zu tun, dass ich mir ab und zu eine angenehmere Nachbarin gewünscht hätte.«

Als wir auf dem Weg zur Haustür am Badezimmer vorbeikamen, sah ich Unterwäsche an einem Trockengestell hängen, trotz des Schummerlichts waren die braunen Flecken an der Decke und der abgeblätterte Putz deutlich zu erkennen.

»Wir halten Sie auf dem Laufenden«, sagte der unter Schlaflosigkeit leidende *Columbo.* Sie gaben mir nicht die Hand, aber das hatte ich auch nicht erwartet.

Oben informierte ich in aller Kürze die Mitglieder meiner Familie; Nathalie hatte mich seit dem frühen Morgen keines Blickes gewürdigt, sie hatte sich des Hundes angenommen, sogar unten in der Wohnung das Wasser im Vogelkäfig aufgefüllt und den Hamstern (oder Meerschweinchen) etwas zu fressen gegeben.

»Sie meinen, sie liegt irgendwo im Gestrüpp«, beendete ich meinen Bericht. »Unsichtbar für Passanten.«

Ich öffnete den Kühlschrank und tat, als würde ich nach etwas Essbarem suchen; wir hatten noch nicht eingekauft, und die Schmelzkäse-Dreiecke und die anderen Produkte mit langem Haltbarkeitsdatum boten einen traurigen Anblick. »Ich werde mal ein paar Sachen einkaufen«, sagte ich. »Wer hat Lust auf Hering?«

»Hering?«, rief meine Frau. »Weißt du, wie spät es ist?«

Ich grinste so dämlich wie möglich. »Ich war gerade zwei Wochen in Spanien. Und habe oft an Hering gedacht.«

An der Ecke Pythagorasstraat und Copernicusstraat nahm ich mein Handy aus der Hosentasche. Ich sah mich nach allen Seiten um, aber niemand war zu sehen, nur am Ende der Pythagorasstraat versuchte jemand vergeblich, sein Mofa zu starten.

Ich bog nach links in die Copernicusstraat ein und wählte Max' Nummer, ich tat es ganz beiläufig, damit jemand, der gerade hinter den Gardinen seiner Wohnung stand und hinausschaute, sich nicht darüber wunderte, dass ich so nah bei meinem Haus mit dem Handy anrief. Aber eigentlich rief ich ja nur meine Frau an, um zu fragen, ob sie nun jungen oder alten Käse haben wollte.

»Hallo ...« Max hörte sich nicht verschlafen an, eher wachsam.

»Hallo«, sagte ich und hoffte, er würde meine Stimme erkennen; meinen Namen zu nennen, schien mir nicht ratsam, heutzutage konnte man ein Handy genauso leicht abhören wie ein normales Telefon.

»Hallo wer?«

Vielleicht war es Einbildung, aber ich hätte schwören können, ich würde im Hintergrund Wasser laufen hören. »Fred«, sagte ich leise, als würde die Lautstärke etwas ändern.

»Ja ...«

»Ja.«

»Fred wer?«, fragte Max jetzt etwas verärgert.

»Fred. Ich komme gerade aus dem Urlaub zurück. Aus Menorca«, fügte ich im letzten Moment noch hinzu.

»Oh, Fred.« Ich glaubte, eine leise Spur von Enttäuschung in seiner Stimme zu hören.

»Was ist?«

»Was ist?«

»Weswegen rufst du an?«

Der Wasserhahn, wenn es denn einer gewesen war, war jetzt zugedreht. Ich schaute auf die Uhr: Viertel vor zehn. »Ich hab dich hoffentlich nicht geweckt.«

Max sagte jetzt etwas Unverständliches zu jemandem in seiner Nähe.

»Ich wollte dich nicht stören.«

»Wie ist das Wetter da?«

»Das Wetter?« Unwillkürlich guckte ich zum faden Blau des Himmels. »Na ja, also …«

»Hier ist es … Warte, ich geh mal auf den Balkon.« Es erklangen neue Geräusche: das Öffnen einer Schiebetür? Dann das Rauschen einer Großstadt, hupende Autos und quietschende Reifen. »Es ist hier heiß. Wusstest du, dass das Schwarze Meer überhaupt nicht schwarz ist? Was ist denn jetzt schon wieder?« Obwohl Max die Hand auf die Muschel gelegt hatte, konnte ich seine Stimme gut hören. »Nein!«

Ich hatte die Ecke Linnaeusparkweg und Hogeweg erreicht. Ein Wägelchen der Stadtreinigung spritzte die Rinnsteine sauber. Mit einem Finger auf dem anderen Ohr ging ich wieder ein Stück zurück. *Das Schwarze Meer* … Es hatte mir ziemlich die Sprache verschlagen.

»Frauen, sage ich dir …« Max war jetzt wieder klar und deutlich zu verstehen. »Es ist überall dasselbe. Wie geht's … wie geht es deiner Frau, *by the way?* Habt ihr einen schönen Urlaub gehabt?«

»Ja, wunderbar. Es ist immer ein bisschen merkwürdig, wieder nach Hause zu kommen …« Ich machte eine Pause, aber offenbar erwartete Max, dass ich den Satz beendete, denn am anderen Ende der Leitung blieb es still. »… als wäre alles so wie immer, obwohl es gleichzeitig auch wieder anders ist …«

»Fred?«

»Ja?«

»Geht's dir gut?«

»Mir …? Mir geht es prima. Ich …«

»Gott sei Dank. Ich konnte dir gerade nicht ganz folgen, wenn du verstehst, was ich meine.«

»Nicht folgen …?«

»Ich dachte, wovon redet er bloß? Ist er nicht mehr ganz nüchtern? Aber dafür ist es ja wirklich noch ein bisschen zu früh. Jedenfalls bei euch, scheint mir …«

Aus einem Hauseingang kam plötzlich eine ganze Familie; abrupt drehte ich mich um und lief Richtung Hogeweg.

»Max …?«

»Ja, Junge?«

Hinter mir hörte ich Wagentüren schlagen. Ich holte tief Luft. »Hast du dir in letzter Zeit noch die Wohnung im Parterre angesehen?«

Es klang, als hätte Max wieder die Hand auf die Muschel gelegt. Ich hörte ein Ächzen, gefolgt von ein paar unverständlichen Worten einer Frauenstimme. Dann wieder Max' gedämpfte Stimme: »Go inside! Go inside … Don't worry. I come … I come inside … Yes …«

Als ich die Straße überqueren wollte, näherte sich ein blauer Land Rover Discovery im Schneckentempo, der Fahrer hinter der reflektierenden Windschutzscheibe winkte mich weiter.

»Max?«, sagte ich.

»Hör mal, der Akku ist fast leer, ich habe was zu erledigen, ich rufe dich noch an.«

»Max, einen Augenblick …«

Das Seitenfenster des Land Rovers glitt nach unten, und ich sah in Erik Menckens sonnengebräuntes, grinsendes Gesicht. »Alles okay, Fred?«

Ich nickte ein paarmal heftig mit dem Kopf und hielt das Handy hoch. *Sieht der Trottel nicht, dass ich telefoniere?*

»Schönen Urlaub gehabt?«, rief das braune Gesicht durch das Fenster.

»… muss wirklich auflegen«, hörte ich Max sagen. »Ich rufe dich an, wenn ich aus Odessa zurück bin.«

Ich zeigte Erik Mencken und seinem Geländewagen die kalte Schulter und war in ein paar Schritten auf der anderen Straßenseite. »Wo ist …?«, fing ich an, wusste aber nicht mehr, wie es weitergehen sollte. Der Land Rover hupte laut. »See you!«, hörte ich den Moderator rufen.

»Hat die Frau von unten noch gesagt, wo sie hingeht?«, fragte ich.

Kurz dachte ich, Max hätte schon aufgelegt, aber dann hörte ich wieder das Rauschen der Stadt. *Odessa* … Max war in Odessa.

»Fred, vielleicht hörst du mich noch, aber ich höre dich nicht mehr … Ich mache Schluss … ich rufe dich an …«

»Max …! Nur einen Augenblick …«

Im nächsten Moment stand ich auf dem Bürgersteig des Hogeweg, Ecke Linnaeusparkweg, in Watergraafsmeer, und starrte auf das Display meines Handys, auf dem jetzt nur der Name des Betreibers zu lesen war. Ich konnte nichts dafür, aber in Gedanken sah ich Max in einem schwarzen Seidenkimono auf dem Balkon eines Apartments oder Hotelzimmers am Schwarzen Meer stehen, als er zu mir sagte, er könne mich nicht mehr hören, und der Frau zuzwinkern, die im Zimmer unter den weißen Laken auf ihn wartete.

Die Frau bekam jetzt auch ein Gesicht, es war das der Frau, die er vor ein paar Monaten zu meinem siebenundvierzigsten Geburtstag mitgebracht hatte … Danka? Hanja …? Ich fasste mich an die Nase, die sich kalt anfühlte. Galja! Der Name landete mit einem sanften Plumps in meinem Gedächtnis. Ich sah das Wasserglas mit dem Wodka vor mir, mit dem sie in der Pythagorasstraat durch das Wohnzimmer getanzt war, und die Blicke, mit denen Hugo Landgraaf, Peter Bruggink, Erik Mencken und mein Schwager ihr gefolgt waren.

Ich ging Richtung Bredeweg und wählte hintereinander einige Nummern aus dem Adressbuch, jedes Mal unterbrach ich die Verbindung nach kurzer Zeit. Mein Handy behielt die letzten sieben Nummern, die man gewählt hatte, und nach der achten wurde Max' Nummer automatisch gelöscht.

Im Feinkostladen *Het Kaasboertje* kaufte ich zweihundert Gramm Leber mit Speck und zweihundert Gramm Pökelfleisch. Während das Fleisch geschnitten wurde, nahm ich zwei Milchtüten und zwei Halbliterflaschen Cola light aus dem Kühlregal. Ich beugte mich gerade über die Auslage mit ausländischem Käse, als Erik Mencken hereinkam.

Die Begrüßung der drei Angestellten hinter der Theke war nicht weniger als überschwänglich. »Ha, Erik!« »Wie geht's, Erik?« – der Junge, der damit beschäftigt war, meine zweihundert Gramm Pökelfleisch in dünne Scheiben zu schneiden, unterbrach seine Arbeit. »Wir haben den bulgarischen Schinken bestellt, er wird gegen Ende der Woche da sein.«

Mencken lächelte huldreich und musterte mich unverfroren von Kopf bis Fuß. »Sonst sieht man sich nie, und dann läuft man sich ständig über den Weg«, sagte er mit dem gekünstelten gutturalen Timbre seiner unverwechselbaren Stimme.

Die Jungen hinter der Theke brachen in Lachen aus, als hätte Erik Mencken etwas Komisches gesagt.

»Womit kann ich dienen, Erik?«, fragte derselbe Junge, der sich um mein Pökelfleisch kümmern sollte; der Fernsehmoderator hatte der Theke den Rücken zugewandt und tat, als suche er etwas zwischen den Joghurt- und Yakult-Flaschen.

Es war interessant zu beobachten, mit welcher Lässigkeit er sich, die Hände in den Hosentaschen, in den Mittelpunkt stellte. Eigentlich verhielt er sich, als wäre er zu Hause; wenn im Laden ein Sofa gestanden hätte, hätte er sich mit einem Seufzer des Wohlbehagens darauf sinken lassen und nach seinen Pantoffeln und einem gut gekühlten Bier gerufen.

»Gebt mir mal drei Mozzarella«, sagte er, immer noch ohne einen der Verkäufer direkt anzusehen. »Und ein paar Flaschen Pellegrino.«

Zwei der Jungen ließen sofort alles stehen und liegen, der dritte war etwas unschlüssig und wandte sich schließlich mir zu.

»Sonst noch etwas?«, fragte er.

Ich fühlte die Hitze in meinem Kopf steigen, meine Augen begannen zu tränen. Ich zeigte auf das Pökelfleisch unter der Schneidemaschine.

»Da«, stammelte ich. »Das …« In dem Moment legte sich eine Hand auf meine Schulter. Ich sah in Erik Menckens grinsendes Gesicht.

»Hör mal, deine reizende Frau ist auch wieder da, nehme ich an?«

Ich brachte kein Wort heraus.

»Ich würde mich gerne bald mit ihr treffen«, nutzte Mencken den sprachlosen Moment. »Sie hatte ein paar sehr nette Ideen für mein Programm. Und über das Fernsehen im Allgemeinen. Wann war das noch gleich …? Ach ja, an deinem Geburtstag, Fred. Deine Frau hat ungeahnte Talente. Die sollte man pflegen.«

Wenn er da zwischen dem Käse und dem Aufschnitt in meiner Gegenwart und der der Angestellten seinen Schwanz aus der Hose geholt hätte, um ihn, fast zärtlich, mit Daumen und Zeigefinger zu kneten, bis er in seiner ganzen Pracht schräg nach oben zur Decke gezeigt hätte, von der die belgischen und spanischen Schinken hingen, hätte ich mich wahrscheinlich nicht weniger leer gefühlt als jetzt.

Erik Mencken zwinkerte mir zu. »Deine Frau ist übrigens

der Meinung, du wärst der ideale Kandidat für *Wer wird Millionär?*«, sagte er vergnügt. »Du hättest alle diese kleinen Fakten im Kopf, von denen man nie weiß, was man mit ihnen anfangen soll. Aber es ist ein Wissen, mit dem man reich werden kann.«

Einmal auf der Straße, die Plastiktüte mit den Einkäufen in der Hand, hatte ich das seltsame Gefühl, gerade physisch malträtiert worden zu sein. Ja, so war es: Ich war an einem öffentlichen Ort vergewaltigt und misshandelt worden, ohne dass einer der Umstehenden eingegriffen hatte. Ich fühlte mein Herz wie wild schlagen – aber an einer tieferen Stelle als sonst, als könnte es nicht länger aus eigener Kraft seine Position behaupten und müsste Halt bei anderen, tiefer gelegenen Organen suchen.

Mir fielen unterdessen eine ganze Reihe schlagfertige Antworten ein, die Erik Mencken den Mund gestopft hätten. *Wenn ich dich noch ein einziges Mal in der Nähe meiner Frau erwische, bist du ein toter Mann. Ich klopfe dich so weich, dass du nur noch Lochkäse essen kannst, du Saukerl. Du hältst dich für eine große Nummer, was, mit deinen albernen Fragen und deiner Augenzwinkerei, aber eigentlich bist du eine totale Null. Wenn man dir einen Kopfschuss verpasst, finden sie beim Fernsehen sofort einen Nachfolger für dich, der genauso blöd ist wie du …*

Ich sah plötzlich Erik Mencken in seinem am Straßenrand geparkten Land Rover vor mir: Wie ich ihm durch das Seitenfenster auf die Schulter klopfe, schaut er überrascht auf. Aus nächster Nähe schieße ich ihm durch den Kopf, sodass sein Gehirn gegen das Beifahrerfenster spritzt. *Hasta la vista, baby!*

Nachdem ich den Film vom explodierenden Kopf der TV-Persönlichkeit ein paarmal wiederholt hatte, beruhigte ich mich allmählich wieder.

Nicht weit von unserem Haus sah ich in der Grünanlage eine blondierte Frau in einem halblangen Ledermantel ihre winzigen Hündchen ausführen, die behaarten Garnelen ähnelten. In einer fernen Vergangenheit hatte ich sie einmal höflich gebeten, ihre Lieblinge nicht auf dem Rasen, sondern ganz normal wie in jedem anderen zivilisierten Land in der Gosse scheißen zu lassen oder zumindest die Garnelenkacke hinter ihnen aufzuräumen – aber danach hatte ich es sein lassen. Jetzt stand eines dieser erbärmlichen Hündchen gerade mit gekrümmtem Rücken auf dem Rasen, die Frau hatte es an der Leine und sah vor sich hin, während das andere an den Reifen der geparkten Autos schnüffelte.

»Wie geht's denn so?«, rief ich ihr aus zwanzig Metern Entfernung zu.

»Was?« Die Frau schaute etwas alarmiert auf. Weil das Hündchen gerade angefangen hatte, den Rasen zu beschmutzen, konnte sie es nicht einfach so mir nichts, dir nichts weiterziehen; ich blieb direkt vor ihr stehen.

»Jetzt hör mir mal gut zu, du fiese, fette, blondierte Sau«, sagte ich langsam und deutlich. »Ich habe dich schon einmal höflich gebeten, deine Scheißerchen nicht hier auszuführen. Ich warne dich zum letzten Mal. Beim nächsten Mal würde ich an deiner Stelle die Nummer des Tierrettungswagens dabeihaben.«

Außergewöhnlich zufrieden mit diesem letzten Einfall und ohne eine Antwort abzuwarten, ging ich weiter. Vor der Haustür sah ich mich noch einmal um: Die Frau zog die Hündchen hinter sich her, fast schneller, als die kleinen Pfötchen sie tragen konnten, sodass man ihre Nägel über den Bürgersteig ratschen hörte. Mit rotem Kopf flüchtete sie zwischen den geparkten Autos hindurch zur anderen Straßenseite.

Erst als ich den Schlüssel ins Schloss steckte, fiel mir ein, dass ich die Heringe vergessen hatte.

7

In den nächsten Tagen passierte auffällig wenig, weniger jedenfalls, als ich erwartet hatte. Ich hatte damit gerechnet, dass die beiden Polizeibeamten noch einmal auftauchen oder dass Frau de Bildes abstoßende Tochter, mit oder ohne einen Topf Suppe in einer Plastiktüte von Aldi, vor der Tür stehen würde.

Am Tag nach unserer Rückkehr hatte ich ihren Namen auf einen Zettel geschrieben und ihn anschließend durchs Klo gespült. *Titia* … Nachdem ich die Buchstaben schwarz auf weiß vor mir gesehen hatte, war ich mir sicher, ich würde den Namen nie mehr vergessen. Ich hatte mir nämlich vorgenommen, sie ständig mit ihrem Vornamen anzureden, wenn sie irgendwann doch aufkreuzen würde: Die meisten Menschen lassen sich davon nämlich leicht einwickeln, man schafft eine Atmosphäre der Vertrautheit, auch wenn diese nichts als heiße Luft ist.

Vor allem Frauen sind dafür empfänglich, insbesondere hässliche Frauen, weil es sie völlig überrascht: Sie sind es nicht gewohnt. Schon als Kinder mussten sie erleben, wie alle in ihrer Umgebung das Aussprechen ihres Vornamens mieden. Während alle möglichen Haustiere, Hunde, Katzen und sogar Kühe, Schweine und Hühner, beim Namen gerufen wurden, umgab ihren eigenen Namen eine merkwürdige Stille: ein von der Umgebung isoliertes Vakuum, das sich schon bald mit den vor Ungeduld zappelnden Spitznamen füllte. *Dicke* … *Glupschauge* … oder kurz und schmerzlos: *Vogelscheuche* …

Titia war jedenfalls ein grausamer Name für Frau de Bildes Tochter, weil er an eine Blume erinnerte und nicht an eine verkümmernde und nach entzündetem Zahnfleisch riechende, so gut wie blattlose Fettpflanze. *Titia,* würde ich sagen, wenn sie schließlich mit einer Aldi-Tüte vor mir stünde. *Titia, es tut mir sehr leid, was passiert ist, komm doch rein, setz dich, stell die Suppe so lange hierhin, deine Mutter … ja, was soll ich sagen, deine Mutter und ich, wir hatten so unsere Meinungsverschiedenheiten, aber das … nein, Titia, setz dich doch, möchtest du einen Kaffee? Oder hast du eher Lust auf einen Schnaps? Ich habe noch irgendwo einen herrlichen Jack Daniel's …*

Und da geriet das Gespräch ins Stocken; solange Max nicht aus Odessa zurück war und ich nicht wusste, was im Parterre tatsächlich passiert war, gab es keine Fortsetzung. Eine tote Frau de Bilde, ob nun eines natürlichen Todes gestorben oder nicht, die nur noch irgendwo begraben oder eingeäschert zu werden brauchte, stellte kein großes Problem dar … *Ich möchte nichts übereilen, Titia, erst recht nicht unter diesen tragischen Umständen, aber wann gedenkst du, die Wohnung auszuräumen?* Aber wie die Dinge nun lagen, war Titias Mutter nur als vermisst gemeldet: ein Foto im Fernsehen und dazu die Grabesstimme: »Wer hat diese Frau in letzter Zeit noch gesehen?« Von Ausräumen konnte vorläufig nicht die Rede sein, weil Frau de Bilde theoretisch immer noch zurückkehren konnte; genau besehen, war ich einer der wenigen Menschen, die wussten, dass diese Rückkehr so gut wie ausgeschlossen war.

Titia … je weniger ich mir im Klaren darüber war, wie ich mich in dieser unsicheren Lage verhalten sollte, desto mehr widerstrebte mir dieser Vorname; vielleicht war es ein

Fehler gewesen, dieser hässlichen Sau überhaupt die Möglichkeit zu bieten, überflüssige Fragen zu stellen; vielleicht hätte in einem Aufwasch gleich auch die Missgeburt von einer Tochter vom Erdboden verschwinden sollen. Viele trauernde Angehörige würden sich nicht melden, schätzte ich; wenn man mich tatsächlich nach einer Schätzung fragen würde – wegen einer Wette zum Beispiel –, würde ich sagen: nicht einer.

Nein, es passierte nichts Nennenswertes in dieser ersten Woche – und dann passierte auf einmal alles gleichzeitig.

Es war an einem Samstagmorgen. David war schon früh zum Fußballspielen gegangen, Christine las oben im Bett die Zeitung, als das Telefon klingelte. »Peter«, hörte ich eine düstere Stimme.

Peter Bruggink! Mein ältester Freund. Er hatte eine Nachricht auf meinem Anrufbeantworter hinterlassen, aber ich hatte keine Zeit – oder Lust – gehabt, ihn zurückzurufen. »Peter! Wie geht's?«

Ich hatte nur Unterhose und T-Shirt an; mit dem schnurlosen Telefon ging ich zum Fenster an der Straßenseite und drehte die Lamellen der Jalousie halb auf. So konnte ich gerade noch sehen, wie Titia de Bilde ihr Fahrrad über den Bürgersteig schob und an den Zaun der Grünanlage lehnte. Sie beugte sich vornüber, um das Rad abzuschließen, und ich starrte auf ihr mir zugewandtes Hinterteil. Am Fahrradlenker hing tatsächlich eine Plastiktüte, wenn ich die orange Farbe auch nicht gleich mit dem Namen einer Supermarktkette in Verbindung bringen konnte, und für einen kurzen Augenblick schien der durchdringende Geruch von Gemüsesuppe, geradewegs durch das Doppelfenster, meine Nase zu erreichen.

»Nicht so gut«, sagte Peter. »Warum hast du mich nicht angerufen?«

Bei einer früheren Gelegenheit hatte mich das Hinterteil von Frau de Bildes Tochter an einen rückwärts einparkenden Lastwagen erinnert, doch an diesem herrlichen Samstagmorgen, an dem die frühen Sonnenstrahlen auf ihre eng anliegende braune Hose fielen, ähnelte es mehr einem misslungenen Nachtisch, der nicht auf der Speisekarte steht – ein Nachtisch, den jeder, der noch bei vollem Verstand ist, umgehend zurückgehen lässt.

»Ich habe …«, fing ich an, aber in dem Moment nahm Titia die orange Plastiktüte von der Lenkstange und schaute nach oben. Unwillkürlich machte ich einen Schritt zurück. Hatte sie mich da in Unterhose und T-Shirt stehen sehen? Ich drehte die Jalousie zu.

»Du hast mich vor einer Woche mal angerufen«, hörte ich Peter Bruggink sagen. »Ich habe Nummernanzeige und sah, dass du mich mit dem Handy angerufen hast, also dachte ich, du bist noch im Urlaub.«

Es war albern, dass ich die Jalousie geschlossen hatte, da sie mich wahrscheinlich gesehen hatte, jetzt würde sie denken, ich wolle ihr aus dem Weg gehen, obwohl ich doch nichts zu verbergen hatte, Unterhose hin oder her. Aus einem sicheren Abstand streckte ich den Arm aus und drehte feige die Jalousie wieder ein klein wenig auf.

»Fred …? Hallo …?« Ich konnte mich nicht mehr erinnern, ob Peter etwas gesagt hatte, worauf er eine Antwort erwartete. *Hallo, hallo, du hörst mich vielleicht noch, aber ich kann dich nicht mehr hören …* Ich hielt den Hörer vom Ohr weg und überlegte, was ich tun sollte. Unten verschwand gerade Titia de Bildes Kopf aus meinem Blickfeld.

»Ja?«, sagte ich; es war mehr ein unwillkürlicher Laut als eine Frage oder die Bestätigung meiner Anwesenheit.

»Fred, ich muss dir was sagen. Ich war doch schon die ganze Zeit immer so müde, weißt du noch? Nun, ich habe mal alles checken lassen, und es ist die Leber. Es ist schon zu groß für eine Operation, Montag fange ich mit der Chemo an.«

Es klingelte an der Haustür. Hatte Peter es auch gehört? Natürlich brauchte ich nicht gleich aufzumachen, es war noch früh und außerdem Samstagmorgen, es war eigentlich eine ziemliche Unverschämtheit, Leute an ihrem freien Tag wegen nichts und wieder nichts zu belästigen. Ich ging mit dem Hörer am Ohr so leise wie möglich die Treppe hinauf, um mir den Morgenmantel aus dem Badezimmer zu holen.

Etwas in mir hatte schreckliche Lust, die Tür einfach in der Unterhose zu öffnen, es war eine nur schwer zu widerstehende Versuchung. Den statistischen Angaben zufolge hatte das Nilpferd seit Menschengedenken keine Herrenunterhose mehr gesehen, die letzte hatte sie in ihren ersten Lebensjahren zu Gesicht bekommen: Sie befand sich direkt über dem Rand der Wiege und gehörte ihrem Vater, der sich mit der Hand seine feuchten und behaarten Eier kratzte und sich den Kopf zerbrach, wie aus diesen nämlichen Eiern so ein Nilpferdjunges hervorgehen konnte.

Ich nahm den Morgenmantel vom Haken und steckte einen Arm in den Ärmel, was etwas schwierig war, weil ich in der anderen Hand immer noch das Telefon hielt.

»... weil man keinen Moment daran denkt, es könnte einen selber treffen«, hörte ich Peter Bruggink sagen. »Es passiert immer nur anderen. Na ja, bis vor zwei Wochen. Es ist schon merkwürdig, aber wenn man so etwas zu hören bekommt, glaubt man erst, es gehe nicht um einen selbst, sondern um jemand anderen ...«

Ich wechselte den Hörer von der einen Hand in die andere, und es gelang mir schließlich, den Morgenmantel anzuziehen, ohne die Treppe hinunterzufallen.

»... es heißt ja dann immer, man genießt alles viel intensiver, wenn man gerade sein Todesurteil bekommen hat, alles Quatsch ...« In dem Moment klingelte es wieder, etwas länger, aber nicht wirklich verärgert oder ungeduldig. Titia de Bilde hatte schon von vornherein Angst, mich auf die Palme zu bringen, und ich fühlte ein Kichern in mir aufsteigen, das nicht zu unterdrücken war.

»Was?«, sagte Peter.

»Hallo, Peter …«

Am anderen Ende der Leitung war es still. Ich hatte die Tür erreicht, die ins Treppenhaus führte, und schloss sie auf.

»Es hörte sich an, als hättest du gelacht«, sagte Peter.

»Ja?« Plötzlich hatte ich keine Lust mehr, Titia de Bilde nach oben zu lassen, wie ich es mir vorgenommen hatte, geschweige denn in unsere Wohnung. Ich ging die Treppe hinunter, klemmte mir das Telefon zwischen Schulter und Ohr und knotete den Gürtel meines Morgenmantels zu.

»Na und?«, fragte Peter.

»Na und was?«

»Hast du wirklich gelacht, oder habe ich mich geirrt? Ich meine, die Sache ist nicht wirklich komisch, und ich bin selbst schon gar nicht mehr in der Stimmung dazu, wie du vielleicht verstehen wirst.«

Noch drei Stufen bis zur Haustür; ich holte tief Luft. »Hör mal, Peter, es kommt im Moment nicht so gelegen. Es stehen Leute vor der Tür, die ich nicht warten lassen kann. Ich melde mich bei dir, okay?«

Weil es am anderen Ende der Leitung still blieb, drückte ich auf die rote Taste und steckte das Telefon in eine Tasche des Morgenmantels. Ein paarmal fuhr ich mir mit den Fingern durchs Haar und schloss die Tür auf.

Ich hatte geglaubt, Titia de Bildes Gesicht wäre mir noch so gut in Erinnerung, dass ich es sozusagen nachzeichnen könnte, mit allen Unebenheiten, geplatzten Adern, Beulen und Flecken an der richtigen Stelle, aber ich bekam doch noch einen Mordsschreck. Vor gar nicht so langer Zeit hatte dieses Gesicht mich an eine halb aufgepumpte Luftmatratze erinnert, aber an diesem Samstagmorgen sah es so aus, als hätte jemand die Luftmatratze ein paarmal mit Gewalt zusammengerollt, oder eher, als hätte jemand die Geduld verloren, weil die Luft nicht entweichen wollte, und wäre wie verrückt auf ihr herumgetrampelt. Ihre Haut glänzte noch genauso ungesund wie vorher, und auch die Flecken waren noch da.

»Herr Moorman …«, sagte sie leise. Sie blickte schon jetzt, in den ersten Sekunden, zu Boden.

»Titia …« Mehr brachte ich nicht heraus. Ihre Untertänigkeit nahm mir den Wind aus den Segeln. Wenn sie wütend auf mich losgefahren wäre, mich sogar direkt für das Verschwinden ihrer Mutter verantwortlich gemacht hätte, hätte ich ihr leicht Paroli bieten können, aber jetzt wäre es, als würde ich mit einem Baseballschläger eine Torte in vier gleiche Teile teilen wollen. Weil ich ihr feuchtes, rot umrändertes Gesicht mehr oder weniger für ihr Alltagsgesicht hielt, dauerte es eine Weile, bis ich kapierte, dass sie weinte.

»… Ich … Ich …«, stammelte sie und schaute auf. Ich zwang mich, ihr in die Augen zu sehen; auch die waren feucht und rot geädert, der weiße Teil war durchweg cremefarben. Ich musste an zwei Austern denken, deren Haltbarkeitsdatum längst überschritten war und auf die der Koch noch gespuckt hatte, bevor er sie dem Kellner überreichte.

»Ich mache mir solche Sorgen, Herr Moorman«, brachte sie jetzt heraus. »Ich habe Angst, dass etwas Schreckliches passiert ist …«

Ich streckte die Hand aus, zog sie aber noch rechtzeitig zurück. Wir standen in der Tür: ich barfuß auf der Schwelle, Titia de Bilde auf dem Bürgersteig. Unauffällig lehnte ich mich nach vorn und blickte die Straße rauf und runter. Sie war leer und verlassen.

»Hör zu …«, sagte ich. Mein Blick fiel auf die orange Plastiktüte in ihrer Hand; sie war von Albert Heijn, drinnen blinkte etwas Metallisches. Ein Topf, ein Topf mit Suppe! Ich sah wieder in das greinende Gesicht und musste auf einmal an Rotz denken, an den Rotz von jemandem, der sich ohne Taschentuch die Nase auf der Straße schneuzt. Doch da stimmte etwas nicht. Was machte Titia hier mit einem Topf Suppe, wenn sie wusste, dass ihre Mutter nicht zu Hause war? *Eine Suppe, die nie mehr ausgelöffelt werden wird,* dachte ich. Ich riss mich zusammen.

»Ich glaube es auch, Titia, ich glaube auch, dass etwas Schreckliches passiert ist. Das sieht deiner Mutter gar nicht ähnlich.«

Sie starrte mich an; ich merkte, dass ich die richtige Saite angeschlagen hatte, ich redete nicht um den heißen Brei herum, ich bereitete uns beide auf das Schlimmste vor. *Nah an der Wahrheit bleiben.* Es war ein fast unerträglicher Gedanke, dass dieses abstoßende Geschöpf mir, nach allem, was vorgefallen war, vertraute: Sie hatte etwas von einer Tramperin, die mitten in der Nacht in ein Auto mit getönten Scheiben steigt – die Augen des Fahrers sind hinter einer dunklen Brille verborgen – und die man später, auf sieben Müllsäcke verteilt, auf einer Deponie wiederfindet.

»Was mir noch eingefallen ist …, Titia«, sagte ich, fest davon überzeugt, dass nur Weiterreden das Vertrauensverhältnis aufrechterhalten konnte. »Wir wissen nicht, wo deine Mutter ist. Wir wissen nicht einmal, ob sie jemals noch nach Hause kommt. Wir sollten uns das klarmachen …«

Sie nickte zustimmend, sie hatte jetzt sogar ganz zu weinen aufgehört.

»Deshalb dachte ich, wir sollten aus der Not eine Tugend machen«, sagte ich fast munter. »Wie wir beide wissen, sind die Instandhaltungsarbeiten überfällig. Es ist vielleicht keine schlechte Idee, das Ganze mal gründlich aufzumöbeln, angefangen mit dem Badezimmer …« Jetzt war ich an der Reihe, auf meine Füße zu gucken. »Ich bin mir vollkommen bewusst, dass ich in der Vergangenheit diesbezüglich vollkommen versagt habe. Aber es ist vielleicht nicht zu spät, um Versäumtes nachzuholen. Das fängt damit an, dass wir uns vorläufig um Wuff kümmern, und mein Sohn und seine Freundin geben dem Sittich und den Hamstern zu Fressen.«

Dass mir der Name des Hundes fehlerfrei über die Lippen gekommen war, brachte mir mindestens fünf Punkte ein, und als Titia de Bilde zustimmend nickte, wusste ich, ich brauchte nur noch abzusahnen. Die Welt geht nicht an Mord und Totschlag zugrunde, sondern an Gutgläubigkeit, dachte ich und warf einen fragenden Blick auf die orange Plastiktüte.

»Ich …« Titia drohte wieder in Tränen auszubrechen, aber sie riss sich zusammen. »Ich bringe den Topf zurück … meine Mutter … ich habe oft Suppe für sie gemacht, aber in ihrem eigenen Topf. Das schmeckte ihr besser …«

Ich grinste sie an, als hätten wir mit der Geschichte vom Topf eine gemeinsame, kostbare Erinnerung aufgefrischt, und machte mich dann daran, ihr den Gnadenstoß zu versetzen. »Das bringt mich noch auf eine andere Sache, Titia … Gestern konnten wir den Schlüssel zur Wohnung deiner Mutter auf einmal nicht mehr finden. Keine Ahnung, aber vielleicht hat die Freundin meines Sohnes ihn aus Versehen mitgenommen, oder er liegt einfach irgendwo rum, jedenfalls haben die Tiere seit gestern kein frisches Wasser mehr gekriegt … Aber du hast doch einen, nicht?«

Ich bückte mich und griff nach der Plastiktüte, was sie ohne Weiteres geschehen ließ. »Wenn du mir so lange deinen gibst, dann bringe ich den Topf nachher rein. Ich gebe dir den Schlüssel beim nächsten Mal zurück.« Ich hatte die Tüte jetzt in der linken Hand, die andere hielt ich ihr offen unter die Nase, während ich sie ermutigend anlachte. »Den Schlüssel, Titia …«, sagte ich etwas strenger als beabsichtigt.

Am Montagabend saßen wir zu dritt am Küchentisch; meine Frau hatte Spaghetti alla carbonara gekocht. Frau de Bildes Hund lag im Flur vor der Wohnungstür, alle viere von sich gestreckt, den Kopf mit ausgeklappten Ohren auf dem Boden. Ab und zu gab er ein klägliches Piepsen von sich.

»Er vermisst sein Frauchen«, sagte Christine.

Ich sah sie an, aber sie schien es bei dieser einen Bemerkung belassen zu wollen. Ich schenkte mir aus der Rotweinflasche nach und hielt sie dann über Davids Glas, der bisher wie immer nur Cola getrunken hatte. Er schüttelte den Kopf.

»Wenn ich es mir so überlege«, sagte meine Frau und legte die Gabel hin, »weil die Gehhilfe nicht mehr da ist, nehmen wir alle an, Frau de Bilde ist einkaufen gegangen, aber ohne den Hund mitzunehmen. Was eigentlich schon sehr merkwürdig ist, das tat sie nie. Und heute Nachmittag war ich unten, um dem Wellensittich und den Meerschweinchen Futter zu geben, und da lagen in der Küche auf der Anrichte hinter der Tüte mit dem Futter ihre Schlüssel. Ich meine, man geht doch nicht ohne Schlüssel aus dem Haus!«

Ich starrte sie an; ich hätte natürlich sagen können, dass jeder irgendwann mal seine Schlüssel vergisst, vor allem eine alte Frau mit Alzheimer, aber ich beschloss, erst einmal die Überlegungen meiner Frau abzuwarten.

»Das ist tatsächlich sehr merkwürdig«, sagte ich. »Und vielleicht noch merkwürdiger ist, dass die beiden Polizisten, die hier waren, sich darum gar nicht gekümmert haben. Ich meine, angenommen, ihr ist irgendwo im Viertel schlecht geworden …«

Ich wusste auf einmal nicht mehr weiter, was natürlich damit zusammenhing, dass mir die Wirklichkeit, eigentlich zum ersten Mal seit unserer Rückkehr, in die Quere kam. *Jemand, den man gewaltsam aus seiner Wohnung entfernt, hat in der Regel keine Zeit, seine Schlüssel einzustecken,* hätte ich am liebsten gesagt, *oder sich die abscheulichen blauen Pantoffeln anzuzie-*

hen, von der Gehhilfe ganz zu schweigen – ja, es wäre eine große Erleichterung, zumindest den Mitgliedern meiner Familie reinen Wein einzuschenken, aber es war mir auch klar, dass ich erst mit Max sprechen musste: Ich tappte ja selbst noch völlig im Dunkeln über das, was sich tatsächlich zugetragen hatte.

»Genau«, sagte meine Frau. »Das ist es ja gerade. Die Polizei interessiert es natürlich nicht, Straßenräuber und Messerstecher spazieren in dieser Stadt nach ein paar Stunden auch schon wieder frei herum, aber ich habe das komische Gefühl, dass es Frau de Bilde überhaupt nicht auf der Straße schlecht geworden ist …«

Fast hätte ich den Wein verschüttet. »Oh ja?«, brachte ich heraus. »Was dann?«

»Ich weiß nicht … Aber es kommt mir fast so vor, als hätte sie das Haus gar nicht verlassen.«

David rülpste und legte die Gabel auf seinen leeren Teller. »Vielleicht liegt sie im Schuppen. Vielleicht hat man sie erwürgt und dann in den Schuppen geschafft.«

»David!«, rief meine Frau.

Mit einer Mischung aus Staunen und Bewunderung betrachtete ich meinen Sohn. Mit seinen vierzehn Jahren war er in all seiner Unschuld der Wahrheit näher gekommen, als er ahnte. Im nächsten Moment fühlte ich mein Gesicht heiß werden, ich hatte überall gesucht, nur nicht im Schuppen – aller Wahrscheinlichkeit nach hatte überhaupt niemand einen Blick in den Schuppen geworfen: die aufgeblasene Sau nicht und die nicht gerade hellwach aus den Augen guckenden Polizisten schon gar nicht.

Überraschenderweise hegte ich auf einmal die Hoffnung, Frau de Bilde würde tatsächlich mit einer Vorhangschnur um den Hals im Schuppen liegen. Mit einer Leiche konnte die Polizei zumindest etwas anfangen, und was vielleicht noch wichtiger war: Nach der Beerdigung konnte auch mit der Trauerarbeit begonnen werden, und wir könnten noch vor Herbstanfang in unserem eigenen Garten sitzen.

»Ja!«, sagte ich vielleicht etwas zu begeistert. Ich schlug meinem Sohn auf die Schulter. »Sollen wir gleich mal nachsehen?«

»Fred!«, sagte meine Frau.

Ich stand auf und nahm den Schlüssel vom Haken neben der Küchentür; ich zwinkerte Christine zu, aber sie guckte sofort weg.

»Kommst du mit?«, sagte ich zu David.

Im Flur stieg ich über den Hund hinweg, der noch immer ausgestreckt auf dem Boden lag und schwermütig vor sich hin starrte.

Der Schuppen war ziemlich überwuchert von einer mir unbekannten Kletterpflanze, wir hatten einige Schwierigkeiten, die Tür aufzukriegen. Die Zweige hatten sich auch durch die Löcher und Spalten im Dach einen Weg nach innen gebahnt. Während mir das Wort Asbestdach durch den Kopf ging, nahm ich alle meine fünf Sinne zusammen. War irgendwo ein Fliegenschwarm zu hören? Roch es nach Verwesung? Obwohl ich keine Ahnung hatte, wie Verwesung roch. Kurzum, deutete etwas darauf hin, dass uns eine schreckliche Entdeckung erwartete?

Die Dämmerung brach herein, und aus den Nachbargärten drang Gelächter, Grillgeruch wehte zu uns herüber. Wir waren in Frau de Bildes Wohnung so schnell wie möglich, ohne Licht zu machen, durch den Flur und die Küche gegangen. »Ach du meine Fresse!«, hatte David gesagt und sich die Nase zugehalten. Tatsächlich war der Gestank von ungenügend ventilierten Kamelställen in den vergangenen Tagen eher stärker als schwächer geworden, er hatte eine solche Konzentration erreicht, dass es einem den Blick trübte, wenn man zu tief einatmete.

Einmal im Garten, hatten wir die Tür sorgfältig hinter uns geschlossen und nach Luft geschnappt, als wären wir durch einen geheimen, mit Brackwasser gefüllten Tunnel gekrochen und hätten endlich das Tageslicht erreicht – und so wie bei einem echten Abenteuer, dessen Ausgang ungewiss ist, hatten wir einander ermutigend zugenickt.

David war ziemlich aufgeregt, ich konnte mich nicht entsinnen, wann ich ihn zum letzten Mal so erlebt hatte – jedenfalls in meiner Gegenwart.

»Was ist?«, fragte er.

»Wieso?«

»Ich weiß nicht … du müsstest das Grinsen auf deinem Gesicht sehen … als ob …« Er schüttelte den Kopf.

»Als ob was?« Ich verfluchte mich wegen meines dummen Grinsens, das offenbar meinen Gemütszustand widerspiegelte; aber es stimmte, ich grinste tatsächlich. Ich grinste, weil ich froh darüber war, dass mein Sohn und ich endlich wieder einmal etwas zusammen unternahmen.

»Als wüsstest du, was wir da drin finden«, sagte David und zeigte auf den überwucherten Schuppen hinten im Garten.

Eigentlich hätte ich ihm jetzt am liebsten zugezwinkert, wie ein Vater das macht, der dabei ist, seinen Sohn in die großen Rätsel des Lebens einzuweihen, aber zu meinem Bedauern hatte ich keinen blassen Schimmer, was uns erwartete.

Es gab sozusagen nichts, was ich als Vater meinem Sohn weitergeben konnte. Ich stand mit leeren Händen da.

»David …« Ich streckte die Hand aus.

Ich weiß nicht mehr, was ich ihm in dem Moment sagen wollte. Jedenfalls hatte ich das starke Bedürfnis, ihm alles zu erzählen, angefangen mit Max und mir auf dem Klo des Erasmus-Gymnasiums, über unseren Französischlehrer bis zur Wiederbegegnung in der Pause von *Deep Impact*. Ich war mir sicher, mein Sohn würde alles verstehen, wenn ich ihm die ganze Geschichte in der richtigen Reihenfolge und in aller Ruhe erzählen würde. Außerdem würden wir von dem Moment an ein Geheimnis teilen. An Geburtstagen und während der endlos langen Mahlzeiten bei den lahmarschigen Verwandten würden wir einen Blick des Einverständnisses wechseln. *Wir wissen etwas, was ihr euch in euren kühnsten Träumen nicht vorstellen könnt,* würde der Blick sagen, und wie verabredet würden wir unsere Teller hinhalten, um uns von Yvonne noch einen Nachschlag ihrer ungenießbaren Dessertkreation geben zu lassen. Davids hyperaktive Großeltern würden sich bei ihm nach seinen schulischen Fortschritten erkundigen, und er würde mir wieder einen Blick zuwerfen und gelangweilt antworten, wusste er doch, dass nichts, was er in der Schule lernte, es jemals mit dem aufnehmen konnte, was ihm inzwischen über das wahre Leben zu Ohren gekommen war; und die Großeltern würden ihm interessiert zuhören, die selber, was das wahre Leben betraf, die größten Ignoranten waren. Und keineswegs zufällig. Alle naselang liefen sie auf Demonstrationen mit, gegen den Hunger oder gegen vergessene Kriege in Ländern, deren Namen niemand freiwillig zu behalten sich bemüßigt fühlt, der bei vollem Verstand ist. Sie arbeiteten nicht mehr und konnten daher in aller Ruhe an normalen Arbeitstagen zu einer Demo vor dem Zaun eines »multinationalen Konzerns« ausrücken, an der sonst kein Schwein teilnahm, oder Flyer verteilen gegen den Bau eines »pharmazeutischen Labors für genetische Manipulation«. Wenn man es sich genau überlegte, war es so schrecklich, dass es sich kaum in Worte fassen ließ, mit welcher organisierten und in keiner gängigen Maßeinheit auszudrückenden Leere Christines Eltern die letzten Jahre ihres Lebens füllten.

»David …«, sagte ich und hörte in dem Moment, wie sich oben die Balkontür öffnete. Ich murmelte einen Fluch.

Zu meiner nicht geringen Genugtuung schien sich auch

David über die ungebetene Einmischung seiner Mutter in unser gemeinsames Abenteuer zu ärgern. Er muss zehn oder elf gewesen sein, als er Christine deutlich machte, dass er auf ihre Anwesenheit am Spielfeldrand keinen Wert mehr legte. Sie stieß nicht nur entsetzte und erboste Schreie aus, wenn jemand in die Beine ihres Sohnes grätschte, sondern sie beanstandete auch seine in ihren Augen rüden Attacken gegen gegnerische Spieler. Kurzum, sie stand seiner Entwicklung in diesem Bereich im Wege, während ich als Vater ein Auge zudrückte bei der für alle sichtbaren Verrohung der Sitten auf dem Fußballfeld. Trotzdem wurde mir ein knappes Jahr später auf wenig subtile Weise, nämlich durch völliges Ignorieren, zu verstehen gegeben, dass auch die Zeit der Väter vorbei war.

»Ja …?« Ich sah zu meiner Frau hoch und unternahm keinerlei Versuch, meinen Zorn zu verbergen.

»Ich … ich dachte …« Als Christine mein Gesicht sah, schluckte sie ihre Worte wieder hinunter. Sie hatte sich mit beiden Händen auf die Brüstung des Balkons gestützt. *Und dann dreht sie sich zu ihm um und fängt an, ihn zu küssen.* Ich starrte auf die paar Grashalme zwischen den Platten. »Ich dachte, ich lasse meine beiden tapferen Männer nicht im Stich«, sagte sie leise.

In einem der Nachbargärten fing jemand an zu singen. Es war eine schwere, wahrscheinlich betrunkene Männerstimme, die Melodie, soweit man sie als solche bezeichnen konnte, kam mir irgendwie bekannt vor. Fast eine ganze Minute standen wir reglos da und lauschten, meine Frau auf dem Balkon und ihre »tapferen Männer« unten im Garten.

»Komm«, sagte ich schließlich zu David und legte ihm die Hand auf die Schulter. »Let's get it over and done with.«

Wir schoben die Ranken der Kletterpflanze beiseite und stemmten die Tür des Schuppens auf, während wir die Blicke unserer Frau und Mutter die ganze Zeit im Rücken spürten. Ein Abenteuer war es längst nicht mehr; aber mein Herz überschlug sich, als ich über ein paar wahrscheinlich mit Erde gefüllte Säcke stieg und hineinging.

Es roch feucht und schimmelig wie nach vor langer Zeit vergessenen Champignons. An der Rückwand stand eine uralte Mähmaschine, mit der ich ab und zu die Tochter den Rasen hatte mähen sehen, und auch ein paar einfache Gartenwerkzeuge wie Harke und Spaten. Auf einer kleinen Werkbank standen neben einem verrosteten Vogelkäfig Blumentöpfe und Pflanzkübel.

»Und?« An dem Ton seiner Stimme erkannte ich, dass auch mein Sohn jegliches Interesse an dem Abenteuer verloren hatte; er schien nicht einmal Lust zu haben, hereinzukommen.

»Nichts«, sagte ich.

Über der Werkbank hing an einem Haken eine Schubkarre aus Holz, keine gewöhnliche, sondern eine in kleinerem Maßstab. Es dauerte eine Weile, bis bei mir der Groschen fiel. Es war ein Spielzeug, aber eines, das mit Liebe und Sorgfalt hergestellt worden war: Das Rad hatte dieselbe Farbe wie die Griffe, alles war mit einem transparenten Lack überzogen, wodurch der Schubkarren fast aussah wie am ersten Tag, obwohl zu erkennen war, dass er sich an ein Modell anlehnte, das heutzutage nicht mehr mit dieser Liebe und Sorgfalt – mit diesem handwerklichen Können – hergestellt wurde.

Und während ich den Schubkarren betrachtete und über einen der grünen Griffe strich und weiter über die subtile Krümmung des Arms zur Mulde, bekam sein Schöpfer plötzlich ein Gesicht.

Für mich stand es außer Zweifel, dass der Tischler, der dieses wunderbare Spielzeug geschaffen hatte, und der bisher anonyme Erzeuger von Titia de Bilde ein und dieselbe Person waren. Ich sah jetzt auch ihren vierten (oder fünften?) Geburtstag vor mir, an dem das Geschenk ausgepackt wurde. Die abgrundtief hässliche, aber geliebte Tochter stieß Schreie des Entzückens aus, der Vater strahlte vor Stolz und ermunterte sie, den Schubkarren sofort auszuprobieren; es war an einem schönen Mittag auf dem Rasen hier vor dem Schuppen – doch nicht viel später starb der Vater ganz plötzlich oder er suchte das Weite aus zwingenden Gründen, die nichts mit der Liebe zu seiner einzigen Tochter zu tun hatten, um sich anderswo ein neues, aber nicht notwendigerweise besseres Leben aufzubauen.

Wie dem auch sei, Frau de Bilde hatte ihren Mann zeitlebens geliebt, sie hatte den Schubkarren weder verbrannt noch in Stücke gehackt, sie hatte ihn als kostbare Erinnerung gehegt und gepflegt und im Schuppen an einen Haken gehängt, wo er vor Fäulnis geschützt war. Nur die Zeit ging an ihm vorbei, wie an einem von einer Lawine verschütteten Kind, das nach Jahrhunderten noch gänzlich unversehrt gefunden wird; seine Kleidung ist inzwischen aus der Mode gekommen, aber der Ausdruck von Schrecken und Überraschung auf seinem Gesicht ist auch nach zweihundert Jahren noch genauso frisch wie am ersten Tag.

Ich fühlte ein Brennen im Hals wie bei einer plötzlich einsetzenden Grippe und hatte das starke Bedürfnis, mir die Nase zu putzen oder wenigstens mein Gesicht hinter einem Taschentuch zu verstecken. Im Nachbargarten wurde wieder gelacht und gesungen. Es war, fiel mir jetzt ein, die Melodie von »Riders on the Storm« von The Doors. Dass gerade jetzt ein Betrunkener das Lied eines Mannes sang, der schon Jahre tot war, konnte kein Zufall sein, und plötzlich fühlte ich eine tiefe Erschöpfung. Es war eine Erschöpfung von Tagen oder vielleicht von Wochen, die ich bis zu diesem Abend verdrängt hatte, die sich jetzt aber mit aller Gewalt breitmachte und mich durch den Betonfußboden in den darunterliegenden Sumpf drücken wollte.

»Und?«, rief meine Frau vom Balkon, als ich wieder zum Vorschein kam.

Ich sah durch meine brennenden Augenlider zu ihr hoch; weil die Ränder meines Blickfelds nicht mehr ganz scharf waren, erinnerte sie mich, wie sie da fast kokett an der Balkonbrüstung lehnte, an eine lang zurückliegende Zeit oder mehr noch an einen absichtlich an dieser Stelle montierten Flashback aus einem Film. David war mir vorausgegangen und stand schon an der Tür.

Wie bei einem ausgeklügelten Kameraschwenk ließ ich meinen Blick über den ganzen Garten wandern, von der Tür zum Zaun und weiter an der meterhohen Hecke entlang bis zur gepflasterten Terrasse direkt gegenüber dem Schuppen. Sie war mit gewöhnlichen Platten verlegt und etwa zwei mal drei Meter groß. An manchen Tagen hatte ich Frau de Bilde hier im Sommer im Schatten des Pflaumenbaums sitzen sehen, auf dem Tisch eine Kanne Tee. Mein Blick ging weiter an dem immergrünen weihnachtsbaumartigen Baum vorbei, dessen Namen ich nicht kannte, bis zu der Stelle, wo ich mich befand, und dann am Schuppen vorbei bis zum länglichen Blumenbeet, wo der Hund vorzugsweise seine Notdurft verrichtete.

Ich hatte den Garten bisher nur aus einer ganz anderen Perspektive gesehen, vom Balkon aus. Ich kniff die Augen zusammen und versuchte angestrengt, das Heute über die Vergangenheit zu schieben, aber schon bald wusste ich nicht mehr, welche Vergangenheit ich eigentlich meinte, ganz zu schweigen von dem Heute.

Schließlich hob ich den Kopf und sah zu meiner Frau hoch.

»Nichts«, sagte ich.

Mit gesenktem Kopf ging ich durch den Garten zurück zur Tür, wo mein Sohn auf mich wartete.

8

»Vielleicht solltest du die Frage ein ganz klein wenig anders formulieren«, sagte Max; wir saßen uns an einem Fenstertisch im Bistro Delcavi in der Beethovenstraat gegenüber und hatten beide ein Bier vor uns, meines war schon fast leer, während bei Max die Schaumkrone gerade erst in sich zusammenfiel.

Nachdem wir uns über dieses und jenes unterhalten hatten (das Wetter in Odessa, das Wetter auf Menorca, wie geht's Christine / Sylvia?), war ich gleich zur Sache gekommen. Max war genau eine Dreiviertelstunde zu spät im Delcavi aufgekreuzt, hatte es aber nicht für nötig befunden, sich zu entschuldigen; gerade noch rechtzeitig hatte ich den Impuls unterdrücken können, verärgert auf meine Uhr zu schauen. Aber verärgert war ich schon gewesen: Eine ganze Woche war seit der Inspektion des Schuppens verstrichen, und eigentlich hatte sich seit unserer Rückkehr aus Menorca noch nichts geklärt.

»Hattest du mit dem Parterre nicht irgendwas vor?« Sein Gesicht war stark gebräunt; er hatte seine Sonnenbrille in die Stirn geschoben, und sein glatt zurückgekämmtes Haar war nass, als käme er gerade aus der Dusche.

»Deswegen frage ich ja«, sagte ich. »Ich weiß nicht, ob und wann ich damit anfangen kann.«

Max drehte das Bierglas hin und her. »Das meine ich doch«, sagte er. »Vielleicht könntest du mich das fragen.«

»Was?«

Das Bierglas zwischen seinen Fingern kam zum Stillstand. »Ob du schon anfangen kannst.«

Endlich setzte Max das Glas an die Lippen und leerte es in einem Zug. Er wischte sich den Mund ab, gab einen zufriedenen Rülpser von sich und schaute zwei jungen Mädchen in zu knappen T-Shirts nach, die Arm in Arm vor dem Fenster vorbeigingen.

»So!«, sagte er und zwinkerte mir zu. »Ja, Fred, der Herbst steht schon wieder fast vor der Tür, aber für den, der Augen hat zu sehen, ist es immer Frühling.«

Ich schaute auf mein leeres Glas. Ich hatte Lust auf ein zweites, doch die Kellnerin stand gerade mit dem Rücken zu uns an der Bar. »Kann ich anfangen?«, fragte ich.

»Ja«, sagte Max.

Eine alte Dame in einem Leopardenmantel, an dem vor dem Krieg vielleicht noch Leopardenhaare gewesen waren, der aber jetzt eher wie eine auf Pergament gedruckte Fotokopie eines Leopardenmantels aussah, stand phasenweise von ihrem Tisch auf und schlurfte zum Ausgang. Noch bevor sie ihn erreicht hatte, sprang Max auf und hielt ihr die Tür auf.

»Vielen Dank, junger Mann«, sagte sie; draußen stand sie noch eine Zeit lang unschlüssig da, als wüsste sie nicht mehr, warum sie das Lokal verlassen hatte, und ging schließlich langsam Richtung Apollolaan.

Inzwischen war es Max gelungen, die Kellnerin auf uns aufmerksam zu machen. »Du noch ein Bier?«, fragte er.

Ich nickte; ich hätte gern Fragen gestellt, doch es schien mir vernünftiger, es bleiben zu lassen, jedenfalls in diesem Moment.

Max schüttelte den Kopf und lachte.

»Was?«, fragte ich.

»Ach nee, ich dachte gerade nur daran, die Alte gerade eben … ich meine, im einen Moment hat man ein hübsches junges Ding vor sich und im nächsten eine wandelnde Leiche.«

»Ja«, sagte ich und setzte ein Pokerface auf, hielt dabei aber die Luft an.

»Nee, verstehst du … ich meine, denkst du solche Sachen nie? Die Alte vorhin, die denkt vielleicht immer noch daran. An genau das Gleiche, an das die jungen Mädchen denken, was meinst du?«

Unser Bier wurde gebracht, wir nahmen beide einen Schluck.

»Ich jedenfalls«, sagte Max langsam, »ich denke eigentlich immer daran.«

Ich schwieg und wartete. Vielleicht würde sich das Gespräch ganz von selbst auf die Parterrewohnung und den Garten zubewegen?

»Und umgekehrt auch. Umgekehrt denke ich bei ganz kleinen Kindern schon daran, wie sie mal als Tattergreise aussehen werden. Oder bei so knackigen Mädchen wie vorhin, dass sie in nicht allzu ferner Zukunft so schwer und kurzatmig sind, dass Umstehende sie in die Straßenbahn hieven müssen …«

Ich lachte. »Ja, ich denke auch manchmal …«

»Für manche ist das ganz tröstlich«, sagte Max. »So was denken zu können, meine ich. Versagertypen zum Beispiel, die denken dann: So ein hübsches Ding, das völlig außerhalb meines Sonnensystems liegt, ist auch bald eine alte Oma. Und dabei vergessen sie der Einfachheit halber, dass sie dann selber längst tot und begraben sind. Aber so meine ich es nicht. Ich meine mehr, hinter so einer Alten wie der vorhin im Leopardenmantel sind vielleicht in ihrer Glanzzeit auch mal ganze Horden junger Männer her gewesen.

Männer, die sich heute nur noch mit Mühe dahinschleppen oder die schon seit zwanzig Jahren auf dem Friedhof liegen.«

Wieder schwieg ich dazu; ich war froh, dass ich vorhin meinen Satz nicht zu Ende gesprochen hatte. Max angelte sich eine Schachtel Marlboro aus seiner Brusttasche und zündete sich eine an. Ohne mir eine anzubieten, steckte er die Schachtel wieder ein.

»Sogar bei meiner eigenen Tochter denke ich manchmal daran«, sagte er. »Ich glaube, es gibt Dinge, die möchte man als Eltern einfach nicht erleben, und deshalb ist es auch biologisch so vorgesehen, dass es auch nicht nötig ist. Ich meine, ich finde es schön, Sharon aufwachsen zu sehen, aber ich bin auch froh, dass ich nicht mehr am Leben sein werde, wenn es mit ihr abwärtsgeht.«

Max schob den Ärmel seines Sweatshirts hoch und schaute auf seine Taucheruhr, dann winkte er der Kellnerin.

»Du fängt erst mal mit dem Umbau an«, sagte er. »Unter dem Vorwand einer Instandsetzung. Und machst es so, wie du es gerne hättest, wenn du selber dort einziehen würdest. Dass du zum Beispiel nicht nachher zwei Küchen hast, die du gar nicht brauchst, du verstehst schon. Bei der Art Wohnungen in deinem Viertel kann man schon mit ein paar kleinen Eingriffen auf eine Miete kommen, deren Höhe man völlig frei bestimmen kann. Du verlangst also einen Betrag, von dem du weißt, dass keiner ihn zahlen kann, alles klar? Und solange du keinen geeigneten Mieter findest, wohnst du selber drin. Das ist völlig legal und für jedermann einleuchtend. Nach ein paar Jahren haben alle vergessen, wie es dazu gekommen ist, und deine Frau hat ihren Garten, in dem sie so viel anpflanzen kann, wie sie will. Das mögen Frauen nun mal, kann ich dir versichern. Du müsstest mal unseren Balkon sehen, der tropische Regenwald ist nichts dagegen.«

Die Kellnerin kam an unseren Tisch. Max fächelte den Zigarettenrauch weg, als könnte er sie sonst nicht richtig sehen. »Können wir zahlen, Schönheit?«

9

Es war meine Frau, die vorschlug, ihr Bruder solle die »Modernisierung« der Parterrewohnung übernehmen. Nach anfänglichen Protesten ließ ich mich schließlich von ihren Argumenten überzeugen: Mein Schwager war zwar ein Versager, was den Beitrag zum Unterhalt seiner Familie betraf, aber auf der anderen Seite hatte er unbestreitbar handwerkliches Talent. Wenn er nicht auf dem Sofa lag und meditierte, zimmerte er eigenhändig einen, übrigens völlig überflüssigen, Anbau für die Küche oder kachelte das Bad mit echten portugiesischen Keramikfliesen, um dem Ganzen »einen mediterranen Anstrich« zu geben, wie er sich ausdrückte. Mit den portugiesischen Fliesen verhielt es sich allerdings wie mit Yvonnes im Ofen verkohlenden ausländischen Rezepten: In ihrer dunklen Wohnung im Obergeschoss in der genauso dunklen Straße in Amsterdam West konnte man einfach nicht vergessen, in was für einer durch und durch ordinären Umgebung man sich befand – »mediterran« würde es da nimmermehr werden, mochte mein Schwager auch alle Wände und Decken mit römischen Fresken und pompejischen Mosaiken bekleistern.

Ich sah seiner bohrenden und klopfenden Anwesenheit mit Schrecken entgegen, aber noch mehr seiner Anwesenheit danach, nach getaner Arbeit, an unserem Küchentisch, wo er sich seine Zigaretten drehen und sein Bier trinken und uns mit seinen Spinnereien langweilen würde über die »innere Harmonie zwischen Körper, Geist und Seele« und, was das Schlimmste war, über die »Seelenwanderung«. Seit einigen Jahren glaubte mein Schwager nämlich, er habe schon mehrere Inkarnationen hinter sich. In seinem ersten Leben hatte er sich in der Provence als Vincent van Gogh abgeplagt, dann war er ein französischer General bei Verdun gewesen, um schließlich in seiner vorletzten Daseinsform als Häftling in einem deutschen Konzentrationslager zu enden; auf dieses Schicksal als Opfer einer grausamen Verfolgung führte er seinen gegenwärtigen depressiven und »dunklen« Gemütszustand zurück.

Ich war schon öfter Leuten begegnet, die an die Reinkarnation glaubten, und allen war gemeinsam, dass sich ihre früheren Daseinsformen nie in der Anonymität abspielten. Vincent van Gogh mochte zwar zu Lebzeiten nicht sehr populär gewesen sein, aber später hat man ihm doch ein ganzes Museum gewidmet; das Gleiche galt für all die Alexander die Großen und Napoleons. Und auch KZ-Häftlinge waren »historisch« berühmt, um es einmal so zu formulieren. Bezeichnenderweise fehlte in der Reihe der Inkarnationen der KZ-Scherge, der einen Häftling mit einem Stück Holz zu Tode knüppelte.

Ich kann mich noch gut an den Sonntagnachmittag erinnern, an dem mein Schwager zum ersten Mal davon anfing – wir saßen in einem schrecklichen Pfannkuchenhaus –, und wie schamlos und peinlich ich es fand, als er vor seinen Kindern von seiner schweren Zeit im KZ erzählte, was dazu beigetragen habe, dass Papa manchmal so niedergeschlagen und trübsinnig sei. Ich betrachtete sein nichtssagendes, verwöhntes Gesicht, während er in aller Seelenruhe weiter seinen Speckpfannkuchen mampfte, und dachte, wie liebend gern ich ihm in einer früheren Inkarnation die Tracht Prügel verabreicht hätte, die er sich in diesem Leben mehr verdient hatte als in all seinen früheren Daseinsformen zusammengenommen.

»So kann ich nicht arbeiten«, sagte er, als er zum ersten Mal in Frau de Bildes Küche stand, die Hände in den Hosentaschen, und melancholisch die Tüte Hundefutter auf der Anrichte anstarrte. Vielleicht machte er den darauf abgebildeten Hund persönlich dafür verantwortlich, dass er nicht mit der Arbeit anfangen konnte. Es war ein braunschwarzes Exemplar, das aufgeregt ein Ohr in die Höhe reckte, als würde es schon von Weitem die appetitlichen Brocken in seinen Fressnapf fallen hören. Unwillkürlich musste ich an den Fotografen denken, der den Hund dazu gebracht hatte, nur das eine Ohr zu spitzen, und dann dachte ich an Peter Bruggink; ich musste ihn unbedingt zurückrufen, heute noch, auf jeden Fall morgen.

»Der ganze Krempel muss raus«, murmelte mein Schwager düster und zeigte mit dem Kopf nach hinten zum Flur und zum Wohnzimmer. Es roch in der Wohnung inzwischen so unverkennbar nach Kamel, dass man eigentlich nicht länger von Gestank sprechen konnte: Ohne die menschliche Anwesenheit der sich mit ihrer Gehhilfe herumschleppenden Frau de Bilde handelte es sich nur noch um den beruhigenden Geruch eines Tierasyls. Unser Plan oder eigentlich Christines Plan war es gewesen, die ganze Wohnung erst gründlich putzen zu lassen, aber am ersten Montag nach den Sommerferien war unsere Putzfrau nicht erschienen und auch nicht am Montag darauf.

»Vielleicht ist sie noch im Urlaub«, meinte meine Frau. »Der dauert ja vielleicht in Marokko etwas länger.«

Und als ich mit den Achseln zuckte, sagte sie: »Ich finde es doch merkwürdig. Fatima war ein so anständiges Mädchen.«

»Hast du keine Telefonnummer?«

»Nur die von ihrem Handy und da kriege ich immer ihre Mailbox. Ich habe was draufgesprochen, aber sie ruft nicht zurück.«

»Vielleicht ist sie zwangsverheiratet worden«, sagte ich, aber meine Frau schien das für keine besonders witzige Bemerkung zu halten. Wann hatte ich sie überhaupt das letzte Mal zum Lachen gebracht? Mir fiel nichts ein. Na ja, vielleicht vor etwa einem Jahr, als ich die Müllsäcke nach unten bringen wollte, ausrutschte, die Treppe runterfiel und zwischen den Kartoffelschalen und stinkenden Fleischresten landete; sie hatte sich gar nicht erst erkundigt, ob ich mir wehgetan hatte, sondern gleich einen unbändigen Lachanfall bekommen, schließlich hatte sie aus der Küche ein Geschirrtuch geholt, um sich die Tränen abzuwischen.

»Oh, Schatz … sei mir nicht böse«, hatte sie erst nach geraumer Zeit herausgebracht. »Aber wenn du dich sehen könntest!«

Fatima … ich war selten zu Hause, wenn sie sich mit Staubsauger und Putztuch an die Arbeit machte. Die Tätigkeit einer Hilfe im Haus unterliegt einer ganz eigentümlichen Gesetzmäßigkeit: Sie hält sich immer dort auf, wo man selber gerade sein möchte. Wenn man aufs Klo muss, scheuert sie garantiert die Schüssel, wenn man sich in der Küche ein Glas Wasser holen will, hat sie die Bodenfliesen gerade mit einem Spezialwachs behandelt, das quälend langsam trocknet; sich nicht von der Stelle zu rühren, ist auch keine Lösung, denn unaufhaltsam nähert sich der Staubsaugerlärm, und irgendwann muss man die Beine heben (»Darf ich mal stören?«) oder den Stuhl nach hinten schieben – nein, es bleibt einem nichts anderes übrig, als die Flucht zu ergreifen. Doch andererseits muss immer jemand zu Hause sein, sonst trödelt sie herum, macht immer längere Kaffeepausen und pafft eine Zigarette nach der anderen.

Ich dachte an den Morgen, als Fatima mich in Unterhose

in der Küche angetroffen hatte; ich war wieder ins Bett gekrochen und hatte auf die Geräusche unten gelauscht: ein startender Staubsauger, Wasser, das eimerweise ins Klo geleert wurde … nach einiger Zeit hatten sich die Geräusche zögernd genähert, zuerst das Brummen des Staubsaugers, dann das Hin- und Herschieben von Fläschchen im Badezimmer.

»Herr Moorman …?«

Es war ein Flüstern gewesen, aber eindeutig im Zimmer und nicht außerhalb, wie mir nach ein paar Sekunden klar war.

»Schlafen Sie, Herr Moorman?«

Was, wenn ich wach war und sie mit dem Staubsauger reinkommen wollte? Ich öffnete die Augen und sah ihren Kopf im Türrahmen, ihr schwarzes Haar reichte bis zur Türklinke.

»Wenn Sie möchten, kann ich Ihnen eine Tasse Tee machen.« Sie blieb stehen, wo sie stand, nur schob sich jetzt auch eine mit Ringen übersäte Hand um den Türpfosten.

»Eine Tasse Tee …?« Meine Stimme überschlug sich mit einem schnarrenden, nach Luft schnappenden Pfeifton, der auch von Rotz und Schleim kündete. Ich räusperte mich. »Das wäre wunderbar, Fatima. Aber vielleicht … vielleicht …«

Sie blickte mich mit ihren großen schwarzen Augen erwartungsvoll an. »Ja?«

»Rechts oben im Schrank über der Anrichte steht eine Flasche. Jack Daniel's. Einen Schuss davon in den Tee?«

Ich hatte keine Ahnung, wie sie dieses Ansinnen auffassen würde, wer weiß, vielleicht war sie gläubig und ihre Religion verbot ihr, Alkohol einzuschenken. Man wusste nie, woran man bei den Marokkanern war, manche soffen sich halb zu Tode, andere waren ziemlich pingelig. Ich hatte mal von einem Marokkaner gehört, der eine kleine Spedition hatte und der sich weigerte, Weihnachtspakete zu transportieren, weil sie möglicherweise alkoholische Getränke enthielten. Aber Fatima schenkte mir ein warmes Lächeln. Und als sie dabei eine Reihe strahlend weißer Zähne entblößte, schien es, als wäre plötzlich ein dünner Sonnenstrahl ins Zimmer gefallen.

»Es heißt, man schwitzt dann die Erkältung schneller aus«, sagte ich noch, aber da waren ihre schwarzen Locken und weißen Zähne schon verschwunden. Ich hörte ihre Schritte auf der Treppe.

Danach muss ich in einen tiefen Schlaf mit schweren Träumen gefallen sein, an die ich mich bis auf den heutigen Tag noch immer Szene für Szene erinnere. Zuerst träumte ich wieder von den Müllsäcken, die sich noch immer an dem Baum türmten, und wie sehr sich die Müllmänner auch anstrengten, der Berg wurde einfach nicht kleiner.

Der nächste Traum war äußerst klar, fast realistisch und ließ an Deutlichkeit nichts zu wünschen übrig. Eine Auslegung der eventuellen tieferen Bedeutungsschichten war jedenfalls völlig überflüssig.

Ich stand vor dem Spiegel in einem Badezimmer, das eine gewisse Ähnlichkeit mit dem in der Wohnung meines Schwagers hatte. Ich war dabei, eine Zigarette zu rauchen, als sich die Tür öffnete und eine Frauenstimme sagte: »Oh, Entschuldigung, die Tür war nicht abgeschlossen.« Ich drehte mich um, es war meine Schwägerin, die auf die Zigarette in meiner Hand starrte.

»Die Toilette unten ist besetzt«, sagte sie.

Das gehörte immer noch zum Traum, denn in Wirklichkeit haben sie nur eine einstöckige armselige Wohnung, von zwei Toiletten ganz zu schweigen, aber darum ging es auch gar nicht. Worum es ging, war, dass ich mich beim Rauchen ertappt fühlte, ertappt und beschämt, als dürfte ich, ein siebenundvierzigjähriger Mann, nicht im Badezimmer meiner angeheirateten Verwandtschaft rauchen. Oder besser gesagt: Die Tatsache, dass ich im Badezimmer rauchte, sagte genug über den verbotenen und heimlichen Charakter dieser Handlung. In dieser Hinsicht ähnelte der Traum den Träumen von der Abiturprüfung, die man immer noch bestehen muss, obwohl das Abitur schon dreißig Jahre oder länger zurückliegt.

Im Traum empfand ich zwar Scham gegenüber meiner Schwägerin, fand mich aber andererseits zu alt, um die Zigarette hinter meinem Rücken zu verbergen oder sie rasch auszudrücken. Gemächlich steckte ich sie mir zwischen die Lippen und musterte meine Schwägerin von Kopf bis Fuß.

»Ich war gerade fertig«, sagte ich leise und blies ihr den Rauch ins Gesicht.

Yvonne Vriend-Claessens hatte wie in Wirklichkeit sehr kurzes Haar, aber nicht normal kurzes Haar, sondern von der Sorte, über die man sich entweder zu einer Bemerkung genötigt fühlt oder worüber man besser schweigt. Auf der Nase hatte sie eine dazugehörige Brille, die einen ebenfalls mit Nachdruck darauf hinwies, dass es sich um eine Brille und nicht nur um eine Sehhilfe handelte. Es war deutlich, sowohl innerhalb wie außerhalb des Traums, dass die Kombination von Brille und Haar und dem ebenso lächerlichen Nike-Sweatshirt mit Kapuze sie jünger oder jedenfalls moderner aussehen lassen sollte, obwohl sie in Wirklichkeit den Abstand verringerte, der sie vom Tod trennte. Wie dem auch sei, eben standen wir uns noch gegenüber, als wenn nichts wäre, außer dass ich beschlossen hatte, einfach weiterzurauchen, und im nächsten Moment hatte ich meine Schwägerin am Schopf gepackt, mehr schlecht als recht in Anbetracht des kurz geschnittenen Haars, und sie mit dem Gesicht auf den Rand des Waschbeckens geschlagen. Einfach ein paarmal kurz hintereinander, worauf sich das Geräusch von zersplitterndem Glas mit dem von brechenden und im Porzellanbecken klirrenden Zähnen vermischte, als würde ein ganzes Service zerdeppert, während das Blut nicht nur auf das Nike-Sweatshirt spritzte, sondern auch auf den Spiegel, den Duschvorhang und in die Badewanne. Yvonne rief noch »Was ist in dich gefahren!« oder »Ich habe doch nichts getan!« oder etwas Ähnliches, aber ich erklärte ihr, glaube ich, noch immer innerhalb des Traums, das sei nun ausgerechnet der einzige Grund, weshalb sie sich diese Behandlung gefallen lassen müsse, weil sie nichts, aber auch rein gar nichts getan, höchstens in den natürlichen Lauf der Dinge eingegriffen habe mit ihrer Brille und ihrem Sweatshirt und ihrem Haar in dem vergeblichen Bemühen, den Tod auf Distanz zu halten. In diesem Moment tauchte mein Schwager in der Badezimmertür auf, er machte kein entsetztes oder wütendes Gesicht, sondern schien eher neugierig.

»Was machst du?«, erkundigte er sich interessiert. Eigentlich hätte ich ihm jetzt die gleiche Behandlung angedeihen lassen müssen – aber etwas hielt mich zurück: Eine plötzliche bleierne Müdigkeit hinderte mich daran, die Arbeit zu Ende zu führen, und auch das Gefühl, es sei irgendwie doppelt gemoppelt, mir beide vorzuknöpfen.

»Ich habe deine Frau für dich ausgebeult«, antwortete ich daher, und danach war es, glaube ich, an der Zeit, hinunterzugehen. Ja, so war es: Unten fand eine Party statt, und wenn wir uns hier noch länger herumdrückten, würden sich die Gäste wundern; so jedenfalls erklärte mein Schwager mir die Situation und, wenn ich mich recht entsinne, auch seiner Frau, die noch immer ihre Zähne im Waschbecken auflas. »Komm, das machen wir später«, waren die letzten Worte meines Schwagers im Traum, bevor ich schwitzend und zähneklappernd aufwachte und Fatima mit einem dampfenden Becher in der Hand auf der Bettkante sitzen sah.

Ich setzte mich mühsam auf und nahm den Becher entgegen; wie ich zu meiner Zufriedenheit feststellte, war sie nicht sparsam mit dem Jack Daniel's gewesen.

Ehe ich mich versah, hatte sie mir einen feuchten Waschlappen auf die Stirn gelegt, und dann fühlte ich den Druck ihrer Finger.

»Sie haben im Schlaf geredet«, sagte sie leise.

»Oh ja?«, fragte ich so beiläufig wie möglich und setzte mein dämlichstes Grinsen auf. »Und was habe ich gesagt?«

Fatima kniff ihre schwarzen Augen zusammen und legte den Kopf schief, die schwarzen Haare berührten fast die Bettdecke.

»Ich konnte es nicht gut verstehen.« Ihre Finger drückten gegen den Waschlappen, ein Tropfen rollte mir über eine Augenbraue die Nase hinunter; ich trank einen Schluck von dem Tee, der sich schon auf Trinktemperatur abgekühlt hatte, sodass ich ihn zur maximalen Wirkung in einem Zug hätte runterkippen können – aber solange Fatima auf der Bettkante saß und mir sanft durch den feuchten Waschlappen hindurch die Stirn massierte, hielt ich mich zurück.

»Natürlich hast du es verstanden«, sagte ich und schenkte ihr ein wahrscheinlich ziemlich schwaches Lächeln und zwinkerte ihr zu. Das Zwinkern ging von selbst, als würden meine Augenlider von einer Kraft gelenkt, die stärker war als ich selbst, beziehungsweise von etwas oder jemandem, der andere Motive als ich hatte.

Die Finger stoppten in ihrer Bewegung und lösten sich dann ganz. Fatima sah mich ernst an.

»Sie haben gesagt: *Du hast nie, nie etwas getan* … Sie holte tief Luft. Wider Erwarten schlug sie nicht die Augen nieder. »Und dann haben Sie ein Wort benutzt für Frauen, das man eigentlich nicht benutzen darf. Man will damit sagen, dass Frauen weniger wert sind als … als …«

»Kamele?« Es war mir so herausgerutscht, was vielleicht an dem Jack Daniel's lag oder ganz allgemein an meinem elenden Zustand und meinem von Nurofen und Alkohol erhitzten Gehirn, aber heute war ich sowieso nur zu lockeren Gesprächen aufgelegt.

Zu meiner nicht geringen Erleichterung brach Fatima in Lachen aus. »So könnte man es sagen.«

»Wo kommst du eigentlich her?«, fragte ich rasch, bevor sie wieder ernst werden konnte. »Ich meine, wo genau in Marokko?«

»Oujda«, sagte sie. »Das heißt, aus einem kleinen Dorf im Rifgebirge zwischen Oujda und Al-Hoceima.« Es war ein Genuss, sie die Namen aussprechen zu hören: in dem ansonsten akzentlosen Holländisch waren sie die Oliven und Sardellen in einem geschmacklosen und zerkochten Eintopf.

»Oujda«, wiederholte ich und dann noch einmal leidenschaftlicher. »Ouj-da!« Es klang wie das Niesen eines einsam in den Bergen hausenden Tiers.

»Wissen Sie, wo das liegt? Es liegt nicht weit von der Grenze zu Al …«

»Du musst nicht die ganze Zeit Sie zu mir sagen«, unterbrach ich sie. »In eurer Kultur habt ihr vielleicht Respekt vor älteren Menschen, aber ich bin nur alt. Vor mir braucht man keinen Respekt zu haben.«

Sie legte den Kopf noch schiefer, vor meiner Nase baumelte ein Ohrring, der aus mehreren Gliedern und Perlen bestand.

»Haben Sie einen Atlas?«, fragte sie.

Sie verschwand und kam nach einer Weile mit einem Atlas und einem Becher frischem Tee zurück.

Vom restlichen Nachmittag ist mir nur noch ihr Mittelfinger in Erinnerung, der sich über die Karte von Nordafrika bewegte, der auf jede einzelne Stadt zeigte; an ihren Fingern trug sie einen oder mehrere Ringe aus roten Korallen und winzigen Spiegeln, die wie Diamanten funkelten, nur der

Ring aus geflochtenem Gold an ihrem Mittelfinger war ganz ohne Verzierung. Ihre Eltern wohnten in Nador und zwei ihrer Brüder in der Küstenstadt Al-Hoceima; dann hatte sie noch einen Bruder in Amsterdam. Ihr Heimatort mit dem unaussprechlichen Namen war natürlich nicht auf der Karte zu finden, sie zeigte mir, wo er ungefähr lag. Ich konnte die Augen kaum noch aufhalten, und es fiel mir immer schwerer, ihrem über die Karte huschenden Finger zu folgen. Aus dem Ausschnitt ihres violetten T-Shirts stieg der Geruch von Holzkohle und frisch gepressten Apfelsinen auf. (Später, als sie schon längst gegangen war, habe ich noch an der Bettdecke gerochen, wo sie gesessen hatte, und auch noch an der Karte von Marokko, aber der Geruch von Holzkohle und Apfelsinen war verflogen.) Das Letzte, woran ich mich erinnere, waren ihre Hände, die mir den Becher abnahmen und auf den Nachttisch stellten. Als ich die Augen wieder öffnete, stand die Sonne schon tief über den Dächern auf der anderen Straßenseite; es war still im Haus, kein Staubsaugergeräusch, kein klatschender Aufnehmer störten die Ruhe.

Ansonsten war ich, wenn Fatima putzte, wahrscheinlich immer aus irgendeinem Grund nicht zu Hause, denn ich kann mich nicht erinnern, sie vor den Sommerferien noch einmal gesehen zu haben. Und jetzt war sie also etwas länger in Marokko geblieben. *So what?* Es gab mehr Putzfrauen, die den Schmutz der Welt aufwischen konnten; die Chilenin meiner Schwägerin zum Beispiel, die ich in der Wohnung bei der Arbeit gesehen hatte. Oder besser gesagt: Ich hatte einmal miterlebt, wie sie am Esstisch eine Tasse Kaffee nach der anderen trank und in nahezu unverständlichem Holländisch die Katastrophen schilderte, die ihren nächsten Angehörigen in Santiago de Chile zugestoßen waren. Es waren eigentlich zu viele für eine einzige Familie, aber die chilenische Putzfrau wusste verdammt gut, welche Saite man bei Yvonne anschlagen musste.

Yvonne lauschte mit feuchten Augen und schüttelte immer wieder den Kopf, als die HIV-positiven Söhne, unschuldig inhaftierten Neffen und die Nichten mit extrauterinen Schwangerschaften vor ihrem inneren Auge vorbeizogen. Zu Weihnachten bezahlte sie ihrer Putzfrau den Flug nach Hause, es sei doch alles »himmelschreiend«, sagte sie und wischte sich mit einem Papiertaschentuch die Tränen aus den Augenwinkeln. Ich hatte sie stark im Verdacht, sich klammheimlich über ihr adoptiertes Dritte-Welt-Drama zu freuen, es reduzierte das Leid der Welt auf einen einzigen überschaubaren Fall, das gute Gewissen ließ sich mit ein paar Scheinen kaufen, über das restliche Elend brauchte sie sich von nun an nicht mehr den Kopf zu zerbrechen. »Ich bin einfach froh, dass ich wenigstens etwas tun kann«, sagte sie allen, die es hören wollten, wobei sie so ganz nebenbei durchblicken ließ, dass alle anderen nichts taten.

Dieser Kummerkasten auf zwei Beinen könnte doch vielleicht die Parterrewohnung putzen. Da Christine auch sehr empfänglich für dergleichen war, würde es nur eine Frage der Zeit sein, bis sie auch an unserem Kaffeetisch ihre Familiensaga epischen Ausmaßes ausbreiten würde.

»Ich helfe dir«, sagte ich vorschnell zu meinem Schwager. »An einem Nachmittag haben wir das ganze Zeug weggeräumt. Sag nur, was wir machen müssen.«

Er hatte seinen Drehtabak zum Vorschein geholt und fuhr mit der Zungenspitze am Blättchen entlang. Er ließ sich alle Zeit der Welt, die ganze Problematik der Wohnung auf sich einwirken zu lassen; offensichtlich genoss er es, dass ich ihm widerstandslos das Feld geräumt hatte. Seine Körperhaltung war schon jetzt die eines Bauunternehmers, der seinem Opfer mitteilt, der Einbau der Dachgaube koste doppelt so viel wie eigentlich veranschlagt. Unwillkürlich musste ich daran denken, wie der jetzt noch unbekannte Körper, der einmal von diesem Schussel bezogen werden würde, seinen Freunden und Verwandten erzählte, er habe sich in einem früheren Leben mit Heimwerken etwas dazuverdient und ansonsten seine Zeit mit Meditieren und dem Zusammensetzen von Puzzles aus mehr als tausend Teilen vergeudet.

»Du musst einen Container mieten«, sagte mein Schwager schließlich und atmete den Rauch seiner Selbstgedrehten durch die Nase aus.

Und als ich ihn fragend ansah, fügte er hinzu: »Einen von diesen Containern, wie man sie auf Schiffe stapelt, der kommt hier vor die Haustür, und da stellen wir alles rein, was im Weg ist.«

4

1

Normalerweise sind dies die Stunden, in denen es sich im Garten abkühlen müsste, aber es bleibt warm. Ich überlege, ob ich die Küchentür aufmachen soll, als würde von drinnen kühlere Luft nach draußen strömen. In der Küche wirft die Leselampe einen gemütlichen Lichtkegel auf den kleinen Alutisch, an dem ich morgens gewöhnlich die Zeitung lese.

Ich liebe es, mein Haus aus einer gewissen Entfernung zu betrachten, als würde ich nicht darin wohnen. Ich könnte hineingehen, könnte es aber genauso gut auch lassen. Ich könnte noch etwas schlafen, damit ich morgen – nein heute, verbessere ich mich – ausgeruht zu der Beerdigung erscheine. Doch ich spiele lieber nur mit dem Gedanken, es gibt Gelegenheiten, bei denen man nicht ausgeruht zu sein braucht, und dazu gehören Beerdigungen.

Ich weiß nicht einmal, wie spät es ist, so zwischen halb drei und vier in der Frühe, schätze ich. Der Himmel verfärbt sich noch nicht, aber mehr noch als am Licht merkt man es an den Geräuschen, beziehungsweise an ihrer Abwesenheit: Kein Vogel singt, keine Katzen fetzen sich in den angrenzenden Gärten, und auf dem Rangierbahnhof stehen die Züge noch still.

Ich muss an die Einweihungsparty vor ein paar Monaten denken. Hinterher könnte man sagen, es wäre vielleicht besser gewesen, keine zu organisieren, ich meine: allein schon das Wort! Aber hinterher ist man immer klüger. Einweihungsparty … Einweihungsparty … man braucht es nur ein paarmal hintereinander auszusprechen, dann wird es ganz von selbst lächerlich, bis es schließlich gar nichts mehr bedeutet.

Es war einer der ersten warmen Frühlingstage, und die Party fand sowohl drinnen als auch draußen statt. Christine hatte einen Tisch mit Getränken und Häppchen in den Garten gestellt, und dort hielten sich die meisten Gäste auf. Peter Bruggink hing schlaff in einem der Terrassenstühle, die wir einige Wochen zuvor im Gartencenter gekauft hatten, und zeigte jedem, der es sehen wollte, die dreißig Zentimeter lange Narbe, die quer über seinen Bauchnabel verlief; sein Gesicht hatte die Farbe von Recyclingpapier, und er hatte mindestens zwanzig Kilo abgenommen. In den Monaten des Umbaus der Parterrewohnung hatte ich nur wenig Zeit gehabt, ihn im Krankenhaus zu besuchen. Nur zweimal. Ich weiß nicht, was es ist, aber ich habe ein Problem mit Krankenhäusern. Mir bricht schon der kalte Schweiß aus, wenn ich die Eingangshalle betrete und durch die Gänge mit den Schildern wie Onkologie und Kardiologie laufe. Die aus dem Griechischen oder Lateinischen entlehnten Namen wirken viel bedrohlicher, als wenn einfach Krebs oder Herzinfarkte da stünde. Das habe ich Peter auch bei einem meiner beiden Besuche zu erklären versucht, doch er hatte die Operation damals gerade erst hinter sich und lag an einer ganzen Reihe von Schläuchen und Monitoren, und ich hatte nicht den Eindruck, dass er mir wirklich zuhörte.

Jetzt wurde er von meinen beiden Schwiegereltern belagert, die sich besorgt nach dem Verlauf seiner Krankheit und den Aussichten auf vollständige Genesung erkundigten. An der Hand meines Schwiegervaters baumelte seine Videokamera; gleich nach seiner Ankunft hatte er den Garten in einer einzigen fließenden Kamerabewegung aufgenommen, um sofort darauf zum oberen Stockwerk zu schwenken. *So wohnt mein Schwiegersohn,* hörte ich ihn in Gedanken in einem halb verdunkelten Raum zu seinen Bekannten und Verwandten sagen, denen er die Aufnahmen natürlich vorführen musste. Ich hatte ihn im Verdacht, dass er die Linse liebend gern auf Peter Brugginks eingefallenes Gesicht gerichtet hätte, wenn ihn nicht ein letzter Rest von Anstand davon abgehalten hätte. Derweil hatte meine Schwiegermutter die Hand meines Freundes mit beiden Händen umfasst. »Es gibt neuerdings eine Gemüse- und Kräuterdiät, die vollständige Genesung garantiert«, hörte ich sie sagen; es klang wie eine Fernsehreklame für schmerzlose Einäscherung in einem Sarg aus Kiefernholz.

Weiter hinten im Garten, auf der kleinen Terrasse, die halb unter Farnen und überhängenden Zweigen eines Obstbaumes verschwand, saßen David und Nathalie an dem Alutisch aus der Küche. David trank Cola, vor Nathalie stand ein leeres Weinglas; nach kurzem Zögern holte ich mir eine angebrochene Flasche Weißwein vom Büfett.

»Du hast aber einen Mordsdurst!«

Auch ohne mich umzudrehen, erkannte ich die nicht von seiner echten zu unterscheidende Stimme; es war die gleiche, mit der er Kandidaten bis zum Überdruss fragte, ob sie sich »echt hundert Prozent sicher« seien, dass die einzig richtige Antwort Antwort B sei.

In dieser Jahreszeit fiel es umso mehr ins Auge, wie unnatürlich braun Erik Mencken war. Vor ein paar Monaten wäre ein Skiurlaub noch eine ziemlich glaubwürdige Erklärung gewesen, jetzt aber erkannte man an der körnigen Haut um seine Augen, vor allem an der verdächtigen Bräunung der Krähenfüße, dass alles von der Sonnenbank oder direkt vom Selbstbräuner herrührte. Da ich schwieg, hielt mir der Moderator sein halb leeres Glas hin und nickte zur Weinflasche in meiner Hand.

»Schöner Garten übrigens«, sagte er. »Ich habe gerade zu deiner Frau gesagt, auf solche Gärten können die Leute in Amsterdam Zuid direkt neidisch sein.«

Ich widerstand der Versuchung, die Flasche an seinem Kinn zu zerschlagen, als wäre es ein Schiffsrumpf kurz vor dem Stapellauf, und schenkte ihm nach. Es wäre ein bisschen zu viel des Guten gewesen, so ein scheinbar unbegründeter Gewaltausbruch auf unserer Einweihungsparty – außerdem zu viel der Ehre für so eine hohle Nuss wie Erik Mencken. Aber die Vorstellung einer am Kinn des Moderators zerschellenden Weißweinflasche gefiel mir so überaus gut, dass ich sie noch ein paarmal – mit unbewegtem Gesicht – vor meinem inneren Auge vorbeiziehen ließ.

»Ja«, sagte ich schließlich, weil ich immer noch nichts gesagt hatte; ich hätte auch etwas anderes sagen können, aber auch das wäre zu viel der Ehre gewesen.

Mit einem abgebrochenen Flaschenhals könnte man natürlich Menckens Äußeres so drastisch verändern, dass die Einnahmen aus den Werbespots bei *Wer wird Millionär?* in den Keller gehen würden. Und nach einigen Wochen würden sich die Verantwortlichen leider genötigt sehen, sich von ihrem Quotenstar zu trennen.

»Was ist?«, fragte Mencken.

»Nichts. Was soll sein?«

»Ich weiß nicht, du grinst so vor dich hin. Wenn ich wüsste, was so komisch ist, könnte ich vielleicht mitlachen.«

Ich schüttelte den Kopf. »Ich musste einfach an etwas Lustiges denken«, sagte ich. »Nur so für mich. Schwer zu erklären.« Mit diesen Worten wandte ich ihm den Rücken zu und schlenderte zur Terrasse am anderen Ende des Gartens.

Nathalie hatte ihr flachsartiges Haar zu einem Pferdeschwanz gebunden, der fröhlich auf und ab wippte, als sie zu den Ausführungen meines Sohnes nickte. David verstummte, als er mich kommen sah.

»Verstehst du?«, hörte ich noch, und Nathalies Pferdeschwanz wippte ein letztes Mal. Mit einem fragenden Lächeln hielt ich die Flasche schräg über ihr leeres Glas.

»Ja, gerne …«, sagte sie und hielt mir das Glas hin. Da kein Stuhl mehr da war, blieb ich mit der Flasche in der Hand neben dem Tisch stehen; ich fühlte mich ein wenig wie ein Ober, der den Gast den Wein kosten lässt, denn weder David noch Nathalie luden mich ein, mich zu ihnen zu setzen. Halb unter Nathalies Stuhl lag Wuff und dämmerte hechelnd vor sich hin. Frau de Bildes Hund hatte die Freundin meines Sohnes besonders lieb gewonnen, und wenn sie uns besuchte, wich er selten von ihrer Seite.

In diesem Moment schlug Nathalie so plötzlich die Augen zu mir auf, dass ich fast erschrak. »Was für ein herrlicher Wein, Fred«, sagte sie. Ich wartete auf eine Fortsetzung, aber die blieb aus. Beide würden es als aufdringlich empfinden, wenn ich hier noch länger herumstand; ich durfte jetzt nicht zerstören, was ich in den vergangenen Monaten mit so viel Mühe aufgebaut hatte: Schon allein die Tatsache, dass Nathalie mich seit fast einem halben Jahr nicht mehr mit »Herr Moorman« anredete, sondern immer »du« und »Fred« zu mir sagte, war nicht mit Gold aufzuwiegen.

Davor hatte sie immer die Augen niedergeschlagen, wenn unsere Blicke sich trafen, oder sie hatte das Zimmer verlassen, sobald ich hereingekommen war. Ich war mir nicht hundertprozentig sicher, dass sie mich nicht im Verdacht hatte, etwas mit dem rätselhaften Verschwinden von Frau de Bilde zu tun haben, aber mit ihrer naiven Intuition, um es einmal so zu nennen, hatte sie vielleicht Zusammenhänge erfasst, die gewöhnlichen Sterblichen, meine Frau und die beiden von der Kripo einbegriffen, einfach völlig undenkbar erschienen waren. Nathalie wohnte noch bei ihrem Vater und dessen neuer Freundin am Stadionweg in Amsterdam Zuid, und als ich sie an einem Abend, an dem es sehr spät geworden war, mit dem Auto nach Hause brachte, ertappte ich mich dabei, dass ich mir die Hausnummer einprägte und hinter welcher der vier Türen sie verschwand.

Eine knappe Woche später gab ich Max diese Information weiter; wir saßen auf der Terrasse des Wildschut am Roelof Hartplein, an einem der letzten schönen Herbsttage des Jahres.

»Sie wohnt eigentlich bei dir um die Ecke«, sagte ich.

Max stellte seine Bacardi Cola hin und sah mich an. »Wovon redest du?«, fragte er.

»Wieso …?«, setzte ich an, doch etwas in seinem Blick sagte mir, dass ich seine Geduld heute besser nicht strapazieren sollte. Er war damals schon ziemlich nervös und schnell irritiert – *nicht zu Scherzen aufgelegt,* nannte er das. »Ich bin heute nicht zu Scherzen aufgelegt«, sagte er dann lachend, und das war für seine Umgebung, insbesondere für Richard H., das Signal, ihn nicht mit allzu komplizierten Fragen zu belästigen. In Lokalen setzte er sich ganz nach hinten, mit dem Rücken an die Wand, an einen Platz, von wo aus er die Tür im Auge behalten konnte.

Auf meine Frage, ob er sich vor irgendetwas Konkretem fürchte, zuckte er die Achseln. »Es gehört einfach dazu«, sagte er. »Ein Stierkämpfer wendet doch auch nicht dem Stier den Rücken zu.«

An jenem Nachmittag auf der Terrasse des Wildschut schossen seine Augen ständig hin und her. Mit dem Daumen rieb er nervös über das Display seines Handys.

»Wovon redest du?«, wiederholte er. »Was soll ich mit dieser Information anfangen?«

»Gar nichts«, sagte ich schnell. »Ich dachte nur …«

»Du gibst mir die Adresse der Freundin deines Sohnes. Manchmal frage ich mich wirklich, ob es dir in deinem Oberstübchen noch ganz gut geht.«

Wenn Max besserer Laune gewesen wäre, hätte ich ihm

von dem Vorfall im Speisesaal von Menorca erzählt, als Nathalie in Tränen ausbrach, weil sie fand, ich rede so zynisch über Menschen. Es war mir etwas mulmig bei dem Gedanken, sie könnte mich gegenüber den Instanzen, die die Ermittlungen nach Frau de Bildes Verschwinden durchführten, als einen Menschen hinstellen, der keinen Respekt vor »dem menschlichen Leben« hat. Andererseits wusste ich manchmal selber nicht, worüber ich mir eigentlich so viele Sorgen machte, denn die Ermittlungen waren seit Monaten »völlig festgefahren«, was in Amsterdam so viel bedeutete wie, dass es niemanden einen Scheißdreck interessierte, was aus meiner Nachbarin geworden war. Um das Thema zu wechseln, erwähnte ich die Lahmarschigkeit der Polizei, insbesondere die unerklärliche Tatsache, dass die zwei Kripobeamten nach ihrem ersten Besuch nie mehr etwas von sich hatten hören lassen.

»Wem sagst du das«, sagte Max. »Es ist eine Schande. Zu welchem Polizeirevier, sagtest du, gehörten sie?«

»Keine Ahnung. Ich glaube nicht, dass sie das überhaupt erwähnt haben …«

»Wie sahen sie denn aus?«

Ich gab ihm eine kurze Beschreibung des Molukkers und seines an Schlaflosigkeit leidenden Kollegen.

»Tommy«, sagte Max. »Tommy Musampa.«

Ich verzog das Gesicht. »Also ich …«

»Das klingt gewaltig nach Tommy Musampa«, unterbrach Max mich. »Patenter Kerl. Völlig in Ordnung. Ein Minderwertigkeitskomplex von hier bis zum Mond und wieder zurück, aber gut, das haben alle, die aus der Gegend da kommen. Nicht jeder kann Starsky sein. Oder Hutch. Und der andere, stotterte der?«

»Er sah vor allem unglaublich unausgeschlafen aus«, sagte ich, um Max irgendwie entgegenzukommen, denn an Gestotter konnte ich mich beim besten Willen nicht erinnern.

»Tommy war früher auf dem Revier in der Warmoesstraat. Danach ist er, glaub ich, an den Rand der Stadt versetzt worden. Sporadisch ist er auch mal auf was gestoßen, aber eher so, wie eine Uhr, die nicht mehr geht, auch zweimal innerhalb von vierundzwanzig Stunden die richtige Zeit anzeigt. Und der andere war wahrscheinlich Bertje Wix. Der hieß nicht wirklich so, es war ein Spitzname, weil er immer so abgewichst aussah, er konnte die Finger nicht von sich lassen, verstehst du, jedenfalls wurde das gemunkelt. Ein echtes Weibsstück aus Fleisch und Blut kriegst du jedenfalls nicht mit so einer Visage, also wird es schon stimmen. Aber egal, sollte Tommy noch mal vorbeikommen, was ich bezweifle, dann grüß ihn schön von mir. Sag ihm, wenn er mehr erfahren möchte, kann er mich jederzeit anrufen.«

Ich starrte Max an. In dem Moment kam eine Straßenbahn der Linie 5 um die Ecke des Roelof Hartplein, mit so viel Radau, dass wir beide eine Zeit lang schwiegen.

»Aber …«

»Herrgott noch mal, guck nicht so verdattert«, lachte Max. »Das ist Amsterdam. Auch ’ne Art stehen gebliebener Uhr, wenn du so willst. Typen wie Tommy Musampa, die wollen alle einen Informanten aus dem Milieu, es verschafft ihnen Status, verstehst du, wenn sie Kollegen wie Bertje Wix gegenüber so tun können, als wüssten sie mehr als die anderen. Schau, Bertje Wix weiß echt nix – vielleicht hat er da übrigens seinen Spitznamen her, jetzt, wo ich darüber nachdenke –, aber solche indonesischen Typen wie Musampa, denen ist ja eine Karriere auch nicht gerade in die Wiege gelegt, die wollen höher hinaus, und wenn es sein muss hintenherum. Es ist echt zum Schießen, wie die Polypen sich alle darum rangeln, wer den »höchsten« Informanten hat. Na ja, an mir hat Tommy jedenfalls in dieser Hinsicht den Richtigen, ich meine, einen, der sich sehen lassen kann. Also werfe ich ihm ab und zu etwas hin, natürlich nichts, was wirklich etwas zur Sache tut, aber doch etwas, womit man als einfacher Polizist Staat machen kann. Im Fall des armen Französischlehrers zum Beispiel, mir fällt jetzt sein Name nicht ein, da habe ich dafür gesorgt, dass Musampa als Erster vor Ort war. Alles in allem bringt es zwar nicht viel, macht aber manchmal gerade den kleinen Unterschied, wenn man über Rot gefahren ist zum Beispiel, denn solche Sachen vergessen die nicht so leicht.«

Ich spürte, wie sich mir die Nackenhaare plötzlich aufstellten. *Was, wenn es Max gewesen war, der Musampa den Tipp gab, Ermittlungen nach dem Verschwinden einer alten Frau in der Pythagorasstraat einzuleiten?* Gleich darauf schüttelte ich den Kopf. Aber das war lächerlich, ich hatte ja selber die Polizei angerufen. Doch vielleicht war es kein Zufall, dass ausgerechnet Musampa und sein unausgeschlafener, nicht stotternder Kollege auf diesen Fall angesetzt worden waren; vielleicht war es kein Zufall, dass der Fall bis heute nicht aufgeklärt war.

»Was hast du?«, fragte Max.

»Was? Ich? Nichts, ich …«

»Du stöhnst hier rum und schüttelst dauernd den Kopf. Wenn du aufs Klo musst, hast du meine Erlaubnis.«

»Ach was, mir ist nur warm«, sagte ich.

Max schaute mich an; dann winkte er der Kellnerin. »Hab ich dir das schon erzählt?«, fragte er und steckte sein Handy weg. »Wenn du es schon kennst, musst du es sagen. Es ist ein paar Jahre her, ich saß mit Richard und noch ein paar Freunden auf einer Terrasse in der P.C. Hooftstraat, nur so zum Quatschen und Biertrinken, da radelt auf einmal der Premier vorbei, Mensch, wie hieß er doch gleich, Wim Kok, genau der, ganz gemütlich urholländisch auf dem Fahrrad, du kennst das, so von wegen: wir benehmen uns ganz normal, das ist schon verrückt genug, und hinter ihm her schlingert auch noch der brave Bürgermeister, bisschen großspurig, aber doch eine ganz nette Visage, du weißt schon, der Patijn, Schelto Patijn.«

Die Kellnerin war inzwischen an unseren Tisch gekommen, und Max hielt ihr einen Hunderter hin.

»Und dann waren natürlich noch mehr solcher Typen mit von der Partie, alle genauso stinknormal auf ihrem Fahrrad wie die großen Jungs, man konnte sehen, dass sie eine echt gemütliche Orientierungsrunde durch die Hauptstadt drehten. Und weißt du, was das Verrückte war: Sie machten vor allem den Eindruck, dass sie *nicht den geringsten Schimmer hatten, wo sie sich befanden.* Weder in welchem Land noch in welcher Stadt und schon gar nicht in welcher Straße, wenn du verstehst, was ich meine. Es hatte etwas Rührendes, etwas Entwaffnendes, der ergraute Kok, dem eigentlich seine doppelte Käsestulle immer noch lieber war als ein Mahl bei einem Gläschen Wein, wie er da *fast froh* durch die P. C. Hooftstraat radelte, und der brave Bürgermeister hinter ihm her, wie aus einer Fernsehserie aus den Fünfzigern – das war alles so ungeheuerlich, so haarsträubend *naiv,* verstehst du? Ich glaube, Richard oder einer der anderen hat noch das Glas gehoben und »He, Wimchen!« oder so was gerufen, und der arme Mann hat sich fast zu Tode erschreckt, hat dann aber brav zurückgewinkt. Später haben wir noch zueinander gesagt, wenn man sich diese Typen anschaut, die unser Land regieren, wird einem erst so richtig bewusst, wie groß der Spielraum ist, den man hat, und was man sich hier alles erlauben kann, ohne dass je ein Hahn danach kräht.«

Er steckte das Wechselgeld ein und gab der Kellnerin einen Zehner. Bevor er aufstand, suchte er erst links und rechts die Van Baerlestraat ab.

»Mir ist vor Kurzem auch was Merkwürdiges passiert«, sagte ich, aber Max zwängte sich schon zwischen den Tischen hindurch nach draußen.

»Wir hatten eine marokkanische Putzfrau«, sagte ich. »Ich weiß nicht, ob ich dir das schon mal erzählt habe …«

Max ging mit großen Schritten Richtung Museumplein; da ich nicht wusste, ob er davon ausging, dass ich ihn noch ein Stück begleite, oder ob er das als lästige Verfolgung sehen würde, hielt ich erst mal einen halben Meter Abstand.

»Ja, und die ist nach dem Sommer einfach nicht mehr zurückgekommen. Und vor ein paar Wochen steht auf einmal ein Marokkaner vor der Tür, der behauptet, er sei ihr Bruder. Ob wir etwas von Fatima gehört hätten – so heißt die Schwester. Sie hatte demnach gar nicht so lange Urlaub in Marokko gemacht, wie wir angenommen hatten. Und jetzt ging er bei allen Leuten vorbei, bei denen sie gearbeitet hat, ob sie mehr wüssten.«

Ohne sein Tempo zu drosseln, nahm Max sein Handy und wählte eine Nummer.

»Und weißt du, was komisch ist«, sagte ich schnell. »Die ganze Zeit denke ich: Das Gesicht kennst du. Diesen Bruder hast du schon mal irgendwo gesehen. Und auf einmal wusste ich es. Im Kino! Im Calypso, wo wir uns in der Pause von *Deep Impact* getroffen haben. Es war der Marokkaner, der versucht hat, Sylvia ihre Tasche zu stehlen, und dem du eine in die Fresse gehauen hast …«

Max blieb stehen; er hielt das Handy ans Ohr, ließ dann aber die Hand wieder sinken.

»Das ist doch komisch!«, sagte ich. »Das ist doch ein Wahnsinnszufall, oder? Ich meine, wie groß ist die Chance, dass so was tatsächlich passiert?«

Max sah mich an; einen Moment glaubte ich, einen Anflug von Ironie in seinem Blick zu bemerken, hinterher dachte ich, dass es eher Mitleid war.

»Vor ein paar Jahren hätte ich noch gesagt: die Wahrscheinlichkeit liegt bei eins zu zehn Millionen«, sagte er. »Aber bei dem Tempo, mit dem sich das Pack hier vermehrt, sage ich jetzt: bei eins zu drei.«

»Viel Spaß noch«, sagte ich zu David und Nathalie und stellte die Weißweinflasche zwischen sie auf den Tisch.

Ich zog mich hinter eine mannshohe Konifere zurück, um kurz zu verschnaufen, bevor ich mich wieder ins Getümmel warf. Den Weg zum Haus verstellte mir mein Schwager, wie ich durch den grünen Nadelvorhang feststellte. Mein Schwager war ein lästigerer Fall. Schon während des Umbaus hatte er in seiner ganz eigenen, nebulösen und ungreifbaren Weise durchschimmern lassen, dass er »mehr wusste« – anfangs dachte ich noch, er meinte es »witzig« oder »ironisch«, aber je öfter er darauf zurückkam, desto mehr ging er mir auf die Nerven.

»Diese Freunde von dir«, sagte er beispielsweise nach dem Abendessen, während er sich seine Zigarette drehte. »Haben sie die alte Frau irgendwo auf einer Landstraße aus dem Auto geworfen oder mit einem Anker um den Hals in den Hafen versenkt? Was meinst du?«

Er machte diese Bemerkungen am liebsten, wenn Christine oder David gerade aus dem Zimmer gegangen waren, aber jeden Moment wieder hereinkommen konnten, sodass ich keine Zeit hatte, ihm zu antworten, sondern höchstens ein wenig dumm lachen konnte.

Aber eines Mittags standen wir zu zweit in dem Container vor dem Haus, in dem wir Frau de Bildes Möbel nach und nach abgestellt hatten. »Was hast du eigentlich damit vor?«, fragte er. »Stellen wir das Zeug hinterher pro forma zurück, wenn ich da drinnen fertig bin? Oder deponieren wir alles da, wo sie sie auch deponiert haben? Wo immer das sein mag.«

Mir lief es eiskalt über den Rücken, unwillkürlich warf ich einen Blick durch die geöffnete Tür des Containers, doch die Straße lag verlassen da.

»Was willst du eigentlich?«, fragte ich und machte ein paar Schritte auf ihn zu. Etwas in meiner Stimme musste ihn alarmiert haben, er sah rasch hinter sich, ob genug Platz zwischen den Kartons und den Möbeln war, sollte es zu Tätlichkeiten kommen. »Findest du dich witzig? Fühlst dich dadurch besser? Oder nur einfach interessanter?«

»Nein«, sagte er, »überhaupt nicht.« Es gelang ihm aber nicht, ein leises Zittern in seiner Stimme zu unterdrücken. »Ich dachte nur …«

»Seid ihr da drin?« Christine stand plötzlich in der Türöffnung, in jeder Hand eine Bierdose.

Auf dem Gesicht meines Schwagers breitete sich ein Grinsen aus. »Ich dachte nur, kommt nicht irgendwann der Moment, wo du dich revanchieren musst?« Er sagte es so leise, dass Christine es unmöglich hören konnte. »Der Moment des Gegendienstes, meine ich. So läuft das doch in dem Milieu? Da gibt's doch nichts umsonst?«

»Onkel Fred …« Ich fühlte Tamars kleine Hand in meiner. »Komm«, sagte sie und zog mich sanft hinter der Konifere hervor. An meinem Schwager und meiner Schwägerin vorbei und noch an ein paar Gästen, die mir vage bekannt vorkamen – es mussten Freunde von Christine sein oder Leute aus der Nachbarschaft, die ich nicht so genau kannte –, lotste sie mich durch die Küche ins Wohnzimmer, das heißt, sie blieb an der Tür stehen und legte den Finger auf die Lippen.

Ich steckte den Kopf um die Ecke und sah Wilco am neuen Computertisch sitzen. Der Bildschirm war schwarz, ich hatte den Computer zwar am Abend zuvor in unser »neues« Wohnzimmer gestellt, ihn aber noch nicht angeschlossen. Doch Wilco schien das nicht zu stören: Er saß mit ausgebreiteten Armen auf seinem Stuhl und ahmte das Brummen eines Flugzeugmotors nach. Nach ein paar Runden stürzte das Flugzeug, Wilcos Geräuschen und Armbewegungen nach zu urteilen, ab, worauf er ein paar Tasten betätigte und von vorne anfing.

Ich schaute die kleine Tamar an, die sich an die Stirn tippte. Ich nickte heftig, tippte mir ebenfalls an die Stirn und hockte mich vor sie.

»Dein Bruder ist völlig plemplem«, sagte ich, während ich darüber nachdachte, wie um Himmels willen es möglich war, dass zwei so abscheulich taube Nüsse sowohl dieses süße Geschöpf als auch die »hochbegabte« Missgeburt hervorgebracht hatten.

»Und wie geht's Papa und Mama?«, fragte ich.

Tamar hob die Schultern. »Geht so.«

Ich tat einen tiefen Seufzer und zeigte mit dem Kopf aufs Wohnzimmer, aus dem wieder das Geräusch eines abstürzenden Flugzeugs erklang. »Wenn du es zu Hause nicht mehr aushältst, kannst du immer eine Zeit lang bei uns wohnen. Hier ist Platz genug.«

Tamars große schwarze Augen sahen mich forschend an; ich löste meine Hand aus der Umklammerung ihrer Finger. »Ich meine es ernst. Du bist ein sehr liebes, intelligentes Mädchen. Und du hast es nicht verdient, mit solchen Arschlöchern und Vollidioten unter einem Dach leben zu müssen.«

»Frau de Bilde!«

Ich fuhr hoch, verlor das Gleichgewicht und landete unsanft mit dem Rücken an der Wand des Flurs. »Frau de Bilde!«, tönte es nochmals. Die Stimme kam mir irgendwie bekannt vor, es war eine Männerstimme, die eine Frauenstimme nachzumachen versuchte.

»Hahahaha!«, hörte ich jetzt gleichzeitig mit dem Klappern des Briefkastendeckels, und als ich hinschaute, sah ich ein mir nur allzu bekanntes Gesicht durch den Spalt lugen.

»Was für ein Schreck«, sagte Max immer noch lachend, nachdem ich ihm die Tür geöffnet hatte; neben ihm stand die lange Sylvia in weißem T-Shirt und Jeans, Richard H. stand noch beim Mercedes und schloss das Verdeck. »Mensch, als hättest du ein Gespenst gesehen!«

Ich grinste und streckte die Hand aus. »Kommt herein«, sagte ich und bemühte mich, es herzlich klingen zu lassen. Vor ein paar Wochen hatte ich Max von der Einweihungsparty unterrichtet, weil es merkwürdig gewesen wäre, wenn ich es nicht getan hätte. Andererseits hatte ich keinen Moment geglaubt, er würde wirklich kommen, und schon gar nicht mit Gefolge. Als Sylvia mir ihre Wange zur Begrüßung hinhielt, fühlte ich, wie sich auch Sharon an meinen Beinen entlang ins Haus schob.

»Hallo Schätzchen«, sagte Sylvia und küsste die Luft neben meinen Wangen. Die beiden Mädchen, Sharon und Tamar, standen sich einen Augenblick lang reglos gegenüber und rannten dann wie auf Kommando gemeinsam in den Garten hinaus. Max stand schon in der Küche, als Richard H. mir als Letzter die Hand drückte. »Hallo mein Junge«, sagte er; aus großer Höhe zwinkerte er mir zu.

»Richtig hübsch geworden«, rief Max. »Ich habe die da wegen der Ratschläge für den Garten mitgebracht.« Er zeigte mit dem Kopf auf seine Frau. »Welche Pflanzen wohl und welche nicht, solche Dinge. Wo ist deine Frau?«

»Hallo alle zusammen«, sagte Sylvia, sie winkte in einer Art Kollektivbegrüßung in die Gartenrunde; kollektiv auch insofern, als alle Gespräche mit einem Schlag verstummten, als Max und seine Frau den Garten betraten. Und doch war es anders als bei meinem siebenundvierzigsten Geburtstag: In ihrem T-Shirt und ihren Jeans fiel Sylvia nicht aus dem Rahmen, und auch Max trug diesmal ein Poloshirt mit kurzen Ärmeln – allerdings war es schwarz, genauso schwarz wie seine Hose und seine Schuhe.

Aber egal, in welchen Kleidern Sylvia den Garten betreten hätte, sie wäre immer aus dem Rahmen gefallen, denn von allen anwesenden Frauen war sie nicht nur die größte, sondern auch die schönste, um nicht zu sagen: von blendender Schönheit.

Viel Zeit, sich von diesem Anblick zu erholen, hatten meine Gäste nicht, denn als Richard H. als Letzter in den Garten kam, ertönte aus der hintersten Ecke, wo David und Nathalie saßen, lautes Gebell. Ich hätte Frau de Bildes Hund nie ein solches Tempo zugetraut. Mit aufgesperrtem Maul, aus dem der Geifer in alle Richtungen flog, kam er knurrend und bellend direkt auf uns zugerannt. Genauer gesagt auf Richard H. Ein kalter Schauer lief mir über den Rücken, hätte ich nicht die Lippen zusammengepresst, hätte man meine Zähne klappern hören können. Richard H. blieb erst regungslos stehen und tat dann etwas völlig Unerwartetes: Er ließ sich auf ein Knie fallen und hielt dem knurrenden Hund die Hand hin. Mit der anderen holte er etwas aus der Tasche seines Jacketts, das in eine Serviette gewickelt war.

Knapp vor der ausgestreckten Hand kam Wuff zum Stehen. Er bellte noch ein paarmal, aber als Richard H. die Serviette auseinanderfaltete, hielt der Hund den Kopf schief und schaute erwartungsvoll auf den Inhalt.

»Hier«, sagte Richard H. und schob ihm das Stück Leberwurst ins Maul; mit der anderen Hand packte er den nun schwanzwedelnden, schmatzenden Hund am Halsband und zog ihn zu sich heran. »Das schmeckt dir, was?« Wuff ließ sich willig von der großen Hand den Kopf streicheln.

Kaum eine Minute später unterhielten sich alle wieder; am Büfett packte Max mich am Arm und flüsterte mir ins Ohr: »Ich muss in Kürze etwas mit dir besprechen.« In dem Moment sah ich, wie mein Schwager mir von der anderen Seite des Tisches aus seinem leeren Gesicht einen vielsagenden Blick zuwarf.

2

»Es ist eigentlich ganz einfach«, sagte Max, während er geschickt die Tagliatelle auf den Löffel drehte. »Du musst nur ein bisschen aufpassen. Ist die Antwort A, B, C oder D? Es ist eigentlich völlig absurd, wenn man mal darüber nachdenkt. Die meisten Antworten weißt du wahrscheinlich sowieso, aber wenn nicht, dann ist das auch kein Beinbruch. Du musst nur auf die gebräunte Visage unseres Kumpels achten. Zieht er die linke Augenbraue hoch, dann ist es A, die rechte, dann ist es B und so weiter. Aber das verabredet ihr dann noch. Er macht, glaube ich, jedes Mal was anderes, dann fällt es nicht auf. Ich habe sowieso gleich an dich gedacht, weil du doch all diese Fakten parat hast. Was ist die längste Brücke der nördlichen Halbkugel, ich meine, wahrscheinlich hast du Eriks hochgezogene Augenbrauen gar nicht nötig. Dann brauchst du dir auch seine obszöne Fratze nicht anzugucken, wenn sich dir dabei der Magen umdreht.«

Max schob sich die Gabel in den Mund, kaute und sah mich dabei ein paar Sekunden mit schrägem Kopf an, wie ein Hund, der den Knochen nicht durchkriegt. »Herrgott noch mal!« Er presste die Serviette auf den Mund, als müsste er den ganzen Bissen auskotzen. »Herrgott noch mal! Köstlich! Maestro!« Er winkte mit der Serviette dem Besitzer zu, der hinten bei der offenen Küche stand. »Topico, Maestro!« Er hob den Daumen, der Besitzer hob sein Glas.

Am Anfang waren alle Tische im Mare Nostrum besetzt gewesen, aber nach einigem Hin und Her war innerhalb einer halben Minute ein Tisch frei, die Gäste wurden ins Obergeschoss dirigiert. »Das ist nicht so beliebt«, sagte Max und zwinkerte mir übertrieben zu.

Schon beim ersten Bier hatte Max von seinem »kleinen Projekt« angefangen. Die Kandidaten von *Wer wird Millionär?* konnten jede Woche eine Million gewinnen, aber zweimal im Jahr – um Weihnachten herum und kurz vor Anfang der Sommerferien – wurde der Betrag auf zehn Millionen Gulden erhöht. »Eine Million ist für dich«, sagte Max. »Den Rest verteilen wir nach einem äußerst gerechten Schlüssel zwischen Mencken und uns. Wenn du die zehn Millionen auf dem Konto hast, hebst du hin und wieder kleinere Beträge ab und gibst sie mir, sagen wir mal, monatlich. Ohne Papierkram, einfach wie in der guten alten Zeit mit einem Köfferchen am vereinbarten Ort bei der alten Eiche oder auf der Toilette einer Tiefgarage, wie im Film. Wer nicht aufkreuzt, den finden wir. Auch wie im Film. Aber davon gehe ich bei einem alten Schulfreund nicht aus.«

Ich hatte mein Bier noch nicht angerührt und starrte Max an. *Nichts ist in dem Milieu umsonst!* Ich dachte an Erik Mencken, der mich an meinem Geburtstag gefragt hatte, woher ich Max G. kenne, und ich dachte daran, wie Max ein paar Wochen später auf der Terrasse des Timbuktu über Mencken hergezogen war. »Etwa drei Jahre«, hatte Max auf meine Frage geantwortet, wie lange das schon mit diesem »kleinen Projekt« gehe. »Wir machen es natürlich nicht immer, das würde zu sehr auffallen, na ja, also, über den Daumen gepeilt, drei- von viermal. Die Leute wollen doch am liebsten, dass ein Kandidat mit den zehn Millionen nach Hause geht.«

Ich überflog die Speisekarte, ohne sie richtig wahrzunehmen. *Ich habe sowieso gleich an dich gedacht.* Wann war das »gleich« gewesen? Vor oder nach meinem Geburtstag? Vor oder nach unserer Fahrt am Nordseekanal entlang? Bevor oder nachdem ich meinen Wunsch nach einem eigenen Garten erwähnt hatte? Und dann, wie banal das auch klingt, dachte ich an die Million. Ich dachte an den Film, dessen Titel mir nicht gleich einfallen wollte, in dem Robert Redford dem Ehemann von Demi Moore eine Million für eine Nacht mit seiner Frau bietet. Und wie jeder im Kino hatte ich mir die Frage gestellt, was ich an seiner Stelle tun würde. Christine schien meine Gedanken zu erraten.

»Würdest du mich für eine Million einem anderen Mann verkaufen?«, fragte sie, als der Nachspann lief.

»Vielleicht schon für siebeneinhalb Mille«, antwortete ich. Meine Frau drückte meine Hand.

»Wegen solcher Sätze habe ich dich geheiratet«, sagte sie. Sie kraulte mir die Haare im Nacken. »Bloß höre ich sie in letzter Zeit so wenig.«

Erik Mencken steckt seinen mit Selbstbräuner eingeschmierten Schwanz sehr wahrscheinlich in meine Frau, hätte ich eigentlich zu Max sagen wollen. Im Film wäre das wohl ein ausreichender Grund, mit jemandem ins Amsterdamer Hafengebiet zu fahren und ihm dort von hinten mit einem Eispickel den Schädel einzuschlagen. Aber das sagte ich nicht. Stattdessen fragte ich mich, wie teuer wohl ein Ferrari sei und wie viel ich dann noch übrig behalten würde. Ich sah vor mir, wie ich in dem Ferrari – einem roten, was sonst? – in die Pythagorasstraat einbiegen und mit David eine Probefahrt machen würde. Ein Stinger-System hatte ich selbstverständlich schon gleich einbauen lassen, sodass wir zwischen den Geschwindigkeitskontrollen leicht mit 280 Sachen auf der linken Fahrspur dahinbrettern konnten. »Wo möchtest du hin?«, würde ich ihn fragen. »Zum Strand? Zum Strand von Saint-Tropez, meine ich natürlich.« Ein roter Ferrari wäre ein Schlag ins Gesicht der Pythagorasstraat und ihrer Bewohner. Aber durfte sich jemand, der gerade vor Millionen von Zuschauern zehn Millionen Gulden gewonnen hatte, nicht einen echten Wagen gönnen? Aber da lag der Hase im Pfeffer. Mein Blick fiel auf die *Penne al vodka*. Ich würde keine zehn Millionen bekommen, sondern nur eine. Ein hübsches Auto, ein Sommerhaus und eine Reise in ein Entwicklungsland, und damit hatte es sich.

Max schien meine Gedanken erraten zu haben; er winkte dem Kellner und sagte: »Im Gegensatz zu den anderen kriegst du nicht nur eine Million, sondern obendrein noch eine hübsche Parterrewohnung mit Garten. Aber für einen alten Schulkameraden habe ich gern eine extra Kleinigkeit übrig.«

Darüber wollte ich nun gerade mit ihm reden. Aber ich wartete bis nach der Vorspeise, dem Hauptgericht, dem Nachtisch und den Likörgläschen zum Kaffee auf »Rechnung des Hauses«; ich wartete, bis wir bei dem silbergrauen Mercedes standen und Max mich fragte, ob er mich irgendwo *droppen* könne.

»Mein Schwager macht mir ein bisschen Kopfzerbrechen«, sagte ich, als Max in der Utrechtsestraat einfach den Straßenbahngleisen folgte und sich nicht die Mühe gab, um die Verkehrsinseln zu kurven; nach den ersten Likörgläschen auf Rechnung des Hauses waren noch drei weitere pro Mann gefolgt, und es schien mir zweifelhaft, ob jemand außer mir unter diesen Voraussetzungen in Max' Auto gestiegen wäre. Aber ich musste etwas loswerden – und außerdem hatte ich gar nichts dagegen, mit viel zu hoher Geschwindigkeit durch die Stadt zu preschen. »Er macht die ganze Zeit solche Anspielungen, als ob er etwas wüsste. Was unten passiert ist, meine ich.«

»Dann weiß er mehr als ich«, sagte Max, während er beim Frederiksplein in voller Fahrt in die Sarphatistraat abbog.

Ich musterte ihn von der Seite. Obwohl es längst dunkel war, hatte er immer noch die Sonnenbrille auf. »Dann bleibt man konzentriert«, hatte er einmal auf eine entsprechende Frage geantwortet. »Aber einen Radfahrer ohne Rücklicht sehe ich in der Tat zu spät.« Und dann hatte er erzählt, dass er auf Landstraßen oft die Scheinwerfer ausschalte und die Fenster runterfahre; er fühle sich »der Natur ein Stück näher«, wenn er mit hoher Geschwindigkeit über die Alleen rase. »Manchmal mache ich auch die Augen zu, aber wenn man die Zweige gegen die Karosserie schlagen hört, sollte man sie schleunigst wieder aufmachen.«

»Ich weiß nicht«, sagte ich, »aber nachdem ihr neulich bei uns wart, weißt du noch, als der Hund Richard ankläffte, kam mein Schwager noch zu mir und schwafelte irgendwas von wegen, dass er jetzt Bescheid weiß. Keine Ahnung, was er eigentlich will, aber es ist ganz schön ermüdend.«

Und es war nicht nur mein Schwager. Ein paar Tage nach dem Vorfall mit Wuff hatte meine Frau mich ohne Umschweife gefragt, ob ich etwas mit dem Verschwinden von Frau de Bilde zu tun habe.

»Ist das auf deinem Mist gewachsen oder hat dein Arschloch von einem Bruder dir das eingeblasen?«, hatte ich sie gefragt.

»Hast du etwas damit zu tun, Fred?« Sie ließ nicht locker. Sie guckte nicht traurig oder entrüstet, einfach nur ernst. Ich breitete meine Arme aus, als wollte ich sie beruhigend an die Brust drücken, gleichzeitig dachte ich an die Szene am Ende von *The Godfather I*, wo Al Pacino von seiner Frau gefragt wird, ob er hinter den letzten Massakern und Abrechnungen innerhalb der Familie stecke.

»Nein«, sagte ich und legte die Arme um sie.

»Dein Schwager, mal kurz überlegen«, sagte Max. »So ein griesgrämiger Typ?«

»Ja.«

»Mit einer Frau, für die man ihn auch unter Androhung von Gewalt nicht aus der Hose holt?«

»Ja, du scheinst sie gesehen zu haben.«

»Nicht nur das, ich habe noch eine Weile mit ihr geplaudert. Ein Tick von mir. Es fasziniert mich einfach, ich will sie aus der Nähe sehen, diese Frauen. Ich will sie reden hören und lächeln sehen, wenn ich ihnen wegen irgendwas ein Kompliment mache. Vielleicht ist das krankhaft, aber was macht man dagegen?«

Bei den Ampeln vor der Wibautstraat fuhr Max über die Straßenbahnschienen und bog mit quietschenden Reifen rechts ab. »Ihre zwei Kinder rannten im Garten herum. Schienen ganz okay, aber ich finde es doch immer wieder erstaunlich, dass solche Leute Kinder kriegen dürfen.«

»Ja.«

»Also dein Schwager, was willst du unternehmen?«

Ich holte tief Luft. »Das wollte ich eigentlich dir überlassen.«

Auf dem Platz vor dem Amstelbahnhof nahm Max die Abzweigung unter der Unterführung zur Hugo de Vrieslaan; auf der Höhe Frankendaelparks fuhr er langsamer, schaltete die Scheinwerfer aus und öffnete die Fenster. Eine ländliche Sommerabendluft drang herein.

»Ich kann natürlich immer Richard H. vorbeischicken, der ihm mal auf die Finger klopft«, sagte er. »Aber andererseits können wir gerade jetzt mit unserem *Wer-wird-Millionär*-Plänchen keinen Ärger gebrauchen.«

Bei der Erwähnung des Quizprogramms rutschte mir das Herz in die Hose; ich dachte an Erik Menckens Gesicht, ein dumpfer Schmerz drückte mir von innen gegen die Augen.

»Und wenn er ganz vom Erdboden verschwindet?«

Max schob sich eine Zigarette zwischen die Lippen und drückte auf den Anzünder. »Ich habe seine Kinder gesehen«, sagte er. »Dann fällt es mir immer schwerer. Sie sind noch klein, sie brauchen ihren Vater, auch wenn er eine Niete ist.«

Ich seufzte laut. »Er gammelt nur herum. Er meditiert oder setzt Puzzles zusammen, die aus mehr als fünftausend Teilen bestehen. Ich meine, man kann sich doch wirklich fragen, ob die Kinder nicht besser dran sind, wenn ihr Vater für sie nur eine blasse Erinnerung ist. Ein Schnappschuss im Fotoalbum.«

Im Schritt näherten wir uns dem Middenweg, wo die Ampeln schon ausgeschaltet waren.

»Er glaubt an die Reinkarnation«, sagte ich.

3

»Papa …«

Es dauert ein paar Sekunden, bis ich wieder weiß, wo ich bin; dann erkenne ich die vertrauten Umrisse des Gartens im frühen Morgenlicht. Am Fußende meines Liegestuhls steht mein Sohn.

»Junge …« Ich reibe mir die Augen und versuche zu lächeln. »Wie spät ist es?«

Mein Sohn zuckt die Achseln. »Halb acht oder so.«

»Ist Mama schon wach?«

Er schüttelt den Kopf. »Ich hab Kaffee gemacht. Möchtest du auch?«

Kurz darauf kommt er mit zwei Bechern zurück; er nimmt sich einen Gartenstuhl und setzt sich zu mir. Eine Weile schweigen wir. Jetzt sind auch die ersten Geräusche der Stadt zu hören: das Zuschlagen einer Autotür, in der Ferne hört man das Rauschen des Autobahnrings, und auch die Züge auf dem Rangierbahnhof sind wieder in Bewegung gekommen.

»Hast du eine Ahnung, wo die CD mit dem Soundtrack von *Reservoir Dogs* sein könnte?«, fragt David schließlich.

Ich muss kurz nachdenken, aber dann fällt es mir wieder ein. Im Auto! Im neuen Auto, wohlgemerkt; es hat nämlich einen CD-Wechsler für sechs Scheiben, und da hatte ich die CD hineingeschoben, um während der kurzen Fahrt vom Autohändler in Amsterdam Zuidoost nach Hause mit »Stuck in the Middle with You« die Stärke der sechs Lautsprecher zu testen. Erst hatten sie den Jeep Cherokee nicht in der richtigen Farbe vorrätig. »Wenn Sie sich für einen dunkelblauen statt für einen schwarzen entscheiden, können Sie ihn Ende der Woche mit nach Hause nehmen«, hatte der Verkäufer mich umzustimmen versucht, »ein schwarzer muss aus den Vereinigten Staaten importiert werden, das dauert bestimmt vier Monate.« Doch mein Entschluss stand fest: Schwarz musste das Auto sein, schwarz oder gar nicht; dunkelblau war an sich nicht hässlich, kam aber absolut nicht infrage, da es die Farbe von Erik Menckens Land Rover war. »Hören Sie«, sagte ich und unterdrückte gerade noch rechtzeitig die Anwandlung, eine Rolle Geldscheine aus der Hosentasche zu ziehen und sie dem Verkäufer unter die Nase zu halten. »Hören Sie, ich zahle bar auf die Hand. Sie können mir nicht weismachen, dass nicht irgendwo bei einem anderen Händler in den Niederlanden oder in Europa ein schwarzer Cherokee auf einen Kunden wartet, der mehr Geduld hat als ich.« Nachdem ich ein Stündchen im Warteraum gesessen und in Zeitschriften geblättert hatte, war es so weit: Am nächsten Tag würde ein schwarzer Cherokee von Brüssel nach Amsterdam gebracht, den ich dann zwei Tage später abholen könnte.

Ich hatte mich schließlich und endlich doch für den Cherokee entschieden, da ich davon ausging, dass David trotz seiner Kritik, es handle sich um einen Zweitwagen für gelangweilte junge Mütter, einlenken würde, sobald das schwarze Modell erst einmal dreidimensional vor der Tür stand. Und ich hatte mich nicht getäuscht: Als ich auf dem Autobahnring das Gaspedal voll durchtrat, sah ich aus dem Augenwinkel sein Gesicht. Weil »Stuck in the Middle with

You« so laut dröhnte, konnte ich seine Frage erst verstehen, als er sie mir nochmals ins Ohr schrie. »Na klar!«, schrie ich zurück.

Auf einem Parkplatz am Amsterdamse Bos tauschten wir die Plätze. Ich erwartete mehr oder weniger, David würde das Gaspedal sofort so weit wie möglich durchtreten, doch er fuhr erst eine vorsichtige Runde. Wir hatten die Fenster heruntergelassen und stützten den Ellbogen auf. »Das ist richtig cool«, sagte er, gab etwas mehr Gas, aber erschrak und trat gleich wieder auf die Bremse.

»Und was kostet das Ganze?«, fragte er auf dem Rückweg.

Ich sagte es ihm. »Ich habe mich bei *Wer wird Millionär?* beworben«, fügte ich hinzu. »Aber bei meinen Kenntnissen dachte ich, ich leiste mir schon mal als Vorschuss ein richtiges Auto.«

»Ich hole sie dir«, sage ich und will aufstehen, aber David winkt ab. »Ich wollte nur wissen, wo sie ist«, sagt er. Einige Minuten lang trinken wir schweigend unseren Kaffee.

»Heute ist die Beerdigung«, sagt er schließlich. »Von deinem Freund.«

»Ja.« Ich halte die Luft an und warte auf das, was kommt. Unwillkürlich blicke ich zu unserem Schlafzimmerfenster im zweiten Stock hinauf, aber die Vorhänge sind noch geschlossen.

»Er ist erschossen worden, nicht?«

»Ja.«

»Von wem?«

»Das wissen wir … das wissen sie noch nicht. Die Ermittlungen der Polizei laufen ja noch.«

Ich richte mich auf. Etwas in mir möchte sich entspannen, möchte, dass dieses Gespräch mit David nie zu Ende geht; dass uns Christine erst am Abend hier im Garten findet, friedlich eingeschlafen, und ihre Stimme uns weckt.

Bleiben würde die Erinnerung an etwas, was besonders war, ohne dass man es benennen könnte.

»War er ein guter Freund?«, fragt David.

Ich sehe ihn an und tue so, als würde ich nachdenken. Ich kann mich nicht mehr erinnern, wann mein Sohn mir zuletzt so viele Fragen hintereinander gestellt hat; außerdem scheint sein Interesse aufrichtig. Auch das kam in letzter Zeit nicht sehr oft vor. Ich kann auf seinem Gesicht keine Spur von Ironie oder Langeweile entdecken. Es ist für ihn keine Pflichtübung, weil heute zufällig ein Bekannter – oder Freund – seines Vaters beerdigt wird.

»Es ist merkwürdig …«, sage ich und weiß schon nicht mehr weiter. Eigentlich würde ich David am liebsten, wie schon einmal, die ganze Geschichte erzählen, aber ich weiß nicht, wo ich anfangen soll. Mit dem Kater, der mir auf den Schoß sprang? Ich weiß auch nicht, wo ich aufhören soll. *Und deshalb haben wir jetzt ein Haus mit einem eigenen Garten …* Unwillkürlich muss ich lachen. Mein Sohn schaut mich fragend an.

»Ach, ich musste an etwas Komisches denken«, sage ich. »Etwas Komisches mit Max … vor langer Zeit.«

Und dann fange ich doch bei unserer ersten Begegnung auf der Toilette des Erasmus-Gymnasiums an, seiner von unseren Hippie-Klamotten abweichenden Kleidung, die Marihuana-Tütchen im Scheinwerfer seines Mopeds … Ich erzähle David so gut ich kann von unseren Fantasien über den Französischlehrer und seine in der Bibliothek arbeitende Frau mit dem grauen Igelhaar.

David scheint ganz Ohr zu sein: Bei der Geschichte über den Französischlehrer muss er sogar ab und zu lachen.

»Wie heißt dein Erdkundelehrer noch mal?«, unterbreche ich meine Beschreibung von Biervoort, dem seine Frau die bleichen Arschbacken knetet. »Der mit der Friedensdemo-Tasche und dem Opel.«

»Verwoerd.«

»Ach ja, richtig. Verwoerd. Vielleicht solltest du das an ihm auch mal ausprobieren.«

»Was ausprobieren?«

»Dir vorstellen, wie er sich mit seiner Frau verlustiert. Hat er überhaupt eine?«

»Ich glaube schon.«

»Wahrscheinlich kocht seine Frau vegetarisch für ihn, wenn er von der Schule heimkommt. Vegetarisch kann ja gut schmecken, aber Leute, die auf Friedensdemos gehen, können nicht kochen. Es riecht ganz abscheulich nach Algen oder toten Pflanzen, aber Herr Verwoerd legt seine Stofftasche auf einen Stuhl und hat richtig Lust, gleich nach dem Essen seine Frau zu besteigen …«

»Papa …«

Zu spät merke ich, dass mein Sohn nur noch aus Höflichkeit mitlacht; er scheint sich mehr über mich als über meine Geschichte zu amüsieren.

»Ja, mein Junge?«

»Dieser Französischlehrer, wie hieß der eigentlich?«

Auf diese Frage gibt es zwei mögliche Antworten. Aber ich entscheide mich gleich gegen die, ihm einen falschen Namen zu nennen, sodass nur noch eine übrig bleibt. »Äh … wie hieß er noch?«, sage ich und runzle nachdenklich die Stirn. »Ach … es war ein ganz normaler Name … Biervoort! Ja, so hieß er! Biervoort! Genau der richtige Name für einen, der den ganzen Tag auf seinen Nägeln kaut.«

Ich lache schon wieder, aber Davids Gesicht bleibt ernst. »Neulich war im Fernsehen eine Sendung, in der kam ein Französischlehrer vor, der auch Biervoort hieß.«

Ich mache ein interessiertes Gesicht; zumindest hoffe ich es.

»Irgendeine Sendung über ungelöste Mordfälle, ich weiß nicht mehr, wie sie hieß.«

Innerlich verfluche ich mich, dass ich nicht besser aufgepasst habe: meistens stehen nämlich die Fälle, die in diesen Sendungen behandelt werden, am Tag selber in der Zeitung. Ich versuche mich an den Abend zu erinnern, an dem wir in den Nachrichten von dem Mord erfuhren. Ich sehe das Sofa im Haus meines Schwagers und meiner Schwägerin vor mir, links von mir saß mein Schwager und rechts seine Tochter – aber wo war David?

»Und?«, frage ich, damit die Stille nicht zu lange dauert.

David zuckt mit den Schultern. »Ach, der übliche Bullshit. Alle Ermittlungen sind im Sand verlaufen, Biervoort habe wahrscheinlich selber dem Mörder die Tür aufgemacht, denn man hat keine Spuren eines Einbruchs gefunden. Und jetzt würden sie sich mit den ehemaligen Schülern befassen, sie sollen sich melden, wenn sie sich an Mitschüler erinnern, die einen besonderen Groll gegen Biervoort hegten.«

Unwillkürlich muss ich lachen. »Einen besonderen Groll? Haben sie das gesagt?«

Mein fünfzehnjähriger Sohn starrt einen Augenblick in seinen Kaffee; dann hebt er den Kopf und sieht mich an. »Erinnerst du dich noch an den Abend bei Onkel Jan und Tante Yvonne?«

»Welchen Abend?«, frage ich viel zu schnell und spüre, wie mir die Hitze in die Wangen schießt – ich kann nur hoffen, dass mein wahrer Gemütszustand nicht allzu sichtbar ist. Natürlich weiß ich, welchen Abend David meint.

»Als Wilco Tante Yvonne die Nase blutig geschlagen hat«, sagt er. »Wir saßen im Wohnzimmer, und das Fernsehen brachte die Nachricht, in Amsterdam sei ein Französischlehrer erschossen worden.«

»Ja, ja, jetzt erinnere ich mich«, sage ich und schüttle den Kopf über so viel Vergesslichkeit. »Natürlich.«

In Davids Blick meine ich, neben Mitgefühl auch so etwas wie Mutlosigkeit zu erkennen. »Wir saßen nicht alle vor dem

Fernseher, nur du und Onkel Jan und Tamar. Ich stand hinter dir, du wolltest eigentlich nach Hause, aber noch schnell die Nachrichten sehen.«

»Ja.«

»Und da kam die Sache mit dem Mord, aber als der Name des Französischlehrers fiel und der der Schule, an der er unterrichtet hat, weißt du, was du da gesagt hast?«

Ich kneife die Augen zusammen, als müsste ich wirklich nachdenken. »Und? Was habe ich gesagt?«

»Nichts.«

»Nichts«, wiederhole ich etwas einfältig. Aber es stimmte, ich hatte tatsächlich nichts gesagt. Was hätte ich sagen sollen?

»Genau, nichts. Dabei war es doch deine Schule gewesen. Ich meine, vielleicht hast du diesen Lehrer ja nicht gehabt, aber es wäre doch normal gewesen, wenn du irgendwas gesagt hättest, zum Beispiel: Was, das ist doch meine alte Schule!«

»Ja, ja, richtig … meine alte Schule.«

David seufzt einmal tief auf. »Aber genau das hast du eben nicht gesagt. Ich kann mich noch so genau daran erinnern, weil ich dich beinahe gefragt hätte: Hör mal, Papa, ist das nicht deine alte Schule?, aber dann habe ich dein Gesicht gesehen.«

Ich versuche, mir meinen Gesichtsausdruck im Haus meines Schwagers vor knapp einem Jahr in Erinnerung zu rufen, es will mir aber nicht so recht gelingen. Jetzt wird mir also mein eigener Sohn erzählen, wie ich reagiert habe, als ich hörte, mein ehemaliger, nagelkauender Französischlehrer sei durch einen Kopfschuss getötet worden; weil mir Max G. noch ein Geburtstagsgeschenk schuldete – aber das wusste ich damals noch nicht.

»Du hast ein Gesicht gemacht, als hätte jemand gerade weit vor der Mittellinie ein Tor geschossen. Du hast sogar die

Faust geballt: Yes, der sitzt! Keiner hat es gesehen, ich schon. Und ein paar Tage später kommt dein alter Schulfreund Max bei uns vorbei, und so hast du ihn mir auch vorgestellt: mein alter Freund vom Erasmus-Gymnasium. Und dann machen wir Urlaub auf Menorca, und als wir nach Hause kommen, ist die Parterrewohnung leer. Und jetzt haben wir ein Haus mit Garten, und Frau de Bilde ist tot.«

»Moment mal. Keiner weiß, ob sie tot ist oder ob sie vielleicht irgendwo …«

»Ich schon.«

Ich sehe ihn an; irgendwo wird eine Balkontür geöffnet und wieder geschlossen.

»Und woher weißt du das?«, frage ich schließlich.

Mein Sohn schweigt einen Augenblick.

Dann sagt er: »Weil dein alter Schulfreund es mir erzählt hat.«

4

Wir waren noch drei Fragen von der Zehnmillionenfrage entfernt, als die Sendung durch Werbung unterbrochen wurde.

»Alles okay?« Erik Mencken beugte sich weit über den Tisch. »Möchtest du vielleicht ein Glas Wasser?«

Ich schüttelte den Kopf. Ein eiskaltes Bier oder etwas Stärkeres wäre jetzt das Richtige, aber ich musste einen klaren Kopf behalten; selten war ich in den vergangenen Monaten der totalen Erschöpfung so nah gewesen.

Während Mencken von der Visagistin zurechtgeschminkt wurde, sah ich kurz hinten im Studio Richard H. im Gang zur Garderobe; er hatte sein Handy am Ohr und schaute auf die Uhr.

»Man würde es nicht denken, aber es hilft garantiert gegen zu viel Schwitzen«, sagte die Visagistin, sie wickelte mir ein warmes, nasses Handtuch um den Kopf. Ihre Fingerspitzen drückten sanft gegen meine Augenlider.

Zum ersten Mal seit Menschengedenken war es jetzt dunkel, zur Abwechslung sah ich überhaupt nichts: keine Lampen und Kameras, nicht das Publikum auf der Tribüne, das bei jeder höheren Gewinnstufe lauter klatschte, und vor allem nicht Erik Menckens Visage und den schwülen Blick, wenn er mich mit seinen Gebärden zur richtigen Antwort zu lotsen versuchte. Bei den ersten drei Fragen hatte ich ihn nicht einmal direkt angesehen, sondern ohne Zögern geantwortet, die Fragen waren allerdings auch von einer so beispiellosen Stupidität – befindet sich die Alhambra in A Sevilla, B Madrid, C Benidorm oder D Granada, von der Sorte –, dass ich am liebsten überhaupt nirgendwohin geguckt hätte. Aber während der ersten Werbepause hatte Mencken mich in nervösem Flüsterton gefragt, ob ich noch recht bei Trost sei. »Es steht dir natürlich frei, mich nicht anzusehen«, sagte er, die Hand auf dem Mikrofon am Revers seines blauen Sakkos, »aber die Leute merken sofort, ob etwas nicht stimmt. Und damit meine ich nicht die Idioten auf der Tribüne, sondern die da …« Er nickte fast unmerklich mit dem Kopf in Richtung Kameraleute, Aufnahmeleiter, Visagistinnen und Beleuchter. In der Garderobe hatte er mir kurz vor Sendebeginn die kleinen Gesten und Mienen erklärt, mit denen er mich im Zweifelsfall zur richtigen Antwort bugsieren würde. So bedeutete das Hochziehen der linken Augenbraue Antwort A, der rechten Antwort B, ein breites Lächeln Antwort C und eine finstere Miene Antwort D. Er stand nervös in der Tür der Garderobe und schaute erst den Gang rauf und runter, bevor er mir die finstere Miene zeigte – die den Unterschied zwischen zehn Millionen und gar nichts ausmachen konnte –, und ich musste lachen: Genauso hatte er geguckt, als er bei der großen Spendensendung zwischen den Rollstühlen stand, in denen die Kinder mit Muskelschwäche saßen.

»Was ist?« Der Moderator warf einen besorgten Blick in den Spiegel an der Wand. »Hast du was einzuwenden?«

»Nein, gar nicht«, sagte ich. »Es ist fast zu perfekt.«

Und ganz kurz hatte ich mit dem Gedanken gespielt, Erik Mencken in mein Vorhaben einzuweihen. Jeder andere außer dem Moderator von *Wer wird Millionär?* hätte dafür Verständnis gehabt. Ich weiß nicht mehr genau, wann ich den

Plan gefasst hatte, mir die zehn Millionen (1 Million) auf ehrliche Weise zu verdienen. Ich würde die hochgezogenen Augenbrauen ignorieren, ja, ich würde schneller antworten, als der Moderator seine Augenbrauen in Bewegung setzen konnte, schon gar nicht würde er sein finsteres Gesicht aufsetzen können, bevor ich geantwortet hätte, die Alhambra befinde sich in Granada.

Diese Frage brachte mir 4000 Gulden ein, und während der Werbung versprach ich Mencken Besserung, das heißt, ich versprach, ihn anzusehen, solange er die Augenbrauen nicht hochziehen oder auf andere Weise seine Mimik einsetzen würde, um mir auf die Sprünge zu helfen.

Ich winkte ihn zu mir heran. »Guck mal unter den Tisch«, sagte ich leise. Ich hatte das Stanleymesser, das ich von zu Hause mitgenommen hatte, ein Stück aus der Hosentasche geholt, weit genug, dass Mencken es sehen konnte. Mencken erstarrte, er legte die Hände auf die Armlehnen seines Stuhls.

»Schön sitzen bleiben«, sagte ich, zog die Klinge ein und schenkte ihm ein warmes Lächeln. »Und mach nicht so ein erschrockenes Gesicht. Wie du selbst gesagt hast: Die Leute merken sofort, wenn was nicht stimmt.«

Mencken blickte um sich, aber unter den Dutzenden von Technikern und Mitarbeitern von *Wer wird Millionär?*, die sich im Studio aufhielten, war niemand, der uns beachtete. Mencken hob zögernd die Hand, als wollte er jemanden auf uns aufmerksam machen, aber er ließ sie rasch wieder sinken.

»Hör zu«, sagte ich. »Es ist ziemlich schwierig, jemanden mit einem Stanleymesser umzubringen, es dauert jedenfalls viel zu lange, das habe ich also auch gar nicht vor. Aber ich kann dir damit gründlich deine Visage verunstalten, die Fernsehkarriere kannst du dann vergessen. Keine Ahnung, wie viel du dir in die Tasche steckst, aber ich denke, es ist für alle besser, wenn wir uns ab jetzt an die Spielregeln halten.«

»Noch zwanzig Sekunden!«, ertönte die Stimme des Aufnahmeleiters. Mencken biss sich auf die Lippen und schüttelte den Kopf.

»Also keine Grimassen mehr«, sagte ich. »Verstanden?«

Der Aufnahmeleiter kam an unseren Tisch und legte die Hände auf unsere Schultern. »Noch zehn«, sagte er. »Alles okay hier?«

Erik Mencken nickte, nach einem Blick auf mich nickte er noch mal; er machte jetzt kein finsteres Gesicht mehr, er unternahm sogar einen Versuch zu lächeln, während die Sekunden bis zur Fortsetzung der Sendung abgezählt wurden.

Bis vor Kurzem hatte ich dem populären Moderator noch zugetraut, ein nicht ganz heimliches Verhältnis mit meiner Frau zu haben. Mehr als einmal hatte ich im vergangenen Jahr den Film zurückgespult, auf dem zu sehen war, wie Erik Mencken auf meinem eigenen Balkon von hinten seine Arme um Christine legte; das Voice-over zu den Bildern war konstant die Stimme von Frau de Bilde gewesen: »Und sie dreht sich zu ihm um und fängt an, ihn zu küssen.«

Aber seit Kurzem kannte ich die Wahrheit, die, wie so oft, viel deprimierender war als die ausufernde Fantasie.

Nachdem ich den Jeep Cherokee beim Autohändler in Zuidoost abgeholt hatte und nachdem ich ein paarmal mit »Stuck in the Middle with You« bei voller Lautstärke mit hoher Geschwindigkeit über die vierspurige Autobahn unter dem Ajax-Stadion gebraust war, war mir plötzlich eingefallen, dass Peter Bruggink ein paar Tage zuvor wieder in die nahe gelegene Uniklinik aufgenommen worden war. Und auf dem Parkplatz des Krankenhauses hatte ich eine Frau mit kurz geschnittenem Haar und einer Sonnenbrille auf der Nase in einen hässlichen grünen Fiat steigen sehen. Es hatte eine Weile gedauert, bis ich geschaltet hatte: Es war meine Schwägerin.

Peter lag wieder an den Schläuchen und Monitoren, aber

er begrüßte mich fröhlich mit erhobener Hand; auf dem Nachttisch stand ein frischer Blumenstrauß.

»Seit etwas mehr als einem Jahr ungefähr«, antwortete er auf meine direkte Frage; seine zeitungspapierfarbene Haut färbte sich zartrosa. »Ja, an deinem Geburtstag damals. Erst haben wir uns ganz normal unterhalten, und im nächsten Moment passierte es auf einmal. Wie ein Blitz aus heiterem Himmel, Junge …«

»Und dann bist du ihr auf den Balkon gefolgt, und da fing alles an.«

»Ja, genau … Aber, warte mal, woher weißt du das? Hast du uns nachspioniert? Du Saukerl!«

Ich zwinkerte Peter zu. »Nicht wirklich. Ich habe mich diskret zurückgezogen, als ich Yvonne mit den Bierflaschen verschwinden sah. Aber als ihr nach einer Viertelstunde noch nicht zurück wart …«

Und dann erkundigte ich mich, wieder möglichst diskret, nach der Zukunftsperspektive, sowohl was Peters Lebenserwartung betraf als auch seine Pläne mit meiner Schwägerin.

»Sie will den Kerl auf die Dauer schon verlassen. Aber sie zweifelt noch, wegen der Kinder. Und was mich betrifft, ich denke nicht weiter als bis zum morgigen Tag. Es hört sich vielleicht komisch an, aber zuerst das mit Yvonne und dann der Krebs, es ist alles viel intensiver geworden. Als müsste ich ein ganzes Leben in einem Jahr nachholen, etwas in der Art.«

Ich nickte verständnisvoll; beim Abschied hielt ich mit beiden Händen seine Hand fest. »Du solltest sie ermutigen, sich von dem Schlot zu trennen«, sagte ich. »Für die Kinder ist es auch besser. Ich meine, du bist krank, aber du bist …« Ich suchte nach dem richtigen Wort, »… jemand, ich weiß nicht so recht, wie ich es anders sagen soll. Wenn die Kinder sich selber ihren Vater aussuchen könnten, dann würden sie sich doch eher für dich entscheiden als für diesen puzzelnden Versager, glaubst du nicht?«

»Ich weiß nicht, ich meine, ich werde sie nie daran hindern, ihren Vater zu sehen.«

»Vielleicht kommt es gar nicht so weit«, sagte ich und zwinkerte ihm zu. »Vielleicht erledigt sich das von selbst.«

Erst nachdem wir bei den schwierigeren Fragen angelangt waren – 16 000 Gulden hatte ich auf jeden Fall schon sicher, selbst wenn ich die nächste falsch beantworten sollte –, dämmerte es mir, dass es sich nicht nur um ein abgekartetes Spiel handelte, sondern dass Max sogar die Finger in der Auswahl der Fragen hatte.

Es fing mit der Frage über *Reservoir Dogs* an, die mir erst noch wie ein Zufall vorkam.

»In dem Film *Reservoir Dogs* des amerikanischen Regisseurs Quentin Tarantino gibt es die so berühmte wie berüchtigte Szene, in der einer der Bankräuber, gespielt von Michael Madsen, einem Polizisten ein Ohr abschneidet«, las Erik Mencken von seiner Karte vor. »In dem Film habe alle Bankräuber Decknamen, wie Mr. Pink, Mr. Blonde, Mr. White und so weiter … Wie lautet der Deckname von Michael Madsen in *Reservoir Dogs*? Ist es A Mr. Brown, B Mr. White, C Mr. Blonde oder D Mr. Orange?«

Ich sah zu Erik Mencken hin. Verachtete ich ihn noch mehr, seitdem ich wusste, dass er sogar zu feige gewesen war, ein Verhältnis mit meiner Frau anzufangen? Der Moderator grinste dämlich, aber nur kurz. Wahrscheinlich hatte er Angst, ich könnte ihm das Grinsen verübeln, wahrscheinlich dachte er an das Stanleymesser.

Ich entschloss mich, mich dieses Mal möglichst normal zu verhalten und gleichzeitig dem Publikum zu zeigen, dass ich nicht auf den Kopf gefallen war.

»Mr. Brown ist es nicht. Der wird von Tarantino selbst

gespielt, er hat nur eine kleine Rolle ganz am Anfang, als sie sich alle zusammen über Madonnas Song ›Like a Virgin‹ streiten. Es ist auch nicht Mr. White, denn das ist Harvey Keitel …« Ich sprach den Namen des Schauspielers mit der Betonung auf der letzten Silbe aus und nicht wie hierzulande fälschlicherweise üblich auf der ersten. »Mr. Orange ist der von Tim Roth gespielte Polizeispitzel, der ist es also auch nicht. Bleibt nur Mr. Blonde übrig.«

Jetzt dachte ich meinerseits an das Stanleymesser in meiner Hosentasche, das heißt, ich stellte mir vor, dass ich, mit Erik Mencken als Versuchskaninchen, den Zuschauern demonstrieren würde, wie Mr. Blonde (Antwort C) dem Polizisten das Ohr abschneidet.

»Sie entscheiden sich also für Antwort C?« Mencken hatte sich während meiner detaillierten Ausführungen deutlich entspannt; er lehnte sich zurück und legte die Fingerspitzen aneinander.

»Interessanterweise bekommt man das Abschneiden des Ohrs im Film gar nicht zu sehen«, sagte ich. »Auch nicht, womit Michael Madsen das macht. Ist es ein Rasiermesser? Ein Schnappmesser? Ein Stanleymesser vielleicht …«

Das Gesicht des Moderators erstarrte.

»Antwort C«, sagte ich.

Dann kam die achte Frage. Wie wurde in der Antike das Mittelmeer von den Römern genannt: A Mare Millennium, B Mare Nostrum, C Mare Odessae oder D Schwarzes Meer.

Auf Erik Menckens Gesicht war nichts abzulesen, er hatte sich erstaunlich schnell von dem Schreck über das abgeschnittene Ohr erholt. Mare Nostrum … Schwarzes Meer … Drei Anspielungen in einer Frage konnten ja wohl kein Zufall mehr sein. Dass die richtige Antwort außerdem der Name des italienischen Restaurants war, in dem Max mir zum ersten Mal von seiner Abzocke erzählt hatte, war doch ziemlich unverfroren. Ich konnte mir ein Grinsen nicht verkneifen und beschloss, das Spielchen mitzuspielen.

»Das Schwarze Meer kann man natürlich gleich ausschließen«, sagte ich. »Und Odessa, das auch am Schwarzen Meer liegt, wurde erst, da bin ich mir sicher, nach der Römerzeit gegründet. Bleiben Antwort A und B übrig ... Ich weiß nicht, also Mare Nostrum hört sich mehr an wie ein italienisches Restaurant ... Ja, es gibt tatsächlich ein Restaurant in Amsterdam, das so heißt. Ich habe da vor Kurzem noch gegessen mit ... mit einem guten Freund ...«

Erik Mencken zog beide Augenbrauen hoch, was immer das bedeuten mochte. »Also, wofür entscheiden Sie sich?«, fragte er. »Für das italienische Restaurant oder für Antwort A.«

»Für das italienische Restaurant«, sagte ich.

Doch schon die nächste Frage – welches Gymnasium gehört nicht in diese Reihe: A Das Ignatius-Gymnasium, B Das Montessori-Lyzeum, C Das Spinoza-Lyzeum, D Das Erasmus-Gymnasium – sorgte bei mir für eine gewisse Verärgerung. Wozu das alles? Warum musste mir Max auf diese Weise noch extra unter die Nase reiben, dass er hinter den Kulissen die Fäden in der Hand hielt?

Bei der nächsten Frage über Katastrophenfilme – die richtige Antwort lautete *Deep Impact* – fiel bei mir der Groschen: Max wollte verhindern, dass ich womöglich auf den Gedanken kam, mir aus eigener Kraft, ohne Erik Menckens Hilfe, die zehn Millionen zu verdienen. Ja, so einfach lag die Sache. Aus eigener Kraft hatte ich die 16 000-Frage geschafft, und aus eigener Kraft wollte ich bis zur Zehn-Millionen-Frage, aber dann kam zuerst Mr. Blonde dazwischen und dann auch noch Mare Nostrum und das Erasmus-Gymnasium.

In der nächsten Werbepause flüsterte ich Erik Mencken zu: »Hast du keine anderen Fragen?« Ich umklammerte den

Griff des Stanleymessers in der Hosentasche, aber es war jetzt nicht der richtige Moment, es einzusetzen.

»Was hast du gesagt?« Der Moderator nahm einen Schluck Wasser, die Schweißtropfen auf seiner Stirn wurden von der Visagistin abgewischt.

Auf einmal war es mir egal, ob es jemand hören konnte oder nicht. »Andere Fragen, verstehst du, andere Fragen als die auf der Liste, die ihr euch da ausgedacht habt.«

»Ich habe keine Ahnung, wovon du sprichst«, sagte der Moderator und verdrehte die Augen zur Visagistin, die ihm immer noch die Stirn abtupfte. Schlagartig begriff ich, dass er wahrscheinlich die Wahrheit sagte: Erik Mencken dachte sich die Fragen nicht selber aus, die hatte ihm jemand erst heute Mittag in die Hand gedrückt … ja, wer eigentlich? Mein Blick wanderte zu Richard H. hinten im Studio, Richard H., der mich im silbergrauen Mercedes hierhergefahren hatte.

»Was anderes«, sagte Mencken, als die Visagistin gegangen war. »Du darfst das nicht … du darfst das nicht falsch verstehen, aber …« Er guckte nach unten, zu der Stelle, wo er das Stanleymesser vermutete, »bei der nächsten Frage setzen wir … setzt du den Telefonjoker ein.«

Ich starrte ihn an.

»Es ist sonst nicht glaubwürdig, verstehst du?« Mencken lächelte entschuldigend. »Dass du alles weißt, meine ich. Natürlich weiß du alles selber, habe ich gemerkt, aber wir kommen jetzt zur Million und danach … der Jackpot. Die Leute glauben es sonst vielleicht nicht, ein Kandidat, der alle Antworten ohne Hilfe …«

»Ich brauche keinen Joker«, sagte ich.

»Das weiß ich.« Mencken warf wieder einen nervösen Blick auf eine unbestimmte Stelle unter dem Tisch. »Aber wir haben alles unter Kontrolle, du brauchst nur bei der nächsten Frage etwas zu zweifeln, ja, und dann setzt du den Telefonjoker ein.«

»Noch zehn Sekunden!«, rief der Aufnahmeleiter.

Es wird kaum jemand außer mir gesehen haben, dass der Moderator die Hände wie zum Gebet faltete. »Please …?«, flüsterte er.

Die Melodie von *Wer wird Millionär?* ertönte. Mencken rückte seine blaue Krawatte zurecht und beugte sich über seine Karten.

»Fred Moorman ist bei hundertachtundzwanzigtausend Gulden angelangt. Er kann den Betrag verdoppeln, wenn er die Antwort auf folgende Frage weiß. Sind Sie bereit, Fred?«

Ich nickte. Es gelang mir sogar zu lächeln.

»Hier die Frage … Ein Rollator. Ist das A eine Teigrolle, B ein Deodorant, C eine Gehhilfe oder D ein Fließband?«

Ich fühlte ein leichtes Prickeln in den Fingerspitzen. Als ich mich vorbeugte, um die Antworten auf meinem Monitor besser lesen zu können, erreichte das Prickeln meine Handgelenke.

»Ein Rollator …«, sagte ich. »Ist das eine Gehhilfe …?« Ich brauchte Mencken nicht anzusehen, ich hörte ihn beinahe erstarren. »… oder ein Deodorant …« Gibt es das nicht, ein Roll-Deo? … Eine Teigrolle halte ich für unwahrscheinlich, und ein Fließband … Nein, glaube ich auch nicht …?«

»Sie sind sich nicht sicher, Fred?«

»Ja, das heißt, ich schwanke zwischen dem Deodorant und … der Gehhilfe.«

»Sie haben noch zwei Joker«, sagte Mencken, etwas zu rasch und zu eifrig für mein Gefühl.

Ich schüttelte ein paarmal nachdenklich den Kopf und wiederholte möglichst langsam die vier Antworten. »Deodorant … nein, also ich weiß nicht.«

»Also der Telefonjoker?«

Zum ersten Mal während der Frage über den Rollator sah ich Erik Mencken direkt in die Augen. »Ja«, sagte ich, »ich würde dann doch gern jemanden anrufen.«

Mencken holte tief Luft und schaute auf seine Kärtchen. »Die Person, die Ihnen helfen soll, ist … Rolf Biervoort … Das ist Ihr ehemaliger Französischlehrer am … am Erasmus-Gymnasium. Hallo, sind Sie am Apparat, Herr Biervoort?«

Eine Zeit lang hörte man nur ein atmosphärisches Rauschen und noch ein Geräusch, als würde jemand atmen. »Biervoort.«

Es war nicht die Stimme meines Französischlehrers von vor dreißig Jahren und auch nicht die des alten Mannes, der vor einem Jahr in der Tür seiner Wohnung umgebracht worden war, nein, es war jemand, der die Stimme eines alten Mannes nachzuahmen versuchte.

Und das eine Wort genügte mir, um zu wissen, wer der Imitator war.

»Herr Biervoort«, sagte Mencken vergnügt. »Ihr ehemaliger Schüler Fred Moorman braucht Ihre Hilfe. Was für ein Schüler war Fred, Herr Biervoort?«

Etwas in Menckens munterem Ton sagte mir, dass er keine blasse Ahnung hatte, mit wem er sich da unterhielt.

Max räusperte sich. »Ach, was soll ich sagen …« Er klang, als hätte er vergessen, dass er einen alten Mann spielte, aber dann korrigierte er sich. »Er war sehr lernbegierig, das schon … hatte ein enorm gutes Gedächtnis. Meine Frau arbeitete damals in der Bibliothek, und dort hielt sich Fred oft auf.«

Mencken nickte beifällig. »Nun, Fred. Sie haben fünfzig Sekunden …«

Schwer zu sagen, weshalb ich dann tat, was ich tat. Eine Rolle spielte sicher, dass mir durch die Art der »vorgekauten« Fragen jede Chance genommen war, mein Wissen auszuspielen, und dass sich Max auch noch selbst als Herr Biervoort in das Ganze eingeschaltet hatte.

Hinzu kam, dass ich in jenem Moment Richard H. im Hintergrund ziemlich aufgeregt und kopfschüttelnd auf und ab gehen sah. Er hatte mich von zu Hause abgeholt und zum Studio gefahren. Unterwegs hatte ich die Sonnenbrille aufgehabt, die er mir damals bei der wilden Verfolgung den Nordseekanal entlang geschenkt hatte. Wir standen vor der Ampel am Middenweg, als er mich zweimal von der Seite ansah.

»He, das ist meine Sonnenbrille! Die suche ich schon seit God knows wie lange. Wo hast du die gefunden?«

Bevor ich ihm sagen konnte, dass er sie mir selber geschenkt hatte, als wir uns zwei Verkehrssünder vorknöpfen wollten, hatte er sie mir schon von der Nase gerissen und sich aufgesetzt. »Wo du sie auch gefunden hast, tausend Dank, Junge.« Mit einer Hand steuerte er auf den Beschleunigungsstreifen.

Worüber Richard H. sich jetzt so aufregte, wusste ich zwar nicht, aber alles deutete darauf hin, dass es mit »Herrn Biervoort« zu tun hatte.

Meine Gedanken schweiften zurück zu dem Abend vor zehn Tagen, an dem Max mich von zu Hause abgeholt hatte. Ohne viel zu reden, waren wir nach Amsterdam West gefahren.

»Du klingelst«, sagte er, »und zehn Minuten später komme ich sozusagen zufällig vorbei.«

Ich hatte ein paarmal auf den Klingelknopf neben dem Namensschild von Jan, Yvonne, Wilco + Tamar gedrückt, aber es dauerte ziemlich lange, bis aufgemacht wurde. Oben an der Treppe standen Wilco und Tamar im Schlafanzug.

»Mama ist arbeiten, und Papa ist Bier und Tabak holen«, erklärte mir Tamar, als ich keuchend oben stand.

»Hat er euch einfach allein gelassen?«

In den vergangenen Tagen hatte ich ab und zu am Sinn dieses Unternehmens gezweifelt, aber der Anblick der beiden Kinder im Schlafanzug, deren Vater seine Verantwortung sträflich vernachlässigte, bestärkte mich in der Überzeugung, dass wir uns richtig entschieden hatten. Und als ich auf dem Esstisch im Wohnzimmer ein halb fertiges Puzzle liegen sah, waren, was mich betraf, die letzten Zweifel definitiv ausgeräumt.

»Soll ich euch im Bett noch was vorlesen? Oder wollt ihr lieber fernsehen?«

»Fernsehen!«, riefen beide im Chor.

Und so kam es, dass wir uns einen Dokumentarfilm über afrikanische Leoparden auf dem National Geographic Channel ansahen, als es klingelte. »Ich mach schon auf«, sagte ich.

Mit schweren Schritten kam Max die Treppe hinauf. Ich erklärte ihm kurz die Situation. Mein Blick fiel auf den Metallkoffer in seiner Hand. »In einem früheren Leben bin ich Klempner gewesen«, sagte Max grinsend. »Bleib du mal vor der Glotze sitzen, ich schaue mir den Boiler in der Küche an. Und wenn du sie ins Bett bringst, die Gasöfen im Wohnzimmer.«

Im Fernsehen machte ein Leopard gerade Jagd auf ein Gazellenjunges. Ich setzte mich wieder zwischen die beiden Kinder, nahm jeweils eine Hand und legte sie mir auf die Knie; aus der Küche drangen Geräusche herüber.

»Ist jemand in der Küche?«, fragte Tamar.

»Der Klempner. Er kontrolliert den Boiler und die Öfen.«

»So spät?«, fragte Wilco.

Der Film war zu Ende, und die Kinder gingen ins Bett. Ich blieb noch eine Weile auf einem Schemel zwischen ihren Betten sitzen. Auf den Lampenschirmen über ihren Köpfen waren Figuren aus *Pu der Bär* beziehungsweise aus *Pokémon* abgebildet.

»Passiert das öfter, dass Papa euch abends allein lässt?«

»Manchmal«, sagte Wilco nach einer kleinen Pause.

Ich hörte Max in der Küche fluchen.

»Wir warten immer auf Mama«, sagte Tamar.

»Auf Mama?«

»Bis Mama vom Theater nach Hause kommt. Mama gibt uns immer noch einen Gutenachtkuss.«

Ich fühlte Brennen hinter den Augen.

»Aber das ist doch bestimmt oft sehr spät.«

»Das macht nichts.«

»Aber seid ihr dann morgens nicht ganz müde?«

»Doch«, sagte Tamar. »Aber das macht nichts.«

»Mama ist schrecklich lieb«, sagte Wilco.

Und dann hörte ich, wie unten die Haustür geöffnet wurde und jemand langsam die Treppe heraufkam.

»Küsschen«, sagte ich. Wilco schlang die Arme so fest um mich, als wollte er mich nie mehr loslassen, und drückte mir einen Kuss auf die Wange.

»Schon gut«, sagte ich und löste mich aus seiner Umarmung. »Schlaf mal gut, Liebling.«

Tamar legte ihre Brille auf den Nachttisch und küsste mich auf beide Wangen; auch sie schlang ihre Arme um meinen Hals, aber nur leicht, als wollte sie mir zu verstehen geben, dass ich sie jeden Augenblick loslassen könnte. »Du bist auch lieb«, sagte sie. Sie ließ den Kopf auf das Kissen fallen und schloss die Augen.

Mein Schwager erschrak ganz schön, als er mich in der Diele seiner eigenen Wohnung stehen sah. Ich erklärte ihm, Wilco und Tamar hätten mich reingelassen. Mein Blick fiel auf die durchsichtige Plastiktüte mit dem Aufdruck einer Imbissstube, in der sich mehrere Bierflaschen befanden.

»Und welchem Umstand verdanke ich diesen überraschenden Besuch?«, fragte mein Schwager, offensichtlich erleichtert. Er zog seine Turnschuhe aus und schlüpfte in blaue Latschen.

In dem Moment klingelte es. Mein Schwager sah mich an, als wäre ich es, der noch jemanden erwartete, und als ich mit den Achseln zuckte, drückte er auf den Türöffner.

»Juchuh!«, rief eine mir nur allzu bekannte Stimme. »Wir sind es nur!«

Mein Schwager verdrehte die Augen und seufzte. »Ein Unglück kommt selten allein.«

Danach ging alles ganz schnell. Erst kamen meine Schwiegereltern keuchend die Treppe herauf; meine Schwiegermutter trug eine flache Schachtel mit verschiedenen Pflanzen in Plastiktöpfen. »Ich hatte Yvonne versprochen, die Pflanzen für euren Balkon noch diese Woche vorbeizubringen«, sagte sie, während sie ihrem Sohn die Wange hinhielt.

Dann musterte sie mich. »Und was machst du hier?«, fragte sie nicht einmal unfreundlich. Mein Schwiegervater wedelte mit der Hand, er müsse erst mal wieder zu Atem kommen, bevor er zu einer Begrüßung in der Lage sei.

In der Küche war es die ganze Zeit still gewesen, aber gerade als ich meiner Schwiegermutter antworten wollte, erschien Max. Mit seinem schwarzen Rollkragenpullover und seiner schwarzen Hose sah er nicht im Entferntesten aus wie ein Klempner.

»Ich war … Wir waren in der Gegend«, sagte ich.

»Ist ein Rollator A eine Teigrolle, B ein Deodorant, C eine Gehhilfe oder D ein Fließband.« Ich sagte es in einem Ton, als hätte ich jegliches Interesse an dem Ausgang von *Wer wird Millionär?* verloren. Vielleicht war das auch so.

»Sie schwanken zwischen Deodorant und Gehhilfe«, kam Erik Mencken mir zu Hilfe.

Weil ich stumm blieb, richtete sich der Moderator an den Telefonjoker. »Jetzt sind Sie dran, Herr Biervoort! Ist es ein Deodorant? Oder doch eher eine Gehhilfe? Sie haben noch fünfzehn Sekunden.«

»Na hör mal, Fred«, sagte Max. »Alte Frauen brauchen kein Deodorant mehr. Alte Frauen bekommen von der Stadt eine Parterrewohnung zugewiesen. Wenn sie sich dann einmal auf die Straße begeben, bewegen sie sich mit einem Rollator fort oder normal ausgedrückt: mit einer Gehhilfe.«

Er gab sich nicht die geringste Mühe mehr, einen alten Mann zu spielen, weder in seiner Stimme noch in seiner Wortwahl. Auch Erik Mencken schien sich Sorgen zu machen. »Sie raten also zu der Gehhilfe, Herr Biervoort?«

»Ich rate niemandem zu irgendetwas. Und schon gar nicht zu einer Gehhilfe.«

Mencken wandte sich an mich. »Fred, Sie müssen sich entscheiden. Wie lautet Ihre Antwort?«

Ich ließ erst einige Zeit verstreichen, bevor ich sagte: »Herr Biervoort, sind Sie noch da?«

»Aber ja.«

»Kann ich Sie etwas fragen?«

»Natürlich, Fred. Schieß los.«

»Hatten Sie früher einen schwarzen Kater?«

»Ja ...«

»Lebt er noch?«

Es trat eine Stille ein. Dann sagte Max: »Ja und nein.«

»Ich frage das, weil Sie mit Ihrem Kater immer ein Spiel gespielt haben. Erinnern Sie sich noch?«

»Selbstverständlich«, antwortete Max, der jetzt auf einmal wieder in die Rolle des Herrn Biervoort geschlüpft war.

»Ihr Kater sprang Sie immer an, wenn Sie den Kopf zur Tür hereinsteckten. Sie mussten sich dann ganz schnell ducken.«

Mencken war ziemlich verwirrt. Die fünfzig Sekunden waren schon längst vorbei.

»Das stimmt.«

»Ich weiß die Antwort«, sagte ich zu Erik Mencken.

»Sie haben sich für Antwort C, die Gehhilfe, entschieden«, sagte der Moderator sichtlich erleichtert.

»Ich habe das vollste Vertrauen zu meinem früheren Französischlehrer«, sagte ich. »Dennoch meine ich, mich in diesem speziellen Fall ganz auf meine Intuition verlassen zu müssen.«

Erik Mencken machte jetzt gegen seinen Willen ein Gesicht wie damals in der Sendung, in der er für mehr Rollstühle für an Muskelschwund leidende Kinder plädiert hatte.

»Deshalb entscheide ich mich für Antwort B, das Deodorant.«

Das andere Ende der Leitung war tot.

Mencken starrte mich an und schnappte ein paarmal nach Luft.

»Aber Ihr ehemaliger Lehrer war sich ziemlich sicher ...«

»Fuck meine ehemaligen Lehrer!«, sagte ich etwas schärfer als beabsichtigt. »Ich meine, in diesem Fall vertraue ich mehr mir selbst. Bei allem Respekt, Herr Biervoort ist doch ein alter Mann.«

Und dann fing Erik Mencken rückhaltlos zu grinsen an, so rückhaltlos, dass kein Irrtum möglich war: Er wollte mir noch einmal zu verstehen geben, welche Antwort die richtige war, Stanleymesser hin oder her.

»Ich bleibe beim Deodorant«, sagte ich.

»Sie können auch nicht antworten«, sagte Mencken. »Dann gehen Sie mit hundertachtundzwanzigtausend Gulden nach Hause. Andernfalls fallen Sie zurück auf sechzehntausend. Denken Sie noch mal gut darüber nach.«

Ich sah mir das Publikum an. In der ersten Reihe saßen üblicherweise Angehörige des Kandidaten, aber ich konnte niemanden entdecken, den ich auch nur im Entferntesten kannte. Wen ich auch nicht entdecken konnte, war der wild hin und her laufende Richard H.

»Antwort B«, sagte ich. »Das Deodorant.«

5

Dem ersten Schlag mit der flachen Hand auf mein rechtes Ohr hielt ich noch stand, aber als Richard H. mir mit voller Wucht das Knie ins Zwerchfell rammte, ging ich nach Luft schnappend in die Knie, mit einer Hand stützte ich mich ab, die andere presste ich ans Ohr.

Verschwommen registrierte ich Schmerz, aber unangenehmer war das laute Dröhnen, das sich in meinem Kopf ausbreitete und gegen die Augen drückte, als suchte es dort nach einem Ausgang. Jetzt hob sich Richard H.s Schuh und landete zwischen meinen Rippen. Ich fiel gurgelnd vornüber in den Schlamm.

»Steh auf«, übertönte seine Stimme das Dröhnen. Mit der Linken suchte ich Halt an den Grasbüscheln, aber noch bevor ich mich halbwegs aufgerichtet hatte, trat er mir zweimal hintereinander in den Magen. »Du bist weniger wert als Scheiße, hörst du? Weniger als Scheiße!« Der Schmerz überlagerte jetzt das Dröhnen; er ging vom Zwerchfell aus und hämmerte bis in die Schultern und in die Rückseite meines Kopfes. Etwas Saures kroch mir aus der Lunge oder der Speiseröhre in den Hals, einmal gelang es mir, es wieder runterzuschlucken, aber beim zweiten Mal landete es außerhalb von mir im Schlamm.

Beim nächsten Tritt hatte ich das Gefühl, ich würde ein

paar Zentimeter hochgehoben; meine Augen füllten sich mit Tränen – oder war es Blut?, aber aus Angst, Richard H. könnte das als Provokation auffassen, traute ich mich nicht, die Hand ans Gesicht zu bringen. Mit der Schuhspitze berührte er ein paarmal leicht meinen Hinterkopf, wie ein Billardspieler, der zum Stoß ansetzt.

»Einen Augenblick …« Das war Max. Durch meine verklebten Wimpern sah ich ihn eine Schachtel Marlboro aus der Brusttasche angeln und sich eine anstecken.

Richard H. zog mich an den Haaren hoch und hielt mir die Pistole an die Stirn.

»Weniger als Scheiße«, zischte er. »Dünnschiss, würde ich mal sagen.« Er holte aus und schlug mir mit dem Lauf auf die Nase. Es knackte hörbar, Blut spritzte. »Du Jammerlappen!«, schrie Richard H. und drückte mir wieder den Lauf der Pistole an die Schläfe.

»Ich …«, setzte ich an, aber es war nicht mehr als ein Piepsen. Ich konnte nichts dafür, aber ich musste an eine Szene in einem Film denken, auf dessen Titel ich mal wieder nicht kam, in der jemand in einem Wald auf den Knien um sein Leben fleht, während ihm die Pistole an die Schläfe gedrückt wird. Im Film findet die Hinrichtung schließlich nicht statt, dem Betreffenden fällt rechtzeitig das rettende Wort ein, und später nimmt er fürchterliche Rache. Ich suchte fieberhaft nach einem Wort, das Richard H. dazu bewegen könnte, die Pistole einzustecken.

Stattdessen fiel mir meine Frau ein; genauer gesagt das, was sie mir vor zwei Jahren im Liegestuhl auf Menorca gesagt hatte. Ja, was würde sie tun, wenn ich tot war? Würde sie mir eine Träne nachweinen? Würde sie sich ein Taschentuch an die Augen drücken, wenn der Sarg mit meiner irdischen Hülle ins Grab hinabgelassen würde? Und dann dachte ich an meinen Sohn. War er alt genug, um mein Ableben ohne bleibende Schäden zu überstehen? Oder besser gefragt: War er alt genug, um ohne die Verachtung, die er tagaus, tagein mir gegenüber empfand, auszukommen? Oder würde sie durch meinen gewaltsamen Tod allzu früh in Trauer und Bewunderung umschlagen, was seiner Entwicklung zur selbstständigen, von den Eltern unabhängigen Persönlichkeit schaden würde?

Und dann dachte ich an den Ort, an dem ich mich befand, aber mit weiß-roten Absperrbändern zwischen den Bäumen und Polizisten, die die Spuren am Tatort sichern. Ich dachte an die Zeitungsnotiz: »Im Flevopark in Amsterdam wurde heute früh die Leiche eines etwa fünfzigjährigen Mannes gefunden. Der Umstand, dass er mit einem Kopfschuss ermordet wurde, lässt auf eine Abrechnung im kriminellen Milieu schließen …«

In dem Moment hörte ich das Klicken, mit dem Richard H. die Pistole entsicherte. »Sieh mich an«, sagte er.

Wie spät war es gewesen, als die beiden mich abholten? Das lange anhaltende Klingeln, der verschlafene Blick auf den Wecker … »Halb sechs … wer kann das so früh sein?« Der flüchtige Kuss auf die Wange meiner Frau (»Ich schau mal …«), die eilig übergestreiften Kleider, und dann Max und Richard H. vor der Tür, der Mercedes mit laufendem Motor und eingeschalteten Scheinwerfern mitten auf der Straße.

»Hast du einen Moment Zeit? Wir wollen dir etwas zeigen.«

Und dann die Fahrt zum nahe gelegenen Flevopark; als wir am Ende der Valentijnkade ausstiegen, sah man in den Wolken am östlichen Himmel die ersten rosa Streifen.

»Los, komm schon …« Erst dachte ich noch, sie wollten mir die Stelle zeigen, wo sie Frau de Bilde begraben hatten, aber der Ton in Richards Stimme und mehr noch der Stoß, den er mir versetzte, belehrten mich eines Besseren. Im Park waren wir auf einem Fußweg bis ans Wasser des Nieuwe

Diep gegangen, das zu dieser Stunde still und verlassen dalag. Am Ufer schaukelten ein paar schlafende Blesshühner, in der Ferne sah man die nebligen Umrisse der Schellingwouderbrücke. Wir waren noch ein paar Meter auf einem schmaleren Pfad zwischen Sträuchern am Ufer entlanggegangen. Ich hatte mir den Kopf zermartert nach irgendeinem Witz, um die Atmosphäre etwas aufzulockern.

»Pst«, zischte Max jetzt und legte die Hand auf Richard H.s Arm. »Still …«

»What the fuck?« Richard schlug mir noch einmal mit der Pistole ins Gesicht, ließ dann aber doch die Hand sinken. Trotz des lauten Pfeiftons in meinem Ohr hörte ich jetzt auch rasche Schritte. Ein Jogger näherte sich auf dem Fußweg, auf dem wir gekommen waren.

»Steh auf«, sagte Max zu mir, streckte mir die Hand hin und zog mich hoch.

»Verdammt«, sagte Richard H., »der ist früh dran …«

Der Jogger kam näher. Erst sah ich nur das schwarze T-Shirt, dann auch die schwarze Jogginghose und die blauen Laufschuhe – es war ein Mann um die fünfzig mit schütterem grauem Haar.

Kurz schien es, als würde er an uns vorbeilaufen, aber dann musste ihn doch etwas stutzig gemacht haben; im Laufen schaute er sich um und machte dann kehrt, blieb aber in sicherem Abstand stehen.

»Haben Sie Probleme?«, rief er.

Max schüttelte den Kopf. »Nein, vielen Dank. Unser Freund hier ist ausgerutscht, wir bringen ihn in die Notaufnahme.«

Der Mann kniff die Augen zusammen und sah aufmerksam zu mir herüber; irgendwie kam er mir bekannt vor, vielleicht aus der Nachbarschaft oder vom Fernsehen.

»Sind Sie ganz sicher?«, fragte er. »Das sieht wirklich nicht gut aus.« Und er nickte in meine Richtung.

Mit großen Schritten stapfte Richard H. auf den Mann zu. »Hast du ihn nicht verstanden?«, schnauzte er ihn an. »Wir sind auf dem Weg zur Notaufnahme.« Er hob den Arm und richtete die Pistole auf ihn. »Aber vielleicht hast du ja Lust, mitzukommen.«

Noch zwei Sekunden blieb der Mann wie angewurzelt stehen – er erinnerte an ein Wild, das beim Überqueren der Straße einen heranrasenden Lastwagen sieht und sich nicht entschließen kann, ob es nach rechts oder links wegspringen soll –, dann drehte er sich abrupt um und verschwand eilig zwischen den Sträuchern.

»Blödes Arschloch!«, brummte Richard.

Max schnippte seine Zigarette weg. »Verdammte Scheiße!«

Kopfschüttelnd kam Richard H. wieder auf mich zu, aber Max stellte sich ihm in den Weg. »Wir gehen«, sagte er.

»Und der?«, fragte Richard und zeigte mit der Pistole auf mich.

»Wir gehen.«

Richard H. sah von mir zu Max und wieder zurück; schließlich steckte er die Pistole in den Gürtel. Er bückte sich und zog das Hosenbein ein wenig hoch; ich hielt die Luft an, denn vor über einem Jahr hatte ich ihn das schon mal tun sehen, nachdem wir die beiden Sonntagsfahrer auf einem Gelände am Nordseekanal gestellt hatten – doch er steckte nur den Finger unter das Gummiband seiner Socke und kratzte sich. »Verdammte Brennnesseln!«, sagte er.

Schweigend gingen wir zum Auto zurück. Wir begegneten niemandem mehr. Ich dachte an den Jogger und dann an meine eigenen Laufschuhe, die schon ein knappes Jahr unbenutzt im Schrank standen; sollte das hier gut ausgehen, nahm ich mir vor, würde ich wieder joggen gehen.

Beim Mercedes angekommen, stellte sich Max auf die Straße und blickte die Valentijnkade ein paarmal in beide Richtungen rauf und runter. Auf der anderen Straßenseite hockten aneinandergeschmiegt weiße Gänse im Gras. Weiter weg, auf dem Rangierbahnhof, glitten die roten Liegewagen eines Nachtzugs vorbei.

Richard H. pfiff eine Melodie vor sich hin und entriegelte die Türen. »Was machen wir mit dem?« Er zeigte auf mich. »So macht er die Polster dreckig.«

Max stand bei der Kühlerhaube und sah wieder die Straße hinunter. »Er kann zu Fuß gehen«, sagte er.

Richard starrte Max an. »Zu Fuß gehen? Wir lassen ihn laufen?«

»Ja«, sagte Max. »Oder fällt dir was Besseres ein?«

Richard H. öffnete den Mund und schloss ihn wieder. Er spuckte aus. »Fuck!«, sagte er.

»Was hast du gesagt?«, fragte Max; er war um den Mercedes herumgegangen und stand jetzt anderthalb Meter von Richard entfernt.

»Fuck, ja! Das hab ich gesagt. Ich meine, was machen wir hier eigentlich?«

Max sah ihm ins Gesicht. »Ich bin müde«, sagte er, »ich will nach Hause.«

»Nach Hause? Und ich? Ich soll wohl wieder Chauffeur spielen, was?« Er spuckte nochmals aus.

»Du bleibst hier«, sagte Max.

Richard H. sah ihn verblüfft an. »Hier?«

»Hier«, wiederholte Max; in einer fließenden Bewegung zog er eine Pistole unter seinem Hemd hervor und hielt sie ihm an die Stirn. Es gab einen trockenen Knall, als er abdrückte.

Als Richard H.s großer Körper langsam in sich zusammensackte, erinnerte er noch am meisten an einen kontrolliert gesprengten Fabrikschornstein. Von mir aus gesehen verschwand er einfach hinter dem Mercedes in der Versenkung; ich hörte ein Geräusch, wie wenn ein Müllsack aus dem zweiten Stock auf die Straße geworfen wird. Dann war es wieder still. Auch die Gänse am Ufer, die bei dem Schuss die Köpfe beunruhigt gereckt hatten, schmiegten sich wieder aneinander.

»Komm, steh nicht so rum«, sagte Max. »Hilf mir mal.«

Gemeinsam schleppten wir den schweren Körper zum Gebüsch neben dem Eingang des Parks; mir tat mittlerweile alles weh, ich schwitzte so heftig, dass ich mir ein paarmal den Schweiß und das Blut aus dem Gesicht wischen musste.

»Vielleicht ist es wirklich besser, du gehst zu Fuß«, sagte Max, nachdem wir die Leiche, so gut es eben ging, mit Zweigen den Blicken eventueller Passanten entzogen hatten. »Das scheint mir auch für die Polster das Beste.«

Ich wartete, bis der Mercedes die Valentijnkade hinuntergefahren war. Als ich ihn bei der Brücke am Ende nach rechts in die Molukkenstraat einbiegen sah, machte ich mich auf den Heimweg.

6

»Hier«, sagt David.

Wir stehen auf der Terrasse hinten im Garten. Er nickt mit dem Kopf. »Hier unter den Platten«, sagt er.

Ich folge seinem Blick. In den Fugen wachsen ein paar Grashalme und unkrautartige Pflanzen. Alles sieht ganz natürlich aus, nicht als wären die Platten vor Kurzem entfernt und wieder neu verlegt worden.

»Ich weiß nicht mehr genau, wie wir draufkamen«, sagt David. »Vielleicht weil wir hier saßen, Nathalie und ich. Als ihr die Party hier im Garten gegeben habt, weißt du noch. Als Wuff den Freund von Max so ankläffte, wie heißt der noch …?«

»Richard. Richard H.«

»Genau. Jedenfalls saßen wir hier am Tisch, und irgendwann kam Max dazu. Er machte seine Witze. Ich fand ihn eigentlich ganz lustig. Und dann fing er von dem Garten an, wie schön wir jetzt wohnen. Nathalie ging weg, weil sie aufs Klo musste, und als wir allein waren, zwinkerte Max mir zu und sagte das von Frau de Bilde. ›Schade, dass sie es selber nicht mehr sehen kann‹, so ungefähr. Nein, er sagte: ›Ich glaube, sie würde sich freuen, wenn sie sehen könnte, wie schön alles geworden ist‹, und dann sagte er noch, wenn Leute einmal ein gewisses Alter erreicht haben, sollte man sie nicht mehr aus ihrer vertrauten Umgebung herausreißen …«

»Und dann hat er dir gesagt, dass sie hier liegt?«

»Nicht direkt, aber eigentlich schon, es war irgendwie deutlich. Ich meine, es blieb die ganze Zeit in der Schwebe, ob alles nur ein Scherz ist. Und dann fragte er nach der Schule.«

Mit der Fußspitze schiebe ich ein Steinchen von der Terrasse auf den Rasen. Und gucke zum Balkon hinauf, von wo ich oft dem Hund zugeschaut hatte, dem Balkon, auf dem Yvonne von Peter Bruggink umarmt wurde, wo ich ein paar Wochen vor unserer Abreise nach Menorca mit Max gestanden hatte.

»Er erkundigte sich ganz konkret nach bestimmten Fächern. Und ob Lehrer mir das Leben schwer machen. Und dann erzählte ich ihm von Verwoerd und seinem Gelabere über die Umwelt und die Windenergie. Nathalie war wieder da. Und ich habe ihm noch gesagt, dass Verwoerd mir immer sehr schlechte Noten gibt und dass ich deswegen wahrscheinlich sitzen bleibe.«

»Ja?«, sagte ich beunruhigt.

»Na ja, das war komisch, ich dachte erst, das ist wieder so ein Witz von ihm, aber er notierte sich den Namen auf einen Zettel. Und als er wegging, gab er Nathalie einen Kuss auf beide Backen und zwinkerte mir zu. Ich hatte es eigentlich schon wieder vergessen, aber dann kam Verwoerd auf einmal wochenlang nicht mehr zur Schule, und als er zurückkam, war er … ja, irgendwie anders. Und beim letzten Zeugnis gab er mir eine zwei, und deswegen bin ich dann doch versetzt worden.«

Durch die immergrüne Konifere fällt der erste Sonnenstrahl auf den Rasen.

»Und wie fandest du das?«, frage ich.

»Ich … ich fand es cool. Ich meine, dass er das einfach für

mich getan hat. So wie er dir auch mit dem hier geholfen hat …« Er macht eine Handbewegung zum Garten. »Es ist traurig, dass er nicht mehr da ist.«

Ich mache einen Schritt auf ihn zu und lege ihm nach kurzem Zögern eine Hand auf die Schulter. »Finde ich auch.«

»Papa?«

»Ja, Junge?«

»Kann ich dich mal was fragen? Du musst mir aber eine ehrliche Antwort geben.«

Ich hebe die Hand. »Versprochen.«

»Als wir in Menorca waren, da warst du mal allein im Swimmingpool mit dem … mit dem merkwürdigen Jungen, weißt du noch?«

Ich nicke. »Natürlich.«

»Ich habe immer wieder darüber nachgedacht, gleich danach, aber auch später … Hast du da irgendwas vorgehabt?«

»Vorgehabt?«

»Hast du vielleicht vorgehabt, dem Jungen was anzutun?« David flüstert es fast.

Ich breite die Arme aus und lache laut. »Junge!« Ich ziehe ihn zu mir und nehme ihn in die Arme, was er sich einfach gefallen lässt. »Natürlich nicht!«, sage ich lachend. »Ja, es war ein merkwürdiger Junge, aber ich habe ihn einfach ein bisschen aufgezogen, mehr nicht.«

Während ich David in den Armen halte, sehe ich wieder zum Balkon hoch. Als ich mit Richard H. im silbergrauen Mercedes zum Studio fuhr, wo *Wer wird Millionär?* aufgenommen wurde, hatte ich ihn vorsichtig an die Geschichte mit dem Hund erinnert, für den er die Leberwurst mitgebracht hatte, in der Hoffnung, etwas mehr zu erfahren. Richard H. hatte mehrmals den Kopf geschüttelt.

»Alles verlief ziemlich reibungslos«, sagte er. »Nur schade um das Mädchen.«

»Was für ein Mädchen?«

»Hat Max dir das nicht gesagt?« Richard H. schüttelte wieder den Kopf. »Manchmal ist mir dieser Kerl ein Rätsel. Du solltest das wissen, das habe ich ihm auch gesagt.«

Richard überholte rechts einen schwarzen BMW. »Stand einfach da auf eurem Balkon. Eine Fee wie aus einem Märchen. Marokkanerin, glaube ich. Keine Ahnung, was sie da zu suchen hatte, aber es war kein günstiger Moment, während ich da unten im Garten beschäftigt war.«

Ich musste ein paarmal schlucken.

»Und dann?«

»Und dann und dann und dann ... So ist das eben. Ein typischer Fall von FZFO.«

»Bitte?«

»Falsche Zeit, falscher Ort. Aber ich habe immer noch Bauchschmerzen deswegen. Familien mit Kindern, hübsche Mädchen, lieber nicht, wenn es nicht absolut notwendig ist. Hier musste es sein.«

Wir hatten den Parkplatz vor dem Fernsehstudio erreicht.

Und ich musste wieder an den Abend denken, als ich nach der Sendung eine Weile Richard H. gesucht und schließlich festgestellt hatte, dass der Mercedes nicht mehr auf dem Parkplatz stand.

David versucht, sich aus der Umarmung zu lösen. Ich halte ihn noch an der Schulter fest, ich möchte ihm noch etwas über den »merkwürdigen Jungen« im Swimmingpool sagen, in Gedanken bastle ich an einer witzigen Bemerkung, in der der Ausdruck »FZFO« vorkommt, aber dann kneife ich ihm nur leicht in den Nacken. »Ich hole dir mal die CD von *Reservoir Dogs* aus dem Auto«, sage ich.

Die Pythagorasstraat liegt zu dieser Zeit verlassen da – beinahe verlassen, denn als ich zum Jeep gehe, sehe ich die blondierte Frau mit den zwei Garnelen-Hündchen wie bestellt um die Ecke kommen.

Ich gehe rückwärts zurück zur Haustür.

»FZFO!«, murmle ich zwischen den Zähnen, als ich in der Küchenschublade neben dem Herd zwischen den Schraubenziehern, Gummibändern, Batterien und Rollen Bindfaden nach dem Stanleymesser suche. Nach meiner letzten Ansprache vor knapp einem Jahr hat die Blondine es nicht mehr gewagt, ihre haarigen Schalentiere zu einer christlichen Zeit in die Grünanlage scheißen zu lassen. Manchmal sah ich sie um Mitternacht und manchmal im Morgengrauen, immer dann, wenn ich keine Lust hatte, in Unterhose und T-Shirt auf die Straße zu rennen.

Sie zieht die Hündchen zu sich heran, als ich mit großen Schritten über den Rasen auf sie zustapfe.

»Hatte ich dir das letzte Mal nicht den guten Rat gegeben, die Nummer des Tierrettungsdienstes parat zu haben?«

Die Blondine schnappt nach Luft; eines der Hündchen hat sich gerade erleichtert und schnüffelt an seiner eigenen Garnelen-Kacke.

»Hier spielen Kinder«, sage ich, obwohl mir klar ist, dass ich nur meine Zeit verschwende. Mir fällt plötzlich ein, was Max damals über Wim Kok und Schelto Patijn gesagt hatte. *Sie hatten nicht den geringsten Schimmer, wo sie sich befanden.* »Du sammelst die Scheiße jetzt ein, oder du kannst sie dir gleich aus den Haaren klauben.«

Der Einfall mit dem Tierrettungsdienst war besser gewesen. Ohne nachzudenken, hole ich das Stanleymesser aus der Tasche.

Hinterher kann man leicht sagen, dass ich ja doch nichts gemacht hätte, dass ich zu feige war, Blut fließen zu lassen, oder dass ich einfach keine Lust hatte, es hinterher aufzuräumen. Wie dem auch sei, ich lasse das Messer sinken, als ich jemanden von der Haustür rufen höre.

»Papa!« Mein Sohn steht schon halb auf der Straße.

Ich stecke das Messer ein und winke ihm zu. »David!« Die blondierte Frau schleift ihre Krebse über den Rasen hinter sich her. »Wie lange wohnen Sie hier eigentlich schon?«, höre ich sie noch murmeln, bevor ich mich meinem Sohn zuwende.

»Ich hole die CD«, sage ich.

Ich gehe über den Rasen Richtung Auto, überlege es mir aber anders und gehe wieder zurück.

»David?«

»Ja?«

»Mir fällt gerade ein, Max wird in … in zwei Stunden begraben. Du musst ehrlich sagen, wenn du keine Lust hast, aber willst du vielleicht mit?«

»Hm …«

»Ich würde es nett finden. Nicht allein zu gehen … Mit dir zusammen hinzugehen«, füge ich schnell hinzu.

Ein schwaches Lächeln erscheint auf seinem Gesicht. »Okay«, sagt er.

7

Über den Galileïplantsoen und den Archimedesweg erreichen wir die Molukkenstraat. Als wir uns der Ringvaart nähern, habe ich auf einmal den starken Drang, hinter der Brücke rechts auf die Valentijnkade abzubiegen und zum Eingang des Flevoparks zu fahren.

Ich könnte David den Leichnam von Richard H. zeigen. Nichts weist darauf hin, dass er nicht mehr dort im Gebüsch liegt, sonst hätten die Medien bestimmt darüber berichtet.

Natürlich ist nicht auszuschließen, dass der Jogger zur Polizei gegangen ist und erzählt hat, er habe frühmorgens drei Männer am Ufer des Nieuwe Diep gesehen – einer der Männer sei verwundet gewesen und von einem der beiden anderen mit einer Pistole bedroht worden. Aber selbst wenn. Würde die Polizei jemanden hinschicken? Die Vorstellung ist so grotesk, dass ich beinahe in Gelächter ausbreche.

Auf der Brücke drossele ich das Tempo. Was genau möchte ich David eigentlich zeigen? Wir sind auf dem Weg zu einer Beerdigung, von der am Abend alle Nachrichten und morgen alle Zeitungen berichten werden. Was ist dem noch hinzuzufügen? Die sogenannte raue Wirklichkeit?

In den vergangenen Tagen tun mir die Rippen nicht mehr so weh, das heißt, der Schmerz ist schon fast wie eine ferne Erinnerung. Meine Nase ist eine andere Geschichte. Sie fühlt sich mehr wie ein Fremdkörper an, als hätte ein Plastischer Chirurg sie mir angenäht.

Christine schlug entsetzt die Hände vors Gesicht, als sie mich an jenem Morgen in die Küche humpeln sah. Natürlich wollte sie gleich wissen, ob Max etwas damit zu tun habe, ob es Max gewesen sei, der um halb sechs an der Tür geklingelt habe. Und nach kurzem Zögern muss ich wahrscheinlich genickt haben, denn als sie später mit einem feuchten Handtuch behutsam mein Gesicht säuberte, sagte sie: »Ich will nicht, dass du dich weiter mit diesen Leuten einlässt.«

Sie sagte es im Ton einer Mutter, die ihrem Sohn verbietet, mit bestimmten Jungen draußen zu spielen. Anschließend war ich in einen tiefen Schlaf gefallen, und als ich aufwachte, stand sie am Fußende, meine Schuhe in der Hand. »Ich habe das Blut doch noch abbekommen«, sagte sie. Sie setzte sich aufs Bett. »Weißt du noch, was du heute Morgen gesagt hast?« Ich sah sie fragend an. »Als ich dich gefragt habe, woher all das Blut kommt?« Sie legte mir die Hand an die Wange. »Du hast gesagt: ›Du wirst es nicht glauben, aber eine Möwe ist gegen eine Windmühle geflogen.‹«

In den Tagen danach verdrückte sich der Schmerz langsam; nach einer Woche fühlte es sich nur noch wie Muskelkater nach einer sportlichen Anstrengung an oder wie das wohlig müde Gefühl nach einem langen Tag im Freien.

Und jetzt, während wir auf der Brücke fast im Schritt fahren, ist es eigentlich nur noch die Nase, die sich erholen muss; ich denke an Richard H., der kaum achthundert Meter entfernt im Gebüsch liegt, dann gebe ich Gas.

»Ist heute Abend nicht *Wer wird Millionär?*«, fragt David, als wir beim ehemaligen Schlachthof in den Cruquiusweg einbiegen.

»Ja.« Ich könnte so tun, als hätte ich es vergessen, aber das stimmt nicht: Ich habe versucht, nicht daran zu denken, was etwas anderes ist.

»Und? Hast du gewonnen?«

In den paar Wochen, die seit der Aufzeichnung der Sendung verstrichen sind, hat er das schon öfter gefragt, und jedes Mal habe ich ihm geantwortet, wenn ich ihm das sagen würde, dann wäre ja die Spannung weg.

Was soll ich ihm diesmal antworten? Dass ich sechzehntausend Gulden gewonnen habe? Dass ich den Jeep Cherokee davon bestimmt nicht bezahlen kann? Oder soll ich schon mal verraten, dass sich Max am Telefon für unseren ehemaligen Französischlehrer ausgibt?

Ich sehe uns nebeneinander auf der Couch vor dem Fernseher sitzen, eine Schale mit Erdnüssen, eine Flasche Bier, David hat seinen Kopf an die Schulter seiner Mutter gelehnt, die ihm sanft durchs Haar streicht. Aller Wahrscheinlichkeit nach ist es das erste Mal in der Geschichte von *Wer wird Millionär?*, dass der Telefonjoker am Abend der Sendung nicht mehr am Leben ist. Wenn der Kandidat einen Rollator für ein Deodorant hält, werde ich meinem Sohn zuzwinkern müssen, damit er kapiert, dass auch diese falsche Antwort Teil des größeren Geheimnisses ist, das wir seit heute Morgen teilen – wenn er auch nicht gleich verstehen wird, warum.

Letzten Dienstag im Mare Nostrum war die Sendung natürlich zur Sprache gekommen; so erfuhr ich, dass die Zehnmillionen-Frage einen deutschen General betraf, der im Mai 1940 durch die Ardennen stieß, um die Maginot-Linie zu umgehen.

»Komm schon, wie hieß er noch?«, fragte Max mit einem Grinsen und kippte seinen zweiten eisgekühlten gelben Kräuterschnaps auf Rechnung des Hauses hinunter. Seine Augen waren rot unterlaufen, als hätte er ein paar Nächte nicht geschlafen, und ich hatte den Verdacht, dass es nicht sein erstes Gläschen an diesem Abend war.

»Student«, sagte ich, »Kurt Student.«

Auf einer Serviette hatte Max ausgerechnet, wie viel Geld

ich ihm noch schuldete: neun Millionen weniger sechzehntausend, die mir zustanden. »Macht acht Millionen neunhundertvierundachtzigtausend«, sagte er und starrte mich eine ganze Weile nachdenklich an.

Dann nahm er die Serviette und zerriss sie. »Wir vergessen das Ganze«, sagte er. »Ich wollte dich um etwas bitten …«

Ich musste sofort an Sylvia denken, Sylvia, die mich am Morgen angerufen hatte. Ob ich wisse, wo Max sei. Ich hatte keinen blassen Schimmer, aber ich sagte ihr, ich hätte mich am Abend mit ihm im Mare Nostrum verabredet. Ob ich ihm etwas ausrichten könne?

»Es geht um Sharon«, sagte sie. »Sie ist krank.«

»Doch hoffentlich nichts Ernstes?«

Sie hatte kurz geschwiegen. »Ich weiß es noch nicht. Als Max heute Morgen aus dem Haus ging, sah es noch wie eine ganz normale Grippe aus. Er soll mich unbedingt anrufen.«

Ich war noch nicht dazu gekommen, Max die Nachricht weiterzugeben; an dem Morgen hatte ich mich noch darüber gewundert, dass Sylvia Max nicht erreichen konnte, aber jetzt wunderte ich mich nicht mehr.

Als wir unsere Aperitifs bestellten, fragte Max, früher, als ich erwartet hatte, wie es mir gehe.

Ich zuckte mit den Achseln. »Keine bleibenden Schäden.«

»Du musst das Ganze in einem größeren Zusammenhang sehen«, sagte Max. »Durch deine Schuld ist uns eine hübsche Summe durch die Lappen gegangen. Das kann nicht ungestraft bleiben. Es geht um mehr als nur um dich. Es geht um Glaubwürdigkeit. Verstehst du?«

»Aber …«

»Ich weiß, was du sagen willst. Es war impulsiv. Ich habe immer impulsiv gehandelt, deshalb habe ich mich auch so lange in diesem Business halten können. Wenn das Rindvieh nicht vor dem blöden Jogger mit seiner Pistole herumgefuchtelt hätte, dann hätte ich es wahrscheinlich nicht gemacht und dann säßen wir jetzt, wer weiß, gemütlich zu dritt hier.«

Er schnupperte an seinem Getränk und stellte es wieder hin, zum dritten oder vierten Mal schaute er zur Tür.

»Aber das mit dem Jogger war einfach der Tropfen, der das Fass zum Überlaufen brachte. Ich habe noch bis zehn gezählt, aber als wir beim Auto waren, war ich schon bei hundert und habe immer noch rotgesehen.« Er schnipste mit den Fingern. »So geht das nun mal. Peng, weg damit. Mal eine Weile nicht mehr das Gefasel hören. Richard konnte wirklich nonstop maulen. Erst die Sache mit dir und der Parterrewohnung. Das hielt der Herr für ›unprofessionell‹, und das mit deinem Schwager ging ihm erst recht zu weit. Nun ja, und als ich unseren geliebten Französischlehrer am Telefon spielte, war natürlich der Teufel los. Richtig wütend, weißt du, in so einem entrüsteten Ton. Aber für wen hält sich dieses Arschloch eigentlich?«

Ich leerte mein Glas und holte tief Luft.

»Und unsere marokkanische Putzfrau?«

»Okay«, sagte Max, als hätte er meine Frage nicht gehört. »Man lässt sich von jemandem einiges gefallen, ich zumindest, aber das war nicht alles …«

Er sah wieder zur Tür und beugte sich weiter vor.

»Vor ungefähr einem Jahr sollte er für mich ein bisschen auf die Frau aufpassen, ja? Sylvia. Ich meine, manchmal war ich längere Zeit verreist, und ich bin natürlich auch kein Heiliger, aber ich bin ein Familienmensch. Es macht mir nichts aus, wenn sie auch mal ein Abenteuer hat, ich meine, wer bin ich? Aber ich will es dann lieber nicht wissen, verstehst du? Okay, vor einiger Zeit habe ich meine Mailbox abgehört, hat die blöde Kuh doch aus Versehen auf die Kurzwahltaste für meine Nummer gedrückt. Ich kann dir sagen, was ich da gehört habe! Ich bin total ausgerastet, sah nur noch Sterne, ich habe es mir nicht mal bis zum Schluss angehört.«

Ich versuchte mich zu erinnern, wann ich Richard H. und Sylvia zusammen gesehen hatte, aber etwas Besonderes war mir nie aufgefallen.

»Und das redet von Professionalität! Herrgott noch mal! Mit der Frau des Chefs, darauf muss man erst mal kommen! Und das Schlimmste, es war nicht nur ein One-Night-Stand, ich meine, da hätte ich sogar noch ein Auge zugedrückt, aber ich bemerkte etwas an Sylvia, ich weiß nicht, wie man das eben bei Frauen merkt, etwas in ihrem Blick, wie sie das Haar lockerer fallen ließ oder vor sich hin summte, wenn sie die Pflanzen auf dem Balkon goss, du weißt schon.«

Max rieb sich die Augen und schaute in sein Glas, fast erstaunt, als könne er nicht begreifen, warum es leer war; er schüttelte den Kopf und räusperte sich ein paarmal.

»Kurz und gut, an einem Abend, noch nicht so lange her, musste alles raus, sonst wäre ich verrückt geworden. Viel Geheule und Geschrei natürlich, Gläser und Teller an die Wand, bis die arme Sharon, der Schatz, aus dem Bett kam und fragte, was Papa und Mama da machen. Na, das bricht einem das Herz, Mann, das kann ich dir sagen. Wir haben es dann erst mal auf sich beruhen lassen, aber ich habe noch was Blödes gesagt, ich habe gesagt, ich würde Richard bei der erstbesten Gelegenheit eine Kugel durch den Kopf jagen.«

Der Besitzer des Mare Nostrum kam an unseren Tisch, um die Bestellung aufzunehmen.

»Seit dem Moment saß ich ein bisschen wie auf glühenden Kohlen«, sagte Max, als der Mann wieder weg war. »Ich meine, wenn sie ihm was gesteckt hatte, wer ballert dann zuerst auf wen? Okay? Im Flevopark war ich einfach der Erste. Einerseits eine Erleichterung, andererseits bin ich seitdem nicht mehr zu Hause gewesen. Ich meine, sie kommt schnell genug dahinter, wenn ihr Liebster ihre Anrufe nicht beantwortet, sie ist ja nicht blöd. Wenn ich ihre Nummer auf dem Display sehe, drücke ich sie weg. Für sie bin ich wer weiß wo, in Timbuktu oder in Odessa.«

Er klopfte seine Brusttaschen ab. »Talking about Handys …«, sagte er stirnrunzelnd.

»Oder auf der Odessa Star«, sagte ich.

Max sah mich an.

»Auf der was?«

»Auf der Odessa Star. Weißt du noch, als ich dir damals beim Timbuktu begegnet bin? Da fuhr gerade die Odessa Star aus dem Nordseekanal …«

»Ich habe, glaub ich, mein Handy im Auto liegen lassen«, unterbrach Max mich.

Wir standen gleichzeitig auf. Ich ging zum Zigarettenautomaten hinten im Restaurant. Max ging nach draußen. Ich zog mir eine Packung Marlboro, steckte mir eine an und ging aufs Klo.

Dort betrachtete ich mich im Spiegel über dem Waschbecken. Ich bin auch impulsiv, dachte ich. Das blaue Sakko, das ich trug, gehörte nicht mir, sondern Erik Mencken, ich hatte es kurz nach der Aufnahme über einem Stuhl in der Garderobe hängen sehen und mitgehen lassen. Max hatte es vorhin mit einem nachdenklichen Blick gemustert, ich würde ihm gleich sagen, warum es ihm bekannt vorkam.

Als ich die Toilette verließ, fügten sich auf einmal die Sätze, die ich heute Morgen von Sylvia und gerade vorhin von Max gehört hatte, zusammen.

Als Max heute Morgen aus dem Haus ging, sah es noch wie eine ganz normale Grippe aus.

Andererseits bin ich seitdem nicht mehr zu Hause gewesen, für sie bin ich wer weiß wo, in Timbuktu oder in Odessa.

Und ich hatte Sylvia gesagt, dass ich mich heute Abend mit Max im Mare Nostrum treffen würde.

Mit einem etwas unguten Gefühl ging ich zurück ins Restaurant. *Es ist alles Unsinn,* redete ich mir selber ein. *Die Fanta-*

sie geht mit mir durch. Ich muss es natürlich Max sagen, aber ich bin vor allem neugierig, was er von mir will.

Ich war noch nicht wieder bei unserem Tisch, als ich den Besitzer mit zwei seiner Kellner in der Tür stehen sah. Er hatte die Hände über dem Kopf zusammengeschlagen.

»Mamma mia!«, rief er. »Mamma mia!«

»Komm schon, Papa, jetzt kannst du es mir doch sagen. Hast du gewonnen oder nicht?«

Wir fahren über die Panamalaan und die Piet Heinkade Richtung Hauptbahnhof.

»Spielt es eine Rolle?«, frage ich David. »Ich meine, spielt es eine Rolle, ob ich zehn Millionen wert bin oder nichts?«

Mein Sohn hat das Handschuhfach geöffnet und die Packung Marlboro herausgenommen, die ich vier Tage zuvor aus dem Zigarettenautomaten im Mare Nostrum gezogen hatte; er steckt sich eine zwischen die Lippen und drückt den Anzünder runter. »Wir fahren in einem Auto, das hunderttausend Gulden kostet, zum Begräbnis deines Freundes«, sagt er. In seiner Stimme klingt kein Vorwurf mit. »Und du fragst mich, ob es eine Rolle spielt?«

Ein paar Tage nach dem Vorfall vor dem Mare Nostrum rief Sylvia an; sie bat mich, etwas bei der Beerdigung zu sagen. Ich sagte ihr, das sei keine gute Idee.

»Max hat immer sehr nett von dir gesprochen, sonst würde ich dich nicht darum bitten.«

»Es scheint mir keine gute Idee, Sylvia.«

Nach einer kleinen Pause wechselte sie das Thema. »Gefällt euch die neue Parterrewohnung?«, fragte sie. »Und dein Sohn? Ich hörte, dass er dieses Jahr doch versetzt wird.« Dann nannte sie den Namen und die Adresse der Schule. Ich brauchte noch ein paar Sekunden, bis mir klar wurde, dass Sylvia das Thema gar nicht gewechselt hatte.

»Ich denke noch mal drüber nach«, sagte ich.

Und das habe ich in den vergangenen Tage getan. Erst nachdem David mich an die Sendung von *Wer wird Millionär?* erinnert hatte, habe ich beschlossen, dass die anfängliche Idee doch die beste war.

Gleich sind wir beim Friedhof; ich weiß nicht, ob Kameras bei den Reden in der Aula anwesend sind, aber auf jeden Fall auf dem Parkplatz. Ich könnte winken. Ein Mann, der mit seinem fünfzehnjährigen Sohn aus einem schwarzen Jeep Cherokee steigt: vielleicht eine nette Aufnahme für die Nachrichten des Amsterdamer Lokalsenders. Und dann die Rede, die vielleicht nicht im Fernsehen zu sehen ist, aber die möglicherweise in den morgigen Zeitungen erwähnt wird. *Ein ehemaliger Klassenkamerad erinnert sich an das gefährliche Haustier von Max G.* – das alles in Verbindung mit der Ausstrahlung von *Wer wird Millionär?*, in der die Schule der beiden ehemaligen Klassenkameraden zur Sprache kommt, wie auch der Kater, der Name der Schule und der ihres umgebrachten ehemaligen Lehrers …

In dem Moment musste ich an Frau de Bildes Hund denken, der heute früh, als David und ich im Garten saßen, nach draußen gezockelt kam und sich auf die Terrasse legte. Erst im Nachhinein ist mir klar geworden, dass ich ihn oft dort habe liegen sehen, zuerst dachte ich noch, es ist der kühlste Ort im ganzen Garten, aber später lag er dort auch, wenn es kalt und windig war.

»Gewonnen oder verloren?«, fragt mein Sohn und legt mir die Hand aufs Knie.

»Gewonnen«, antworte ich.